06/2500

Über 40 Jahre
Heyne Science Fiction
& Fantasy
2500 Bände
Das Gesamt-Programm

SCIENCE FICTION

Herausgegeben
von Wolfgang Jeschke

Ein Verzeichnis aller BATTLETECH®-Romane finden Sie am Schluß des Buches.

Thomas Gressman

Schatten der Vernichtung

Zweiundvierzigster Roman im
BATTLETECH®-Zyklus
– Zweiter Teil –

Deutsche Erstausgabe

WILHELM HEYNE VERLAG
MÜNCHEN

HEYNE SCIENCE FICTION & FANTASY
Band 06/6299

Titel der amerikanischen Originalausgabe
SHADOWS OF WAR
Deutsche Übersetzung von REINHOLD H. MAI

> *Umwelthinweis:*
> Dieses Buch wurde auf chlor- und
> säurefreiem Papier gedruckt

Taschenbuchausgabe: 01/00
Redaktion: Joern Rauser
Copyright © 1998 by FASA Corporation
All rights reserved.
Copyright © 2000 der deutschen Ausgabe und der Übersetzung
by Wilhelm Heyne Verlag GmbH & Co. KG, München
http://www.heyne.de
Printed in Germany 1999
Umschlagbild: FASA Corporation
Umschlaggestaltung: Nele Schütz Design, München
Technische Betreuung: M. Spinola
Satz: Schaber Satz- und Datentechnik, Wels
Druck und Bindung: Elsnerdruck, Berlin

ISBN 3-453-16870-4

Ich danke nochmals allen, die mit ihren Ermutigungen, Zeit und Erfahrung zur Entstehung dieser Geschichte beigetragen haben. Dank an Donna Ippolito, die nicht lockergelassen und mich dazu gebracht hat, mein Bestes zu geben. Meine Dankbarkeit gebührt all den Experten, deren Zahl zu groß ist, um sie hier sämtlich aufzuführen, die ihr Wissen über düstere und esoterische Bereiche zur Verfügung stellten. Danke noch einmal an Brenda für ihre Geduld. Und wie immer danke ich Dir, o Herr.

Für Brenda.

PROLOG

Man schreibt das Jahr 3060.

Einsatzgruppe Schlange, eine gewaltige Invasionsstreitmacht aus Einheiten der gesamten Freien Inneren Sphäre, ist weit hinter die feindlichen Linien vorgedrungen, um Diana, die Heimatwelt des Nebelparderclans, anzugreifen. Ihre Mission besteht aus zwei Teilen: zum einen die Invasion und Eroberung Dianas, zum anderen die Vernichtung der Kriegsführungskapazitäten der Nebelparder. Endlich, nach einer ein Jahr dauernden Reise durch die unerforschten Weiten des Alls, sind sie angekommen.

Aber noch bevor Operation Schlange auch nur in Reichweite Dianas kam, wurde ihr ursprünglicher Kommandeur, Marshal Morgan Hasek-Davion, von einem Attentäter ermordet. Der Befehl über die Einsatzgruppe fiel an General Ariana Winston, Kommandeurin der Elite-Söldnerbrigade der Leichten Eridani-Reiterei. Unter ihrer fähigen Leitung startete Schlange eine historische Offensive und eroberte die Clan-Heimatwelt. Gegen alle Wahrscheinlichkeit schien es, als würde diese Operation sämtliche militärischen Erfahrungen über den Haufen werfen und sich zu einem Kinderspiel entwickeln.

Aber wie bei allen militärischen Einsätzen gibt es reichlich Möglichkeiten, Fehler zu begehen, und kein Kommandeur kann sie alle ausschließen. Die Truppen der Freien Inneren Sphäre kontrollieren Diana, aber Winston befürchtet, daß die Parder-Garnison es geschafft haben könnte, vor ihrer Niederlage Verstärkung anzufordern.

Jetzt sind ihre Truppen vollauf mit der zweiten Hälfte ihrer Mission beschäftigt, der Vernichtung aller Möglichkeiten der Nebelparder, weiterhin Krieg zu führen, und keiner unter ihnen ahnt etwas von der neuen Gefahr, die sich rasch nähert.

1

**Große Konklavekammer, Halle der Khane,
Strana Metschty
Kerensky-Sternhaufen, Clanraum**

13. März 3060

IlKhan Lincoln Osis blickte sich unter der mit Onyx eingelegten Silbermaske, die sein Gesicht verbarg, in der altehrwürdigen Kammer um. In Haltung und Auftreten ließ er keinen Zweifel an der Kraft und dem Stolz seines Kriegergeistes, aber der Gedanke an das, was ihm bevorstand, bereitete ihm gewaltiges Magengrimmen.

Die Khane aller Clans hatten sich auf seinen Befehl in der Konklavekammer versammelt. Die meisten hatten ihre zeremoniellen Masken abgelegt, wie er selbst es ebenfalls tun würde, sobald er seinen Platz vor dem Konklave eingenommen hatte. Nur Vladimir Ward von den Wölfen und Marthe Pryde von den Jadefalken trugen ihre Masken noch, beinahe, aber eben nur beinahe, in einer Geste offenen Spotts über ihn, den Khan der Khane.

Das ist ohne Bedeutung, sagte Osis sich. *Wenn die aktuellen Probleme erst erledigt sind, werde ich mich um diese beiden närrischen Schwächlinge kümmern und ihnen das Leben aus dem Körper quetschen.*

Osis hielt den Rücken gerade wie die Treiberstange eines Mechs, als er zum Platz des ilKhans marschierte. Er war ein Hüne von einem Mann. Seine Größe und Muskelmassen waren die Krönung des genetischen Zuchtprogramms, das ihn erschaffen hatte. Ein derartig massiger Körperbau schien nötig, um die leistungsfähigen Elementarpanzer zu kontrollieren, zu deren Einsatz er gezüchtet und ausgebildet worden war. Außerhalb dieser wuchtigen, motorisierten Metallrüstung wirkte Osis noch größer. Seine ebenholzschwarze Haut und die beeindruckenden Muskelberge verliehen ihm das Aussehen eines gefährlichen Raubtiers.

Einen Augenblick lang betrachtete er die übrigen Khane kalt durch die dünnen Saphirlinsen in den Augenschlitzen der Maske. Die tiefblauen Edelsteingläser waren den eisblauen Augen des Nebelparders nachempfunden und verliehen dem Maskenträger zugleich eine leicht vergrößernde Sicht. Osis erschien es, als könne er durch die Maske in die Seelen der übrigen Khane blicken, und was er dort sah, gefiel ihm ganz und gar nicht.

Die Große Konklavekammer war der Sitz der politischen Macht der Clans. Hier, in diesem riesigen, hallenden Saal, war die Entscheidung gefallen, endlich die Innere Sphäre anzugreifen. Auf hintergründige Weise strahlten seine Mauern das Gewicht von Jahrhunderten und das Aroma überwältigender Macht aus. Die Khane sämtlicher Clans saßen an den ihnen zugewiesenen Plätzen in aus Granit gehauenen Sesseln hinter breiten Marmortischen. Ursprünglich hatten sie zwanzig dieser Tische benutzt, einen für jeden Clan.

Hinter jedem Tisch hing ein archaisches Stoffbanner, von einem Mitglied der Arbeiterkaste handgestickt, auf dem das Symbol des Clans prangte, den der Khan und saKhan vertraten, die unter der Fahne saßen. Jede der in die Tische eingelassenen polierten Mahagoniplatten verbarg eine Vielzahl an Datensicht- und -lesegeräten.

Heute waren nur noch sechzehn Tische besetzt. Drei der fehlenden Clans, Witwenmacher, Mungo und Felsengräber, waren von größeren, stärkeren Clans absorbiert worden. Der vierte, der Namenlose Clan, war in einem blutigen Vernichtungstest ausgelöscht worden, weil er von Machthunger zerfressen gewesen war.

Nach dem Untergang dieser Clans waren ihre Plätze leer geblieben, als ständige grimmige Erinnerung an die überlebenden Clans, welchen Preis Versagen oder Schwäche hatten. Der letzte dieser Clans, Felsengräber, war erst vor kurzem, während der Vorbereitungen für eine Neuaufnahme der Invasion der Inneren Sphäre, vom Clan Sternennatter absorbiert worden.

Zorn wallte in Lincoln Osis' Brust auf, als sein Blick auf Severen Leroux und Lucien Carns fiel, den Khan und den saKhan der Novakatzen. In seinen Augen hatte ein Großteil der Schwierigkeiten, mit denen die Nebelparder kämpften, seinen Anfang vor zwei Jahren gehabt, als die besten und fähigsten Krieger seines Clans, die Galaxis Tau, auf Wildkatz von zwei Sternhaufen der Novakatzen-Galaxis Sigma vernichtet worden waren. Jetzt gingen Gerüchte, denen zufolge die Novakatzen vor den Invasionskräften der Inneren Sphäre die Waffen streckten, manchmal ohne eine Gegenwehr auch nur vorzutäuschen. Osis hatte die Katzen wegen des Gewichts, das sie auf Mystik legten, und aufgrund ihres Glaubens an Träume und Omen schon lange als Schwächlinge verdächtigt. Aber selbst nach der Vernichtung Galaxis Taus hatte er nicht glauben können, daß irgendein Clansmann zu derartiger Hinterlist fähig sein könnte, wie sie die Novakatzen jetzt offenbarten.

Um die Novakatzen kümmere ich mich irgendwann auch noch, schwor er sich in Gedanken.

Unmittelbar dem Eingang der Kammer gegenüber stand ein weiterer Tisch. An ihm saß Kael Pershaw, der Lehrmeister.

Mit einem dumpfen Knurren hob Lincoln Osis die Maske vom Kopf und zeigte endlich seine Züge. Die Wut ließ sein Gesicht heiß werden, als er Vlad und Marthe langsam die Masken abnehmen sah, ganz sicher mit Absicht. Es kostete Mühe, aber Osis schaffte es, seinen Zorn zu unterdrücken und ebenso gelassen Platz zu nehmen.

Im Augenblick, meine Khane, aber nur im Augenblick.

»Hört meine Worte, Khane der Clans«, erklang die Stimme des Lehrmeisters. »Ich bin Kael Pershaw, und ich fungiere als Lehrmeister dieser Zusammenkunft des Großen Konklaves. Ich rufe das Konklave hiermit gemäß den Bestimmungen des Kriegsrechts zusammen, wie sie von Nicholas Kerensky festgelegt wurden. Da wir uns im Kriegszustand befinden, werden alle Angelegenheiten seinen Vorschriften gemäß behandelt werden.«

»Seyla«, intonierten die Khane ernst im Chor.

Pershaw nickte Osis zu und setzte sich. Lincoln Osis stand langsam und bedächtig auf. Er wußte, daß ein Raubtier sich nicht unnötig bewegte, bis der Augenblick gekommen war, in dem es zuschlug.

»Meine Khane«, setzte er an und sprach im tiefen, knurrenden Ton eines Nebelparders. »Ich bringe euch schlimme Nachrichten. Ihr alle wißt, daß die Innere Sphäre, die sich anmaßt, den Sternenbund wiedergegründet zu haben, unsere Besitztümer in der Besatzungszone angegriffen hat. Hätte der Absorptionstest gegen Clan Felsengräber uns nicht aufgehalten, hätten wir den Kreuzzug bereits wieder aufgenommen und wären dem Angriff der Inneren Sphäre zuvorgekommen.«

Er winkte verächtlich ab. »Aber das ist ohne Bedeutung. Obwohl sie vereinzelte Erfolge errungen haben, versichere ich euch, meine Khane, daß der Nebelparder sich in Kürze umwenden und die Kehlen seiner Peiniger zerfetzen wird. Dann werden sie den Zorn des Parders spüren und erkennen, welchen Fehler sie begangen haben. Das heilige Banner des Sternenbunds wird erst über Terra wehen, wenn die Nachfahren der Kerenskys zurückkehren. Wir werden diese närrischen

Barbaren dafür bestrafen, einen derart obszönen Anspruch auf den Thron des Sternenbunds erhoben zu haben. Aber, meine Khane, jetzt ist eine neue Bedrohung aufgetaucht, eine Bedrohung, mit der niemand rechnen konnte. Ich habe damit gewartet, euch diese Nachricht zu überbringen, bis ich eine Bestätigung dafür hatte. Nun, jetzt ist sie bestätigt, und es ist eine Nachricht, die leicht zur Katastrophe für alle Clans werden kann, nicht nur für die Nebelparder. Mir liegen bestätigte Berichte über eine Einsatzgruppe vor, die unter dem Cameron-Stern des Sternenbundes operiert und erklärt, im Auftrag des Ersten Lords zu handeln. Sie ist über Diana eingetroffen. In diesem Augenblick greifen die Barbaren die Heimatwelt des Nebelparderclans an. Den Meldungen zufolge haben sie Mons Szabo und unser Genetisches Archiv in Besitz genommen. In der gesamten Geschichte der Clans ist etwas Vergleichbares noch nicht vorgekommen. Eine unserer Heimatwelten wurde erobert, und das Erbgut Abertausender Krieger wird von barbarischen Freigeburten aus der Inneren Sphäre bedroht.

Meine Khane, ich fordere euch auf, zur Verteidigung eures ilKhans zu eilen. Der größte Teil der Nebelparder-Kräfte befindet sich in der Inneren Sphäre, wo er um den Erhalt dessen kämpft, was wir uns durch ehrenvolle Eroberung zu eigen gemacht haben. Ich habe außer meinem BefehlsStern Elementare, den Kriegern der Höhle des Parders und dem BefehlsTrinärstern der Dunstkeshik keine Truppen auf Strana Metschty. Meine gesamten übrigen Einheiten halten sich in der Besatzungszone auf. Ich habe selbst den größten Teil meiner Flottenreserve zur Verteidigung der Besitztümer meines Clans entsandt und nur mein persönliches Flaggschiff, die *Flinker Nebel*, zurückgehalten. Ich habe euch heute hier zusammengerufen, meine Khane, damit ihr euch hinter mich stellen, mir eure Kraft leihen und mir in meinem gerechten Feldzug helfen könnt, die Invasoren von meiner Heimatwelt zu vertreiben und diese Schmach auf der Ehre nicht nur des Nebelparders, sondern aller Clans, zu tilgen.«

Es kostete Lincoln Osis Mühe, während seiner Rede ein angewidertes Schaudern über die Vorstellung zu unterdrücken, daß seine Heimatwelt durch die Anwesenheit von Soldaten der Inneren Sphäre besudelt wurde. Er haßte es, vor das Große Konklave treten und die Khane der anderen Clans um deren Hilfe bei der Verteidigung Dianas bitten zu müssen, aber er hatte keine andere Wahl. Die zwei Galaxien, die dort als Garnison Dienst taten, waren wenig mehr als wertlose Solahmas und Krieger, die sich des Fronteinsatzes als unwürdig erwiesen hatten. Sie wurden von einzelnen Geschkos frischer, kampfunerprobter Krieger verstärkt, die kurz vor dem Abschluß der Ausbildung standen. Doch Diana konnte zu ihrer Verteidigung weder Frontklasse-Mechs noch Frontklasse-Krieger aufbieten. Die Garnison war weitestgehend mit Garnisonsklasse-Mechs ausgerüstet, wenn nicht sogar mit als Isorla erbeuteten Maschinen der Inneren Sphäre. Die Kadetten, ihre Ausbilder und die Solahmas hatten kaum eine Chance, die Invasoren zurückzuwerfen. Um Diana wiederzuerobern, brauchte er Hilfe, und die einzige sofort verfügbare Hilfe waren die Arsenale der anderen Clans.

Für einen langen Augenblick herrschte Schweigen. Dann brach Severen Leroux, Khan der Novakatzen, die Stille. Er sprach mit leiser, gedämpfter Stimme, wie zu sich selbst. »Es geschieht, wie es vorhergesagt wurde. Der Parder muß durch die Flammen gehen. Wird er sie wieder verlassen? Ich weiß es nicht.«

»Ich habe kein Interesse an deinen Weissagungen, Khan der Novakatzen«, knurrte Osis. »Ich brauche deine Kraft.«

»IlKhan, soll das heißen, die Innere Sphäre, diese kaum sprungfähigen Barbaren, haben irgendwie den Weg bis nach Diana gefunden? In ein System des Kerensky-Sternhaufens?« Khan Bjørn Jorgensson von den Geisterbären stellte die Frage mit langsamer, getragener Stimme. »Das ist unmöglich. Niemand kennt den vollständigen Flugplan des Wegs zu den Heimatwelten, nicht einmal unsere eigenen Schiffskapitäne mit dem Befehl über die Raumschiffe, die uns zur Inneren Sphäre und zurück bringen. Wie kannst du von uns erwarten zu glauben, die Innere Sphäre habe den Schlüssel zu einem so lange gehüteten Geheimnis gefunden? Wir alle sind uns durchaus bewußt, daß die Nachfolgerstaaten sich unter dem Banner des Sternenbunds vereinigt haben, weil sie glauben, gemeinsam die nötige Kraft zu finden, einen Teil ihres verlorenen Territoriums zurückzugewinnen. Und dafür werden sie ihre Strafe erhalten, wenn die Zeit gekommen ist. Aber wie sollen wir deiner Geschichte einer Invasion Dianas glauben?«

»Es stimmt, Khan Bjørn Jorgensson.« Marthe Pryde war aufgestanden, aber ihr Blick war nicht auf Jorgensson gerichtet. Sie fixierte Osis mit einem grünäugigen Starren, das den leblosen Blick der Jadefalkenmaske vollendet nachahmte, auf der ihre Hand lag. Ihre Stimme troff förmlich vor Selbstzufriedenheit. »Wie ihr alle wißt, schenkte ilKhan Leo Showers den Jadefalken lange vor dem Beginn des Kreuzzugs einen Teil Dianas. Er gestattete uns, dort einen kleinen Außenposten zu errichten, eine Forschungsstation in den Östlichen Bergen des Planeten. Wir nennen sie Falkenhorst.«

Marthe grinste böse und griff in eine der Brusttaschen ihrer Uniform. Als sie die Hand wieder hervorzog, hielt sie einen Datenchip zwischen den Fingern. Sie schob ihn in das Lesegerät in der polierten

Mahagoniplatte des Tisches vor ihr, preßte einen Knopf, und eine laute Baritonstimme klang durch den Saal.

»Khanin Marthe Pryde«, erklärte sie. »Sterncolonel Nikolai Icaza grüßt Sie vom Falkenhorst auf Diana. Meine Khanin, ich überbringe unangenehme Neuigkeiten. Vor acht Tagen tauchte eine große Kriegsflotte am Zenitsprungpunkt des Systems aus dem Hyperraum auf. Zunächst waren wir nicht in der Lage, die Identität der Neuankömmlinge festzustellen, hielten sie aber für Clanschiffe auf dem Weg zur oder aus der Besatzungszone. Wie Sie sicherlich wissen, herrscht ein reger Schiffsverkehr zu den Systemen der Nebelparder in der Inneren Sphäre.«

Osis keuchte überrascht auf. Er wußte natürlich vom Falkenhorst. Aber er hatte nicht geahnt, daß die Falken mittels dieser kleinen Basis die Schiffsbewegungen seines Clans überwacht hatten. Osis' Augen verengten sich zu Schlitzen, als er Marthe Prydes Blick erwiderte. Was hatten die Jadefalken von ihrer kleinen Enklave auf Diana aus noch in Erfahrung gebracht? Unglücklicherweise würde auch die Antwort auf diese Frage warten müssen.

»Es dauerte einige Stunden«, fuhr die Aufzeichnung fort, »die wahre Identität der neu aufgetauchten Schiffe festzustellen. Erst als wir kodierte Funksprüche zwischen den Nebelparder-Schiffen an den Diana-Sprungpunkten und Galaxiscommander Russou Howells Befehlszentrale abfingen, konnten wir eine Identifikation vornehmen. Meine Khanin, die eingetroffene Kriegsflotte stammt aus der Inneren Sphäre. Nach unseren besten Informationen besteht sie aus mindestens fünf Kampfschiffen und zehn Sprungschifftransportern, möglicherweise mehr. Wie auch immer die Kampfflotte aufgebaut ist, sie hat ausgereicht, wenigstens vierzig militärische Landungsschiffe ins System zu bringen. Diana ist zur Zeit Ziel eines massierten Angriffs durch Einheiten der Inneren Sphäre. Abgefangene Funksprüche lassen darauf schließen, daß die Kommandeurin der Einsatzgruppe General Ariana Winston von der Leichten Eridani-Reiterei ist. Wir haben darüber hinaus Funksprüche der Kathil-Ulanen, ComGuards und der Lyranischen Garde abgefangen. Zur Zeit wird der Falkenhorst nicht angegriffen, aber unsere Sensoren haben eine Einheit Bewaffneter entdeckt, die sich in den Felsen nördlich unseres Perimeters versteckt hält. Wir halten sie für Kundschafter der Inneren Sphäre, die ausgesandt wurden, um diese Installation zu beobachten. Im Augenblick scheinen wir nicht in Gefahr, und wir werden auf jeden Eingriff in eine Situation verzichten, die ausschließlich gegen die Nebelparder gerichtet scheint. Falls Sie anderslautende Instruktionen für uns haben, erwarte ich deren Empfang. Bis dahin verbleibe ich, Sterncolonel Nikolai Icaza, im Falkenhorst, Diana.«

Mehrere Sekunden herrschte erschrockenes Schweigen in der Konklavekammer. Dann brach die ehrwürdige Versammlung in einen Sturm von Aufschreien, Flüchen und Protesten aus, die drohten, das ganze Konklave in Streitereien und lautstarken Vorwürfen untergehen zu lassen.

»Khanin Marthe Pryde, seit wann weißt du das?« bellte Lynn McKenna, Khanin der Schneeraben, sie an.

»Warum hast du das dem Konklave nicht schon früher mitgeteilt?« Diese Frage kam von Khan Ian Hawker von den Diamanthaien.

»Fünfzehn Raumschiffe können nicht so viele Truppen befördern. Ihre Garnisonsstreitkräfte sollten in der Lage sein, sie zu besiegen, ilKhan. Wollen Sie etwa andeuten, daß, wenn wir Ihnen nicht helfen, Diana fällt?« fragte Bjørn Jorgensson.

Lincoln Osis zuckte zusammen, als er die Einschätzung der Fähigkeiten seiner Garnison durch den Khan der Geisterbären hörte. Er hatte Größe und Zusammenstellung seiner Garnisonstruppen bis jetzt bewußt geheimgehalten. Hätten die anderen Clans erfahren, daß Diana von bloßen Solahma-Einheiten verteidigt wurde, die nach Clan-Maßstäben zudem miserabel ausgerüstet waren, hätte er einen Besitztest riskiert. Osis wußte auch, daß sich eine Truppeneinheit etwa von Galaxisstärke unter Galaxiscommander Hang Mehta auf dem Weg nach Diana befand, aber nicht, wo deren Flotte sich gerade genau befand. Er hatte Mehta und den Überresten ihrer dezimierten Streitkraft in der Besatzungszone befohlen, sich zurückzuziehen und zur Neuausrüstung und Reorganisation nach Diana zurückzukehren. Auch das war eine Information, die er seinen Mit-Khanen lieber nicht zukommen lassen wollte.

Jetzt zahlte er den Preis für diese Geheimnisse.

»Die Gletscherteufel besitzen nur begrenzte Kräfte, ilKhan«, bellte Asa Taney. Seine Stimme erinnerte an das wütende Stakkato seines Clantotems. »Was, wenn wir Sie unterstützen, und die Barbaren erweisen sich als stärker als angenommen? Was, wenn Sie gegen Hektor oder eine andere unserer Welten losschlagen? Unsere Kräfte reichen aus, um unseren eigenen Besitz zu verteidigen, aber nicht für eine Offensive, um den Nebelpardern ihre Heimatwelt zurückzuerobern.«

Unter den Khanen der kleineren, weniger schlagkräftigen Clans wurde zustimmendes Murren laut.

»IlKhan, wenn man Sie reden hört, scheint der Verlust Dianas an diese Barbaren unvermeidlich«, bemerkte Marthe Pryde. »Haben Sie so wenig Vertrauen in die Kraft Ihres Clans? In diesem Falle ist es möglicherweise Zeit für einen weiteren Absorptionstest.«

»Ich stimme Khan Asa Taney zu«, stellte Perigard Zalman von den Stahlvipern fest. »Die Nebelparder sind ein Invasionsclan. Als solcher müßten sie stark genug sein, sich zu verteidigen, ohne die übrigen Clans um Hilfe bitten zu müssen. Warum sollten wir uns zur Verteidigung eines anderen Clans schwächen? Bisher ist die Innere Sphäre einzig und allein gegen die Nebelparder vorgegangen. Wenn wir unsere Kräfte damit vergeuden, Diana zurückzuerobern, wie lange werden wir dann warten müssen, bis wir erneut über genug ausgebildete Krieger verfügen, um den Kreuzzug wiederaufzunehmen? Wir sind schon einmal zurückgehalten worden, damit die Sternennattern ihre Kräfte und Besitztümer vergrößern konnten. Sollen wir jetzt wieder warten, weil die Nebelparder zu schwach sind zu halten, was ihnen gehört?«

»Es stimmt nicht, Khan Perigard Zalman, daß nur die Nebelparder angegriffen wurden«, raunzte Osis. »Die Novakatzen haben mehrere Welten in der Besatzungszone verloren.«

»Das stimmt, ilKhan«, meinte Severen Leroux ruhig. »Aber unsere Verluste waren nicht so schwer wie Ihre. Wir haben die Zukunft gesehen und angenommen. Der Ast, der sich nicht beugt, wird vom Sturm gebrochen.«

Nur Vlad Ward sagte nichts, saß schweigend an seinem Platz und fuhr mit einem schwieligen Zeigefinger über sein zernarbtes Kinn.

»Zur Ordnung! Zur Ordnung!« brüllte Osis. »Ich rufe euch zur Ordnung, meine Khane!«

Langsam legte sich der Tumult.

»Genau das versuche ich euch zu sagen«, knurrte Osis. »Und jetzt habt ihr die Bestätigung. Eine unabhängige Bestätigung. Jetzt ist es an der Zeit, gemeinsam zu handeln. Wenn wir diese Pest, diese Beleidigung, nicht auslöschen, wird sie noch andere Heimatwelten verschlingen, nachdem sie mit Diana fertig ist. Ihr müßt mir eure Kraft leihen. Gebt mir, was ihr an militärischen Mitteln erübrigen könnt. Eure Leibgarden, eure Trainingskader, es ist mir gleichgültig. Aber leiht mir eure Kraft, und ich werde diese Barbaren zu Staub zermalmen. Dann wird es für alle Clans reichlich Ruhm zu verteilen geben.«

»Eine hübsche Ansprache, ilKhan.« Vlad Ward schien ein Lächeln zu unterdrücken, als er endlich das Wort ergriff. »Aber welchen Beweis haben wir dafür, daß diese Barbaren, wie Sie behaupten, wirklich ›andere Heimatwelten verschlingen‹ werden? Ich kenne die Stärke der Parder auf Diana sehr gut. Khanin Marthe Prydes Mann vor Ort berichtet, daß die Barbaren mit – wieviel? – vierzig Landungsschiffen gekommen sind? Selbst wenn man diese Schätzung als korrekt akzeptiert, wie viele Mechs können sie transportieren? Fünfhundert bestenfalls. Wollen Sie uns erzählen, ilKhan, daß Ihre Garnison auf Diana nicht mit fünf Regimentern der Inneren Sphäre fertig wird? Während der Invasion gab es Gelegenheiten, bei denen halb so viele Nebelparder an einem Tag das Anderthalbfache an Barbaren vernichtet haben.«

Khan Jorgensson stand auf. »Ich kann zwar Khan Vladimir Wards Schätzung der Größe der Invasionsstreitmacht ebensowenig bestätigen wie die Fähigkeiten der Diana-Garnison, aber ich stimme mit Kahnin Marthe Prydes Kommandeur auf Diana überein. Hier scheint es sich um eine Angelegenheit zwischen der Inneren Sphäre und den Nebelpardern zu handeln – und zwar ausschließlich den Nebelpardern. Der Rest der Clans sollte sich nicht einmischen, sondern den Nebelpardern die Ehre lassen, ihre Heimatwelt zu verteidigen. Wenn sie triumphieren, woran ich keinen Zweifel habe, wird ihre Ehre um so größer sein. Falls jedoch das Undenkbare eintritt und Diana an die Truppen der Inneren Sphäre fällt, ist Lincoln Osis vielleicht doch nicht zum ilKhan der Clans geeignet.«

»Habt ihr denn alle den Verstand verloren?« brüllte Osis und sprang auf. »Könnt ihr die Gefahr nicht sehen, in der wir alle schweben?«

»Soweit ich es sehe, ist allein die Heimatwelt Ihres Clans in Gefahr, frapos?« schnappte Marthe Pryde. »Wir übrigen sind durch diese Surats nicht bedroht.«

»IlKhan«, bemerkte Severen Leroux leise. »Diesem Konklave liegt ein Vorschlag vor. Sie sind Ihrer Ehre verpflichtet, eine Abstimmung zu fordern.«

»Na gut, meine Khane.« Osis reckte sich, entschlossen, die Entscheidung des Konklave anzunehmen, wie es sich für einen wahrgeborenen Krieger geziemte. In diesem Augenblick war er sich nicht einmal mehr sicher, ob er die Hilfe der übrigen Khane akzeptieren würde, sollten diese sie anbieten. »Schreiten wir zur Abstimmung.«

Er ließ sich wütend auf seinen Platz fallen, während Kael Pershaw vortrat.

»Als Lehrmeister rufe ich das Konklave nun zur Abstimmung auf.« Pershaws Stimme war tief und ernst. »Die Abstimmung erfolgt durch Zuruf. Antwortet mit Ja, falls ihr dafür seid, Clan Nebelparder bei der Verteidigung Dianas zu unterstützen. Falls ihr gegen ein derartiges Vorgehen seid, antwortet mit Nein. Khan Ian Hawker von den Diamanthaien, wie stimmst du?«

»Ich stimme mit Nein, Lehrmeister.« SaKhanin Barbara Sennet tat es ihm gleich.

»Khan Bjørn Jorgensson von den Geisterbären, wie stimmst du?«

»Die Geisterbären stimmen mit ›Nein‹, Lehrmeister«, erwiderte der Hüne, unterstützt von saKhanin Aletha Kabrinski.

Eine Stimme nach der anderen wurde abgegeben. Als betroffener Clan enthielten sich die Nebelparder. Eine Stimme nach der anderen läutete die Totenglocke für Clan Nebelparder. Das gesamte Große Konklave, jeder einzelne Khan der Clans, stimmte gegen die Entsendung von Hilfstruppen nach Diana.

»Na schön, meine Khane«, knurrte Osis, als die letzte Stimme abgegeben war. »Ich werde selbst nach Diana fliegen, nur mit meiner Leibgarde. Ich werde die dreckigen Surats zerquetschen, die es wagten, mit ihren unreinen Füßen den Boden meiner Heimatwelt zu entweihen. Und danach werde ich zurückkehren und mit euch abrechnen.«

IlKhan Lincoln Osis packte seine Maske und stürmte aus der Kammer, ohne sich die Zeit zu nehmen, das Konklave aufzulösen.

2

Kriegerviertel, nahe der Stadtmitte Luteras, Diana Kerensky-Sternhaufen, Clan-Raum

14. März 3060

Mein Gott, dachte Generalin Ariana Winston beim Blick auf die sich vor ihr ausbreitende Szenerie. *Wir wollten den Pardern den wahren Schrecken des Krieges zeigen. Ich fürchte, wir haben ihn selbst nicht gekannt.*

Rings um sie herum ragten die geschwärzten Ruinen der tristen grauen Bauten auf, in denen die verschiedenen Regierungsbehörden Clan Nebelparders untergebracht gewesen waren. Den Geheimdienstberichten nach, die sie erhalten hatte, war Lutera, die Hauptstadt des Planeten Diana, auch in intaktem Zustand kein sonderlich attraktiver Ort gewesen. Aber nach der Vernichtungswelle gegen militärische und Regierungsanlagen durch die Soldaten der Einsatzgruppe Schlange wirkte das Kriegerviertel wie eine Geisterstadt. Zahlreiche Gebäude der Militokratie der Parder waren ausgebrannt. Dicke Rußschichten verunzierten die Fassaden über den leeren Höhlen glasloser Fenster und zeigten, wo die Flammen ihr Inneres verzehrt hatten. Winston war erstaunt, daß die meisten der so verwüsteten Gebäude trotz allem noch standen, ein Tribut an die Haltbarkeit der einfachen Clanbauweise. Von ihrem Standort im Zentrum der zerstörten Stadt konnte General Winston es zwar nicht sehen, aber sie wußte, daß die Zerstörungen am Hauptraumhafen des Planeten knapp südlich von Lutera noch größer waren als in der Stadt selbst. Der Raumhafen war eine beinahe ausschließlich militärische Einrichtung und daher eines der Hauptziele ihrer Abrißtrupps.

Die Whitting-Konferenz hatte Einsatzgruppe Schlange, deren Kommandeurin sie jetzt war, drei Ziele gesetzt. Als erstes hatte sie die militärischen Einheiten zu zerschlagen, die den Nebelparder-Heimatplaneten Diana verteidigten. Nachdem dies geschehen war, sollten die Sternenbund-Truppen dem Clan die Möglichkeit nehmen, in Zukunft noch Krieg zu führen. Das dritte Missionsziel folgte automatisch aus dem Erfolg der ersten beiden. Schlange sollte den Clans auf unmißverständliche Weise vor Augen führen, daß der Krieg von seinem Wesen her furchtbar war und keine Serie ritualisierter ›Tests‹ oder Manöver, wie es die Clan-Kultur sah.

Winston erinnerte sich gut an das alte Sprichwort: ›Es ist ein Glück, daß der Krieg so schrecklich ist, sonst würden wir uns zu sehr mit ihm anfreunden.‹ Der Aphorismus war Teil der Tradition, der sich die Leichte Eridani-Reiterei verbunden fühlte. Unglücklicherweise war es eine Weltsicht, die bei den Clans in Vergessenheit geraten war. Daher schienen sie eine allzu große Sympathie für eine Beschäftigung entwickelt zu haben, die im Grunde ein übles, schmutziges Geschäft war, das man um jeden Preis vermeiden sollte.

Sie hatte sich teilweise aus Pflichtgefühl zu dieser Inspektion der Nebelparder-Hauptstadt entschlossen. Als Kommandeurin der Einsatzgruppe war sie verpflichtet, dafür zu sorgen, daß die Befehle der Konferenz ausgeführt wurden. Aber hauptsächlich hatte sie die Neugierde zum Besuch der häßlichen grauen Stadt getrieben.

Winston war seit Beginn ihres Erwachsenenlebens Söldnerin. Im Laufe der Jahre hatte sie in zahlreichen Feldzügen gekämpft. In den meisten Fällen hatte es keine großen Unterschiede zwischen dem Feind und ihrem Auftraggeber oder sogar der Leichten Reiterei selbst gegeben. Die natürlich vorhandenen erheblichen kulturellen Differenzen waren immer durch einen gemeinsamen Referenzrahmen mit dem Gegner relativiert worden. Sie hatte gesehen, wie die Gegner lebten, wo sie arbeiteten, hatte gemeinsame Werte entdeckt. In vielen Fällen hatte der Feind Maschinen desselben Typs ins Feld geführt wie die Eridani.

Im Konflikt mit den Clans gab es keine dieser Gemeinsamkeiten. Nur wenige Bürger der Freien Inneren Sphäre hatten je eine der Clan-Heimatwelten gesehen. Diejenigen, die sie kannten, wie Phelan Kell, sprachen kaum darüber, was sie während ihrer Zeit bei den Clans gesehen und erlebt hatten. Für Winston und die Männer und Frauen der Einsatzgruppe Schlange war dies der erste Blick in die Gesellschaft hinter den gnadenlosen Invasoren aus dem Clanraum.

Ariana Winston hatte schon früher spartanisch ausgelegte Städte gesehen. Viele der Orte, die sie auf den unterschiedlichsten Planeten besucht hatte, waren ähnlich aufgebaut gewesen, dabei aber doch in einer Weise, die eine gewisse einfache Eleganz zum Ausdruck brachte. Lutera, und die übrigen Städte Dianas ganz genauso, standen mit ihrer geradezu extremen Kargheit aber in hartem Kontrast. Quadratische graue Gebäude mit Milchglasfenstern reihten sich zu beiden Seiten enger Straßen auf, die so gerade verliefen, als wären sie mit einem Laser angelegt worden.

Nur das Kriegerviertel lieferte die winzigste Variation im langweiligen und phantasielosen Aufbau der Stadt. Hier wurden breite Alleen von grauen Säulen flankiert, die einen fast römischen Eindruck machten. Die breiteste und prunkvollste dieser Prachtstraßen verlief lasergerade zum Nordrand der Stadt und endete an einem kreisrunden Brunnen zu Ehren General Aleksandr Kerenskys.

Kerensky war der letzte und größte der Sternenbund-Generäle gewesen. Vor fast dreihundert Jahren hatte er die Sternenbund-Armada aus der Inneren Sphäre geführt, in der Hoffnung, die Menschheit vor der Selbstzerstörung zu bewahren. Die Armada war durch die unerforschten Weiten des Alls geflogen, bis sie eine Anzahl bewohnbarer Sonnensysteme gefunden hatte. Später hatte Nicholas, der Sohn des Generals, die Gefolgsleute seines Vaters in eine Gesellschaft umorganisiert, aus der die Clans entstanden waren.

Winston kannte den Brunnen inzwischen zur Genüge, so gut, daß sein Anblick sie fast langweilte, denn er stand im Zentrum des Felds der Helden. Am Rande des weiten, steinernen Paradeplatzes zog sich eine lange Reihe jetzt zerschlagener BattleMechstatuen entlang, jede einzelne den Großtaten eines längst verstorbenen Parder-Kriegers gewidmet. Hinter dem Brunnen, am Fuß des Mons Szabo, duckte sich eine niedrige, aber wuchtige Pyramide. Im Innern dieses Monumentalbaus befand sich das Genetische Archiv der Nebelparder, eine Anlage, deren einzige Aufgabe darin bestand, die DNS der Blutnamensträger des Clans aufzubewahren.

Winston wanderte durch die leeren Straßen und staunte über die eiskalte, effiziente Zerstörungsarbeit, die ihre Truppen im Kriegerviertel geleistet hatten. Alles, was mit der Kriegsmaschinerie der Parder zu tun hatte, war von den Soldaten geplündert worden. Sie hatten jedes noch so winzige Zeugnis abtransportiert, das sich möglicherweise irgendwann gegen ihre früheren Besitzer würde einsetzen lassen. Dann waren die Pioniere angerückt und hatten die einst stolzen Bauten mit Spreng- und Brandsätzen vernichtet. Feiner grauer Staub trieb aus den Trümmern herüber und legte sich über Winstons schwarzes Gesicht und das kurze, lockige Haar. Vom Wind mitgetragene

Asche brannte in ihren Augen. Beide zeugten von der skrupellosen Effektivität ihrer Leute. Was sich nicht abtransportieren ließ, wurde in die Luft gesprengt oder verbrannt.

Als sie um eine Ecke bog, sah Winston einen niedrigen *Blizzard*-Schwebetransporter mit dem schreitenden braunen Pferd der Leichten Eridani-Reiterei und der blutroten Fünfzig des 50. Schweren Reiterei-Bataillons. Ein am Fuß der offenen Fahrzeugrampe Wache haltender gepanzerter Infanterist salutierte locker beim Anblick seiner Kommandeurin.

Nach der Eroberung Luteras durch die Leichte Reiterei hatte Major Kent Fairfax, der Bataillonsführer des 50., seine Infanteristen in die Stadt gebracht und als Militärpolizei eingesetzt. Fairfax vertrat die Ansicht, daß seine MPs in gleicher Weise dafür zu sorgen hatten, daß kein Mitglied der Einsatzgruppe Parder Zivilisten drangsalierte, wie daß die Parder ihren zeitweiligen neuen Herren Probleme machten.

Wäre irgendein anderer Offizier mit einer derartigen Aussage bei ihr aufgetaucht, hätte Winston Zweifel an seiner Ehrlichkeit gehegt. Aber die 50. Schwere Reiterei, auch als ›das Blutige Halbe Hundert‹ bekannt, war dem Schutz aller Nonkombattanten verschrieben, besonders denen der Leichten Eridani-Reiterei. Solange die Mitglieder der 50. auf Posten waren, konnte sie sich darauf verlassen, daß die Zivilbevölkerung Luteras fair behandelt wurde. Sie verspürte eine beträchtliche Erleichterung, daß die düstere Vorhersage Sir Paul Masters', die Mitglieder der Einsatzgruppe Schlange könnten sich in einen wilden Mob verwandeln, wenn sie den Befehl für den Vernichtungseinsatz erhielten, sich als grundlos erwiesen hatte. Die Truppen gingen durchaus zurückhaltend vor. Selbst im Zeitalter der BattleMechs und Kampfraumschiffe war den meisten Soldaten das

Konzept des totalen Kriegs fremd. Und das war gut so.

Etwas weiter die Straße hinab sah Winston eine weniger freundliche Erinnerung an die Besetzung der Nebelparder-Hauptstadt durch eine feindliche Streitmacht. Ein graugrüner *Wachmann* ragte wie ein zehn Meter großer Posten mitten auf der Straße empor. Die rußbefleckten Fassaden der Clangebäude, darunter eines, in dem sich bis vor kurzem das sekundäre Kommando-, Kommunikations- und Kontrollzentrum des Planeten befunden hatte, schienen haßerfüllt auf den Kampfkoloß der Leichten Reiterei herabzustarren. Der BattleMech war auf dem Platz stationiert worden, um etwaige Versuche abzuwehren, die K^3-Anlage zurückzuerobern.

BattleMechs waren die Könige des Schlachtfelds. Zumindest war das die landläufige Meinung. Sie waren bis zu zwölf Meter groß, konnten bis zu hundert Tonnen wiegen und soviel Panzerung und Feuerkraft wie ein Bataillon konventioneller Panzer tragen. Bis zum Auftauchen der Clans mit ihrer modernen Hochtechnologie hatte die Innere Sphäre ihre Mechs für den Schlußpunkt in der Entwicklung militärischer Machtentfaltung gehalten. Sie hatte sich geirrt.

Als die Invasoren von der Peripherie aus losstürmten, hatten sie Kampfkolosse mitgebracht, die wirkten, als wären sie den Welten der Science Fiction entsprungen. Jede einzelne dieser Maschinen bewegte sich schneller, schlug härter zu und steckte mehr Schaden ein als zwei vergleichbare Mechs der Inneren Sphäre. Diese sogenannten OmniMechs ließen sich zudem vor einer Mission mit der optimalen Mischung aus Waffen und Munition ausrüsten. Sie aufzuhalten hatte sich als nahezu unmöglich erwiesen. Ziel der Clans war die Eroberung Terras gewesen, der Geburtswelt der Menschheit, mit der langfristigen Absicht, den Sternenbund wiederauferstehen zu lassen, jene fast mythische Zeit relativen Friedens, Wohlstands und technologischen Fortschritts, von der im selben ehrfürchtigen Ton gesprochen wurde wie von König Arthurs Camelot.

Nur durch das Eingreifen ComStars, des geheimniskrämerischen, halb mystischen Ordens von Technokonservatoren, der eine geheime Mecharmee mit längst verlorener Sternenbund-Technologie über die Jahrhunderte gerettet hatte, war es gelungen, die Clan-Invasion zum Stehen zu bringen, und auch das nur zeitweise.

Danach hatte es noch sieben Jahre gedauert, bis die Fürsten der Freien Inneren Sphäre sich gegen alle Erwartungen zur Neugründung des Sternenbunds zusammengefunden und entschieden hatten, den Krieg zu den Clans zu tragen. Unterstützt durch die von ComStars Geheimdienst ROM gesammelten Daten und mit der Hilfe einer mysteriösen Figur, die nur als Trent bekannt war, angeblich ein Überläufer aus Clan Nebelparder, hatten die Anführer der Großen Häuser sich entschlossen, zwei massive Militäroffensiven gegen die Clanner zu starten. Ihr Ziel war die Vernichtung eines kompletten Clans, um gleichzeitig den Anspruch der Freien Inneren Sphäre auf den Titel des Sternenbunds zu unterstreichen und die überlebenden Clans davon zu überzeugen, daß es dem neuen Sternenbund ernst war.

Der Primärschlag der Gegenoffensive trug den Namen Operation Bulldog und sollte die Nebelparder aus dem Draconis-Kombinat treiben, während Einsatzgruppe Schlange sich in einer Flankenbewegung zur Heimatwelt des Parders schlich und ihm die Fähigkeit nahm, Krieg zu führen oder zu unterstützen.

Als sie vor dem großen, breitschultrigen Mech

stand und an seinem Rumpf hochblickte, fragte Winston sich, wie Operation Bulldog wohl verlaufen war. Zeit, Entfernung und die Notwendigkeit der Geheimhaltung hatten jeden Kontakt der Einsatzgruppe Schlange mit ihrem Gegenstück in der Inneren Sphäre verboten. Wenn alles nach Plan verlief, mußte Bulldog unter der Führung Prinz Victor Steiner-Davions die Parder jetzt aus den kernwärtigen Sektoren des Kombinats jagen. Aber da hatte Winston wenig Hoffnung. Keine Militäraktion verlief je nach Plan.

Ein schrilles elektronisches Summen gellte in ihrem Ohr und riß sie aus den Gedanken. Der jähe Alarmton ließ sie zusammenzucken. Ihre Wangen brannten vor Verlegenheit, als sie sich auf dem Platz umsah, ob jemand ihre Reaktion bemerkt hatte. Mit der Linken schwang sie das Bügelmikro ihres Kommsets vor den Mund. »Winston.«

»General, hier ist die Kommzentrale. Ich habe einen Bericht von Colonel Masters für Sie.« Die Stimme des Techs war überraschend klar. Normalerweise lieferten die Kommsets ein so stark gestörtes Signal, daß es schwerfiel, auch nur ein Wort zu verstehen. »Ich soll Ihnen mitteilen, daß der Abbau des New-Andery-Ausbildungslagers fast abgeschlossen ist.«

»Verstanden, Kommzentrale«, antwortete Winston. »Hat er gesagt, wie lange er noch braucht?«

»Ja, Ma'am. Etwa zwölf Stunden.« Der KommTech machte eine Pause. »Colonel Masters läßt auch ausrichten, daß die meisten seiner beschädigten Mechs wieder einsatzbereit sind. Er dürfte in zwei Tagen auf Kampfstärke sein.«

»Hmm«, grunzte Winston, dann fragte sie: »Gibt es Meldungen über irgendwelche Guerilla- oder Partisanenaktivitäten in unseren OG?«

»Einen Augenblick. Ich sehe nach.«

Mehrere lange Sekunden blieb die Leitung still.

Winston fragte sich schon, ob der Empfänger unter ihrer Uniformmütze ausgefallen war. Dann drang die Stimme des Techs wieder an ihr Ohr. »General? Alle Operationsgebiete sind gesichert. Alle Einheitsführer haben wie befohlen Posten aufgestellt und Patrouillen ausgesandt. Alles scheint ruhig.«

Winston ignorierte den Kommentar des Techs.

»Die OG-Kommandeure sollen sich alle zwei Stunden melden. Selbst wenn es nichts zu berichten gibt, will ich das bestätigt haben.« Winstons knapper Befehlston war Ausdruck eines unguten Gefühls, das ihr schon den ganzen Tag zu schaffen machte. »Erinnern Sie sie, daß eine Reihe von ClanKriegern, darunter Galaxiscommander Russou Howell, der Garnisonskommandeur Dianas, noch immer vermißt werden. Außerdem wissen wir nicht, ob die Garnison einen Hilferuf absetzen konnte. Ich will diese Aktion schnell zu Ende führen. Ich habe keine Lust, mich vom Kampf gegen Partisanen oder Guerilleros hier fernhalten zu lassen, bis uns eine Parder-Entsatzflotte in den Rücken fällt.«

* * *

Viele Kilometer südwestlich, im Innenhof eines Stahlwerks in der Nähe von Myer, saß General Andrew Redburn, Kommandeur der Kathil-Ulanen und Ariana Winstons Stellvertreter, allein und schweigend auf dem Krallenfuß seines schwarzgoldenen *Daishi*. Der riesige Hundert-Tonnen-Mech war keine Konstruktion der Inneren Sphäre. Er gehörte zu den schwersten OmniMechs der Clans und war während der Invasion vom Vereinigten Commonwealth erbeutet worden. Der *Daishi*, dessen japanischer Name ›Großer Tod‹ bedeutete, war auch nicht der Mech, in dem Redburn die Aktion begonnen hatte. Sein im Hangar des Ulanen-Landungsschiffs *Dauntless* untergebrachter *Atlas* war einem anderen VerCom-MechKrieger zugeteilt worden, dessen Maschine beim ersten Ansturm auf Diana verlorengegangen war. Der riesige avionide *Daishi* war ursprünglich die Maschine des Marshal of the Armies Morgan Hasek-Davion gewesen.

Morgan wiederum war der ursprüngliche Kommandeur der Einsatzgruppe Schlange gewesen und für diesen Posten ausgewählt worden, weil er ein brillanter Stratege und erstklassiger Gefechtsfeldkommandeur gewesen war, und nicht zuletzt ein verteufelter Glückspilz und Vetter Victor Steiner-Davions, des Prinzen des Vereinigten Commonwealth. Und er war Redburns bester und ältester Freund gewesen.

Morgan hatte mit allen der grundverschiedenen und extrem individualistischen Einheitskommandeure, aus deren Truppen die Einsatzgruppe bestand, gearbeitet, gestritten und debattiert, bis Schlange eine verschworene Gemeinschaft geworden war. Er hatte die Einsatzgruppe durch deren erste Schlacht mit den Clans geführt, eine Raumschlacht gegen die Geisterbären in einem namenlosen Sonnensystem, das die Männer und Frauen der Einsatzgruppe später ›Trafalgar‹ getauft hatten. Er hatte interne Probleme, die sich aus der Behandlung von Gefangenen ergaben, mit einem Mindestmaß an Ärger beigelegt und sich die Bewunderung und den Respekt, ganz zu schweigen von der Zuneigung und Liebe der fast fünfundfünfzigtausend Männer und Frauen erworben, die an der Langstreckenoffensive teilnahmen.

Einer jedoch hatte Morgan nicht geliebt. Kurz nach dem Sieg bei Trafalgar hatte sich ein unter dem Namen Lucas Penrose auftretender Mann in die Kabine des Marshals an Bord der *Unsichtbare Wahrheit* geschlichen und ein schnellwirkendes tödliches

Gift in dessen Whisky gemischt. Morgan war gestorben, wahrscheinlich ohne sich dessen bewußt zu werden.

Die Erinnerung an den Tod seines besten Freundes legte sich wie eine eisige Hand um Redburns Herz. Der tiefe Schmerz dieses Verlustes machte ihm noch immer zu schaffen. Während des Kampfes, bei der Planung einer Offensive oder der Beschäftigung mit den Hunderten von Problemen, die einen hohen Militäroffizier täglich beanspruchten, konnte er die Gefühle unterdrücken. Aber wenn er allein war, brach die Trauer über ihn herein.

Redburn bedauerte nur zweierlei, was Morgan betraf. Erstens, daß er keine Gelegenheit gehabt hatte, ihm Lebewohl zu sagen, und zweitens, daß nicht er es gewesen war, von dessen Hand Morgans Mörder gestorben war.

Mit Glück und Fleiß, und zwar zu gleichen Teilen, den Hauptbestandteilen jeder erfolgreichen Nachforschung, war es gelungen, Widersprüche in Penroses Akte zu entdecken. Diese Widersprüche hatten General Winston, Kommodore Alain Beresick, den Com-Star-Flottenkommandeur, und Major Michael Ryan, den Kommandeur der Schlange zugeteilten Draconis Elite-Sturmtruppen, der die Untersuchung geleitet hatte, veranlaßt, Penrose zum Verhör zu laden. Der Attentäter, der sich anscheinend entdeckt glaubte, hatte seine Wachen getötet und versucht zu fliehen. Das hatte eigentlich niemand so recht verstanden. Warum hatte Penrose als Attentäter keinen handfesteren Ausweichplan gehabt? Ryan hatte vermutet, Penrose müsse als Profi ein derartiges Vertrauen in sein Alibi und seine Deckidentität gehabt haben, daß er keinen Fluchtplan zu benötigen glaubte.

Welche Motive er auch immer gehabt hatte, jedenfalls hatte Penrose mit einer Bombendrohung versucht, Winston zu zwingen, ihm ein Sprungschiff auszuhändigen und ihn als Geisel auf seiner Flucht zu begleiten. Durch einen weiteren Glücksfall hatte Winston herausgefunden, daß Penroses Drohung nur ein Bluff war, und in einem Zweikampf auf Gravdeck Eins der *Unsichtbare Wahrheit* hatte sie den Attentäter mit einem gezielten Pistolenschuß getötet.

Redburn mißgönnte Ariana Winston die Genugtuung nicht, Penrose getötet zu haben. Aber er beneidete sie darum. Den Mann zu töten, der seinen besten Freund auf dem Gewissen hatte, hätte ihm helfen können, den Verlust zu verarbeiten. Wie die Dinge jetzt lagen, war Penrose gestorben, ohne irgendwelche Hinweise darauf zu hinterlassen, wer ihn beauftragt hatte und warum. Die Verschwörungsjünger in den Pressehäusern des Vereinigten Commonwealth würden zu neuer Hochform auflaufen, wenn die Umstände von Morgans Tod bekannt wurden. Und Redburn befürchtete, daß einige von ihnen sogar so weit gehen würden, Prinz Victor zu beschuldigen, er habe den Tod seines Cousins befohlen.

Er schnaufte verächtlich. Morgan hatte Victor verehrt, und der Prinz hatte seine Zuneigung erwidert. Victor hätte Morgans Tod ebensowenig gewollt wie Redburn.

Ein fernes Wummern riß ihn aus seiner Meditation. Er schreckte von seinem metallenen Sitzplatz auf, fürchtete einen Gegenangriff der Parder. Dann entspannte er sich wieder. Die dichte, öligschwarze Rauchwolke, die am entfernten Ende des Stahlwerks ins Freie drang, verriet den Ursprung des Lärms. Eine Lanze schwerer und überschwerer BattleMechs war beauftragt, die Anlage mit schweren Lasern und Partikelprojektorkanonen abzureißen. Das dumpfe Donnern, das er mehr fühlte als hörte, kam von dem riesigen Bessemerkonverter, der von den Geschützen der

Abrißmannschaft in zerschmolzene Klumpen glühenden Metalls gesprengt worden war.

Bevor die tatsächlichen Zerstörungsarbeiten begannen, hatte Redburn – wie die meisten anderen Kommandeure Schlanges – keine klare Vorstellung davon gehabt, was die Vernichtung der gesamten Kriegsindustriekapazitäten eines Planeten beinhaltete. Nicht nur Militärstützpunkte, Befehlszentralen, Ausbildungslager und Waffenfabriken mußten dem Erdboden gleichgemacht werden. Auch die gesamte Schwerindustrie, die zur Unterstützung, Wartung oder Wiederherstellung dieser Anlagen benutzt werden konnte, mußte zerstört werden. Das aber hieß, sie mußten alle Spezialstahlhersteller, Chemiewerke, petrochemischen Raffinerien und sogar einige Plastikwerke einreißen.

Die Pioniere der Einsatzgruppe hatten ihre gesamten Sprengstoffvorräte aufgebraucht und darüber hinaus alles, was sie aus Parder-Vorräten geborgen hatten, und die Arbeit war noch immer nicht abgeschlossen. Um die Auslöschung der planetaren Schwerindustrie zu unterstützen, hatte Winston zusätzlich alle mit Energiewaffen ausgerüsteten Battle-Mechs für die Abrißarbeiten abgestellt. Projektilwaffen wie Autokanonen und Raketenlafetten wären zwar weit effektiver gewesen, weil die Sprengladungen der Granaten und Gefechtsköpfe ihre zerstörerische Wirkung über ein größeres Wirkungsgebiet entfalteten als die sehr lokalisierbaren Treffer enggebündelter Energiestrahlen, aber Munition war knapp und durfte nicht verschwendet werden. Mancherorts erledigte Infanterie mit Schmiedehämmern und Schweißbrennern die Vernichtung leichterer Ausrüstung.

Es war zu einigen Protesten gekommen, weil die Soldaten der Einsatzgruppe sich als Krieger und nicht als Wandalen sahen, aber schließlich wurden die Befehle der Generalin ausgeführt.

Redburn seufzte schwer und stand auf. Die Vernichtung des Stahlwerks war fast komplett. Es wurde Zeit, zum nächsten Ziel aufzubrechen.

Ich will das einfach nur hinter mich bringen, dachte er. *Ich will es hinter mich bringen und nach Hause.*

3

Schwarzer Shikaridschungel, östlich von Pahn City, Diana
Kerensky-Sternhaufen, Clan-Raum

15. März 3060

»In Aleksandr Kerenskys Namen, du kreischende Stravag-Idiotin«, fluchte Galaxiscommander Russou Howell. »Was soll das bedeuten: ›Die Barbaren zerstören Pahn City‹?«

»Genau das, was ich gesagt habe, Galaxiscommander«, bellte die Kriegerin, eine Blondine mit den rotgoldenen Kragenabzeichen eines Sterncommanders, zurück. Der Ausbruch ihres Vorgesetzten schien sie nicht zu beeindrucken. »Ich habe es mit eigenen Augen gesehen. Die Barbaren bauen die Fabrikanlagen ab, als wollten sie den Komplex Stück für Stück mit zurück in die Innere Sphäre nehmen. Was sie nicht abtransportieren können, bringen sie in eine der großen Lagerhallen. Ich bin überzeugt davon, daß sie planen, alles zu vernichten, was sie nicht abtransportieren können.«

Obwohl sie technisch gesehen eine Solahma war, eine entehrte, überalterte Kriegerin, besaß Sterncommander Tonia noch immer den Stolz einer Kriegerin. Sie betrachtete es als ihre Pflicht, jede ihr übertragene Aufgabe fraglos und nach besten Kräften auszuführen.

Auf Russou Howells Befehl hin hatte sie die Überreste ihres KundschafterSterns bis auf wenige hundert Meter an den qualmenden, verwüsteten Fabrikkomplex herangeführt. Dort hatte sie zugesehen, wie schwerbewaffnete Infanteristen in Tarnmonturen mit Zierstreifen in einem matt purpurgrauen Schottenmuster Mitglieder der Techniker- und Arbeiterkasten dabei beaufsichtigten, wie diese Geräte und Ausrüstungsteile der Fabrikanlagen abtransportierten. Bergungs- und Wartungsmannschaften waren über die durchlöcherten, verbrannten Wracks zerstörter Battle-Mechs geschwärmt. Die wie große, zweibeinige Ameisen wirkenden Techs hatten die noch einsetzbaren Bauteile einiger zerschossener Maschinen entfernt, um damit andere zu reparieren.

Tonia war mit dem Verfahren vertraut, weil sie es selbst erst zwanzig Stunden zuvor angewendet hatte. Die zerbeulte *Speerschleuder*, die sie vor dieser Erkundungsmission nach Pahn City gesteuert hatte, war ein altes Modell der Inneren Sphäre gewesen, das jedoch in den Jahren nach dem Großen Kreuzzug zur Befreiung Terras modernisiert worden war. Sie hatte am Großen Kreuzzug teilgenommen, als stolzes Mitglied der 6. Parder-Dragoner. Sie war an den schweren Kämpfen auf Yamarovka beteiligt gewesen, wo die OmniMechs durch die Reihen der Innere-Sphären-Mechs gebrochen waren und den Planeten innerhalb von Stunden erobert hatten. Sie hatte auch beim ersten Gefechtsabwurf auf den verfluchten Tukayyid teilgenommen. Im Verlauf der Schlacht war sie schwer verwundet und um den Trost eines Kriegertodes an der Seite ihrer Kameraden gebracht worden, die im blutüberströmten Dinjupaß ruhmreich ihr Leben ausgehaucht hatten.

Als eine der wenigen Überlebenden der 6. Dragoner war Tonia von ihrem Clan als minderwertig eingestuft worden. Sie war zur Solahma erklärt und zurück nach Diana beordert worden, um den Rest ihrer Tage in schändlicher, miserabler Nutzlosigkeit auszuleben.

In den Ruhmestagen ihrer Jugend hatte sie mit Stolz einen *Waldwolf* gesteuert, einen der mächtigsten Omni-Mechs der Nebelparder. Hier auf Diana war sie zu ihrer Schande und Erniedrigung gezwungen worden, eine primitive Kampfmaschine der Inneren Sphäre zu steuern, die als Isorla vom Draconis-Kombinat erbeutet worden war – eben von den Barbaren, die sie niederzuwerfen gehofft hatte. Es war ohne Bedeutung für sie, daß der 30-Tonnen-Mech mit der neuesten Technologie des Kombinats nachgerüstet war. Verglichen mit ihrem alten *Waldwolf* schien die *Speerschleuder* ein Spielzeug zu sein.

Als die Barbaren ihren feigen Überraschungsangriff auf Diana gestartet hatten, auf den Bau des Parders, hatte sie gehofft, zehn Jahre der Schande auslöschen zu können, indem sie die Invasoren in den Schlamm unter den gepanzerten Füßen ihres Mechs trat. Aber wieder hatte sich das Kampfgeschick gegen sie verschworen. Im ersten Gefecht gegen die Ritter der Inneren Sphäre hatte eine wilde Salve aus PPK- und Autokanonenfeuer die *Speerschleuder* außer Gefecht gesetzt. Sie hatte den Torso der leichten Maschine aufgerissen, den Reaktor beschädigt und Tonia gezwungen, den Schleudersitz auszulösen. Wieder war sie verwundet worden und schon zu Beginn des Kampfes ausgefallen. Bis sie sich zum vorher festgelegten Sammelpunkt geschleppt hatte, war die Schlacht vorüber gewesen und der Befehl zum Rückzug gegeben worden.

In den Nachwehen dieses Debakels waren mehrere verwundete Piloten, deren Mechs es besser ergangen war als den Piloten, ausgemustert worden. Ihre Maschinen waren ausgeschlachtet worden, um einige wenige voll funktionsfähige Einheiten zusammenzuschustern. Eine davon hatte Tonia bekommen. Ihr aus den geborgenen Bauteilen dreier verschiedener Mechtypen der Inneren Sphäre konstruiertes Gefährt war von seiner Grundstruktur her ein vierzig Tonnen schwerer *Hermes II*, aber viele der Hauptbauteile, darunter die Schnellfeuerautokanone der Klasse 5 in der Brustpartie, stammten aus den beiden anderen Einheiten. Dadurch war der Hybridmech sperrig und hatte gelegentlich mit einem Humpeln des rechten Beins zu kämpfen.

Aber es blieb ein BattleMech – und sie eine Mech-Kriegerin. Als Galaxiscommander Russou Howell ihr befohlen hatte, an der Spitze des improvisierten KundschafterSterns herauszufinden, was die Invasoren in Pahn City taten, war neue Kampfeslust in ihr aufgestiegen. Die Erkundung hatte fast den ganzen Tag in Anspruch genommen. Ihr Stern war erst weit nach Sonnenuntergang in das Parder-Lager zurückgekehrt, und jetzt war Mitternacht vorbei.

»Wie sind die Wachen aufgestellt?« bellte Howell und schob die elektronische Karte in ihre Richtung.

»Es stehen einzelne Infanteristen im Komplex selbst Wache, hier, hier und hier«, erwiderte sie und deutete auf drei Punkte am Außenrand des Fabrikgeländes. »Ich habe innerhalb der Anlage neun BattleMechs gesehen, und sie schienen aktiviert und bereit zum sofortigen Einsatz. Außerdem befindet sich mindestens ein voller Sternhaufen an einsatzfähigen Maschinen im Innern. Ich schätze die Verteidiger der Fabrik auf bis zu eine volle Galaxis Truppen.«

»Freigeburt!« Howell dehnte den Fluch zu einem Zischen. »Ich hatte gehofft, die Fabrik überfallen und Munition und Material erbeuten zu können, um den Kampf fortzusetzen. Wir sind nur einen Sprung von Strana Metschty entfernt. Es ist undenkbar, daß niemand von der Invasion Dianas weiß. Wir müssen weiterkämpfen, bis Verstärkung eintrifft.«

»Galaxiscommander«, meinte Tonia und nahm ihrem Vorgesetzten vorsichtig die Karte aus der Hand. »Wenn du einen Materialraubzug planst, darf ich folgenden Vorschlag machen?« Sie betätigte ein paar Kontrollen und reichte das Gerät zurück. »Bei den Invasoren scheint es sich um die Northwind Highlanders zu handeln. Sie haben ihre Landungsschiffe fünf Kilometer vom Fabrikgelände entfernt aufgesetzt, wahrscheinlich, um sie bei einem möglichen Gegenangriff aus den Kampfhandlungen herauszuhalten. Ich bin mir darüber im klaren, daß wir nur drei Trinärsterne Mechs und Elementare zur Verfügung haben, aber ich schlage vor, unsere Kräfte zu teilen und zwei Angriffe durchzuführen. Die erste und kleinere Einheit sollte die Landungsschiffe attackieren. Das würde zumindest einen Teil der Mechs von der Fabrik abziehen. Dann könnte der Rest unserer Truppen gegen die verbliebenen Barbaren losschlagen, die bei den Fabriken verbliebenen Abwehrtruppen ausschalten und die Vorräte erbeuten, die wir brauchen.«

Ein paar Sekunden lang sagte Howell nichts. Er starrte mit vor der Brust verschränkten Armen auf die Karte. Seine Augen zuckten über den sanft leuchtenden Bildschirm. Er schien im Geist Entfernungen, Reaktionszeiten, mögliche Truppenbewegungen und ähnliches zu berechnen. Schließlich sah er auf. »Na schön, Sterncommander Tonia. Wir werden deinen Plan umsetzen.« Howell winkte einen anderen Solahma-Offizier heran und deutete auf die Karte. »Sterncaptain Cyrus, du führst den Ablenkungsangriff gegen die Landezone der Highlanders. Ich gebe dir dafür einen Trinärstern Mechs. Du wirst mögliche Wacheinheiten der Barbaren bei den Schiffen überrennen und die am Boden befindlichen Landungsschiffe gezielt angreifen. Richte soviel Schaden an wie möglich. Wenn wir ein paar dieser savashri Freigeburtsschiffe beschädigen oder zerstören können, um so besser. Die Highlanders müssen den Eindruck gewinnen, daß sie unter einem schweren Angriff liegen und Gefahr laufen, *alle* ihre Schiffe zu verlieren. Sie müssen sich gezwungen sehen, den Großteil ihrer Kräfte von der Fabrik abzuziehen und sie für unseren Hauptschlag zu entblößen. Ich werde den Hauptangriff der beiden übrigen Trinärsterne persönlich leiten. Sterncommander Tonia, du führst den Angriff an.«

Tonia fühlte einen Stolz, wie sie ihn seit Jahren nicht mehr gekannt hatte. Der Galaxiscommander hatte ihren Plan nicht nur komplett übernommen, er hatte sie an die Spitze der Formation gestellt.

»Wir rücken vor, sobald die Highlanders zum Gegenangriff an der Landezone abmarschieren«, fuhr Howell fort. »Sobald die Anlage sich in unserer Hand befindet, laden Techs, Elementare und abgesessene MechKrieger Nachschubmaterial auf alle greifbaren Transportfahrzeuge und ziehen sich zurück. Wir transportieren an Nachschub ab, soviel wir können, und zerstören den Rest.« Howell stand auf, klopfte sich den Staub von der Uniformhose und sprach zu den um ihn versammelten Kriegern. »Denkt daran, alle hier, daß dies ein Nachschubraubzug ist. Wir haben kaum noch Munition für unsere Autokanonen und Raketenlafetten. Ihr dürft eure Energiewaffen einsetzen, soviel ihr wollt, aber haltet euch mit dem Einsatz der ballistischen Waffen zurück. Jetzt geht und weist eure Krieger ein. Wir rücken in dreißig Minuten aus.«

Tonia salutierte zackig mit dem Rest der Offiziere und wandte sich um. Jetzt würde sie den Barbaren endlich einen Schlag versetzen können, der ihnen zu schaffen machte. Jetzt würde sie die Gelegenheit bekommen, sich für die Jahre der Schande zu rächen, die sie hatte erdulden müssen, mit dem Etikett einer Solahma gebrandmarkt wie mit einem Kainsmal. Jetzt würde sie ihre Ehre wiederherstellen.

* * *

Aus ihrer Position in der Deckung eines von Schlingpflanzen überwucherten Baumes beobachtete Tonia vier mittelschwere BattleMechs, die knapp außerhalb des geborstenen Außenzauns der Pahn-City-Fabrikanlagen Streife gingen. Kaum mehr als dreihundert

Meter entfernt bewegten sich die gewaltigen humanoiden Maschinen bedächtig durch die Nacht, wie gepanzerte Riesen auf einem Abendspaziergang. Der Rest der Anlage war still und dunkel. Die taktische Doktrin nannte die Zeit zwischen drei und fünf Uhr nachts als den besten Zeitpunkt für einen Überraschungsangriff. In dieser Zeit erreichten die körperlichen und geistigen Zyklen des Durchschnittsmenschen ihren Tiefpunkt. Tonia schaute auf die Uhr des *Hermes II*. Die fahlgrünen Ziffern zeigten 03:56 an. In wenigen Augenblicken würde Sterncaptain Cyrus seinen Angriff starten, und dann...

Plötzlich flammten im Innern der Fabrikanlage die Lichter auf, gefolgt von einem Wirbelwind an Aktivität. Im geisterhaften Grün und Schwarz der Thermaloptik ihres Mechs sah Tonia Männer und Frauen durch das Gelände hetzen. Hitze blühte in den BattleMechreaktoren der Invasoren auf, als die Piloten ihre Maschinen zu tödlichem Leben erweckten. Trotz der steigenden Ungeduld, die sich in Tonia breitmachte, blieb sie in Position. Sie hatte den Befehl, erst anzugreifen, wenn Galaxiscommander Russou Howell sie dazu aufforderte.

Plötzlich stürmten Dutzende feindlicher BattleMechs aus dem Fabrikgelände und donnerten ostwärts zur Landezone der Schiffe. Der Boden bebte unter der Wucht ihrer Schritte.

Ein Knacken in ihrem Ohrhörer kündigte eine Nachricht an.

»Bleib, wo du bist, Sterncommander«, befahl Galaxiscommander Russou Howell über eine abhörsichere Kommlaserverbindung. »Gib ihnen Zeit, sich zu entfernen.«

Bevor Tonia den Empfang bestätigen konnte, hatte Howell die Verbindung bereits wieder unterbrochen.

Das donnernde Krachen der rennenden Mechs verhallte schnell in der Nacht, und noch immer kam kein Angriffsbefehl. Im Innern des Komplexes waren nur etwa ein Dutzend Mechs zu sehen. Tonia wählte den ihr am nächsten befindlichen aus, eine häßliche, handlose Maschine, die von ihren Konstrukteuren in der Inneren Sphäre *Whitworth* genannt wurde. Sie würde ihr erstes Ziel werden.

Ihre Blicke zuckten zwischen der Taktikanzeige, dem geisterhaften Bild des Feindmechs auf dem Hauptsichtschirm und der Uhr hin und her. Die Minuten verstrichen, und der Befehl zum Angriff kam und kam nicht. Tonia ließ die Steuerknüppel los, die Bewegung und Waffen des Mechs steuerten, und wischte die schweißnassen Hände am groben Nylonstoff ihrer Kühlweste ab.

»Sterncommander Tonia, du darfst angreifen.« Obwohl sie auf Howells Freigabe gewartet hatte, traf sie so plötzlich ein, daß Tonia zusammenzuckte.

»Aye, Galaxiscommander.«

Sie stieß den Kontrollknopf nach unten, der die Zielerfassung aktivierte. Augenblicklich flammte ein rotes Fadenkreuz auf dem Sichtschirm auf. Eine leichte Bewegung des linken Knüppels, und es senkte sich über den kantigen Torso des *Whitworth*. Tonia hielt eine Weile den Atem an, erlaubte dem Computer fünf zusätzliche Sekunden, um die Geschütze exakt auszurichten, dann strich sie mit dem Daumen über den Auslöser.

Eine drei Meter lange Feuerlanze schlug aus der Brust des *Hermes II*, als die Schnellfeuerautokanone eine lange Serie orangerot glühender Leuchtspurmunition in den Rumpf des *Whitworth* jagte.

Ringsum schien der Dschungel zu explodieren. Lanzen gebündelten Lichts aus Lasergeschützen und zukkende künstliche Blitzschläge aus Partikelkanonen griffen aus der Dunkelheit nach den Highlander-Mechs.

Tonia sah den *Whitworth* unter ihrem plötzlichen, unerwarteten Angriff taumeln, aber sie wußte nur zu gut, daß die vierzig Tonnen schwere Maschine zu zäh war, um schon nach dem ersten Feuerstoß auszufallen. Sie hörte den hohlen Knall, mit dem ein neues Magazin panzerbrechender Granaten in die Kammer ihrer Imperator-Ultra Autokanone fiel. Wieder richtete sie die Waffe auf den Highlander-Mech, der sich jetzt zu ihr umdrehte. Kleine Detonationen tanzten über den linken Arm und Torso des *Whitworth* und schlugen Löcher in die zähe Panzerung über der Backbord-Raketenlafette des Stahlriesen.

Diesmal wurde der feindliche Pilot von der Attacke nicht überrascht, und er wankte auch nicht unter dem Angriff. Statt dessen drehte er seine Maschine in das Feuer. Ein scharfer Heulton peinigte Tonias Gehör und meldete, daß der Feind ihren Mech erfaßt hatte. Weißlichgelbe Flammenzungen brachen aus den kastenförmigen Lafetten auf den Schultern des *Whitworth*, als zwanzig von modernen Artemis-Feuerleitsystemen gesteuerte Langstreckenraketen in den Nachthimmel schossen, um ihren schon jetzt angeschlagenen Mech zu verwüsten.

Diesmal war das Glück auf Sterncommander Tonias Seite. Eine Raketensalve schlug zu früh ein und verstreute Metallsplitter und Erdklumpen über Dutzende von Metern. Die zweite Salve traf das rechte Bein ihres Mechs und beschädigte dessen dünne Schutzpanzerung.

Fauchend wie ein wütender Parder brach Tonia aus der Deckung des Waldes und stürmte auf den Highlander-Mech zu. Zwei weitere Raketensalven ließen Torso- und Beinpanzerung des *Hermes II* bersten, und eine Laserlichtlanze zuckte so dicht an ihrem Cockpit vorbei, daß sie eine Kerze daran hätte anzünden können. Tonia kam schlitternd zum Stehen. Sie hob die

Mecharme und verwüstete den *Whitworth* mit einer Stakkatosalve Impulslaserfeuer, unter der die Breschen, die ihre AK-Granaten ins Plastron des Gegners geschlagen hatten, noch weiter aufrissen.

Bevor der Barbar sich erholen konnte, schleuderte Tonia einen weiteren Stoß Laserenergie in die schwer beschädigte Maschine und setzte eine dritte Salve kostbarer Autokanonenmunition hinterher. Dann löste sie die furchtbarste Waffe des *Hermes II* aus. Flüssiges Feuer brach aus dem linken Arm des Mechs und hüllte den Kopf des *Whitworth* in dunkelorangerote Flammen und öligen schwarzen Rauch. Ihr brach der Schweiß aus, als eine Hitzewelle durch die Mechkanzel schlug.

Die Parder-Kriegerin wußte, daß ein Flammer gegnerischen Mechs kaum ernsten Schaden zufügte, und die erhebliche Abwärme der Waffe stand häufig in keinem Verhältnis zu ihrem Nutzen. Aber als psychologische Waffe konnte nur ein Infernowerfer den Flammer noch übertreffen.

Der Kopf des *Whitworth* brach auf, und eine glühende Säule von Raketenabgasen trug den Highlander-Piloten aus seiner beschädigten Maschine. Tonias Plan hatte funktioniert. Sie hatte den erfahrenen Feindkrieger in Panik versetzt, indem sie seinen Mech zunächst mit Autokanonen- und Lasersalven zermürbt und dann in einem brutalen Angriffsschlag mit der Waffe nachgesetzt hatte, vor der alle Menschen Angst hatten: Feuer.

Rings um sie herum trieben die Parder-Krieger die Wachmechs der Highlanders vom Feld. Elementare und ein paar der wagemutigsten abgesessenen Mech-Krieger waren bereits in die Anlage gestürmt, um von den Northwind Highlanders mit lebenswichtigem Nachschub beladene Schwebelaster in Besitz zu nehmen. Die erbeuteten Fahrzeuge rasten in die Deckung und Sicherheit des dichten Dschungels.

In Tonias Adern sang die Kampfeslust, als sie den schwergebeutelten *Hermes II* herumwarf und nach einem neuen Gegner Ausschau hielt.

* * *

Zwei Stunden später kletterte Tonia die Kettenleiter hinab, die vom Torso des Mechs hing. Ohne sich um die Haut zu kümmern, die sie sich am rauhen Stahl abschürfte, rutschte sie die letzten Meter zum Boden. Euphorie füllte ihr Herz. Was auch immer jetzt aus ihr wurde, sie hatte bewiesen, daß sie kein wertloses Wrack war, nur weil das Kriegsgeschick ihr erlaubt hatte, bis ins hohe Alter von neununddreißig Jahren zu überleben. Ihr Stern hatte einen erfolgreichen Überfall auf eine von einem stärkeren Feind gehaltene Installation angeführt, einen Überfall, bei dessen Planung und Durchführung sie geholfen hatte.

Das bei diesem Angriff erbeutete Material würde den Kräften unter dem Befehl Galaxiscommander Russou Howells erlauben weiterzukämpfen, bis Verstärkung eintraf. Und selbst wenn es nicht dazu kam und Tonia im Kampf fiel, würde sie dem Tod freudig gegenübertreten, denn zumindest in den eigenen Augen war sie wieder eine Kriegerin.

* * *

Auf dem Fabrikgelände von Pahn City herrschte keine Hochstimmung. Colonel William MacLeod, Kommandeur der Northwind Highlanders, wanderte schweigend durch die verwüstete Anlage. Captain Oran Jones stand im Schatten einer halb eingestürzten Mauer und beobachtete den Colonel, wie er mit rotem Gesicht durch die Trümmer stapfte. MacLeod ignorierte den Offizier. Er hatte Jones mit einer Mechkompanie des

3. Bataillons im Lager zurückgelassen, während der Rest des Regiments abrückte, um die Landungsschiffe zu verteidigen. Kaum hatten sie den Kampf gegen die Nebelparder-Kräfte an der Landungszone aufgenommen, als eine zweite, größere Einheit die Fabriken angegriffen hatte.

Als er vom Angriff auf die Fabrikanlage erfuhr, hatte MacLeod den Rest des 3. Bataillons augenblicklich umdrehen und Jones' Kompanie entsetzen lassen. Aber als die Verstärkung eintraf, war der Kampf bereits vorbei gewesen. Kurz danach hatten sich die Parder an den Landungsschiffen in die Nacht zurückgezogen.

Auf den ersten Blick hatten weder die Landungsschiffe noch die Mechs in Jones' Kompanie ernsten Schaden genommen. MacLeod war geneigt gewesen, den Angriff als gutgeplantes Störmanöver durch Überlebende der Diana-Garnison abzuhaken. Aber als er erfuhr, was sich wirklich während seiner Abwesenheit auf dem Fabrikgelände zugetragen hatte, brach sich das Highlander-Temperament des Colonels Bahn. In farbenfrohem, von Flüchen durchzogenem Gälisch verabreichte er dem Captain die Standpauke seines jungen Lebens. »Und als ob diese dumpfbeutelige Stupidität noch nae genug gewesen wärrre«, brüllte MacLeod in Jones' Gesicht hinein, während der jüngere Offizier in starrer Habtachtstellung vor ihm stand und die Beschimpfungen mit dem – einen in weiter Ferne liegenden Punkt fixierenden – sogenannten ›Kilometerblick‹ über sich ergehen ließ, den Junioroffiziere und Mannschaften bei solchen Gelegenheiten aufzusetzen pflegen. »Als ob das noch nae rreichte, lassen Sie den Sassenach genug verfluichten Nachschub in seine verfluichten Krrallen krriegen, um einen verfluichten Monat Guerrilla zu spielen, und verfolgen ihn verfluicht noch mal nicht einmal! Was, im Namen alles, was heilig ist, haben Sie sich dabei gedacht?«

»Colonel, Sir, ich...«, versuchte Jones sich zu verteidigen, aber MacLeod dachte gar nicht daran, ihn aussprechen zu lassen.

»Schnauze, Laddie. Ich gebe dirr Bescheid, wenn du rreden darfst.«

»Äh, Colonel?« meldete sich eine leise, höfliche Stimme aus den Schatten.

»Was ist, Captain Campbell?« bellte MacLeod.

Captain Neil Campbell, der muskulöse rothaarige Kommandeur der Royal-Black-Watch-Kompanie der Northwind Highlanders, trat ins Licht. »Sir, Ihre Standpauke war nicht zu überhören. Aber ich finde, Sie tun dem Lad Unrecht. Immerhin sind wir anderen in die Nacht geprescht und haben eine Bande Strolche gejagt, die uns aus dem Dunkeln beschimpften.«

»Was?« zischte MacLeod.

Campbell legte nur den Kopf zur Seite, als habe er den Einwurf nicht gehört. »Wir sind alle darauf reingefallen, so wie er.« Er grinste, salutierte und ging davon, den Skye Boat Song pfeifend.

Einen Augenblick lang verfärbte MacLeods Gesicht sich dermaßen dunkelrot, daß Jones Angst bekam, seinen Kommandeur werde gleich der Schlag treffen.

»Baahhrrargfh«, knurrte er schließlich und wirbelte auf dem Absatz herum, bevor er Jones an der Trümmermauer stehen ließ. Captain Campbell hatte natürlich recht gehabt, als er MacLeod daran erinnerte, daß auch er auf den Ablenkungsangriff der Parder hereingefallen war. Er war so auf die konventionelle Militärdoktrin konditioniert gewesen, die verlangte, ›Landungsschiffe um jeden Preis zu beschützen‹, daß er den Hauptteil seiner Streitmacht vom primären Angriffsziel abgezogen und den Fabrikkomplex nahezu schutzlos einem Parder-Angriff ausgesetzt hatte.

Es brauchte mehrere Minuten wütenden Marschierens, bis MacLeod sich wieder unter Kontrolle hatte.

Dann schüttelte er den Kopf und lachte traurig. Er kam zu Captain Jones herüber und sah dem jüngeren Mann in die Augen. »Captain Campbell hatte völlig recht. Die Parder haben uns heute nacht alle zum Narren gehalten. Ich schulde Ihnen eine Entschuldigung, Captain.«

»Nein, Sair«, antwortete Jones und ergriff die ausgestreckte Hand des Colonels. »Es gibt nichts zu vergeben. Wie Sie gesagt haben, wir sind alle darauf hereingefallen.«

»Aye. Nun, eines ist sicher.« MacLeod schüttelte wieder den Kopf. »Mit diesen Nebelpardern haben wir nicht zum letzten Mal zu tun gehabt.«

4

**Befehlsposten der Leichten Eridani-Reiterei,
Mons Szabo, Lutera, Diana
Kerensky-Sternhaufen, Clan-Raum**

15. März 3060

»In Ordnung, Colonel, verstanden.« General Ariana Winston reichte das Kommset zurück an den Tech und stützte sich müde mit den Ellbogen auf den Rand des Holotischs im mobilen Hauptquartier. Die Nachricht von Colonel MacLeod, in der er ihr mitteilte, daß die Highlanders von einer Parder-Einheit überfallen worden waren, war für sich genommen schon schlimm genug. Auch ohne ihre düstere Vorahnung, daß sie nur noch Schlimmeres ankündigte. Erst vor wenigen Tagen, nachdem Diana für sicher erklärt worden war, hatte sie die Offiziere unter ihrem Befehl angewiesen, alles an die Aufspürung und Festnahme einer Reihe von Clankommandeuren zu setzen, deren Aufenthaltsort nicht bekannt war. Sie waren nicht unter den Leibeigenen zu finden, dem Clan-Begriff für Gefangene, den Einsatzgruppe Schlange für ihre Zwecke übernommen hatte, noch waren sie unter den Toten identifiziert worden.

Obwohl ihr klar war, daß es bei jeder Militäraktion eine Reihe von Vermißten gab, machten die Anzahl und der Rang der vermißten Parder-Offiziere ihr Sorgen. Die Krieger des Nebelparderclans waren möglicherweise die aggressivsten und zähesten aller Clanner. Kapitulation und Rückzug hatten keinen Platz in der Gefechtsdoktrin der Nebelparder. Trotzdem konnte sie das ominöse Gefühl nicht abschütteln, daß zumindest ein Teil jener Offiziere Truppen in die Wildnis geführt hatte, um von dort einen Guerillafeldzug gegen die Sternenbundtruppen zu führen. Exakt so hätte sie sich verhalten, wären die Rollen umgekehrt verteilt gewesen.

Es war dieser scheinbare Gleichklang der Gedanken, der ihr zu schaffen machte. Die Parder, überhaupt alle Clanner, galten als direkte Kämpfer. Alles, was sie je von ihren Kampftaktiken gesehen oder darüber gehört hatte, sprach gegen Partisanentaktiken. Statt dessen verließen sie sich nahezu ausschließlich auf Blitzangriff und Vorwärtsverteidigung. Und jetzt führten sie plötzlich einen nächtlichen Überfall auf eine vom Gegner erbeutete Einrichtung durch, nicht, um sie zu befreien, sondern um in den Besitz von Nachschub zu gelangen, der ihnen ein Weiterkämpfen ermöglichte. Nicht nur das, sie hatten ein Täuschungsmanöver angewandt, eine Finte, die sie den Clannern nicht zugetraut hätte.

Die meisten Truppen auf dieser Welt sind Solahmas, überlegte sie. *Möglicherweise gibt ihnen ihr ehrloser Status eine größere Freiheit zu kreativen Taktiken.*

Ein anderer Gedanke drängte sich ihr auf.

Warum widersetzen sie sich? Soweit sie das sagen können, sind wir auf Dauer hier. Sie können unmöglich glauben, sie könnten gewinnen. Sie können sich unmöglich einbilden, ein zusammengewürfelter Haufen von Überlebenskünstlern mit Mechs der Garnisonsklasse und vom Sternenbund zusammengestohlener Ausrüstung hätte eine Chance, diese ganze Einsatzgruppe zurück ins All zu jagen. Oder? Nein, dahinter muß etwas anderes stecken. Es könnte schierer dickköpfiger Stolz sein, aber danach sieht das nicht aus. Ich hoffe, daß ich mich irre, aber ich habe dieses furchtbare Gefühl, daß sie auf Verstärkung warten. Die Abschlußberichte sprechen gegen einen Hilferuf der Parder, aber sicher können wir uns da nicht sein.

»Corporal«, rief sie dem KommTech zu, der die Funkstation des Mobilen HQ bediente. »Heizen Sie das Netz an. Ich möchte mit allen Einheitskommandeuren sprechen.«

»Geht klar, Gen'ral.« Der Tech spielte an Drehknöpfen und drückte Knöpfe, um das Breitbandfunknetz der Einsatzgruppe aufzubauen. Natürlich lief man beim Einsatz eines solchen Kommunikationssystems selbst bei Einsatz von Verschlüsselungstechniken immer Gefahr, daß der Feind die Nachricht abfing und auf diese Weise möglicherweise wertvolle Informationen erlangte. Aber dieses Risiko ging sie ein. Im Gegenteil, es konnte sogar zu ihrem Vorteil sein, falls die Parder in der Lage waren, die Sendungen abzuhören und zu entschlüsseln.

Nach mehreren Minuten, in denen er an den Kontrollen herumhantierte und in sein Bügelmikro murmelte, drehte der Tech sich in seinem Stuhl um und hob den Daumen zum Zeichen, daß das Funknetz stand und alle Regimentskommandeure in der Leitung waren und auf Winstons Nachricht warteten.

»Achtung alle Einheiten, hier spricht Ballerina. Möglicherweise haben Sie bereits gehört, daß Dundee heute morgen von einer Einheit ›November Ponys‹ etwa in Regimentsstärke überfallen wurde.« Der Funkspruch war nach dem Standardverfahren der Einsatzgruppe verschlüsselt, aber Winston benutzte trotzdem soweit möglich Codenamen. Falls die Parder in der Lage waren, die Übertragung abzuhören und zu dekodieren, hätte der Verzicht darauf die Sendung sofort verdächtig gemacht. Jedenfalls hätte sie das so gesehen, wenn sie an deren Stelle gewesen wäre. Dementsprechend war sie ›Ballerina‹, MacLeod war ›Dundee‹ und die Nebelparder waren die ›November Ponys‹.

»Deshalb erlasse ich folgenden Befehl. Alle Einheiten werden angewiesen, die örtlichen Sicherheitsmaßnahmen zu verschärfen. Die letzten Missionsbefehle sind so schnell zum Abschluß zu bringen, wie es unter sicheren Bedingungen möglich ist. Alle Gebietskommandeure sind angewiesen, Gefechtspatrouillen zur Ergreifung oder Eliminierung aller Feindeinheiten auszusenden, die der Invasion entkommen sein könnten. Alle Einheiten, bestätigen.«

»Ballerina von Löwe.« General Andrew Redburn von den Kathil-Ulanen antwortete als erster. »Löwe bestätigt Erhalt und Ausführung.«

»Ballerina, Paladin bestätigt. Ihr Befehl wird ausgeführt.« Paladin war Colonel Paul Masters von den Rittern der Inneren Sphäre. In der Stimme des Ritterkommandeurs lag eine Spur von Unbehagen. Er war nie sonderlich glücklich darüber gewesen, was Winston als ›die letzten Missionsbefehle‹ umschrieben hatte: die Entscheidung der Whitting-Konferenz und des neugegründeten Hohen Rats des Sternenbunds, jegliche Industrie und sonstige Anlagen, die es den Pardern möglich machen könnten, ihre Kriegsmaschinerie wiederaufzubauen, dem Erdboden gleichzumachen.

Masters hatte auf dem ganzen Weg von Tharkad, wo die Konferenz stattgefunden hatte, über Defiance, wo die Einsatzgruppe sich versammelt und trainiert hatte, bis nach Diana, wo der Plan jetzt in die Wirklichkeit umgesetzt wurde, gegen dieses Vorgehen protestiert. Aber schließlich war er gezwungen gewesen nachzugeben. Die Vernichtung der Parder-Kriegsmaschinerie war Teil seines Auftrags, und er war durch seine Ehre gebunden, diesen Auftrag auszuführen. Nur die Tatsache, daß die Missionsbefehle die ausdrückliche Anweisung enthielten, Opfer unter der Parder-Zivilbevölkerung unter allen Umständen zu vermeiden, dämpfte die Verletzung seines ritterlichen Ehrenkodex weit genug, um Masters eine Durchführung der Ratsbeschlüsse zu ermöglichen.

Nacheinander meldeten sich auch die übrigen Kommandeure. Den Abschluß bildete General Sharon Byran, die Kommandeurin der 11. Lyranischen Garde. Offiziell war sie immer noch die Anführerin der Garde, aber als die Explosion eines Munitionsmagazins sie gezwungen hatte, aus ihrer *Banshee* auszusteigen, hatte sie sich einen schweren Armbruch zugezogen, der Byran gezwungen hatte, den Feldbefehl ihrem Stellvertreter, Colonel Timothy Rice, zu übergeben.

Rice war ein fähiger Kommandeur und in vielerlei Hinsicht Byran ebenbürtig, doch ihm ging, zu Winstons Freude und Byrans Leidwesen, eine ihrer Charaktereigenschaften ab. Rice war lyranischer Patriot, aber kein fanatischer Steiner-Loyalist von der Art Sharon Byrans.

Als Byrans knappes »Handschuh an Ballerina, bestätigt« verklungen war, ergriff Winston wieder das Wort. »Alle Einheiten von Ballerina. In Ordnung, an die Arbeit. Ich will diese Angelegenheit so schnell wie möglich über die Bühne bringen. Halten Sie mich über Ihre Fortschritte auf dem laufenden. Mit etwas Glück können wir die Vernichtung der Parder-Kriegsmaschinerie abschließen und von hier verschwinden, bevor feindliche Verstärkungen eintreffen. Ballerina Aus.«

Sie zog sich das Kommset vom verschwitzten Haar und schaute aus der Tür des Mobilen HQ ins Freie. *Vielleicht schaffen wir das hier ja doch noch, ohne noch einmal kämpfen zu müssen*, dachte sie und fügte ein Stoßgebet hintan. *Lieber Gott, laß es glücken.*

5

Galaxis-Delta-Flaggschiff *Korat*, Zenitsprungpunkt Diana-System, Kerensky-Sternhaufen, Clan-Raum

19. März 3060

Zeit und Raum verzerrten sich und schienen das Deck unter Galaxiscommander Hang Mehtas Füßen in einen Möbiusstreifen bockenden Stahls zu verwandeln. Ein Bombardement aus Licht und Lärm – schlimmer als jeder Artilleriebeschuß, dem sie je ausgesetzt gewesen war, peinigte ihre Sinne. Dann brach der beinahe körperliche Angriff auf ihre Sinnesorgane ebenso jäh ab, wie er begonnen hatte, und hinterließ nur ein heftiges Gefühl der Übelkeit in ihren Eingeweiden.

Mehta ignorierte die aufsteigende Galle als übliche Nachwirkung der Hyperraumtransition und wandte ihre Aufmerksamkeit dem Holotank zu, der die Brücke der *Korat* dominierte. Noch waren nicht alle geisterhaften Bilder der Nebelparder-Flotte materialisiert, als andere Raumschiffe am Zenitsprungpunkt des Systems auftauchten. Soweit sie wußte, war die *Korat*, ein Kreuzer der *Befreier*-Klasse, das größte Clan-Kriegsschiff, dem es gelungen war, den Kräften der Inneren Sphäre zu entkommen, die über die Welten der Nebelparder-Besatzungszone hergefallen waren.

»Freigeburt!« stieß sie aus. Der Fluch stieg mehr aus einem allgemeinen Gefühl der Verzweiflung in ihr auf als aus einer gegen ein bestimmtes Ziel gerichteten Wut.

Die Barbaren, die für ihren Clan und ihre Kultur nicht mehr als Surats waren, das erbärmlichste Ungeziefer, hatten das Undenkbare geschafft. Sie hatten sich unter einer gemeinsamen Fahne vereint und einen Clan, *ihren* Clan, aus der Inneren Sphäre vertrieben. Mehta hatte es miterlebt und konnte es trotzdem noch kaum fassen. Es lieferte ihr wenig Trost, daß Galaxis Delta, *ihre* Galaxis, die Wolkenranger, eine der wenigen Nebelparder-Einheiten war, die eine Gegenoffensive gegen die Barbaren der Inneren Sphäre auf die Beine gestellt hatten. Ohne die Verwirrung durch den überhastet geplanten Gegenangriff hätte sie die Befehls-Trinärstern der Galaxis bei dessen selbstmörderischem Gefechtsabwurf über Pesht begleitet. Statt dessen waren sie und der 19. Einsatzsternhaufen auf Matamoras von den 2. Nachtschatten und der Ryuken-yon gestoppt und dezimiert worden. Es war reines Glück, das es ihr ermöglicht hatte, dem Tod oder der Gefangennahme durch die Freigeburten der Inneren Sphäre zu entkommen.

Die Barbaren hatten eine Allianz geformt und ihre lächerlich zerstrittenen Nationen zu einer gemeinsamen Vergeltungsstreitmacht vereint. Sie hatten eine Großoffensive gegen die Nebelparder-Besatzungszone geplant, organisiert und in Marsch gesetzt. Sie hatten den Stolz ihres Clans vor sich hergetrieben wie Spreu im Sturmwind. Schließlich war ilKhan Lincoln Osis gezwungen gewesen, die zerschlagenen Überreste seiner Kräfte aus der Inneren Sphäre abzuziehen. Sie sollten nach Diana zurückkehren, um sich neu zu formieren und ihre gebeutelten Überlebenden neu auszurüsten, bevor sie in die Besatzungszone zurückkehrten. Nur das Wissen, daß sie auf ausdrücklichen Befehl des ilKhans in den Kerensky-Sternhaufen zurückkehrte, rettete wenigstens einen minimalen Überrest von Hang Mehtas Kriegerstolz.

Die größte Beleidigung von allen aber war, daß die Truppen der Inneren Sphäre für sich in Anspruch nahmen, unter dem Banner eines neugegründeten Sternenbunds zu marschieren. Der bloße Gedanke an diese dreckigen Stravags unter dem heiligen Namen des Sternenbunds füllte Mehtas Geist mit einer brennenden Wut, die nur das Blut ihrer Feinde löschen konnte.

Sie zitterte vor Wut, als sie sich an die erbitterten Kämpfe auf Matamoras erinnerte, bei denen Truppen des Draconis-Kombinats, die neben ihrem dreckigen Kurita-Drachen den Cameron-Stern getragen hatten, ihren BefehlsStern zerschlagen hatten. Sie erinnerte sich, wie einer ihrer Mechs nach dem anderen den feigen Hinterhalten zum Opfer gefallen war, die ihnen die Nachtschatten gelegt hatten. Ihr rechter Arm und die Rippen an dieser Seite schmerzten immer noch vom Angriff des tödlich-schwarzen *Hatamoto-Chi*, der ihren bereits beschädigten *Waldwolf* erst mit PPK-Feuer und Raketensalven beschossen hatte und dann herangestürmt war und sein Cockpit zu einem zerbeulten Metallklumpen gehämmert hatte. Nur durch reines Glück hatte Mehta die Vernichtung ihres Mechs überlebt, und daß sie keine dauerhaften Schäden davongetragen hatte, war ein kleines Wunder. Ihre Entdeckung und Rettung durch einen auf dem Rückzug befindlichen Strahl Elementare rangierte bereits unter ›große Wunder‹.

Ihr zerschmetterter rechter Arm steckte immer noch in einem dicken Plastikverband, und ihre Verbrennungen zweiten Grades und Rippenbrüche waren fast verheilt, aber von den Verletzungen, die ihre Selbstachtung erlitten hatte, konnte Galaxiscommander Hang Mehta das nicht behaupten. Nach dem Debakel auf Matamoras war sie nicht in der Lage gewesen, ihre Krieger bei deren Sturm auf Pesht zu begleiten. Viele von ihnen hatten einen ehrenhaften Tod gefunden, während sie verwundet und hilflos auf der Krankenstation lag. Mehtas Parder-Herz loderte vor Verlangen nach einer Chance, in die Innere Sphäre zurückzukehren, um die feige draconische Freigeburt aufzuspüren, die sie verwundet hatte, und ihre Schande im Blut dieses Surats abzuwaschen.

Die nahezu vollständige Vernichtung der Wolkenranger hatte den Barbaren noch nicht genügt. Selbst als die zerschlagenen Überreste ihres BefehlsTrinärsterns sich aus dem verfluchten Matamoras-System zurückzogen, waren sie bis zum Sprungpunkt von draconischen Luft/Raumjägern verfolgt worden. Und dort waren, in einer Wendung, die möglicherweise die schockierendste aller Erniedrigungen bedeutete, die sie hatte erdulden müssen, drei ihrer kostbaren Landungsschiffe und der Zerstörer der *Lola III*-Klasse *Gryphon* von einer Kriegsflotte der Inneren Sphäre vernichtet worden. Mehta erinnerte sich an die Überraschung, die sie durch den Vorhang des Schocks und der Schmerzmittel gefühlt hatte, als ihr klar geworden war, daß ihre Einheit von mehr Kriegsschiffen angegriffen wurde, als sie in der ganzen Inneren Sphäre zu finden erwartet hätte. Nur die *Korat* und zwei Korvetten der *Vincent Mk 42*-Klasse, die *Ripper* und die *Azow*, waren zusammen mit einer kleinen Zahl von Transportsprungschiffen entkommen. Mehta konnte sich glücklich preisen, auch nur einen Bruchteil ihrer Einheit intakt gerettet zu haben.

Das kommt alles wieder in Ordnung, versprach sie sich. *Die Wolkenranger werden wiederaufgebaut. Und dann werden wir in die Innere Sphäre zurückkehren und diesen erbärmlichen Freigeburten zeigen, was es heißt, besiegt zu werden.*

Die momentan unter ihrem Befehl stehenden Krieger waren die zusammengewürfelten Überlebenden zahlreicher Einheiten. Ein Teil von ihnen, wie die 2. Pardergarde und der 267. Gefechtssternhaufen, gehörten Frontklasse-Galaxien wie Delta an. Andere, die Überlebenden der 17. und 143. Garnisonssternhaufen, waren weniger erfahrene Krieger, die nach dem Waffenstillstand von Tukayyid in der Besatzungszone stationiert worden waren.

Hang Mehta hatte sich sofort nach Erreichen des Clan-Raums beim ilKhan gemeldet, in der Absicht, ihm einen stolzen Bericht darüber zu liefern, wie sie die zerschlagenen Überreste der Parder-Besatzungskräfte versammelt und während der neunmonatigen Reise aus der Inneren Sphäre zu den Heimatwelten zu einer kampfbereiten Gefechtseinheit verschmolzen hatte. Aber Lincoln Osis hatte sie beinahe mitten im Wort unterbrochen. Sie konnte immer noch nicht ganz glauben, was er ihr mitgeteilt hatte.

»Galaxiscommander Hang Mehta«, hatte der ilKhan geantwortet. »Begib dich auf schnellstem Weg nach Diana. Ich habe Berichte über eine Invasionsflotte der Inneren Sphäre erhalten, die in diesem Augenblick die Parder-Heimatwelt angreift. Fliege nach Diana und säubere den Planeten von den Invasoren. Nicht einer dieser stinkenden Surats darf überleben.«

Natürlich war es undenkbar, daß der ilKhan gelogen hatte, und sicher konnte er sich über etwas derart Unvorstellbares wie eine Invasion Dianas durch die Innere Sphäre nicht irren. Aber ihr Verstand weigerte sich zu fassen, daß barbarische Freigeburten es geschafft haben sollten, mit ausreichend starken Kräften für eine planetare Invasion unbemerkt den Weg in den Kerensky-Sternhaufen zu finden.

Sie betrachtete die Bilder ihrer winzigen Schiffe, wie sie langsam in Position schwenkten, um die Sprungtriebwerke aufzuladen. Mit leichter Verärgerung bemerkte sie, daß einer der Zerstörer noch nicht einmal begonnen hatte, in eine Position zu manövrieren, in der er das Sprungsegel entfalten konnte, die tiefschwarze, kilometergroße und seidendünne Folie, mit deren Hilfe ein Sprungschiff die benötigte Sonnenenergie sammelte, um die gewaltigen Kearny-Fuchida-Aggregate aufzuladen.

Da stimmt etwas nicht, erkannte Mehta, und der

Gedanke traf sie im Innersten. *Das ist keines* meiner *Schiffe.*

»Dieses Schiff vergrößern«, knurrte sie und zeigte auf das fingerlange Hologramm. Sofort wuchs die Projektion, bis sie die Länge ihres Arms hatte. Das fingerhutförmige Schiff gehörte nicht zu den Kriegsschiffen, die mit ihr in das System Dianas gesprungen waren. Es war überhaupt kein Nebelparder-Schiff.

»Galaxiscommander, die Computeranalyse ergibt, daß es sich bei dem Zielschiff *nicht* um ein Clan-Kriegsschiff handelt.« Der SensorTech zögerte, als fürchte er sich vor Mehtas Zorn. »Die Analyse deutet auf eine *Fox*-Klasse-Korvette des Vereinigten Commonwealth hin.«

Mehta ließ sich keinerlei Regung anmerken. Statt dessen musterte sie das durchscheinende Kriegsschiff, das anderthalb Meter über dem Brückenboden in der Luft hing, genau. Das kurze, gedrungene Schiff trug das arrogante Wappen einer geballten Faust vor einer strahlenden goldenen Sonne, das Symbol des Vereinigten Commonwealth. Unter dieser prahlerischen Zurschaustellung von Trotz und Stärke prangte der Name ›Antrim‹. Lange Sekunden war Mehta unfähig, sich zu bewegen oder ein Wort herauszubringen, so geschockt war sie, hier, im tiefsten Bau des Nebelparders, ein Kriegsschiff der Inneren Sphäre zu finden.

Der ilKhan hatte recht! Die Erkenntnis traf sie wie ein Gaussgeschoß. *Die Barbaren haben den Weg nach Diana gefunden!*

»Galaxiscommander, der Computer bestätigt, daß es sich beim Zielschiff um eine Korvette der *Fox*-Klasse handelt. Ihre Schubtriebwerke werden aktiviert, und meine Abtastung deutet auf Aktivierung der Geschützsysteme hin. Die Ortung zeichnet inzwischen mindestens acht weitere Eindringlinge, und mindestens die Hälfte davon sind Kriegsschiffe.« Die Stimme des Techs wurde leiser.

»Das ist noch nicht alles«, stellte Mehta fest, drehte sich um und starrte den bleichen OrtungsTech an. »Was noch?«

»Galaxiscommander, das uns nächstgelegene Zielschiff trägt sowohl die Insignien des Vereinigten Commonwealth wie auch den Cameron-Stern. Die Sternenbund-Verteidigungsstreitkräfte sind vor uns hier eingetroffen.«

»Das ist unmöglich«, zischte Mehta und klang eher wie eine wütende Stahlviper als ein Parder.

»Galaxiscommander, ich empfange eine unverschlüsselte Funknachricht.« Die junge Frau an der Kommkonsole machte eine kurze Pause und studierte angestrengt ihre Instrumente. »Sie scheint von Diana zu kommen.«

»Auf den Brückenlautsprecher.«

Die Tech reagierte auf Mehtas Befehl, indem sie eine Reihe von Kontrollen auf ihrer Konsole betätigte. Eine rauhe Stimme, die durch das für Langstrecken-Raumfunk charakteristische Krachen und Pfeifen noch rauher klang, drang aus den Deckenlautsprechern.

»...Winston läßt Ihnen ausrichten, daß die Leichte Eridani-Reiterei die Mechreparaturen fast abgeschlossen hat.«

Die Leichte Eridani-Reiterei! Mehta kannte diesen Namen, jeder ClanKrieger kannte ihn. Sie kannte auch den Anspruch der Einheit, die Ideale des Sternenbunds hochzuhalten. Vor fast dreihundert Jahren hatten ihre Kommandeure sich geweigert, am Exodus teilzunehmen, und erklärt, in der Hoffnung zu verharren, die Traditionen der SBVS zu erhalten. Für einen ClanKrieger war die Entscheidung der Leichten Reiterei, sich dem Exodus nicht anzuschließen, die schlimmste Form des Verrats. Die Eridani hatten sich geweigert, ihrem rechtmäßigen Kommandeur bei dessen Versuch, die Menschheit vor sich selbst zu retten, aus der Inneren

Sphäre zu folgen. Die hochtrabenden Ansprüche der Leichten Reiterei, die Werte und Traditionen des Sternenbunds zu verfechten, bedeuteten eine Beleidigung schlimmsten Grades für die Clans und das ehrenvolle Angedenken des großen Aleksandr Kerensky. In Mehtas Augen verdienten nur die Hightech-Gladiatoren, die zum Amüsement der dekadenten Massen auf Solaris VII kämpften und starben, noch größere Verachtung.

Wenn die Leichte Eridani-Reiterei wirklich auf Diana stand, konnte das weder ein Irrtum noch eine durch den Hyperraumsprung hervorgerufene Halluzination sein. Es konnte nur eines bedeuten. Irgendwie hatte die Innere Sphäre es geschafft, den Weg zu den Heimatwelten zu finden, und die ultimative Häresie begangen. Unter dem Banner des Sternenbunds, was für sich allein bereits eine unverzeihliche Ketzerei darstellte, hatte eine Einsatzgruppe den langen Weg durch die Leere des Raums unternommen und Diana angegriffen.

Es hatte keinen Sinn, gegen die Beweise aufzubegehren, die ihr ins Gesicht starrten. Die gelassene Funkbotschaft von der Planetenoberfläche an das Kriegsschiff der Inneren Sphäre, das selbstsicher am Zenitsprungpunkt des Systems auf Posten stand, bestätigte die Mitteilung des ilKhans. Die Innere Sphäre hatte Diana nicht nur gefunden, sie hatte die Nebelparder-Heimatwelt angegriffen und erobert. *Ihre* Heimatwelt.

Der Rachedurst, der in Mehtas Innerem brodelte, seit ihre geliebte Galaxis Delta von der Inneren Sphäre praktisch ausgelöscht worden war, brach sich in wilder Berserkerwut Bahn.

Bevor sie ein Wort sagen konnte, ertönte ein aufgeregter Schrei von der Hauptsensorstation. »Galaxiscommander, meine Instrumente melden einen Energieanstieg im Maschinenraum des feindlichen Kriegsschiffs. Es fährt seine Schubtriebwerke hoch. Außerdem scheint es die Waffensysteme einsatzbereit zu machen. Die Langstreckenortung meldet ähnliche Aktivität an anderen Punkten, wahrscheinlich weiteren Invasorenschiffen. Die Sensoren deuten darauf hin, daß wir es mit bis zu zehn Feindschiffen zu tun haben.«

»Freigeburt!« stieß Mehta aus. »Sterncaptain«, fuhr sie ihren Adjutanten Sumner Osis an. »Wie viele kampfbereite Mechs haben wir an Bord der Flotte?«

Osis, trotz seines schütteren grauen Haars und der fahlen Hautfarbe noch ein junger Mann, trat in den Holotank. Eine handtellergroße Narbe auf der rechten Wange, das Überbleibsel einer Brandwunde, die er sich im Kampf gegen die Davion Assault Guards zugezogen hatte, war endlich verheilt, und ein breiter Fleck frischer rosafarbener Haut war an ihre Stelle getreten. »Galaxiscommander, wir verfügen über die Entsprechung von zwei Galaxien.« Er winkte dem Holotank-Tech zu. Das verhaßte Bild des VerCom-Kriegsschiffs verschwand und wurde durch eine Projektion der Gefechtsaufstellung ersetzt. »Alles in allem haben wir dreihundertvierzig kampfbereite Mechs und Elementarstrahlen zur Verfügung. Das schließt keine Luft/Raumjäger ein. Sterncolonel Durant meldet weniger als fünfzig einsatzbereite Luft/Raumjäger.«

»Das wird genügen müssen«, stellte Mehta entschieden fest. »An alle Transporter: ›Sämtliche Landungsschiffe sofort abkoppeln. Alarm-Rücksturz nach Diana. Den Feind angreifen, wo immer er sich zeigt.‹ An alle Kriegsschiffe: ›Feindflotte sofort angreifen. Wenn möglich, Transportschiffe vernichten. Ich will dem Feind nicht die geringste Fluchtchance lassen.‹ Tech Feike, stell mich zu Sterncolonel Paul Moon durch.«

* * *

»Aye, Galaxiscommander«, bestätigte Sterncolonel Paul Moon. Er verschränkte die breiten Arme vor der ausladenden, muskulösen Brust und betrachtete das einen Meter hohe Hologramm der Kommandeurin dieser improvisierten Galaxis, als wäre er eine Raubkatze und Hang Mehta seine Beute.

Moon fühlte sich auf der Brücke der *Dräuender Sturm*, eines Landungsschiffs der *Overlord*-C-Klasse an Dockkragen Nummer Vier der *Korat*, wie zu Hause. Viele Bodentruppenoffiziere, unter anderem auch Galaxiscommander Hang Mehta, schienen an Bord von Raumschiffen Unbehagen zu verspüren. Den meisten ging selbst das einfachste Wissen über militärische Belange außerhalb ihres eigenen Spezialgebiets ab. Dadurch fühlten sich MechKrieger an Bord von Kampfraumschiffen ebenso unwohl, wie deren Crewmitglieder im Cockpit eines BattleMechs fehl am Platze gewesen wären. Moon gehörte nicht zu dieser Kategorie von Kriegern. Er erkannte Raumschiffsbesatzungen als ausgebildete Krieger an und respektierte ihre Fähigkeiten.

Moon hatte sich bereits auf der Brücke der *Dräuender Sturm* befunden, als die *Korat* mit dem angekoppelten Landungsschiff ins Diana-System gesprungen war. Er hatte die taktische Einspeisung von den Sensorsystemen des Kreuzers in den Holotank des Landungsschiffs gesehen. Er wußte, daß Mehta noch nicht weit genug wiederhergestellt war, um persönlich den Befehl über eine größere Bodenaktion zu übernehmen. Als erfahrenster Feldoffizier der provisorisch wiederformierten Galaxis war ihm klar, daß sie gezwungen sein würde, ihm die Leitung des Angriffs zu übertragen, der die Parder-Heimatwelt zurückerobern sollte.

Er kannte Hang Mehta als fähige Kommandeurin und erstklassige MechKriegerin. Aber was immer

Moon an Bewunderung für sie empfunden haben mochte, wurde von dem Wissen relativiert, daß sie nicht an der letzten ruhmreichen Schlacht Galaxis Deltas teilgenommen hatte.

»Hrmph.« Mehtas Schnauben verriet nichts von ihren Gedanken. »Wie ich sehe, bist du wieder auf den Beinen, Sterncolonel Paul Moon. Das ist gut. Aber ich denke nicht, daß die MedTechs dich bereits wieder freigegeben haben, deine Pflichten als Gefechtsfeldkommandeur zu übernehmen.«

Moon starrte das Hologramm wütend an. Er wußte genau, daß die kleine Laserkamera im Sockel des Projektors seine wütende Grimasse aufzeichnete und in das Schiff des Galaxiscommanders übertrug. Die schwere Metallmanschette um sein linkes Bein war eine ständige Erinnerung an die beinahe tödliche Verletzung, die er von der Hand eines üblen Verräters namens Trent erlitten hatte. Eine Kurzstreckenrakete aus der Lafette des *Kampfdämon* des Verräters hatte sein Bein in Kniehöhe abgerissen und ihn blutend und verkrüppelt auf dem Schlachtfeld auf Maldonado zurückgelassen. Nur der Mediter seines Elementarpanzers hatte Moons Leben gerettet.

Nach der Schlacht hatten Moons Kameraden ihn aufgenommen und zum Stützpunkt Galaxis Deltas auf Hyner zurückgebracht. Die MedTechs des Clans hatten sofort mit dem langen, schmerzhaften Prozeß der Regeneration seines verlorenen Beins begonnen. In den fast zwei Jahren seit seiner Verletzung hatte das neue Körperglied beinahe die erstaunliche Größe des Originals erreicht. Aber weil das Bein unter medizinischen Stimulanzien gewachsen war, erreichte es nicht annähernd die ursprüngliche Stärke. Es wäre für die Clan-MedTechs schneller und einfacher gewesen, eine moderne Prothese anzupassen. Aber wegen der komplexen Systeme, mit denen der Elementarpanzer gesteuert wurde, wäre es für Moon nahezu unmöglich gewesen, mit einer Prothese weiterhin Krieger zu bleiben. Seines Ranges und seiner bisherigen Leistungen wegen hatte man Sterncolonel Paul Moon das seltene Privileg gewährt, ein neues Bein regenerieren zu dürfen.

In den letzten zwei Monaten hatte er in stolzem und wütendem Schweigen die Folter der Rehabilitation unter der Anleitung der MedTechs über sich ergehen lassen. Während dieser gesamten Zeit hatte Moon sich selbst härter angetrieben, als es irgend jemand sonst gewagt hätte, denn er war ebenso versessen darauf, seine sanftfingrigen Therapeuten niederer Kaste loszuwerden, wie seinen Platz als Krieger wiedereinzunehmen. Die geschwärzte Metallmanschette war eine ständige Erinnerung an seinen zweifelhaften Status in der Kriegergesellschaft des Clans. Moon war zwar zum Krieger geboren und gezüchtet, aber er wußte genau, daß die Leistung im Kampf den Wert eines Parders ausmachte. Die schier endlose Dauer seiner erzwungenen Untätigkeit hatte seine Geduld auf eine harte Probe gestellt, und inzwischen stand er unmittelbar vor der Explosion.

Paul Moon hatte die Anweisungen der MedTechs bereits einmal mißachtet. Während eines Aufladehalts in einem der namenlosen Sonnensysteme auf dem Weg zu den Heimatwelten hatte Hang Mehta einen Positionstest zur Ermittlung der Kommandeure ihrer provisorischen Galaxis ausgerufen. Moon hatte die MedTechs, die ihn festzuhalten versuchten, beiseite gestoßen, sich in einen zerbeulten Kampfpanzer gezwängt und seinen Rang als Sterncolonel und den Status des Parder-Kriegers zurückerlangt.

»So ist es, Galaxiscommander«, zischte er. »Aber das wird sich bald ändern. Wir brauchen jeden Krieger, um diese dreckigen Stravags von unserer Heimatwelt zu vertreiben, und wenn es soweit ist, werde ich an der Spitze meines Sternhaufens stehen, was immer diese Freigeburts-MedTechs dagegen einzuwenden haben.«

Mehta lachte, ein kurzes, häßliches Geräusch.

»Na schön, Sterncolonel. Du erhältst den Befehl über die Gegeninvasion. Plane sie mit Bedacht, Paul Moon. Du hast den Auftrag, den Feind zu schlagen, wo immer er sich zeigt. Du wirst die Invasoren bis auf den letzten Mann und die letzte Maschine auslöschen. Nicht eine dieser verfluchten Ungeziefer-Freigeburten, die es *gewagt* haben, den Boden Dianas zu besudeln, darf überleben.« Mehtas Stimme wurde schriller, während sie zu ihm sprach, bis sie sich in das Fauchen eines wütenden Parders verwandelte. »Ich will ihren Tod. Ich will die Köpfe ihrer Anführer aufgespießt sehen. Ich will ihre Leichen verbrannt und die Asche in alle Windrichtungen verstreut sehen. Ich will sie und ihre Brut auf alle Zeiten aus dem Universum getilgt sehen!«

»Positiv, Galaxiscommander.« Trotz der starren Manschette, die seine linke Hüfte unbeweglich machte, verbeugte Moon sich halb. »Es wird geschehen.«

Moon winkte majestätisch in Richtung eines BrükkenTechs, der die Verbindung trennte. Hang Mehtas wütende Miene verschwand augenblicklich und wurde von dem holographischen Bild der Clan-Flottille ersetzt. Winzige Luft/Raumjäger schossen aus den Hangartoren der Kriegsschiffe und jagten auf die Flotte der Inneren Sphäre zu.

Moon nickte zufrieden. Das würde seine größte Stunde werden. Er würde den Gegenschlag gegen den erbärmlichen Barbarenabschaum anführen, der es wagte, den Parder in seinem Bau herauszufordern. Wenn er diese Schande mit dem Blut seiner Feinde abgewaschen hatte, würde man sich an Sterncolonel Paul

Moon, den Retter Dianas, in einem Atemzug mit Franklin Osis, dem ersten Khan der Nebelparder, und selbst den Kerenskys persönlich erinnern.

Zum erstenmal seit vielen langen Monden lächelte Sterncolonel Paul Moon. Es war ein furchterregender Anblick.

6

**Schlachtkreuzer SBS *Unsichtbare Wahrheit*,
Zenitsprungpunkt
Diana-System, Kerensky-Sternhaufen, Clan-Raum**

19. März 3060

»Steuer eindrehen.« Alain Beresick gab seine Befehle ruhig und bestimmt, einen nach dem anderen. »Armierungsoffizier, Geschütze bereitmachen. Fliegerboß, Status unserer GP?«

»Kommodore, wir haben acht Jäger auf Gefechtspatrouille«, rief der Luft/Raumkontrolloffizier der *Unsichtbare Wahrheit* ihm zu. Als ›Fliegerboß‹ trug er die Hauptverantwortung für alle Luft/Raumjägeroperationen, einschließlich des Oberbefehls über die Gefechtspatrouille der Flotte. »Wir starten gerade unsere Bereitschaft. Für *Antrim* und *Ranger* gilt dasselbe. Das gesamte Geschwader ist in schätzungsweise zwanzig Minuten ausgeschleust. Die vordersten Jägerelemente dürften den Feind in fünfzehn Minuten erreichen.«

»Gut.« Beresick war zufrieden. Die acht Luft/Raumjäger auf Gefechtspatrouille würden einem Ziel von der Größe eines Clan-Kreuzers sicher keinen größeren Schaden zufügen können, aber sie konnten dem Angriff des Gegners auf jeden Fall die Spitze nehmen. Die Jäger der ›Bereitschaft‹, die voll gefechtsbereit auf den Katapulten bereitstanden, um im Falle eines Alarms innerhalb von fünf Minuten ausgeschleust zu werden, würden die Kampfkraft des Feindes weiter schwächen.

Die Besatzung der *Unsichtbare Wahrheit* war nur Minuten nach der Ortung des elektromagnetischen Impulses eintreffender Sprungschiffe aktiv geworden. So lange hatte es gedauert, sicherzustellen, daß es sich bei den Neuankömmlingen tatsächlich um Clanner handelte, auch wenn es realistischerweise niemand anderes hatte sein können. Das war volle fünfundvierzig Sekunden schneller als die bisher beste Reaktionszeit der Crew.

»Kommunikation«, bellte Beresick. »Eilmeldung an General Winston. ›Eintreffende feindliche Raumschiffe. *Unsichtbare Wahrheit* zeichnet mindestens drei Kriegsschiffe und drei Transporter. Sensoranalyse meldet volle Ladung der Transporter. Wir versuchen sie aufzuhalten, raten Ihnen jedoch, sich auf den Empfang ungebetener Gäste vorzubereiten. Näheres sobald möglich.‹ Verstanden?«

»Ja, Sir.«

»Gut. Dann ab dafür.«

Als der KommTech sich über seine Station beugte, seufzte Beresick, und seine Lippen verzogen sich zu einem halben Lächeln. Ein unbestimmtes Gefühl von Déjà-vu machte sich in ihm breit. In diesem Augenblick empfand er eine Spur von Mitgefühl mit Sterncolonel Gilmour Alonso, dem jetzt ausgesetzten Geisterbären-Schiffskapitän, der sich Beresick in Schlanges erster Kampfaktion gegen die Clans entgegengestellt hatte. Obwohl dieses Gefecht erst vier Monate zurücklag, erschien es dem Kommodore, daß diese erste Raumschiffsschlacht in fast zwei Jahrhunderten inzwischen Teil der grauen Vorzeit geworden war.

»Komm, Nachricht an alle Transporteinheiten.«

»Bereit.«

»Alle Transporteinheiten von Kingpin«, gab Beresick durch und benutzte den für die *Unsichtbare Wahrheit* festgelegten Codenamen. »Alle Transporter und die ihnen zur Flottenverteidigung zugeteilten Landungsschiffe fahren die Triebwerke hoch und verlassen das System durch Sprung zu Sammelpunkt Alpha. Bleiben Sie an SP Alpha, bis Sie neue Befehle erhalten oder zweiundsiebzig Stunden verstrichen sind. Falls die angegebene Zeit verstreicht, ohne daß Sie etwas von uns hören, übernimmt der dienstälteste Offizier den Befehl über die Flotte. Viel Glück. Kingpin Aus.«

Ein halbes Dutzend Herzschläge lang betrachtete Beresick die winzigen Raumschiffe, die als Hologramme vor ihm in der Luft hingen. Das größte Clan-Kriegsschiff war vom Bordcomputer der *Unsichtbare Wahrheit* als Kreuzer der *Befreier*-Klasse identifiziert worden. Diese Klasse basierte auf einem älteren Schiffstyp, der *Avatar*-Klasse. Den Informationen zufolge, die von Explorercorps-Missionen zugeteilten ROM-Agenten vorlagen, handelte es sich beim *Befreier* im Grunde um einen modernisierten *Avatar* mit schwereren, effizienteren Geschützen und dickerer Ferrokarbitpanzerung. Die Explorerschiffe waren zwar nicht in der Lage gewesen, komplette Spezifikationen der Klasse zu liefern, aber der *Befreier* besaß auf jeden Fall schwere Schiffsgeschütze, die selbst die dicke Außenhülle der *Unsichtbare Wahrheit* mit wenigen Treffern zu durchschlagen vermochten. Seine leichteren Waffen konnten anfliegende Jäger und Landungsschiffe zerstören, lange bevor die kleineren Schiffe nahe genug herankommen konnten, um einen ernsthaften Schaden anzurichten. Der *Befreier* war auf jeden Fall das Hauptziel für sein Flaggschiff.

Auch bei den kleineren Feindschiffen handelte es sich um alte Modelle. Korvetten der *Vincent Mk 42*-Klasse waren in erster Linie Patrouillenboote, die vor allem bei Überfallaktionen und schnellen Angriffsmissionen gegen nur leicht verteidigte Ziele zum Einsatz kamen. In einer offenen Raumschlacht gegen größere, schlagkräftigere Kriegsschiffe hatten *Vincents* kaum eine Chance. Trotzdem konnte Beresick die Patrouillenboote nicht völlig ignorieren. Selbst wenn sie nicht annähernd die Schlagkraft des *Befreier* besaßen, konnten auch die kleinen Korvetten einem Gegner, der dumm oder unvorsichtig genug war, sie für ungefährlich zu halten, ernsten Schaden zufügen.

In seinem Kopf entstand ein Plan.

»An alle Gefechtseinheiten von Kingpin. Die Flotte teilt sich in zwei Sektionen und nimmt sich den Gegner reihum vor. *Starlight*, *Smaragd* und *Feuerfang* bilden zusammen mit der *Unsichtbare Wahrheit* die erste Formation. *Antrim*, *Haruna* und *Ranger* die zweite.« Während Beresick sprach, bewegte der HoloTech, der sowohl seine Arbeit wie auch seinen Kommandeur kannte, die Laserprojektionen so, daß sie den Plan, den Beresick ausführte, dreidimensional graphisch darstellten.

»Formation Alpha mit der größeren Masse und Feuerkraft stellt den Feind auf kurze Distanz, in dem Versuch, seine Schlachtreihe aufzubrechen. Ich brauche Sie hoffentlich nicht daran zu erinnern, Gentlemen, daß der *Befreier* über äußerst gefährliche Geschütze verfügt, besonders auf den Breitseiten. Halten Sie sich soweit möglich unter seinem Bug oder Heck. Formation Beta hält sich zurück, bis wir bereit zum Angriff sind. Dann ziehen Sie in weitem Bogen auf die Flanke, die der Feind offen läßt. Sie umgehen die Schlachtreihe des Gegners und greifen seine Sprungschiffe an. Ihre Aufgabe besteht darin, die Sprungschiffe manövrierunfähig zu schießen, zu entern und zu kapern. Die Transporter sind nur zu vernichten, wenn dies notwendig ist, um eine Flucht aus dem System zu verhindern.«

Beresick machte eine kurze Pause, um den anderen Kapitänen Zeit zu geben, seine Befehle zu verarbeiten. Was die nächsten Anordnungen betraf, hatte er gewisse Vorbehalte, aber sie ließen sich nicht umgehen. »Sobald Sie einen Transporter manövrierunfähig geschossen haben, fordern Sie ihn zur Kapitulation auf. Falls die Besatzung die Übergabe verweigert, sind Sie befugt, eine Entermannschaft auszusenden. Ein von der Besatzung übergebenes oder gewaltsam gekapertes Schiff ist auf solche Weise zu sichern, daß es das System nicht verlassen kann. Sobald dies geschehen ist, sind alle etwaigen Gefangenen gemäß den Bestimmungen der Ares-Konvention zu behandeln. Denken Sie daran, Gentlemen, daß wir bei Enteroperationen nicht mehr über die Hilfe der DEST oder Tollwütigen Füchse verfügen. Sie werden sich also auf Ihre Raumgarde verlassen müssen. Schiffskapitäne sind befugt, bei Annäherung an die Feindflotte nach eigenem Ermessen Jäger oder Kampflandungsschiffe zu starten. Die BGP-Jäger sollen einen Wall quer zu unserer Flugrichtung bilden. Alle übrigen Jäger greifen den Feind an. Landungsschiffe halten sich entsprechend der stehenden Befehle bereit, feindliche Schiffe anzugreifen oder Entermannschaften ins Ziel zu befördern. Das war's, Gentlemen. Ich wünschte, ich hätte mehr Zeit gehabt, den Schlachtplan auszuarbeiten, aber das ist das Beste, was wir zur Zeit leisten können. Viel Glück. Kingpin Aus.«

Noch bevor Beresick zu Ende gesprochen hatte, leuchtete im Holotank ein dumpfroter Lichtblitz von der Größe einer Kinderfaust auf und markierte den Absprung der *Banbridge*, eines ComGuard-Sprungschiffs der *Monolith*-Klasse. Der im Tiefraum gelegene Sammelpunkt existierte zwar nur als Folge stellarer Koordinaten im Computerkern der *Banbridge*, aber er markierte die Stelle, an der sich das riesige Transportschiff mit dem Rest der Schiffe aus der Sternenbund-Flotte treffen würde, in relativer Sicherheit vor einer Eroberung durch die Nebelparder.

* * *

»Galaxiscommander, ich orte erhöhten Energieausstoß in den Maschinenräumen der Transportsprungschiffe der Inneren Sphäre. Sie scheinen ihre Kearny-Fuchida-

Triebwerke hochzufahren und einen Sprung aus dem System vorzubereiten.« Der SeniorsensorTech der *Korat* war ein alter Hase, dessen Stimme ruhig, gelassen und geschäftsmäßig blieb.

»Was ist mit den Kriegsschiffen?« fragte Mehta. Für sie als Kriegerin waren die Transporter im Vergleich mit den Kampfraumschiffen von sekundärer Bedeutung. Sie betrachtete Truppentransporter nur als ein Gefährt für den Transport an den Schauplatz der Schlacht. Kriegsschiffe waren passendere Ziele für wahre Krieger. Ohne Kriegsschiffe, die sie beschützten, konnten die Sprungschiffe in aller Ruhe verfolgt und zur Strecke gebracht werden.

»Auch an Bord der Kriegsschiffe nimmt der Energieausstoß zu«, erwiderte der Tech. »Aber nicht auf eine Weise, wie sie eine K-F-Triebwerksaktivierung verursachen würde. Außerdem verzeichnen die Sensoren Triebwerksflammen bei allen feindlichen Kampfraumschiffen. Einen Augenblick... Ja, die Sensoren bestätigen, daß alle feindlichen Kriegsschiffe sich uns jetzt nähern. Sie scheinen sich auf ein Gefecht vorzubereiten.«

»Gut.« Mehtas Stimme sank zu einem kehligen Knurren herab. »An *Ripper* und *Azow*. Sie sollen den Feind so schnell wie möglich stellen. Wenn irgendeines der Kriegsschiffe den Anschein erweckt, die Sprungtriebwerke hochzufahren, sollen die Korvetten es aufhalten und wenn möglich manövrierunfähig schießen. Ich will kein einziges feindliches Kriegsschiff entkommen lassen.«

Minuten verstrichen, während die beiden Flotten die Entfernung zueinander verringerten. In wenigen Augenblicken würde sie die Brücke verlassen und die Kontrolle über das Raumgefecht Sterncolonel Clarinda Stiles übergeben, während Mehta die Bodentruppen dirigierte, die unterwegs waren, um den Barbaren der

Inneren Sphäre Diana zu entreißen. Von ihrer Position im Innern des Holotanks aus beobachtete Mehta das Schauspiel zweier einander immer näher rückender Kriegsflotten.

Der Kommandeur der Inneren Sphäre hatte seine Flotte in zwei Sektionen aufgeteilt, deren größere, vordere Formation von einem Schlachtkreuzer der *Cameron*-Klasse angeführt wurde. Das durch die grob quaderförmige Form an einen gigantischen Backstein erinnernde Schiff stellte einen mächtigen Gegner dar, der neben großen Raketenbatterien über tödliche Schiffslaser und -PPKs verfügte. Das wußte Hang Mehta. Der *Cameron* war als Schiffskiller ausgelegt, während der *Befreier* primär als eine Abwehrplattform gegen Jägerangriffe fungierte. Aber die schweren Geschütze der *Korat* konnten nicht nur Luft/Raumjäger zerblasen, sondern auch einem Großkampfschiff gewaltigen Schaden zufügen.

Es war die andere, kleinere Gruppe von Schiffen, die Mehta vor allem interessierte. Die Sensoren der *Korat* identifizierten das Leitschiff der Formation als einen Typ, dem sie noch nie zuvor begegnet war, eine Fregatte der *Kyushu*-Klasse. Die vom Draconis-Kombinat gebaute *Kyushu* war eine der neuesten Schiffskonstruktionen der Inneren Sphäre. Die Vernichtung oder besser noch Erbeutung des draconischen Schiffes würde Mehtas Rachedurst ein wenig lindern.

Sie gab einen Befehl an eines der unmittelbar außerhalb des Holotanks stehenden Besatzungsmitglieder. Der Tank gehörte während einer Schlacht ihr, und niemand wagte sich ihr in diesem Punkt zu widersetzen.

»An die *Ripper*. Wenn irgend möglich, längsseits der *Kyushu* gehen. Das Schiff manövrierunfähig schießen, aber nicht zerstören. Ich will es haben.«

Der Crewmann salutierte und stürzte davon, um ihren Befehl weiterzugeben.

»Galaxiscommander, die *Azow* meldet Erreichen der Raketenreichweite zum vordersten Feindschiff«, gab ein anderer Bote durch. »Es handelt sich um einen *Essex*-Klasse-Zerstörer der ComGuards.«

»Pos.« Grimmige Zufriedenheit troff wie Blut aus Mehtas Stimme. »Nachricht an die *Azow*. Feuer.«

7

**Schlachtkreuzer SBS *Unsichtbare Wahrheit*,
Zenitsprungpunkt
Diana-System, Kerensky-Sternhaufen, Clan-Raum**

19. März 3060

»Tod und Teufel!«

Die *Unsichtbare Wahrheit* schüttelte sich wild, als ein Strom hochexplosiver Schiffs-AK-Granaten in ihre Steuerbordseite einschlug. Laut fluchend packte Alain Beresick das rund um den Holotank laufende Messinggeländer. Nur Sekunden vorher hatte es ihm den Atem aus den Lungen getrieben, als der Schlachtkreuzer unter dem Angriff des feindlichen *Befreier* erbebt war.

Die *Unsichtbare Wahrheit* hatte nur leichten Schaden genommen, als sie die Korvetten der *Vincent*-Klasse passiert hatte. Mit einem Schlachtkreuzer gegen Patrouillenboote vorzugehen wäre in Beresicks Augen soviel gewesen, als hätte er mit einer Gausskanone auf Fliegen geschossen. Er überließ die Korvetten Schiffen wie der *Smaragd* und der *Starlight*, seinen beiden *Essex*-Klasse-Zerstörern. Die *Smaragd* befand sich sogar schon im Nahkampf mit dem vordersten Parder-Schiff.

Manch anderer hätte den Ausgang dieses Gefechts vielleicht als von vornherein sicher abgetan, aber Beresick war nicht so dumm, auf Vorurteile zu vertrauen. Es kam nur zu oft vor, daß ein brillanter oder auch nur vom Glück geküßter Kapitän einen atemberaubenden Sieg aus dem Nichts zauberte. Er dachte gar nicht daran, den Nebelpardern einen solchen Triumph zu ermöglichen.

Auf Beresicks Befehl schwang die *Starlight*, das Schwesterschiff der *Smaragd*, um das Heck der *Vincent* und feuerte eine vernichtende Breitseite ab. Das Geschützfeuer zerfetzte die dünne Panzerung der Korvette und riß die oberen Sprungsegelstützen ab.

Aber die *Vincent* war noch nicht geschlagen. Sie schwenkte in einem engen 45°-Bogen zu ihrem größeren Angreifer um. Das Manöver wirkte so geschickt, daß Beresick sich beinahe dabei ertappte, daß er den feindlichen Steuermann bewunderte. Schiffsautokanonenfeuer und unsichtbare Lanzen aus Laserenergie zuckten aus den Steuerbordgeschützbuchten der Korvette. Die schwerere Panzerung der *Starlight* zerbrach unter den Hammerschlägen der Granaten und zerschmolz unter der tödlichen Berührung der Lichtwerfer zu glühender Schlacke.

Sekunden später flammten am Bug der Clan-Korvette zwei blauweiße Lichtblitze auf.

»Raketenabschuß!« brüllte ein SensorTech über das Murmeln der Stimmen und Instrumente, das die Brücke der *Unsichtbare Wahrheit* durchzog. »Die Raketen scheinen auf die *Smaragd* gezielt zu sein.«

Wie unsichtbare Wespen, nur an den flammenden Stacheln in ihrem Hinterteil zu erkennen, zuckten die Raketen über die Distanz zwischen der angeschlagenen *Vincent* und der *Smaragd*. Der Sternenbund-Zerstörer legte sich nach Steuerbord, als sein Steuermann versuchte, ihn so zu drehen, daß er den anfliegenden Geschossen die kleinstmögliche Angriffsfläche bot. Es gelang ihm nicht mehr.

Die relativ leichten Barracuda-Raumraketen schlugen kurz hinter Schiffsautokanonenbucht Zwo in die Steuerbordbugseite der *Smaragd* ein. Die vergleichsweise kleinen Gefechtsköpfe richteten nur geringen Schaden an. Doch in dem Versuch, einem Raketentreffer auszuweichen, drehte der Zerstörer seine Backbordseite in das Schußfeld der zweiten *Vincent*.

Die Clan-Korvette feuerte eine Breitseite ab, die eine vernichtende Wirkung auf die *Smaragd* auslöste. Der

Zerstörer war bei der Ankunft Einsatzgruppe Schlanges im Heimatsystem der Nebelparder von der Verteidigungsflottille Dianas schwer in die Mangel genommen worden, und ohne Raumwerft war die Besatzung nicht in der Lage gewesen, das böse mitgenommene Kampfschiff der *Essex*-Klasse effektiv zu reparieren. An manchen Stellen bedeckten nur dünne Panzerplatten klaffende Löcher im Rumpf des Zerstörers, wo ursprünglich schwergepanzerte Geschütztürme gesessen hatten.

Die Wirkung der Breitseite war erstaunlich. Die dünnen Panzerflicken wurden vom Einschlag der S-AK-Granaten des Clanners zerschmettert. Das bläulichweiße Glühen der Triebwerke erlosch. Gefrorenes Gas trieb aus Rissen in der Hülle und zeigte, wo die Bordatmosphäre ins All entwich. Niemand auf der Brücke der *Unsichtbare Wahrheit* konnte noch irgendeinen Zweifel daran hegen, daß die *Smaragd* außer Gefecht gesetzt war, möglicherweise für immer.

Die *Starlight* schien von Rachedurst getrieben, als sie wie ein Hund wendete, der seinen eigenen Schwanz jagte, und aus nächster Nähe ein zweites Bombardement auslöste. Laser- und PPK-Feuer fraß sich in das verwüstete Heck der ersten *Vincent*, brach durch den Maschinenraum, zerbarst die Schottwände und verdampfte die verletzlichen Menschlein, die sich im Weg der höllischen Energieentladungen befanden.

Die kantige kleine Korvette schüttelte sich und kippte schräg nach vorne, ein sicheres Zeichen für den Verlust der Kontrolle. Ihr Rumpf verdrehte sich plötzlich und hart, bis er an einen kurzen, rechteckigen Bogen erinnerte. Einen Augenblick lang schien es, als wolle sie sich wieder fangen. Beresick fragte sich, ob der Schaden möglicherweise doch nicht so schlimm war, wie es den Anschein hatte. Dann leuchtete ein lautloses Flackern hinter den klaffenden Breschen in der Rumpfhülle auf. Breite Bereiche der Ferrokarbitpanzerung fielen weg wie trockener Lehm von den Stiefeln eines Soldaten. Innerhalb von Sekunden verzehrte die *Vincent* sich selbst. Orangerote Flammen, gespeist von der ins All entweichenden Atmosphäre, schlugen aus allen Öffnungen in der Außenhülle. Eine Serie lautloser Lichtblitze lief den Rumpf entlang wie eine stumme Kette von Feuerwerkskörpern.

Das waren die Magazine. Beresick war entgeistert, wie schnell das Feindschiff unterging. Im einen Moment ein stolzes Kampfraumschiff, im nächsten nur noch ein führerlos treibendes Stück glühenden Raummülls. Er fragte sich kurz, ob wohl irgendwer aus der Crew davongekommen war. Die Suche nach Überlebenden würde warten müssen.

* * *

An Bord der *Azow*, der überlebenden Parder-*Vincent*, verfluchte Sterncaptain Ruffo den Kapitän des Innere-Sphäre-Zerstörers, der sein Schwesterschiff zu Schrott geschossen hatte. Seine Korvette war nicht dafür gemacht, schwere Kriegsschiffe anzugreifen. Trotzdem dachte er nicht einmal daran abzudrehen. Wie alle Parder-Krieger in der kleinen Flüchtlingsflotte brannte auch in seinem Herzen die Scham darüber, mit welcher Leichtigkeit die Barbaren, deren Welten sie noch kurz zuvor erobert hatten, sie aus der Inneren Sphäre getrieben hatten.

»Steuer, hart steuerbord. Richte unsere Backbordgeschütze auf die *Essex*.«

»Pos, Sterncaptain«, grunzte der stämmige Steuermann und drehte den Knüppel so weit er konnte nach links.

Die *Azow* krängte hart, als die kleine Korvette sich in die Drehung legte.

»Feuer frei, sobald das Ziel erfaßt ist!« Ruffos Befehl war kaum vonnöten. Die Parder-Kanoniere hatten die mächtigen Schiffs-Autokanonen und relativ leichten Lasergeschütze bereits auf den abgesenkten Bug des feindlichen Zerstörers ausgerichtet.

»Backbordgeschütze feuern«, rief ein Tech aus einer Ecke der Brücke.

Wieder richteten die leichteren Waffen der Korvette kaum Schaden bei dem gegnerischen Kriegsschiff an. Als die *Essex* antwortete, tat sie das mit der Wildheit einer wütenden Katze. Drei Schiffs-Autokanonen und zwei Raketenwerfer feuerten und verwandelten die Backbordpanzerung der *Azow* in glühende Schlacke.

Ruffo blickte zu den winzigen, körperlosen Schiffen hoch, die über ihm im Holotank der Brücke schwebten. Der Einschlag des Gegenangriffs der *Essex* hatte ihn zu Boden geworfen. Plötzlich meinte er zu fallen.

»Sterncaptain«, rief ein MaschinenTech von seinem Posten herüber. »Die Triebwerke sind ausgefallen. Wir sind antriebslos.«

»Pos«, bestätigte Ruffo und brachte in der mit dem Wegfall des Schubs eingetretenen Schwerelosigkeit die Magnetschuhe auf den Brückenboden. »Wo ist die *Essex*? Freigeburt!«

Bevor ein Mitglied der Brückencrew reagieren konnte, sah Ruffo die Antwort bereits im Holotank. Der feindliche Zerstörer kam unaufhaltsam wie das Schicksal geradewegs auf sein Schiff zu.

* * *

»Volle Kraft zurück!« Der backsteinförmige Rumpf der manövrierunfähigen *Vincent* füllte nahezu den gesamten Sichtschirm der *Starlight*.

»Captain, die Kontrollen blockieren.«

»Mein Gott, wir schlagen auf. Kollisionsalarm! Festhalten!« Captain Stan O'Malley griff nach einer Haltestange.

In dem Augenblick, als sich seine Finger um die dicke Messingstange schlossen, krachte der abgeschrägte Bug der *Starlight* in die von Einschlägen verwüstete Backbordflanke der Clan-Korvette. Der harte Aufprall riß den Haltegriff aus O'Malleys verzweifelt nachfassenden Fingern. Dicke, gehärtete Stahlstreben stöhnten und kreischten, als sie unter Belastungen, für die sie nie ausgelegt worden waren, einknickten und rissen. Ein tiefes, rollendes Donnern hallte durch das Schiff und unterlegte das jaulende Kreischen der kollidierenden Kriegsschiffe.

Das waren die vorderen Munitionsmagazine. Der Gedanke schoß in O'Malleys Bewußtsein, als er darum kämpfte, auf dem verformten Deck der Brücke Fuß zu fassen.

»Volle Kraft zurück!« bellte er.

»Sie reagiert nicht auf das Ruder, Captain.«

O'Malley fluchte. Die *Starlight* war bereits beschädigt in das Gefecht gegangen, aber nicht so schwer, wie es ihr Schwesterschiff bei der Ankunft in diesem System erwischt hatte. Viele der beschädigten Systeme waren repariert worden, lediglich die Panzerung des Zerstörers hatte sich nur notdürftig flicken lassen. Die Breitseite des Clanners, die unter sonstigen Umständen kein Grund zur Besorgnis gewesen wäre, mußte die schon angeschlagene Panzerung seines Schiffes durchschlagen haben. Er zog sich an der Kante einer zerstörten Steuerkonsole quer über die Brücke und sah auf die Statusanzeige der *Starlight*. Alle Kontrollfunktionen in Brücke und Maschinenraum waren verloren, und die vorderen drei Decks steckten tief in der Seite des feindlichen Schiffes.

Wieder erzitterte das havarierte Kriegsschiff, diesmal begleitet von einer Serie lauter, krachender Explosionen.

»Sir«, rief der SchadenskontrollTech der Brücke. »Auf allen vorderen Decks sind Brände außer Kontrolle. Die Rumpfintegrität ist auf fünfunddreißig Prozent gefallen. Ich empfehle, das Schiff zu verlassen.«

O'Malley sah noch einmal auf die Statusanzeige. Immer mehr Schiffssektionen meldeten schwere Schäden. Auch die Verluste unter der Besatzung nahmen rapide zu. »Na gut«, seufzte er. »Schiff verlassen.«

Bevor der Befehl, die sterbende *Starlight* aufzugeben, weitergeleitet werden konnte, schlug eine neue Explosion durch das angeschlagene Schiff.

* * *

»Heilige Mutter Gottes!« Kommodore Beresick wußte nicht, wer das geflüstert hatte. Zu fest hatte ihn das Schauspiel auf dem Brückenschirm in seinen Bann gezogen, wo zwei durch eine unglückliche Kollision ineinander verkeilte Kriegsschiffe lautlos von einem grellweißen Feuerball verzehrt wurden. Als die Explosionskugel verblaßte, ließ sie nichts zurück als glühende Wrackteile. Die von dem Zusammenstoß ausgelösten Feuer mußten Munitions- oder Brennstoffvorräte entzündet haben, und deren Detonation hatte beide Schiffe zerrissen.

Durch den spektakulären Tod der *Starlight* und ihres Parder-Gegners für einen Augenblick vergessen, zog der riesige *Befreier* vor dem Bug der *Unsichtbare Wahrheit* vorbei und schleuderte dem schwereren Schlachtkreuzer einen tödlichen Feuersturm entgegen. Die dicke Panzerung der *Unsichtbare Wahrheit* hielt gerade noch stand. Hätten mehr Geschütze der Clanner-Breitseite ihr Ziel getroffen, hätte Beresick froh sein können, noch am Leben zu sein und über seine gestauchten Rippen fluchen zu können.

»Wo ist er?«

»Ziel bei Null-drei-neun Komma Vier-fünf, Flugrichtung Steuerbord, Kommodore.«

Hastig lokalisierte Beresick das geistergleiche Bild des Clan-*Befreier* im Holotank. Das Feindschiff kreuzte von links nach rechts die Flugrichtung des Schlachtkreuzers. Es befand sich etwas an Steuerbord und ein wenig ›oberhalb‹.

»Steuer, dreißig Grad Steuerbord, fünfzehn hoch!« rief Beresick. »Armierungsoffizier, bereit zum Feuern, sobald Ziel erfaßt.«

In der Mitte der Brücke, der ›Steuergrube‹, trieb eine junge Frau den Steuerknüppel der *Unsichtbare Wahrheit* hart nach rechts und zog ihn gleichzeitig an den Körper. Natürlich wäre es technisch ohne weiteres machbar gewesen, ein Kriegsschiff mit Knöpfen auf einer Steuerkonsole zu lenken, aber lange und schmerzhafte Erfahrungen hatten gezeigt, daß ein Steuermann im Eifer des Gefechts versehentlich auf den falschen Knopf drücken und das Schiff im entscheidenden Augenblick in die verkehrte Richtung bewegen konnte. Beim Einsatz einer Knüppelsteuerung waren Fehler dieser Art sehr viel unwahrscheinlicher. Außerdem hatten die Konstrukteure einen computergesteuerten Widerstand in den Knüppel eingebaut. Je weiter er gedreht wurde, desto stärker sträubten sich die Myomerbündel in seiner Kupplung. Theoretisch war ein besonders starker und entschlossener Steuermann in der Lage, ihn bis zu neunzig Grad in jede Richtung zu ziehen, aber in all seinen Jahren als Skipper im Sternenmeer hatte Beresick noch niemanden gesehen, der mehr als sechzig oder bestenfalls fünfundsechzig Grad geschafft hatte. Im Augenblick hatte seine Steuerfrau zu kämpfen, den Knüppel bei dreißig Grad unter Kontrolle zu halten.

Der Oberbootsmann der *Unsichtbare Wahrheit* saß halb, halb kniete er in einem gepolsterten Drehsessel rechts hinter der Steuermannstation. Der rauhe Unteroffizier stieß einen steten Strom mit Obszönitäten durchsetzter Ermunterungen aus, die abwechselnd auf die Clans, seine Offiziere und die Abstammung der Steuerfrau gemünzt waren. Trotz (oder vielleicht auch wegen) der unablässigen Beschimpfungen hielt diese den zitternden Knüppel sicher durch die Dreißig-Grad-Wende. Ein zweiter Zeiger ließ erkennen, wie das fast einen Kilometer lange Kampfraumschiff stetig in einem Winkel von fünfzehn Grad über seine ursprüngliche Flugebene stieg.

Die Raketenwerfer im Bug des Schiffes zuckten hell auf, als der ebenfalls wendende *Befreier* in ihr Schußfeld geriet. Riesige graulackierte Raumraketen jagten über die kleiner werdende Distanz zwischen den Schiffen und schlugen in den Rumpf des Clan-Schiffes ein. Zwei Schiffs-PPKs spien eine Antwort aus künstlichen Blitzschlägen. Die erstaunlichen Energien der S-PPKs krachten in die dicke gepanzerte Haut des Schlachtkreuzers, brachten Panzerplatten zum Bersten und verwandelten dessen rechte vordere Autokanone in Schrott.

»S-AK Zwo außer Gefecht«, rief der 1. Offizier von seinem Posten in der Nähe des Steuers. »Direkter S-PPK-Treffer auf den Geschützturm. Rettungsmannschaft ist unterwegs, aber es besteht wenig Hoffnung, daß sie noch Überlebende finden. Schadenskontrolle meldet noch keinen Bruch der Außenhülle, doch bei der Abreibung, die wir kassieren, kann das nicht mehr lange dauern.«

Beresick verließ kurz den Holotank. Die Schiffsstatusanzeige der *Unsichtbare Wahrheit* sah er sich lieber nicht im Holotank oder auf einem der großen Kontrollschirme der Brücke an. Es brauchte nicht die ganze

Besatzung zu sehen, wie schwer der Schlachtkreuzer mitgenommen war. Orangefarbene Flecken über der Strichzeichnung der *Unsichtbare Wahrheit* zeigten, wo das Schiff von dem Angriff des *Befreier* besonders arg mitgenommen war. Andere Sektionen meldeten mit grünen oder gelben Bereichen leichtere Schäden. Es gab nur noch wenige Teile des Schiffes, die keine Farbe hatten. Glücklicherweise waren auch keine roten Bereiche zu sehen, die völlig zerstörte Sektionen bedeutet hätten.

Beresick war sich darüber im klaren, daß der *Befreier* fast ebenso schwer beschädigt sein mußte. Seit fast einer Viertelstunde umkreisten die Kriegsschiffe einander und versuchten vergeblich, eine Breitseite zu landen. Nur zweimal hatten die riesigen Schiffs-Autokanonen der *Unsichtbare Wahrheit* es geschafft, auf den Clanner zu feuern. Der *Befreier* hatte drei Breitseiten auf den größeren Schlachtkreuzer abgegeben, was diesen zwar verletzt hatte, aber nicht entscheidend, zumindest noch nicht.

»Sir, er dreht in die entgegengesetzte Richtung!« ertönte der aufgeregte Ruf des Sensorchefs.

»Steuer hart backbord! Alle Maschinen volle Kraft zurück, sofort!«

Die Steuerfrau warf sich nach links und riß den schweren Plastknüppel mit. Augenblicklich brach die *Unsichtbare Wahrheit* ihre schwerfällige Rechtsdrehung ab. Unter Beresicks Füßen zitterte das Deck, als die gewaltigen Triebwerke gegen die Masseträgheit des 859 000 Tonnen schweren Schiffs ankämpften. Wie ein Güterzug, der plötzlich in den Rückwärtsgang geworfen wurde, bewegte der Schlachtkreuzer sich noch einige Zeit vorwärts, bevor die Maschinen Wirkung zeigten und ihn mühsam zum Stehen brachten. Für einen langen, schmerzhaften Augenblick fragte Beresick sich, ob die uralten Triebwerke der Belastung standhalten konnten. Die plötzliche Schubumkehr mochte die bei der Kiellegung des Schiffes im Jahre 2672 eingebauten Maschinen so beanspruchen, daß sie auseinanderflogen. Dann setzte das Schiff langsam, schwerfällig zurück und drehte sich zugleich nach Steuerbord.

Die plötzliche Schubumkehr ließ für einen Augenblick Schwerelosigkeit eintreten, bevor sich die Ausrichtung der durch den Triebwerksschub erzeugten künstlichen Schwerkraft änderte. Die Brückencrew ›schwebte‹, nur durch Haltegurte gesichert, über den Sitzen. Beresick mußte wieder nach dem Holotankgeländer greifen, als die Magnetsohlen seiner Stiefel mit der plötzlichen Schubumkehr nicht fertig wurden.

»Breitseitengeschütze erfassen den Gegner«, rief der Armierungsoffizier von seiner Brückenstation. Das Risiko hatte sich bezahlt gemacht.

Beresicks nächster Befehl war eigentlich unnötig. »Feuer!«

Autokanonen, Lasergeschütze und PPKs entlang der kantigen Flanke des *Cameron* leuchteten auf und verwüsteten das Steuerbordheck des *Befreier*. Ein ähnliches, aber leichteres Lichtgewitter antwortete von seiten des Clanners.

»Kommodore, schwere Schäden in allen Steuerbordsektionen.« In der Stimme des Schadenskontrolloffiziers lag eine Spur von Angst. »Ich schlage vor, das Gefecht für Feldreparaturen abzubrechen.«

Beresick antwortete nicht sofort. »Sensoren«, bellte er statt dessen. »Wie schwer ist der Clanner beschädigt?«

»Ortung meldet schwere Schäden steuerbord. Möglicherweise Verlust mehrerer Geschütze.« Der Tech stockte. »Kommodore, er rollt.«

Beresick blickte zur Hologrammprojektion des Clan-Kriegsschiffs und sah, wie das wuchtige Schiff sich um seine Längsachse drehte. Eine solche Taktik war im Raumkampf nichts Ungewöhnliches. Wenn ein Schiff auf einer Seite schwer beschädigt war, ordnete sein Kapitän eine Rolle an, um dem Gegner die unbeschädigte Flanke zuzukehren. Da die künstliche Schwerkraft im Innern ausschließlich von den Haupttriebwerken erzeugt wurde, hatte das auf die Besatzung keinerlei Auswirkungen, abgesehen davon, daß der Feind innerhalb von Sekunden auf die andere Seite wanderte.

»Okay. Sieht ganz so aus, als wolle er bleiben und es ausfechten. Wir werden dasselbe tun. Lagekontrolle, eine 180°-Rolle. Maschinen volle Kraft voraus. Wenn er noch mal ganz von vorne anfangen will, kann er das haben.«

Langsam wälzte der riesige Schlachtkreuzer sich entgegen dem Uhrzeigersinn um seine Längsachse. Beresick fühlte die Bewegung in der Magengrube und im Innenohr. Gleichzeitig zog ihn die künstliche Schwerkraft der Schubtriebwerke wieder aufs Deck, als die gewaltigen Cassion Vasseurs die *Unsichtbare Wahrheit* erneut voraus trieben.

* * *

»Er bleibt an unserem Heck, Sterncolonel«, rief der Tech an den Sensoren der *Korat* von seiner Station an der Backbordschottwand der Brücke. »Er hat eine Längsachsenrolle durchgeführt und bewegt sich wieder vorwärts.«

»Freigeburt!« zischte Clarinda Stiles.

»Es scheint, daß er nicht so schwer beschädigt ist, wie wir annahmen«, erklärte ihr Erster Offizier leise.

Trotz der langen Monate, seit die Parder-Flotte den Rand der Inneren Sphäre hinter sich gelassen hatte, spürte Stiles immer noch die Scham und Wut über den erzwungenen Rückzug. Eine Flotte der Inneren Sphäre am Zenitsprungpunkt des Nebelparder-Heimatsystems vorzufinden, hatte ihre bereits schmerzhaft verwundete Ehre noch weiter verletzt.

Galaxiscommander Hang Mehta, die offizielle Kommandeurin der Flotte, war mit den Mechtransportern aufgebrochen, um die barbarischen Invasoren auf Diana zu vernichten. Sie hatte es Stiles überlassen, die Raumflotte der Inneren Sphäre zu zerschlagen. Es war eine schwierige Aufgabe, aber nicht unmöglich. Alle ihre Schiffskapitäne hungerten nach Rache, und ihre Wut würde sie durch die Schlacht tragen. In den ersten Sekunden des Kampfes war die *Korat* von einem Zerstörer der *Essex*-Klasse angegangen worden. Das kleinere Kriegsschiff hatte Spuren eines vorangegangen wilden Gefechts in seiner Panzerung getragen. Eine Breitseite der *Korat* hatte genügt, die kantige Bugpanzerung des Zerstörers zu durchschlagen und die *Essex* auf ein brennend im Fahrwasser des Clan-Kreuzers treibendes Wrack zu reduzieren.

Für Clarinda Stiles war der Sieg doppelt süß gewesen. Nicht nur, daß die *Essex* das Emblem der verhaßten ComGuards getragen hatte, daneben hatte der Cameron-Stern geprangt. Diese schnelle Vernichtung eines Kampfraumschiffs der Inneren Sphäre hatte einiges von der Schande der Niederlage der Clans auf Tukayyid ausgelöscht und ihr die Hoffnung gegeben, daß die Nebelparder die größere Kriegsflotte der Barbaren besiegen konnten. Als die *Vincent Mk 42*-Klasse-Korvette *Ripper* von einem anderen Zerstörer der *Essex*-Klasse vernichtet worden war, hatte Stiles allerdings erste Zweifel an ihrer anfänglichen Einschätzung entwickelt.

Und im Verlauf des Nahkampfwalzers mit dem ComGuards-*Cameron* ging der Glaube an die Unbesiegbarkeit ihrer Flottille immer weiter zurück. Schließlich kam sie zu dem Schluß, daß sie nur wie eine Kriegerin untergehen und so viele Feinde wie möglich mit in den Tod reißen konnte.

»Bring uns herum, unter sein Heck!« brüllte Stiles den Steuermann an.

»Ich versuche es ja, Sterncolonel.« Die Stimme des jungen Mannes war gezeichnet von Anstrengung und Furcht.

»Du sollst es nicht versuchen, du sollst es tun!« schrie Stiles.

Verzweifelt warf sich der junge Steuermann auf den Knüppel der *Korat* und riß ihn nach links, so weit er nur konnte, während er ihn gleichzeitig nach vorne drückte. Das Ergebnis war eine schwerfällige, alles andere als elegante Drehung, die man bei einem Luft/Raumjäger wohl als Abkippen über die Tragfläche bezeichnet hätte. Der Rumpf des Kreuzers knirschte und stöhnte protestierend, als der Steuermann ihn in eine Drehung zwang, die enger war, als die Konstrukteure für zulässig erklärt hatten. Wie durch ein Wunder brach das schwer beschädigte Schiff trotzdem nicht auseinander.

Das Feindschiff, das noch immer versuchte, nach dem plötzlichen Halt zu beschleunigen, der es beinahe genau unter das Heck der *Korat* getragen hatte, versuchte das Manöver nachzuahmen, hatte aber nicht genügend Schwung. Der *Befreier* glitt in wenigen Kilometern Abstand am Heck des riesigen Schlachtkreuzers vorbei.

»Alle Steuerbordgeschütze, Feuer!« Stiles' Befehl entsprach dem Brüllen eines triumphierenden Parders.

Unfaßbare Energien brachen aus den Geschützen und zerfetzten die massive Panzerung des Feindes. Das gigantische Kampfraumschiff der Inneren Sphäre bebte und zuckte unter dem hämmernden Beschuß. Der *Cameron* antwortete mit zwei hastigen Raketenschüssen, gefolgt von ebenso schlecht gezielten S-PPK-

Salven – doch keiner der Angriffe traf die schwer angeschlagene *Korat*. Sterncolonel Clarinda Stiles stieß einen weiteren Triumphschrei aus. Eine weitere Breitseite, und das ComGuard-Schiff war nur noch eine Erinnerung.

Dann lag sie plötzlich auf dem Rücken und sah auf die Unterseite einer Steuerkonsole hoch. Warmes Blut lief an ihrem linken Arm herab, und ihr Gesicht fühlte sich an, als habe sie es in ein Wespennest geschoben.

»Sterncolonel, bist du ...«

Stiles stieß die helfenden Hände ihres Stellvertreters beiseite. »Mir geht es gut«, knurrte sie und stand auf. Die linke Seite ihrer Uniform war zerfetzt. Blut trat aus Dutzenden kleiner Schnittwunden an ihrer Seite und strömte reichlich aus einer tiefen Verletzung am Oberarm.

»Besorge mir einen Verband, bevor ich verblute«, schrie sie den der Brücke zugeteilten MedTech an. Wie es sich gehörte, beeilte sich der aus einer niederen Kaste stammende Crewmann, ihr zu gehorchen. Die Brücke war ein einziges Chaos. Nur die Notbeleuchtung über den Ausgängen und Rettungsbootsluken lieferte noch Licht. Qualm von zerschmorten Schaltkreisen trieb durch den Raum. Ein zertrenntes Stromkabel hing von der Decke und sprühte Funken, wann immer es in Kontakt mit Metall kam. Mehrere Stoffbündel, die wie Schutt aussahen, aber keiner waren, lagen neben plötzlich unbemannten Stationen auf dem Deck.

»Was, in Kerenskys Namen, hat uns getroffen?«

Ihr 1. Offizier deutete auf ein Hologramm, das sich der beschädigten Steuerbordflanke der *Korat* näherte. Die stumpfe, abgeflachte Pfeilkopfform eines Zerstörers der *Wirbelwind*-Klasse war unverkennbar. Auf seinem Bug war ein großer Fleck mattgrauer Farbe zu sehen, wo die Besatzung offenbar die Insignien seiner früheren Besitzer übermalt hatte. Der Anblick ließ Stiles übel werden. Diese Barbaren waren nicht besser als die Banditenkaste. Sie stahlen das Eigentum anderer und setzten es für ihre Zwecke ein. Noch abstoßender waren die mit grober Hand über die graue Farbe gemalten neuen Insignien: eine schwarze, fauchende Schlange, um einen Stern gewickelt, den Cameron-Stern, das Emblem des Sternenbunds.

Autokanonenfeuer flackerte am Bug des *Wirbelwind* auf, zusammen mit dem stumpfen, farblosen Aufblitzen einer Gausskanone. Die Projektile trafen die bereits von zahlreichen Treffern verwüstete Steuerbordpanzerung des Kreuzers. Wieder schüttelte sich die *Korat* unter dem Aufprall der schweren Granaten und eines gewaltigen Nickeleisenbrockens, der auf Überschallgeschwindigkeit beschleunigt worden war.

»Sterncolonel«, keuchte der SchadenskontrollTech und hielt sich die Seite. »Alle Sektionen melden schwere Schäden. Alle Steuerbordgeschütze sind ausgefallen. Die Krankenstation meldet schwere Verluste. Sterncolonel, wir müssen uns ergeben, oder wir werden vernichtet.«

»Nein! Du dreckiger Freigeburtsfeigling, nein!« Geifer flog aus Stiles' Mundwinkeln, als sie gegen den Tech wütete. »Wir werden uns diesem Ungeziefer nicht ergeben. Wenn wir uns ergeben, verlieren wir Diana. Ich werde diesen Stravags nicht gestatten, unsere Heimatwelt zu erobern, nicht, solange sich noch ein Atemzug in meinem Körper regt, mit dem ich mich ihnen entgegenstellen kann.«

»Sterncolonel, wir verlieren dieses Schiff und unser Leben, wenn...«

Sie brachte den Tech mit einem Rückhandschlag zum Schweigen, der ihn gegen eine bereits von Blut überströmte Kontrollkonsole warf.

»Wenn wir sterben, dann sterben wir!« kreischte

sie. »Jetzt zurück auf deinen Posten, oder *ich* töte dich!«

Sie wandte sich von dem kreidebleichen Tech ab und stapfte zurück in den Holotank. »Alle Geschütze, Feuer frei. Wenn wir schon sterben müssen, laßt uns zumindest ein paar dieser Innere-Sphäre-Freigeburten mitnehmen.«

Sekunden später zuckte und wand sich die *Korat* wie ein Fisch am Haken, als beide Kriegsschiffe der Inneren Sphäre eine Salve nach der anderen in den Nebelparder-Kreuzer jagten. Ein Feuerball schlug aus dem Hauptliftschacht des Schiffes auf die Brücke, und die Gewalt der Explosion schleuderte Stiles rückwärts durch den Holotank. Ihr schmerzgepeinigter Körper traf das Stahlgeländer des Tanks und bog sich darum wie eine Stoffpuppe. Stiles hörte das dumpfe Knacken, mit dem ihr Rückgrat brach. Eine lange, schmerzfreie Sekunde hing sie einfach nur da, über dem Deck, dann rutschte sie auf den Boden des Holotanks. Durch den Schock ihrer Verletzungen hindurch wurde ihr klar, daß ihr Körper ganz und gar verdreht war.

Ich müßte Schmerzen spüren, wunderte sie sich. *Aber ich fühle gar nichts.*

Bevor sie das Rätsel der durch den Schock hervorgerufenen Taubheit entschlüsseln konnte, schlug eine Gausskugel wenige Meter über ihrem Kopf durch die Schiffshülle. In der zeitlosen Leere, die das nahezu exklusive Reich von Unfallopfern ist, und in der die ganze Welt zwischen dem Ticken der Uhr stillzustehen scheint, sah Clarinda Stiles den tödlich glitzernden Ball durch die Brückenwand schlagen und ihren Ersten Offizier, der heranstürzte, um seiner Kommandeurin zu helfen, enthaupten.

Dann explodierte das Universum in ihrem Gesicht.

* * *

Kommodore Beresick beobachtete entsetzt, wie der Clan-*Befreier* sich regelrecht einfaltete. Die kombinierte Feuerkraft der *Unsichtbare Wahrheit* und des Zerstörers *Feuerfang* hatte das vormals mächtige Kriegsschiff in ein brennendes Wrack verwandelt. Die Plötzlichkeit des Untergangs machte ihm auf übelkeiterregende Weise deutlich, daß kaum ein Besatzungsmitglied des Clanners überlebt haben konnte.

»Kommodore, Meldung von der *Ranger*. Kapitänin Winslow meldet zwei Clan-Sprungschiffe manövrierunfähig, eines vernichtet. Alle drei Kriegsschiffe sind vernichtet. Die *Starlight* ist weg.« Der KommTech stockte und schüttelte den Kopf. »Einfach weg. Der Kommandant der *Smaragd*, Captain Kole, meldet Feuer an Bord und auf fünf Prozent reduzierte Rumpfintegrität. In einem Raumdock ließe sie sich mit mehreren Monaten Arbeit vielleicht wieder kampfbereit machen, aber darauf würde er keine Wetten abschließen. Er hat Befehl gegeben, das Schiff zu verlassen. Landungsschiffe *Ehre* und *Integrität* stehen bereit, die Besatzung der *Smaragd* aufzunehmen.«

»Die *Antrim* war eingeteilt, die Clan-Landungsschiffe zu verfolgen. Captain DeSalas meldet schwere Beschädigungen. Er hält es für unmöglich, seine Korvette im Feld instand zu setzen. *Haruna* befindet sich noch im Gefecht mit zwei Landungsschiffen. Captain Jones meldet, es handele sich nur um eine Frage der Zeit. *Ranger* ist beschädigt, aber noch kampfbereit. Von den übrigen Kriegsschiffen ist noch kein Zustandsbericht eingetroffen. Alle unsere Sprungschiffe haben das System sicher verlassen.«

»Halt! Einen Augenblick.« Beresick unterbrach den Wortschwall seines 1. Offiziers. »*Ranger* meldet drei Clan-Sprungschiffe zerstört oder gekapert. Was ist mit den beiden anderen?«

»Die beiden anderen Clan-Sprungschiffe, ein *Starlord*

und ein *Monolith*, sind sofort in den Hyperraum eingetaucht, meldet Kapitänin Winslow. Sie müssen mit Lithium-Fusionsbatterien ausgerüstet gewesen sein.«

»Verdammt!« Beresick lief es eiskalt den Rücken hinab. »Wir haben keinen Schimmer, wohin sie gesprungen sind, und können es auch nicht herausfinden. Es besteht eine verdammt große Chance, daß sie versuchen werden, Hilfe zu holen. Funkspruch an General Winston. Informieren Sie sie, daß wir den Raumkampf gewonnen haben. Verlust- und Schadensberichte folgen später. Warnung, daß wir nicht in der Lage waren, alle Clan-Landungsschiffe zu stoppen, und daß sie in Kürze Gesellschaft bekommen wird, die kaum sonderlich erfreut über ihre städtebaulichen Aktivitäten sein wird. Und teilen Sie ihr mit, daß mindestens zwei Clan-Sprungschiffe das System verlassen haben, bevor wir sie aufhalten konnten. Die Parder könnten bereits nächste Woche mit schwerer Verstärkung auftauchen, und dann gnade uns Gott.«

8

**Befehlsposten der Leichten Eridani-Reiterei,
Mons Szabo, Lutera, Diana
Kerensky-Sternhaufen, Clan-Raum**

26. März 3060

Ariana Winston saß auf der obersten Stufe zum Eingang des Mobilen Hauptquartiers der Leichten Reiterei und starrte in den dunkelschieferblauen Morgenhimmel. Es war etwa eine Stunde vor Sonnenaufgang, eine Zeit, die im Militär als MNZ bekannt war, Morgendliches Nautisches Zwielicht. Der Himmel war gerade hell genug, um am Boden etwas zu erkennen. Nicht allzu gut, aber gut genug, um zu wissen, daß es da war.

Ihre Blicke suchten den Himmel ab wie Radarschirme, suchten nach den ersten schwachen roten Leuchtspuren abgeworfener Mechkokons. Die dünnen Feuerstreifen des Atmosphäreneintritts würden die Ankunft der angekündigten Nebelparder-Einheiten verkünden. Keine zwölf Meter von der offenen Tür des Mobilen HQ entfernt stand ihr *Zyklop*. Der Mech war kurz nach Ende der ersten Kämpfe repariert und seine Munition aufgefüllt worden. Jetzt stand er schweigend da, die Füße tief im Schatten, und wartete wie ein braves Streitroß auf ihre Hand, die ihn wieder in die Schlacht führte.

Die als Besatzungstruppen auf Diana stehenden Einheiten Einsatzgruppe Schlanges hatten keine Ahnung, wann die Parder kommen würden. Die Vernichtung des planetaren Ortungsnetzes durch den DEST-Einsatz vor Beginn der Invasion hatte die Nebelparder daran gehindert, die anfliegenden Sternenbund-Truppen zu orten. Jetzt kehrte sich diese Taktik gegen ihre Benutzer.

Das Raumverteidigungsnetz Dianas hatte aus einem Netzwerk gekoppelter Radar-, Thermal- und Magnetsensoren bestanden. Vor seiner Vernichtung hatte es den Pardern erlaubt, eintreffende Sprung- und Landungsschiffe zu entdecken und zu verfolgen. Falls es sich um feindliche Schiffe handelte, gestatteten die Ortungsanlagen den Pardern, die anfliegenden Schiffe als Ziele für die schweren Waffen des Reagansystems zu markieren.

Unmittelbar nach Ende der Kämpfe hatte Winston ihre Techs und ein paar von den ComGuards abgezogene Leute an die Reparatur des Ortungsnetzes gesetzt. Unglücklicherweise ließ sich jedoch ein Großteil der von den DESTlern zerstörten Anlagen nicht mehr instand setzen. Man hätte komplett neue Einheiten bauen und installieren müssen, und dazu hatte die Einsatzgruppe nicht genug Zeit. Was sich reparieren ließ, war repariert worden, und dadurch hatten die Sternenbund-Besatzer eine Nahortung, mit der sie Objekte von Jägergröße beim Eintritt in Dianas stürmische Stratosphäre entdecken konnten, und eine Langstrecken-EMI-/Tachyonenortung, die das Eintreffen von Sprungschiffen meldete. Aber die Lang- und Mittelstreckensensoren, die nötig gewesen wären, um die im Anflug befindlichen Parder-Landungsschiffe zu verfolgen, ließen sich beim besten Willen nicht einsatzbereit machen.

Es war inzwischen sieben Tage her, seit Kommodore Beresicks Nachricht eingetroffen war, in der er ihr mitgeteilt hatte, daß die Kriegsschiffe Schlanges den größten Teil der eingetroffenen Nebelparder-Flotte vernichtet hatten, daß aber eine Anzahl von Clan-Landungsschiffen Kurs auf den Planeten genommen hatte. Zwei Sprungschiffe hatten ihre Landungsschiffe abgekoppelt und waren mit Hilfe von Lithium-Fusionsbatterien für ihre Sprungtriebwerke sofort wieder transitiert. Es waren diese beiden flüchtigen Schiffe, die Winston die größten Sorgen machten. Wohin waren sie gesprungen? Sie mußte davon ausgehen, daß sie Hilfe holten. Aber wann würden sie zurückkehren und mit wie großen Verstärkungen?

Nach Beresicks Einschätzung mußten die Landungsschiffe der Entsatzstreitmacht irgendwann im Laufe des Tages in Position sein, um ihre Ladung von Omni-Mechs und Elementaren über ihr auszuschütten. *Nein, Entsatzstreitmacht ist das falsche Wort*, korrigierte Winston sich. *Es sind Flüchtlinge.*

Es hatte mehrere Tage gedauert, die wenigen Nebelparder, die das Gefecht am Sprungpunkt überlebt hatten, aufzulesen und zu verhören. Nach Aussage der Gefangenen beförderten die Landungsschiffe eine bunte Mixtur verschiedenster Parder-Einheiten, die von Operation Bulldog aus der Inneren Sphäre vertrieben worden waren.

Die Gefangenen waren arg mitgenommen gewesen, aber dadurch kaum weniger wütend und trotzig. Es hatte Lieutenant Tobin, Beresicks ehemaligen ROM-Agenten, alle Tricks des Gewerbes gekostet, ihnen die gewünschten Informationen zu entlocken. Ohne Zweifel stand Winston eine Auseinandersetzung mit Paul Masters bevor, wenn die Wahrheit über die Verhöre ans Licht kam, doch im Augenblick hatte sie drängendere Probleme. Nach Tobins bester Schätzung beförderte die Parder-Flotte Truppen in der Größenordnung von zwei Galaxien. Und Tobin hatte in seinem Report besonders darauf hingewiesen, daß diese Schätzung auf unter Zwang von Gefangenen erhaltene Informationen und der natürlichen Skepsis eines Geheimdienstanalytikers beruhte. Obwohl die anfliegenden Einheiten aus den Überresten von mindestens fünf Galaxien zusammengewürfelt worden waren, hatten sie einige Monate an Bord ihrer jeweiligen Landungsschiffe zur Verfügung gehabt, um sich zu erholen, ihre beschädigte Ausrüstung zu reparieren und simulierte Gefechtsübungen abzuhalten.

Letzteres war Spekulation, schien aber eine logische Schlußfolgerung. Selbst wenn die Parder bei der Ankunft auf ihrer Heimatwelt keine Schwierigkeiten erwartet hatten, machte es für ihre Kommandeure Sinn, die überlebenden Truppen anzutreiben, um ihre durch Operation Bulldog abgestumpften Fähigkeiten wieder zu schärfen. Sie hätte es an ihrer Stelle genauso gemacht.

Einsatzgruppe Schlange andererseits hatte keine Möglichkeit, bei der Invasion Dianas gefallene oder verwundete Kampftruppen zu ersetzen. Das Explorercorps nahm die Existenz von Stützpunkten aller Clans in der Äußeren Peripherie an. Falls diese Vermutung stimmte, bestand die Möglichkeit, daß die Nebelparder entlang des Wegs zu den Heimatwelten oder anderenorts in den Clan-Heimatwelten Reservetruppen aufgenommen hatten. Sicher konnte sie sich dessen allerdings nicht sein. Die Informationen der Inneren Sphäre über diesen Punkt waren bestenfalls lückenhaft zu nennen. Obwohl die Sternenbundtruppen den Pardern zahlenmäßig überlegen waren, besaßen die Clanner noch immer einen technologischen Vorsprung. Das machte die Schlacht in etwa ausgewogen.

Falsch, das gibt ihnen den Vorteil, korrigierte Winston sich. *Sie sind Nebelparder. Sie greifen an, und das können sie besonders gut. Sie sind sicher immer noch wütend, weil sie aus der Inneren Sphäre getrieben wurden, und jetzt kämpfen sie um ihre Heimatwelt. Für sie wird das die Vergeltung, und damit haben sie den Vorteil der höheren Kampfmoral.*

In der kurzen Zeit, die ihr geblieben war, um sich auf die Verteidigung der Trophäe vorzubereiten, die ihre Einsatzgruppe gewonnen hatte, hatte Winston ihre

Truppen umgruppiert, so gut sie konnte. Die Taktik des Teilens und Siegens hatte wunderbar funktioniert, und sie wollte den Pardern keine Gelegenheit geben, dieselbe Taktik gegen sie einzusetzen. Deshalb hatte sie sich entschlossen, ihre Einheiten zu zwei großen Gruppen zusammenzuziehen, statt sie über die ganze Planetenoberfläche verteilt zu lassen. Die ComGuards und 2. St.-Ives-Lanciers waren zur Unterstützung der Leichten Reiterei nach Lutera gekommen. Mons Szabo mit seinem riesigen Nebelpardersymbol und dem inzwischen abgeschalteten Ewigen Laser, die Halle der Jäger und das Genetische Archiv waren alles Heiligtümer der Parder, und ohne Zweifel würden sie hier zuerst angreifen.

Die zweite Teilstreitmacht, bestehend aus den Kathil-Ulanen, Northwind Highlanders und Rittern der Inneren Sphäre unter dem Oberbefehl Andrew Redburns, war nahe des Osissees am Südwestrand des Hauptkontinents stationiert. Winston setzte großes Vertrauen in Redburn. Er würde den Pardern nichts schuldig bleiben und jedes Mittel nutzen, sie aufzuhalten, das ihm zur Verfügung stand. Aber wenn die Lage zu prekär wurde, boten die Dhuanberge, die Dhuansümpfe und der Shikaridschungel Redburns Division genug Deckung für einen Guerillafeldzug gegen die Nebelparder.

Die kleineren Einheiten, 4. Drakøner, Kingstons Legion und die schwer mitgenommene Lyranische Garde, hatten sich in eine abgelegene Region des Lunargebirges auf dem Trostloskontinent zurückgezogen. Von dort konnten sie bei Bedarf sofort einzeln oder zusammen in den Einsatz gehen, falls eine Entsatzaktion nötig wurde.

Die DEST-Teams waren für ein wildes Mechgefecht der Art, wie Winston es kommen sah, wenig geeignet, was auch immer Major Ryan über ihre Ausbildung und Fähigkeiten behauptete. Sie hatte ihn angewiesen, seine Leute in Reserve zu halten, bis sich ein Ziel präsentierte, das ihre spezielle Art der Aufmerksamkeit verdiente.

Nur die Tollwütigen Füchse blieben auf ihrem Posten in den Östlichen Bergen und beobachteten den Falkenhorst. Winston traute Trents Versicherung, die Jadefalken würden sich nicht in Kämpfe einmischen, die eine Angelegenheit der Nebelparder waren, immer noch nicht. Sie war schon viel zu lange Soldat, um sich blind auf die Worte eines Spions zu verlassen.

Als wäre die Lage noch nicht schlimm genug für die Männer und Frauen Einsatzgruppe Schlanges, hatte Kommodore Beresick zu allem Überfluß noch gemeldet, daß die Parder-Flotte die *Starlight* und *Smaragd* vernichtet und die Korvette der *Fox*-Klasse *Antrim* zu schwer beschädigt hatte, um sie mit den Mitteln der Einsatzgruppe zu reparieren. Damit blieben dem Kommodore für die Verteidigung des Systems nur noch vier einsatzbereite Kriegsschiffe. Wenn die Clanner in größerer Stärke eintrafen, um Einsatzgruppe Schlange anzugreifen, bestand wenig Aussicht, daß auch nur eines dieser Kampfraumschiffe es überstehen würde.

Entsprechend dem Missionsbefehl, die verletzbaren Transportsprungschiffe der Flotte zu schützen, hatte Beresick ihnen den Sprung aus dem System an einen vorher ausgemachten Sammelpunkt befohlen. Da noch nicht klar war, ob weitere Parder-Truppen aus der Inneren Sphäre unterwegs waren, konnten sie die Transporter auch nicht zurückholen. Nur im äußersten Notfall, etwa, wenn die Alternative zu einer Rückkehr der Sprungschiffe der Verlust der gesamten Einsatzgruppe wäre, ließ es sich rechtfertigen, die kaum gepanzerten Transporter wieder ins Diana-System zu beordern.

Wenn nötig, ließen sich die Bodentruppen auch mit

den Kriegsschiffen evakuieren, was allerdings ganz andere Probleme heraufbeschwor.

Die *Unsichtbare Wahrheit*, ein Schlachtkreuzer der *Cameron*-Klasse, und die Fregatte der *Kongreß*-Klasse *Ranger* hatten nur je zwei Dockkragen. Die der Einsatzgruppe vom Draconis-Kombinat zur Verfügung gestellte Fregatte der *Kyushu*-Klasse *Haruna* verfügte über vier der schweren Ringmechanismen, die nötig waren, um ein Landungsschiff mit einem interstellaren Sprungschiff zu verbinden. Und der erbeutete Zerstörer der *Wirbelwind*-Klasse, der von seinen neuen Besitzern in *Feuerfang* umgetauft worden war, besaß überhaupt keine Dockkragen.

Nur wenn die Einsatzgruppe alle BattleMechs, Fahrzeuge, Waffen und Materialien zurückließ, war es denkbar, das gesamte Personal in Schlanges acht größte Landungsschiffe zu zwängen und zu den wartenden Raumschiffen zu befördern. Aber diese Vorstellung behagte Winston aus zweierlei Gründen überhaupt nicht. Damit hätten sie den Pardern fast sechs Regimenter intakter Kampfmaschinen und einen kleinen Berg an Munition und Ersatzteilen überlassen. Die Beute von Einsatzgruppe Schlange hätte zwar nicht genügt, um den Pardern eine Wiederaufnahme der Invasion der Inneren Sphäre zu ermöglichen, aber es mochte ausreichen, den Clannern genug Verteidigungsmaterial zu liefern, bis sie ihre Kriegsindustrie wiederaufgebaut hatten.

Selbst wenn Winstons Truppen versuchten, die zurückgelassene Ausrüstung zu vernichten, wußte sie aus Erfahrung, daß ein fähiger Tech durchaus in der Lage war, aus mehreren Wracks einen funktionsfähigen BattleMech zu bauen. Und die Technikerkaste der Nebelparder verfügte über einige der fähigsten und findigsten Mechmechaniker des bekannten Universums.

Wir können also davon ausgehen, daß sie einen von drei Mechs wiederherstellen könnten, rechnete sie in Gedanken. *Das liefert den Pardern zwei Kampfregimenter oder Galaxien oder was immer sie dazu sagen wollen. Der Punkt ist, wenn wir zum Rückzug gezwungen sind, dürfen wir nichts zurücklassen, was die Parder finden, bergen und wiederverwenden könnten.*

Noch eine andere Einheit der Inneren Sphäre, die kleinste auf Diana, war nach Lutera zurückgerufen worden. Mit Hilfe des abhörsicheren Senders hatte Winston das Nekekami-Team zurück zum Kommandoposten gerufen. Bis jetzt hatte sie noch keine Bestätigung ihrer Rückkehr erhalten.

Natürlich besaß Winston noch eine andere Möglichkeit: Sie konnte die Sprungschiffe zurückrufen und die Einsatzgruppe von Diana abziehen. Die Parder besaßen keine Kriegsschiffe mehr, mit denen sie die Evakuierung hätten verhindern können, und der größte Teil der Truppen unter ihrem Befehl hatte Erfahrung, was den Rückzug unter Feuer betraf, zum großen Teil aus der Clan-Invasion zehn Jahre zuvor. Ein solcher Rückzug würde schwierig werden, aber nicht unmöglich. Einige ihrer Kommandeure, vor allem General Sharon Byran von der Lyranischen Garde und ComGuards-Colonel Regis Grandi, hatten genau diese Aktion vorgeschlagen. Die überwältigende Mehrheit der Parder-Schwerindustrie war zerstört oder schwer beschädigt, so hatte Grandi argumentiert. Was hinderte sie daran, die Mission zu einem Erfolg zu erklären und zu verschwinden?

Winston hatte sich die Idee durch den Kopf gehen lassen und aus zwei Gründen verworfen. Erstens würden Bodentruppen der Einsatzgruppe voll im Gefecht stehen, bis die Sprungschiffe zurückkehrten. Zweitens, und das war der wichtigere Grund, bestand die Mission Einsatzgruppe Schlanges und ihrer Schwesteroffensive Operation Bulldog in der Inneren Sphäre darin, einen kompletten Clan auszulöschen, nicht *zum Teil*, auch nicht *zum überwiegenden Teil*, sondern *ganz und gar*. Die Truppen, die mit Höchstgeschwindigkeit auf Diana zustürzten, stellten nicht nur einen großen Teil der Kampfstärke der Nebelparder dar, sondern auch einen beachtlichen Teil ihrer herrschenden Kriegerkaste. Jetzt abzuziehen hätte bedeutet, die Mission halb erledigt aufzugeben. Ariana Winston hatte eine Aufgabe noch nie unvollendet gelassen, und sie hatte nicht vor, jetzt damit anzufangen.

Wieder suchte sie den langsam heller werdenden Himmel ab und runzelte die Stirn. Es war auch sieben Tage her, seit zwei der Transportsprungschiffe Beresicks Kriegsschiffen entkommen und mit unbekanntem Ziel in den Hyperraum eingetaucht waren. Nach Beresicks Schätzung konnten die Parder innerhalb einer Woche mit – in seinen eigenen Worten – echt unangenehmer Verstärkung wieder über Diana eintreffen.

Was diesen Punkt betraf, waren die Gefangenen keinerlei Hilfe gewesen. Nicht einer der gefangenen Parder, egal ob Krieger oder Mitglied einer niedrigeren Kaste, war bereit gewesen, auch nur eine Vermutung über das Ziel der Sprungschiffe zu äußern. Nicht einmal Adept Tobin mit all seinen bei ROM erworbenen Verhörkünsten hatte ihnen diese möglicherweise überlebenswichtige Information entlocken können, weder durch Überredung noch durch Täuschung oder Zwang.

»General.«

Winston sprang auf, als sie das Flüstern vernahm. Ihre Hand fiel auf die an ihrer rechten Hüfte im Holster steckende Mauser. Sie suchte die Dunkelheit nach dem Sprecher ab.

»General Winston«, ertönte die körperlose Stimme

erneut. »Ich habe eine Nachricht für Sie. Ein Freund läßt Ihnen ausrichten: ›Was zwar kein Sieg, doch trotzdem Rache‹.«

Sie versteifte sich, als sie die Zeile Miltons hörte, einen der geheimen Erkennungscodes, die Morgan ihr hinterlassen hatte. Ihre Hand löste sich vom Griff der Waffe. »Wo sind Sie?«

Ein tiefer Schatten am Fuß des *Zyklop* bewegte sich wie ein nachtschwarzer Teich, in den jemand einen Kiesel hatte fallen lassen. Eine schwarze Gestalt löste sich aus dem Schatten und glitt lautlos über die Distanz zwischen ihrem Mech und dem Mobilen HQ. Ein kalter Schauer lief Winstons Rückgrat hinab. Einen kurzen Augenblick lang schien es ihr, als sähe sie den Gestalt gewordenen Tod auf sich zukommen.

»Ohayo gozaimasu.« Die Gestalt wünschte ihr auf japanisch einen guten Morgen und begleitete die Begrüßung mit einer formellen Verbeugung. »Ich bin Kasugai Hatsumi, der Leiter des Nekekami-Teams. Ich wollte warten, bis Sie allein sind, bevor ich mich zur Stelle melde. Es besteht die Möglichkeit, daß unsere Anwesenheit bei einigen der anderen Kommandeure nicht so gern gesehen ist. Wir erwarten Ihre Befehle.«

Winston nickte, immer noch zu geschockt vom plötzlichen Auftauchen des Nekekami, um etwas zu sagen.

»Außerdem wollte ich mich persönlich bei Ihnen dafür bedanken, daß Sie Julia Davis von dem Verdacht freigesprochen haben, etwas mit Morgan-samas Tod zu tun zu haben«, fuhr Hatsumi in einer Lautstärke fort, die genau darauf abgestellt schien, bis an ihr Ohr zu reichen und keinen Zentimeter weiter. »Wie Sie sicher bereits vermutet haben, ist sie Teil meiner Gruppe.«

»General Winston?« Die Frage kam aus dem abgedunkelten Inneren des Mobilen HQ.

»W-warten Sie hier«, befahl sie Hatsumi und fand

endlich ihre Stimme wieder. Dann drehte sie sich nach hinten um. »Was gibt's?«

»General, das Suchradar zeichnet eine große Anzahl von Schiffen, die in unsere Richtung kommen. Wir haben visuelle Bestätigung. Es sind Clan-Landungsschiffe. Die Bereitschaftsjäger sind gestartet, und der Rest wartet auf Ihren Befehl.«

»Okay, es geht los.« Winston fühlte, wie ihre Kriegernatur erwachte, als sie die Befehle abspulte. »Die als Abfangjäger eingeteilten Maschinen sollen starten, aber am äußeren Rand der Atmosphäre warten, bis die Clan-Schiffe in bequemer Angriffsentfernung sind. Und dann voll drauf. Sie sollen an Clannern abschießen, soviel sie irgend können. Die Sturmschiffe bleiben am Boden und in Deckung. Wir wissen, daß wir die Parder nicht im Raum stoppen werden, aber wir können ihre Anzahl reduzieren. Ich will einen Teil der Lufteinheiten in Bereitschaft für Bombardements halten, nachdem die Clanner ihren Brückenkopf aufgebaut haben. Benachrichtigen Sie General Redburn, auch wenn ich sicher bin, daß er inzwischen von der Ankunft der Parder weiß. Und rufen Sie die übrigen Kommandeure der Nordgruppe an. Taktikbesprechung in fünfzehn Minuten. An die Arbeit.«

Der Befehlsstand explodierte geradezu in einem Wirbelsturm von Aktivität, als Winston sich umdrehte und zu Boden sprang. Von Hatsumi war keine Spur zu sehen.

»Ariana-sama, mein Team steht Ihnen zur Verfügung.« Wieder drang die leise Stimme an ihr Ohr. »Rufen Sie uns, wenn wir benötigt werden. Wir sind immer in Ihrer Nähe.« Dann Schweigen.

»Verdammt«, murmelte Winston. »Ich wünschte, er würde das lassen.«

* * *

Fünf Kilometer entfernt, außerhalb der besetzten planetaren Hauptstadt, gellte schrilles Sirenengeheul durch die aufblasbare Feldunterkunft, die den Jagdpiloten der Leichten Eridani-Reiterei als Kaserne diente. Männer und Frauen sprangen auf, ließen Spielkarten, Datensichtgeräte und Kaffeebecher fallen. Andere stürzten aus ihren Kojen und kämpften mit den Decken, in die sie sich gewickelt hatten. Auf dem ganzen improvisierten Flugfeld krochen Techs unter und über die Tragflächen der Luft/Raumjäger der Typen *Korsar*, *Missetäter* und *Stuka*. Sie überprüften die wichtigsten Bordsysteme, machten die Waffen scharf und füllten die Brennstofftanks auf, während die Piloten hastig die Stahlleitern in die Cockpits hochkletterten.

Im Gegensatz zu den BattleMech-, Panzer- und Infanterieeinheiten hatte das Luft/Raumjägerkontingent der Leichten Reiterei die Invasion relativ intakt überstanden. Was an Nebelparder-Jägern auf Diana stationiert gewesen war, hatte sich der ersten Angriffswelle entgegengeworfen und war zerblasen worden. Ein paar vereinzelte Überlebende hatten Bodenangriffe gegen die Landezonen versucht, nur um augenblicklich vom Himmel gefegt zu werden. Ein paar der leichten und mittelschweren Jäger der Leichten Eridani waren abgeschossen und einzelne schwerere Maschinen beschädigt worden, aber die Masse der Luft/Raumeinheiten war voll einsatzbereit.

Als Techoffizier Leonard Harpool die Leiter zur Kanzel seines SL-17R *Shilone* hinauf hastete, stoppte er für eine halbe Sekunde, um auf die Seite des Cartoon-Stachelschweins zu klopfen, das mit äußerster Sorgfalt unter das Kanzeldach des an einen Mantarochen erinnernden Jägers gemalt war. Zu Anfang hatte dieses ›Kunstwerk‹ den jungen Flieger geärgert. Im Gegensatz zur landläufigen Ansicht wählten die meisten

Jagdpiloten ihre Spitznamen nicht selbst, sondern wurden von ihrem Staffelführer und den dienstälteren Piloten damit bedacht. Und die meisten so vergebenen Namen waren nicht gerade schmeichelhaft. Harpool war seiner störrischen, abstehenden schwarzen Haarpracht wegen ›Igel‹ getauft worden. Es hatte eine Weile gedauert, bis er den Humor darin zu schätzen gelernt und seine Techs gebeten hatte, die Maschine entsprechend zu verzieren.

»Okay, Ted, laß hören«, brüllte Harpool zu seinem Crewchef hinüber, während er sich in den Schleudersitz schnallte.

»Die Banditen sind bei Eins-neun-sieben, vierhundert Kilometer. Sie sind noch nicht in der Atmosphäre, aber das ist nur eine Frage der Zeit«, schrie der Tech zurück. Trotz der in die Helme der Piloten und Bodencrew eingebauten Kommunikatoren mußte Sergeant Ted Melo brüllen, um sich verständlich zu machen. Der Lärm der warmlaufenden Jägertriebwerke hätte jeden, der sich ihnen ohne Ohrenschützer näherte, augenblicklich das Gehör gekostet. Wie alle Jäger der Leichten Reiterei war auch der *Shilone* in einer aus Sandsäcken improvisierten Splitterbox untergebracht, die das trommelfellberstende Heulen der Triebwerke nur noch zusätzlich bündelte. Selbst durch den Helm war der Krach ohrenbetäubend.

»Die Flugleitung ist auf Knopf eins. Die Raketenmagazine sind voll, genau wie die Brennstofftanks. Vorsicht mit dem mittelschweren Backbordlaser. Er wird schnell heiß.«

»Klar!« schrie Harpool bestätigend.

Melo winkte ›seinem‹ Piloten zu und warf sich zu Boden. Harpool warf einen Schalter um, der die Leiter mit einem metallenen Knall einfahren ließ. Durch das Kanzeldach sah er einen Tech neben Melo eine Faust voll roter Nylonbänder in seine Richtung wedeln und den Daumen in die Höhe strecken. Jedes Stoffband repräsentierte ein wichtiges Bordsystem, das die Techcrew überprüft und freigegeben hatte. Hätte ein System den Test nicht bestanden, wäre das Band aus dem Bündel genommen worden, und der Jäger hätte keine Startfreigabe erhalten. Harpool grüßte und erwiderte das alte Zeichen für ›viel Glück und gute Jagd‹.

Der Pilot brachte das Shinobi-260-Fusionstriebwerk auf Touren und rollte den Jäger aus der Sandsacksplitterbox auf die Rollbahn. Sekunden später war er in der Luft, vom gewaltigen Schub des leistungsstarken Triebwerks in die Höhe geschleudert.

»Igel von Wildman. Nett von dir, auch zu uns zu stoßen.« Lieutenant Steve ›Wildman‹ Timmons war Harpools Schwarmführer.

»Tut mir leid, Boß.« Harpool grinste unter dem Helmvisier. »Ich hatte ein Full House in der Hand. Ich wollte nur das Spiel beenden. Leider war ich der einzige.«

»Nh-hn, was genau?« fragte Timmons in erkennbar humorigem Ton. Er wußte, daß Harpools Liebe fürs Kartenspiel niemals zwischen den jungen Piloten und seine noch größere Liebe für das Fliegen geraten konnte.

»Keine Bange, Wildman. Buben über Fünfen.«

»Gut. Hüte dich vor Achten und Assen.«

Timmons' Anspielung galt der ›Totenhand‹, den Karten, die irgendein legendärer Held in der Hand gehalten hatte, als er von einem Rivalen in den Rücken geschossen und getötet wurde. Weder Timmons noch Harpool glaubten wirklich daran, daß ›Achten und Asse‹ Unglück brachten, aber Jägerpiloten waren von Natur aus abergläubisch, und warum das Schicksal herausfordern?

»Schwarm Echo von Boden. Ihr Vektor ist Einssechs-neun genau, Engel Basis plus fünnefzig. Ihr Zeichen ist Buster.«

»Echo Fünf und Sechs, bestätigt«, antwortete Timmons für Harpool und sich selbst. »Mitgekriegt, Igel?«

»Klar doch.«

»Gut, denn man Buster.«

Buster war, wie so viele der Traditionen in der Militärfliegerei, ein uralter Slangausdruck. Wenn ein Pilot das Zeichen ›Buster‹ erhielt, war das die Erlaubnis, die Motoren auf volle Militärleistung zu fahren, statt bei kontrollierterer Reisegeschwindigkeit zu bleiben. Die Piloten verstanden auch die übrigen, für Uneingeweihte mysteriösen Informationen des Fluglotsen. Die anfliegenden Clan-Schiffe befanden sich im Südosten des Schwarms. Die Flughöhe in Engeln von einhundert Metern über Bodenhöhe wurde grundsätzlich als Plus- oder Minuswert zur ›Basis‹ ausgedrückt, wobei diese Basis aus Angst vor mithörenden Feinden über Funk nie präzisiert wurde. Heute lag sie bei zwanzigtausend Metern. ›Basis plus fünfzig‹ setzte den Gegner auf fünfundzwanzigtausend Meter über dem Boden. Also waren die Parder bereits innerhalb der Atmosphäre. Sie reizten ihre Jäger wirklich bis zum letzten aus.

Harpool stieß den Schubhebel über die maximale Normalschubgrenze in den Vollschubbereich. Das unmittelbar hinter dem engen Cockpit gelegene Triebwerk donnerte, als zusätzlicher Brennstoff in die Kammer gespritzt wurde. Eine lange orangerote und blaue Stichflamme schoß aus der Triebwerksdüse und trieb den Jäger vorwärts. Die Maschine ruckte und bockte, als sie die Schallmauer durchbrach, beruhigte sich aber wieder, sobald sie ihre volle Überschallgeschwindigkeit erreicht hatte. Augenblicke später konnte Igel Harpool die Sterne durch die dünnen Luftschichten der Stratosphäre funkeln sehen.

He, Moment mal, die Sterne bewegen sich!

»Halali!« brüllte Harpool ins Helmmikro. »Ich habe Sichtkontakt mit den Clan-Banditen.« Ein schneller Blick auf die Sensoranzeigen bestätigte die Sichtung. »Jede Menge Ankünfte, Vektor Null-eins-fünnef relativ, Engel Basis plus vier-fünnef.«

»Hat ihn, Igel«, antwortete Timmons. »Such dir einen schön fetten Lander aus, und dann ran an den Speck!«

»Verstanden, Wildman. Ich habe ein *Breitschwert* an Null-eins-sieben Komma Zwanzig, Distanz Drei-fünnef«, schoß Harpool zurück. »Wir scheinen auf fünnef Uhr zu ihm zu sein. Sollte nicht schwer sein, auf sechs Uhr einzuschwenken.«

»Verstanden, Igel, aber denk dran, nichts ist jemals *so* leicht.« Timmons' Maschine schoß davon und schob sich leicht nach rechts, um in die ›Sechs-Uhr-Position‹ des Clanners direkt im Heck des kastenförmigen Schiffes zu gelangen. Harpool folgte seinem Schwarmführer.

»Ich hab ihn.« Timmons' Stimme hatte einen seltsam unbeteiligten Klang angenommen, fast, als lese er Börsennotierungen vor. »Raketen haben erfaßt. Feuer.«

Zwanzig Langstreckenraketen jagten aus der Lafette unter dem Bug des rochenförmigen Jägers, gefolgt von drei Laserstrahlen, die in der Dunkelheit der Stratosphäre bis auf die Punkte unsichtbar waren, an denen sie die Kondensstreifen der Raketen durchquerten.

Timmons rollte die Maschine nach rechts davon und verlor etwas an Höhe, um Harpool Platz zu machen, damit dessen Raketen und Laserfeuer das Vernichtungswerk seiner Waffen an der Hecksektion des *Breitschwert* unterstützen konnten. Um ihre Längsachse drehende Kurzstreckenraketen und Stakkatoimpulse aus gebündelter Lichtenergie erwiderten den Angriff.

Die meisten Raketen des Clanners zuckten an Igels Kanzeldach vorbei. Später würde Harpool behaupten, die Geschosse wären so dicht an seinem Cockpit vorbeigeflogen, daß er ›Made on Diana‹ auf den Sprengköpfen lesen konnte. Die Salve aus dem Impulslaser des Parder-Schiffs schlug dampfende Krater in die harte Panzerung des *Shilone*.

Harpool zog seinen Jäger in eine enge Kehrschleife und feuerte eine hastig gezielte Raketensalve aus der Hecklafette ab. Obwohl keine der Raketen den gepanzerten Rumpf des *Breitschwert* traf, mußten sie den Bordkanonier erschreckt haben. Der Strom der Laserimpulse entfernte sich von dem davonrasenden Jäger und brach schließlich ganz ab, als der Kanonier die Zielerfassung verlor.

Gegen den Andruck ankämpfend, der sein Sichtfeld verengte und drohte, ihm das Bewußtsein zu rauben, zwang Harpool den *Shilone* durch den engen Looping und brachte die schlagkräftigen Bugwaffen wieder in eine Linie mit dem bereits deutlich angeschlagenen Clan-Schiff. Raketen und Laserfeuer zerfetzten die kraterübersäte Panzerung und schlugen sich einen Weg durch metallische Bruchstücke in den Maschinenraum des *Breitschwert*. Das Schiff zuckte nach links, schwang aber zurück, als die Heckgeschütze eine weitere Todessalve spien. Diesmal hatte der Clanner besser gezielt. Der größte Teil der Raketen hämmerte auf Igels abgeflachten Jägerrumpf ein und riß große Brocken gehärteten Stahls los. Der blinkende Impulslaser zerschmolz einen Teil der relativ dünnen Cockpitpanzerung.

Jetzt war es an Harpool zu erschrecken. Igel rammte den Knüppel vorwärts und nach links, während er hart auf das linke Ruderpedal trat. Der *Shilone* kippte nach links in einen spiralförmigen Sturzflug, um sich aus dem Schußfeld der Clan-Geschütze zu retten, die den Jäger verwüsteten. Aus der Abwärtsrolle sah Harpool einen dunkelgrauen Bumerang in nicht mehr als fünfzig Metern Entfernung über sein Cockpitdach zucken. Die wildstarrende Gestalt mit der Keule auf dem Bug der Maschine ließ keinen Zweifel über die Identität des Piloten.

›Wildman‹ Steve Timmons war zurück und senkte sich in die Sechs-Uhr-Position des *Breitschwert*. Timmons' sanfte, weite Wende hatte eine gute Sekunde länger gedauert als Harpools enger Hochandrucklooping. Rauch und Feuer zuckten aus Bug und Flügeln des *Shilone*. Laserfeuer und Raketen bohrten sich in die zerschlagene Panzerung des Parder-Schiffs und zertrümmerten lebenswichtige Systeme. Rauch quoll aus den Rissen im Rumpf des Landungsschiffs. Eine von Timmons' Raketen mußte die Haupttriebwerke erwischt haben, denn die gewaltigen Triebwerksflammen des Schiffes flackerten und erloschen.

Das backsteinähnliche Raumschiff versuchte den Bug hochzuziehen, um an Höhe zu gewinnen, aber es hatte keinen Zweck. Große, rechteckige Löcher öffneten sich im Rumpf des *Breitschwert*. Fünf OmniMechs stürzten sich wie titanenhafte Fallschirmspringer aus dem zum Untergang verurteilten Schiff. Harpool wußte, daß Mechs häufig aus großer Höhe abgeworfen wurden, aber das hier war etwas anderes. Irgendwie wußte er, daß diese Krieger sich einfach nur retten wollten. Als die abspringenden Mechs außer Sicht stürzten, sah Igel zwei mittelschwere *Transit*-Jäger mit den Insignien der 9. Kundschafterkompanie anfliegen, um sie abzuschießen.

»Igel, alles in Ordnung?« Timmons' Stimme klang gepreßt, gezeichnet von einer Mischung aus Sorge und Erregung.

»Mir geht's gut, Wildman. Ich fühl mich ein bißchen gerädert, aber sonst okay.«

»Gut. Machen wir weiter. Wir sind noch auf der Uhr.«

* * *

Ariana Winston stand hinter einer Reihe von Techs, deren flackernde Monitore den Verlauf des über ihnen tobenden Luftkampfes verfolgten. Sie beobachtete, wie ihre Jägerpiloten die Clan-Landungsschiffe angriffen. Das Kräfteverhältnis bevorzugte die Parder. Die zähen Landungsschiffe konnten sich einen Weg durch die Abfangjäger brechen und ihre Ladung an Kampftruppen abwerfen, bevor die leichter bewaffneten Jagdmaschinen die dicken Rumpfpanzerungen der größeren Schiffe durchschlagen konnten. Hier und da flackerte eine rote Leuchtspur auf und erlosch, wenn die Flieger einen ankommenden Banditen abschossen, aber es waren einfach zu wenige. Die meisten Nebelparder-Landungsschiffe blieben auf Kurs, als wären die Jäger, die sie beschossen, nicht lästiger als ein Mückenschwarm. Gelegentlich erlosch auch ein blaues Symbol, und jedesmal fühlte Winston einen kleinen Stich, wenn wieder ein Eridani-Pilot das Leben verloren hatte.

»General, ich empfange einen an uns gerichteten Funkspruch«, rief eine KommTech. »Er ist unverschlüsselt. Angeblich ist es der Parder-Kommandeur. Er will den Kommandeur der Innere-Sphäre-Kräfte auf Diana sprechen.«

»Ich nehme es hier an«, sagte Winston und deutete auf den kleinen Holotisch des mobilen HQ.

Die Luft über dem Holotisch waberte einen Augenblick, während das Computersystem des HQ-Fahrzeugs die ankommende Botschaft für die Laserprojektoren des Tisches übersetzte. Dann flackerte das einen Meter hohe Bild eines wütenden, arrogant wirkenden Mannes auf. Eine ganze Weile sprachen weder der Nebelparder-Offizier noch Ariana Winston. Sie musterten einander nur kalt.

Das erste, was Winston an dem Parder-Offizier auffiel, war das gänzlich leere Gesicht. Es war fast, als sähe sie die Wachsstatue eines Menschen, statt diesen selbst. Die Augen wirkten kalt und tot, wie die eines Hais. Die Lippen waren verächtlich hochgezogen. Die tief eingegrabenen Linien um den Mund zeigten, daß es sich um den gewöhnlichen Gesichtsausdruck des Mannes handelte. Sein Haar war extrem kurz geschoren, wie bei vielen Parder-Kriegern üblich. Das machte die dunklen, blaugrauen Muster eines Neuralimplantats sichtbar. Aus Geheimdienstberichten wußte sie, daß nur die wagemutigsten Krieger den Mut hatten, sich eine solche direkte Verbindung zwischen Mensch und Maschine implantieren zu lassen, denn in vielen Fällen löste sie Psychosen aus, und sie konnte zum Tod durch synaptische Überlastung führen. Dieser Krieger war gefährlich.

Die graue Uniform mit dem roten Nebelparder-Emblem und den rotgoldenen Rangabzeichen konnte die Tatsache nicht verbergen, daß er ein Hüne war, leicht zwei Meter groß und wahrscheinlich mehr als hundertvierzig Kilo schwer. Der feindliche Kommandeur war ohne jeden Zweifel ein Elementar.

»Ich bin Sterncolonel Paul Moon.« Die Stimme des Elementars schien geradezu vor Gift zu triefen, so überdeutlich war der Haß auf seine Gesprächspartnerin. »Ich bin Kommandeur der Kräfte Clan Nebelparders und gekommen, um die Barbaren der Inneren Sphäre von unserer Heimatwelt zu vertreiben. Wer bist du? Und mit welchem Recht trägst du die heiligen Insignien des Sternenbunds?«

»Ich bin General Ariana Winston von der Leichten Eridani-Reiterei, Kommandierende Offizierin der Sternenbund-Einsatzgruppe Schlange.« Winston antwortete mit Bedacht und wählte jedes ihrer Worte so, daß es maximale Wirkung hatte. »Wir sind nicht auf diese häßliche kleine Welt gekommen, um sie zu erobern, sondern um den Namen der Menschheit von der Schande reinzuwaschen, die sich Nebelparder nennt.«

Moon lachte kurz und gehässig. »Es soll also ein Vernichtungstest werden? Gut. Ich fordere dich zum Kampf auf der Ebene westlich von Lutera heraus, mit all deinen Kräften, und wir werden sehen, wer vernichtet wird.«

»Gut gehandelt und akzeptiert, Sterncolonel«, antwortete Winston mit der üblichen Formel eines Batchall, der Clantradition des einer Schlacht vorangehenden Bietens um die benutzten Kräfte, den Austragungsort des Kampfes und den Preis für den Sieger. Es war eine der Traditionen, deren Abschaffung Ziel der Gesamtoperation von Bulldog und Schlange war. Das Bieten um die Leben von Kriegern reduzierte das häßliche Geschäft des Krieges zu einem Spiel, und Winston haßte schon den Gedanken. »Aber ist es nicht das Recht des Herausgeforderten, den Schauplatz des Kampfes zu bestimmen?«

»Das ist kein Batchall«, schleuderte Moon zurück und verschränkte die Arme vor der Brust. »Ich bin ein wahrgeborener Nebelparder. Du bist nichts als eine Freigeburt der Inneren Sphäre. Zwischen uns kann es kein Batchall geben. Du und deine dreckigen Mammonsoldaten, ihr würdet niemals ehrbar verhandeln oder das abgeschlossene Batchall einhalten. Nein, General, das ist nur eine Herausforderung. Komm und stelle dich mir im offenen Kräftevergleich auf der Ebene westlich Luteras. Findest du es nicht auch passend, daß du auf dem Boden sterben wirst, den ihr durch eure Anwesenheit zu entweihen wagtet? Zumindest werdet ihr den kalten Trost haben, daß eure Gebeine an einem Ort beigesetzt werden, der viel zu gut für euch ist. Ich dagegen werde den Ruhm ernten, dich und deine Surats im Schatten des Mons Szabo und des großen steinernen Parders meines Clans zu vernichten.«

Winston blickte durch den HQ-Wagen zu ihren Regimentsführern, den Colonels Sandra Barclay, Ed Amis und Charles Antonescu, die gerade die kurze Treppe ins Innere des Fahrzeugs heraufkamen. Hinter ihnen waren Major Ryan, Colonel Regis Grandi von der 2. ComGuards-Division und Major Marcus Poling zu sehen, der Kommandeur des St.-Ives-Kontingents. An ihren identischen Mienen sah sie, daß sie alle Moons prahlerische Ankündigung gehört hatten. Als sie keinerlei Protest ihrer Untergebenen bemerkte, zuckte sie die Achseln.

»Na schön, Colonel Moon. Auf der Ebene also.« Innerlich kicherte sie über die Wut auf Moons Gesicht, als sie bewußt seinen Rang und Namen falsch benutzte. Bei den Clans wurden Namen und Ränge immer voll ausgesprochen. »Darf ich fragen, mit welchen Kräften Sie planen, uns diese Welt abzunehmen?«

Sie erhielt keine Antwort. Moon hatte die Verbindung unterbrochen.

»Das wär's. Sie kommen«, stellte sie fest und wandte sich vom leeren Holotisch ab. »Uns bleibt nicht viel Zeit. Colonel Grandi, Ihre ComGuards stehen bei wieviel, achtzig Prozent?«

»Ja, General.« Grandi nickte. »Der größte Teil unserer Verluste waren Panzer und Infanterie. Meine Mechtruppen sind weitgehend intakt.«

»In Ordnung. Wir formieren uns in einer groben Ost-West-Reihe. Colonel Grandi, Sie übernehmen die Mitte.« Während sie sprach, winkte Winston die Offiziere näher. Auf ihre Befehle hin zeigte der Holotisch eine Karte der Lutera-Region. Ein blaues Rechteck mit den Insignien der ComGuards flackerte auf der Ebene etwa fünf Kilometer westlich der Stadt auf. »Ed, dein Blauer Mond nimmt Aufstellung an der rechten Flanke der Guards. Major Poling, Ihre Lanciers übernehmen deren linke Seite. Sandy, Charles, Schimmel und Rappen nehmen Aufstellung hier und hier.« Winston, die für die drei Regimenter der Leichten Reiterei, das 21. Einsatzregiment und die 71. und 151. Leichte Reiterei die Regimentsbeinamen Blauer Mond, Schimmel und Rappen benutzt hatte, deutete auf ein Gebiet knapp nördlich der Hauptschlachtlinien. »Ihr seid etwa einen Klick hinter der Hauptgefechtslinie, mit Charles' 151. östlich und Sandys 71. westlich. Ihr bildet die Reserve. Ich möchte, daß ihr Kundschafter entlang der Flanken aussendet, nicht zu weit, zwölf Kilometer ungefähr. Gerade weit genug, um uns reichlich Vorwarnzeit zu geben, falls die Parder eine Flankenbewegung versuchen. Ihr seid unsere Reaktionseinheit, also bleibt wachsam. Ihr müßt beide bereit sein, selbst um unsere gedeckte Flanke vorzupreschen, wenn sich die Gelegenheit ergibt, oder aufzurücken und die Hauptschlachtreihe zu verstärken, sollte das nötig werden. Stellt unsere Artillerie hinter den Linien auf, zwischen Rappen und Schimmeln. Von da aus können sie den größten Teil der feindlichen Linien bestreichen und sind immer noch in der Lage, nach Nordosten oder Nordwesten auszubüxen, wenn die Schlacht sich zu weit in ihre Richtung verlagert.«

»Was ist mit meinen Leuten, General?« fragte Michael Ryan mit kalt glitzernden Augen. »Wir könnten vor unsere Linien vorrücken und getarnt auf den Feind warten, um ihn vorbeizulassen und von hinten anzugreifen oder gegen seine Landezone vorzugehen.«

»Ich weiß Ihr Angebot zu schätzen, Major, aber ich bedaure. Das kann ich nicht zulassen.« Winston schüttelte den Kopf und wehrte Ryans Protest im Ansatz ab. »Sie haben seit ihrem Angriff auf den Befehlsposten – was? – acht Tote und fünf Verwundete? Das sind dreiundvierzig Prozent Verluste. Sie haben nur noch siebzehn Mann. Ich kann sie nicht riskieren.«

»Tai-sho Winston-sama«, meinte Ryan und verfiel in

die typisch gestelzte, mit japanischen Ausdrücken durchsetzte Ausdrucksweise draconischer Offiziere im Gespräch mit Ausländern. »Es ist korrekt, wenn Sie feststellen, daß ich nur noch siebzehn Mann unter meinem Befehl habe, aber...«

»Kein aber, Major, ich kann es mir nicht leisten, eine meiner wertvollsten Einheiten in einem Selbstmordunternehmen zu verheizen. Falls dieser Kampf zu einem Guerillafeldzug degeneriert, brauche ich Sie und Ihre Leute lebend. Sie und Ihre Teams werden die K^3-Zentrale im Mons Szabo bewachen. Es war unser erstes Angriffsziel, und wahrscheinlich wird es die erste Anlage sein, die unsere Nebelparder-Gegner zurückzuerobern versuchen. Keiner meiner Leute ist für einen solchen gnadenlosen Nahkampf ausgebildet. Ihre DEST-Teams sind die besten Leute, die wir für eine Aufgabe dieser Art haben.«

Ryan richtete sich auf und schien vor Stolz zu wachsen. »Hai. Wakarimasu, Tai-sho Winston-sama. Wir werden Ihre Befehle ausführen. Arigato.«

Winston gestattete sich ein leises Lächeln und gratulierte sich, einen Weg gefunden zu haben, Ryan und seinen Leuten ihre Aufgabe so zu präsentieren, daß sie eine größere Ehre daraus ableiten konnten, als wenn sie ihnen einfach nur einen Posten zugeteilt hätte.

Kein Wunder, daß Morgan das alles verrückt gemacht hat, dachte sie und rieb sich die Augen. Einen Moment lang öffnete sich ein bodenlos gähnender Abgrund in ihrem Herzen. Dies war der Augenblick, für den Marshal Morgan Hasek-Davion gelebt hatte. Die verzweifelte Verteidigung gegen einen übermächtigen Feind. Dies war genau die Art von Situation, in der er seine größten Triumphe gefeiert und eine sichere Niederlage durch einen Trick in einen überwältigenden Sieg verwandelt hatte, den kein menschlicher Gegner hätte voraussagen können.

Verdammt, Morgan, warum hast du dich umbringen lassen? Jetzt hätte ich dich wirklich gebraucht.

»Ein Punkt noch«, fügte sie hinzu und verdrängte den traurigen Gedanken an ihren Freund und Vorgänger. »Wir müssen uns beeilen, doch ich möchte, daß alle Verwundeten, Clanner und SBVS gleichermaßen, in das Genetische Archiv gebracht werden. Das mag die Clanner gehörig in Rage bringen, aber das schert mich nicht. Sie werden es nicht wagen, das Archiv direkt anzugreifen, also sind die Verletzten dort sicher vor ›Begleitschäden‹. Noch Fragen? Nein? Gut. Dann tun Sie so, als hätten Sie was zu erledigen.«

9

**Lutera-Ebene, Diana
Kerensky-Sternhaufen, Clan-Raum**

26. März 3060

»Schneller, ihr Surats.« Sterncolonel Paul Moon quetschte die Worte zwischen zusammengebissenen Zähnen hervor, ohne einen Funkkanal zu öffnen. Barbaren der Inneren Sphäre zu beschimpfen war die eine Sache, seine Mit-Parder anzugiften, weil sie sich seiner Ansicht nach beim Verlassen eines Landungsschiffes zuviel Zeit ließen, eine ganz andere. Nicht alle Krieger unter seinem Befehl waren Überreste zerschlagener Garnisonssternhaufen. Einige waren Frontklassetruppen, die von Welten vertrieben worden waren, für die sie ruhmreich mit Blut bezahlt hatten. Wie es ihm zusetzte, daß sie, der Stolz der Nebelparder, aus Systemen verjagt worden waren, die sie durch rechtmäßige Unterwerfung minderwertiger Gegner erbeutet hatten. Schwache, rückgratlose Truppen der Inneren Sphäre. Und was die Beleidigung noch schlimmer machte: Diese stinkenden Surats wagten es zu behaupten, sie hätten seinen Clan im Namen eines neuerstandenen Sternenbunds angegriffen.

Die Schande und Ungerechtigkeit dieser Wendung ließen Moons Eingeweide wie mit flüssigem Feuer brennen. Seine noch nicht verheilten Verletzungen hatten ihn daran gehindert, eine aktive Rolle bei den Kämpfen auf Hyner zu spielen, als sein Sternhaufen, die 3. Parder-Kavaliere, vernichtet worden war. Er war entkommen, von den MedTechs mitgeschleppt, die das Wachstum seines neuen linken Beins überwachten. Während der langen Wochen des schmerzhaften Wachstums und der Monate der Rehabilitation und Physiotherapie hatte sich Moon bis an die Grenzen getrieben, trainiert, solange die MedTechs es zuließen und solange er es ihnen abtrotzen konnte. Das neue Bein war noch nicht so stark wie das rechte, und gelegentlich schoß ein brennender Schmerz von dort durch die ganze linke Hälfte seines Körpers, aber es war ein guter Schmerz, einer der Art, die einem Krieger zeigte, daß er noch lebte und seine Feinde es waren, die tot auf dem Schlachtfeld vermoderten.

Diese winselnden MedTechs hatten versucht, ihn den Kämpfen fernzuhalten, indem sie behauptet hatten, sein Bein sei noch nicht stark genug, die Torturen eines Gefechts auszuhalten, aber er hatte sie beiseite gefegt, wie ein dominanter Parder ein lästiges Junges verjagte. Sein Bein war so kräftig wie eh und je, und kein Weichling niederer Kaste würde ihm die Teilnahme an dem Kampf verbieten, mit dem sie den rückgratlosen Surats der Inneren Sphäre seine Heimatwelt wieder entrissen.

Aus seiner Position im Schatten des großen Landungsschiffs der *Overlord-C*-Klasse winkte er ungeduldig dem häßlichen *Sturmkrähe*-OmniMech, der unmittelbar hinter dem Mechhangarschott hin und her ruckte. Das blutige, altertümliche Schermesser auf dem vorspringenden Kopf des Mechs zeigte, daß der einem der wenigen Überlebenden des 19. Einsatzsternhaufens gehörte. Der Pilot der 55-t-Maschine war ein relativ unerfahrener Neuling, der erst acht Monate vor dem heimtückischen Versuch der Inneren Sphäre, die Nebelparder-Besatzungszone zurückzuerobern, von Diana in Marsch gesetzt worden war.

Ein Glück, daß wir keinen Kampfabwurf versucht haben, dachte Moon verbittert. *Mit solchen Narren als Nachschub für unsere Garnisonen ist es kein Wunder, daß wir die Besatzungszone verloren haben.*

Endlich war der Pilot zufrieden, seine Maschine gut genug am Hangartor ausgerichtet zu haben. Als der schwerfällige Mech erst von der Rampe war, verlief das restliche Ausschiffen recht schnell. Moon marschierte mit schnellen Schritten zu der großen, humanoiden *Nemesis* seines stellvertretenden Galaxisführers und kletterte an einem der Mechbeine empor, um einen Handgriff zu fassen, der speziell für den Zweck angebracht war, Elementaren zu gestatten, sich von ihren größeren Vettern in die Schlacht tragen zu lassen. Vier weitere der riesigen, genetisch manipulierten gepanzerten Infanteristen schwärmten hinter ihrem Anführer über den Torso der *Nemesis*. Moon nahm herrisch seinen Platz auf der Schulter des Stahlkolosses ein, zwischen dem seitlich versetzten Kopf und der zylindrischen Raketenlafette über der linken Schulterkachel.

»Und jetzt«, erklärte Moon und öffnete endlich einen Kommkanal, »werden wir losziehen und unsere Heimatwelt zurückerobern. Galaxis, vorwärts!«

Sechsundneunzig BattleMechs setzten sich in Bewegung. Moon hielt sich entschlossen an seinem Haltegriff fest, während er im Geiste die spärlichen Daten durchging, die seine Kundschafter gesammelt hatten. Die Krieger der Inneren Sphäre hatten ihre Schlachtreihe wenige Kilometer westlich von Lutera im relativ flachen Gebiet zwischen der Parder-Hauptstadt und den zerklüfteten Gipfeln der Parderzähne im Westen aufgebaut. Dort wurde das Gelände nur von wogenden Hügeln und dünnen Inseln dürrer Bäume unterbrochen.

Der Hauptanteil der auf ihn wartenden Streitmacht stammte aus der Leichten Eridani-Reiterei. Moon wußte aus seiner Ausbildung, daß die Leichte Reiterei in den ersten Jahren der Invasion gegen die Jadefalken gekämpft hatte. Später waren sie bei dem idiotischen Angriff der Jadefalken auf die lyranische Allianzwelt Coventry erneut auf sie getroffen. Die Leichten Eridani gehörten zu den besten Kriegern der Inneren Sphäre und hatten sogar die Frechheit zu behaupten, ihre Einheit bis in die Tage des Sternenbunds zurückverfolgen zu können.

Der bloße Gedanke ließ Moon angewidert schnauben. Wenn die Krieger, die unter dem Namen der Leichten Eridani-Reiterei antraten, *tatsächlich* von jener berühmten Sternenbund-Einheit abstammten, hätten sie sich niemals so weit vom wahren Wesen des Kriegers entfernen und zu Söldnern werden können. In Moons Augen waren die Krieger, die sich ihm unter dem Namen Leichte Eridani-Reiterei entgegenstellten, nur ein weiterer Haufen dreckiger Freigeburten, der einen Anspruch erhob, den zu verteidigen ihre mickrige Kraft nicht ausreiche.

Der Rest der gegen seine Galaxis zusammengezogenen Truppen stammte aus den ComGuards und dem St. Ives-Pakt. Moon wußte aus Erfahrung, daß die ComGuards nicht nur gute Krieger waren, sondern über Maschinen verfügten, die seinen beinahe ebenbürtig waren. Aber ihnen fehlte der Vorteil, den die Parder-Zucht- und Trainingsprogramme lieferten, und das schwächte sie. Die St.-Ives-Truppen waren ein unbeschriebenes Blatt für ihn, aber die Vorstellung, ein winziger Vasallenstaat könnte Krieger hervorbringen, gegen die es sich zu kämpfen lohnte, erschien ihm lächerlich.

Der gleichmäßig wogende Gang der *Nemesis* fraß die Entfernung zwischen der Parder-Landezone und den Positionen der Inneren Sphäre in weiten, wuchtigen Schritten. Bei dieser Geschwindigkeit würden sie sich in wenigen Minuten bereits in Angriffsdistanz des Feindes befinden. Moon unterdrückte seinen Abscheu vor der Natur der Truppen, denen er sich gegenübersah, um seinen Schlachtplan zu entwickeln.

Seine Scouts hatten ihm gemeldet, daß der Feind in

einer breiten Schlachtreihe Aufstellung genommen hatte und zwei große Einheiten in Reserve hielt. Er entschied sich, sie in bester Clan-Tradition frontal anzugehen. Die Worte der *Erinnerung* kamen ihm in den Sinn:

> Gedenket Franklin Osis',
> Vater seines Clans.
> Drei Stärken gab er uns:
> Den Sprung des Parders, der den Feind zu Boden reißt,
> Die Krallen des Parders, die dem Feind das Herz zerfetzen,
> Den Durst des Parders nach des Feindes Blut.

»Sternhaufen Alpha«, wandte Moon sich an seine Truppen. »Wir übernehmen die Speerspitze des Angriffs. Wir sind der springende Parder, der den Feind zu Boden reißt. Sternhaufen Beta, ihr seid unsere Krallen. Ihr werdet uns auf dem Fuße folgen. Sobald wir die Reihen des Feindes durchbrochen haben, stoßt ihr an uns vorbei vor, um seinen Reserven das Herz zu zerfetzen. Es gibt keine Gnade. Der Feind ist ganz und gar zu vernichten, vom Angesicht dieses Planeten zu tilgen und unter unseren Füßen zu zermalmen. Und nun formt Schlachtreihen. Angriff!«

Die improvisierte Galaxis stürmte in enger Formation vor. Sternhaufen Alpha war aus den Überresten eines halben Dutzends zerschlagener Frontklasse-Einheiten geformt worden. Sie waren beinahe ausschließlich mit OmniMechs ausgerüstet, darunter einige neue Modelle, die erst im letzten Jahr an der Front aufgetaucht waren. Sternhaufen Beta besaß weniger OmniMechs, und der größte Teil seiner Krieger führte die weniger variablen Garnisonsklasse-BattleMechs, die für Garnisonssternhaufen typisch waren. Als sie in den Kampf stürmten, gewannen ihre Reihen an Kraft und

Geschwindigkeit, bis es Paul Moon erschien, als wären sie zu einem unaufhaltsamen Raubtier geworden, das nicht ruhen würde, bevor es sich am Herzen seines Feindes gütlich tun konnte.

»Kontakt«, meldete eine Stimme in seinem Ohr. »Alpha Eins-eins hat Feindkontakt. Alpha-Stern Eins geht zum Angriff über.«

Plötzlich ertönte ein hohles, kreischendes Heulen.

»Was ist das?« brüllte Moon ins Mikrophon.

Keiner seiner Krieger antwortete ihm. Es war nicht nötig. Das Heulen endete in einer Abfolge dumpfer, harter Knalle. Große, schmutziggraue Blumen blühten auf, wo die Artilleriegranaten aufschlugen. Der brennende weiße Phosphor erzeugte dicke Rauchwolken, die seinen Truppen die Sicht auf die Feindpositionen abschnitt. Aber das machte nichts aus. Viele seiner OmniMechs waren mit modernen Sensoranlagen ausgerüstet, die einen Feind auch durch feige Rauchvorhänge ausmachen konnten.

»Auf Aktivortung umschalten«, befahl Moon. Statt einer Serie von Bestätigungen hörte er in den Helmlautsprechern nur ein dünnes, hohes, knisterndes Zischen.

Eine weitere Salve Rauchgranaten senkte sich kreischend auf die Parderstellungen, diesmal gezielt auf die vorderen Elemente von Moons Truppen. Etwas Hartes und Unnachgiebiges traf seinen Panzer mit einem dumpfen Schlag. Einen Augenblick lang dachte er, von einer fast völlig abgebremsten Kugel oder einem Granatsplitter getroffen worden zu sein, aber das Projektil prallte von der dicken Schale seines Elementarpanzers ab und fiel scheppernd auf die Mechpanzerung unter seinen Füßen. Mühsam beugte Moon sich hinab, ohne die mit einer Greifkralle ausgerüstete Linke vom Haltegriff zu lösen, und klemmte das kleine Objekt in den Lauf des Mechabwehrlasers. Das flache, metallisch graue Teil trug keinerlei Markierungen und hätte gerade in die Hand eines normalen Menschen gepaßt, störte jedoch Moons Helmsensoren, kaum daß er es berührt hatte.

Eine Störkapsel. Moon fluchte und schleuderte das Objekt beiseite. *Mit Artilleriegranaten ausgestreute Störkapseln. Gibt es keinen Vorteil, den diese feigen Surats sich nicht zu verschaffen suchen?*

* * *

»Zweite Willi-Pit-Salve in der Zeit und im Ziel, General«, meldete Kip Douglass von seinem Beifahrersitz in Ariana Winstons *Zyklop*. In Douglass' Meldung schwang eine Note freudiger Überraschung mit. Er hatte immer behauptet, die ›Kanonenfuzzis‹ könnten ihre ersten fünf Salven nie dann, wann sie gebraucht wurden, dorthin setzen, wo sie gebraucht wurden, nicht einmal, wenn man jedem einzelnen von ihnen einen Kasten Bier und eine Woche Freigang im Magistrat Canopus versprach.

Diesmal hatte die Artillerie Kips Theorie widerlegt. Zwei Salven verbesserter Rauchgranaten waren exakt im Ziel gelandet. Der brennende weiße Phosphor, Spitzname Willi Pit, produzierte hohe, dicke Mauern aus dichtem, beißendem Rauch, der Normallicht- und Infrarotoptiken behinderte. Außerdem enthielt jede V-Rauchgranate sechs elektronische Störkapseln, die moderne Systeme wie Beagle-Sonden und Artemis-IV-Feuerleitsysteme blockierten. Bis die Clanner den Rauchvorhang passiert hatten, waren sie effektiv blind.

»Gut.« Winston grinste unter dem Neurohelm. »Verbinde mich mit dem FIT.«

»FIT hier, General«, antwortete der Leiter des Feuer-Integrationsteams kurz darauf.

»Captain Jones, die Scouts melden, daß Sie genau im

Ziel liegen.« Winston war klar, daß ihr Artilleriechef die Meldung auch gehört hatte, hielt aber eine Bestätigung von ihrer Seite für angebracht. »Umschalten auf VKon und Effektfeuer.«

»Verstanden, General. Verbesserte Konventionelle Munition und Effektfeuer.« Winston konnte den Artillerieoffizier beinahe grinsen hören. »Schon unterwegs.«

* * *

Wieder erreichte das Kreischen anfliegender Artilleriegeschosse Moons Ohr, als die Nemesis, auf der er ritt, endlich ins Freie trat. Der feige Rauchvorhang hatte seinen Vormarsch gebremst, aber nicht so sehr, wie die Surats aus der Inneren Sphäre es gehofft hatten. Seine Truppen waren Krieger, und nicht nur das, sie waren Nebelparder. Ein paar Granaten mit brennendem Phosphor konnten sie nicht abschrecken.

Häßlich schwarze Blumen wuchsen ein Dutzend Meter in die Höhe, als diese Granaten zerplatzten. Diesmal beförderten sie keine kleinen Rauchladungen und Störkapseln. Diesmal trugen sie eine tödliche Ladung ins Ziel. Die Verbesserten Konventionellen Gefechtsköpfe waren darauf ausgelegt, hoch über dem Ziel zu zerplatzen und Mehrfachsprengköpfe auf den Gegner abzuregnen. Dutzende der kleinen Bomben prasselten auf Moons vorrückende Einheiten herab.

Ein OmniMech, ein *Grauluchs*, der noch die Markierungen des vernichteten 6. Einsatzsternhaufens trug, kippte vornüber in den Dreck, als die panzerbrechenden Bomben ihm beide Beine in Kniehöhe abrissen. Über einem der vordersten Mechs blühten zwei schwarze Wolken zugleich auf. Eine Serie von Lichtblitzen tanzte über den Torso des *Kriegsfalke* und zeugte davon, wo zwei Granatladungen Mehrfachsprengköpfe auf der Panzerung des OmniMechs detoniert waren. Die riesige Maschine überstand das künstliche Gewitter mit leichten Panzerschäden. Aber für die Elementare, die auf dem dickwandigen Rumpf des *Kriegsfalke* mitritten, war die Wirkung katastrophal. Zwei von ihnen wurden von dem Bombenhagel getötet und ihre Kameraden schwer verletzt. Andere Mechs zeigten unterschiedlich ausgeprägte Schäden.

Moon heulte vor Wut.

»Unabhängige Aktion!« brüllte er. »Alle Einheiten Formation auflösen und den Feind angreifen, bevor diese Feiglinge uns mit ihrer Artillerie zur Hölle bomben. Alle Einheiten stürmen!«

Wie ein Berserker preschte die *Nemesis* vorwärts.

Eine weitere Artilleriesalve ließ winzige Päckchen Tod und Vernichtung über seine Truppen regnen. Ein weiterer leichter OmniMech, diesmal ein brandneuer *Rotfuchs*, verschwand hinter einem Vorhang aus Rauch und Flammen. Als er aus dem Kokon der Vernichtung wiederauftauchte, war seine Panzerung zerfetzt und zerborsten, aber wie durch ein Wunder humpelte er immer noch vorwärts. Offensichtlich war sein Pilot über diesen feigen Fernangriff außer sich vor Zorn. Andere Einheiten hatten weniger Glück. Eine *Viper* lag auf der Seite und versuchte, sich auf ihr einziges noch verbliebenes Bein aufzurichten. Die Leichen gefallener Elementare lagen rings um sie herum verstreut wie leere, weggeworfene Pflanzenschoten.

* * *

»Noch eine Ladung!« brüllte Winston in das Bügelmikro ihres Helms.

»Das muß aber die letzte sein, General«, antwortete Captain Jones. »Sie sind jetzt schon ›gefährlich nah‹.«

»Halten Sie einfach drauf.«

»Ist unterwegs.«

Von ihrer Position in der Mitte der Formation des 21. Einsatzregiments aus konnte Winston das Wummern und Krachen der massiert feuernden Artilleriebatterien nicht hören, wohl aber das hohe, helle Pfeifen der über sie hinwegjagenden Granaten. Voraus konnte sie die bewegten schwarzen Silhouetten Dutzender Clan-Mechs sehen, die sich mit großer Geschwindigkeit den Verteidigungsstellungen der Leichten Reiterei näherten.

Plötzlich veränderte sich die Tonlage der über den Himmel heulenden Artilleriegeschosse. Die Sichtprojektion zeigte die Flugbahn der Granaten als dünne rote Linie, die scharf absank und geradewegs auf die Frontlinie der Clanner zustürzte. Wieder tauchten die schwarzen Rauchblüten über den feindlichen Rängen auf, als die Schießpulverladungen explodierten und den Gegner mit Mehrfachsprengköpfen überschütteten. Wieder krachten und knallten die kleinen Bomben auf der Panzerung der Maschinen, schalteten leichte Mechs aus und töteten Elementare.

Captain Jones wußte, wovon er sprach. Noch etwas näher, und die Granaten wären zwischen den vordersten Einheiten der Leichten Eridani explodiert.

Links von ihr konnte sie gerade noch die getarnten Umrisse der ComGuard-Mechs erkennen, die geduckt in ihren vorbereiteten Stellungen auf den Sturmangriff der Parder warteten. Weiter östlich, zu weit entfernt, um ohne Hilfsmittel sichtbar zu sein, standen die neunundzwanzig überlebenden Mechs der St.-Ives-Lanciers. Und vor ihr stürmten die Nebelparder heran.

Mit einem Donnern, das an eine mit Höchstleistung arbeitende Fabrikstraße erinnerte, krachten die Parder auf die Reihen der Leichten Reiterei. In manchen Fällen rammten schwere Clan-Mechs leichtere Sternenbund-Maschinen und warfen sie zu Boden. Häufig erhoben sich die so überrannten Mechs kurz darauf wieder und eröffneten das Feuer auf die dünnere Rückenpanzerung einer Nebelparder-Maschine, deren Pilot ›am Boden‹ mit ›außer Gefecht‹ verwechselt hatte.

Die Clanner schienen blind vor Zorn. Eine riesige *Galeere*-C stellte einen grüngraulackierten *Centurion*. Der Parder-Mech bremste seinen wummernden Sturmlauf kaum ab, um den Kampfkoloß der Leichten Reiterei mit einer langen Salve seiner schweren Autokanone abzuschießen. Die Granaten fetzten durch die Panzerung aus gehärtetem Stahl über der Brustpartie des leichteren Mechs und brachten die dort gelagerte Autokanonen- und Raketenmunition zur Explosion. Als die CASE-Schutzpaneele davonflogen und das Leben des Piloten retteten, schwang die *Galeere* ihren kurzen rechten Arm wie eine riesige Keule und trieb die besiegte Eridani-Maschine auf die Knie. Ein Laserfeuerstoß beendete die Hinrichtung.

Außer sich über diesen kaltblütigen Mord an einem ihrer Soldaten stieß Winston die Steuerknüppel des *Zyklop* mit solcher Wucht nach vorne, daß die schwarzen Metall-und-Plastik-Stangen eigentlich unter ihren Händen hätten abbrechen müssen. Die neunzig Tonnen schwere Maschine preschte in einem ungelenken 65-Stundenkilometer-Galopp los. Bevor der Clanner sich von der lodernden Maschinenleiche zu seinen Füßen abwenden konnte, pfefferte Winston eine Raketensalve in seine relativ dünne Rückenpanzerung. Eine glitzernde, basketballgroße Gausskugel vergrößerte den Schaden. Der große OmniMech wankte und stolperte unwillkürlich nach vorne. Dann gewann der Pilot das Gleichgewicht zurück und drehte die Maschine, um sich dem Angreifer zu stellen.

Winston sah das häßliche Grinsen der rechteckigen gepanzerten Lüftungsdeckel unter den Zwillingsscheiben des Cockpitdachs, das noch durch einen von einem Clan-Tech aufgemaltes und mit Reißzähnen bewaffnetes Maul verstärkt wurde. Die klaffende Mündung der schweren Autokanone richtete sich auf ihren Mech, spie Feuer und Rauch. Leuchtspurmunition zuckte am Torso der Maschine vorbei und detonierte im festen Tonboden der Ebene. Eine Granate nach der anderen schlug in den gepanzerten Leib des *Zyklop*, als der Parder-Krieger seinen Schuß korrigierte.

Winston fütterte die grinsende Monstrosität mit einer zweiten Portion Nickeleisen und setzte noch zwei Lasersalven hinter die Gausskugel. Das häßliche graue Monster zitterte nur leicht unter der unfaßbaren Wucht der Treffer. Zwei enorme Blitzschläge krachten in den überschweren OmniMech. Hinter ihr deckten ein *Verteidiger* und ein *Zeus* des 21. Einsatzregiments die häßliche Clan-Maschine mit geballter Vernichtungskraft ein. Rauch stieg aus glühenden Breschen in der Panzerung auf, als die *Galeere* zusammenbrach. Der Pilot stieg nicht aus.

Das war's dann, dachte Winston. *Soviel zu den Clan-Gefechtsregeln.*

Solange die Sternenbund-Einheiten die Schlacht als eine Serie Einzelduelle führten, konnten sie davon ausgehen, daß die Clanner sich an ihre Gefechtsregeln hielten, die es verboten, einen einzelnen Gegner zu mehreren anzugreifen. Aber sobald zwei oder mehr Sternenbund-Maschinen oder Infanteriezüge sich gegen einen einzelnen Clan-Mech oder Elementarstrahl zusammentaten, wurde die Schlacht zu einem Gefecht jedes gegen jeden.

Der Kampf verwandelte sich in ein gewaltiges, bösartiges Gemetzel, eine Prügelei zwischen metallenen Kolossen, ohne Rücksicht und ohne Gnade. Nach ihrem blindwütigen Angriff auf die *Galeere* gewann Winston die Beherrschung zurück. Sie zog sich aus der vordersten Schlachtlinie zu einem Befehlsstand wenige hundert Meter weiter hinten zurück. Kip Douglass hielt sie über die Lage entlang der gesamten Frontlinie auf dem laufenden. Die Nachrichten waren alles andere als erfreulich. Die Parder hatten die kombinierte Sternenbundformation gestürmt und teilweise durchbrochen. Reserven wurden in die Bresche geworfen, um den Vorstoß zu stoppen.

Aber knapp innerhalb der letzten Verteidigungslinien der Artillerieeinheiten formierte sich eine zweite Mechwelle der Clanner. Die Parder waren zu nahe an den eigenen Reihen, als daß die Artillerie sie hätte bombardieren können, ohne Gefahr zu laufen, eigene Einheiten zu treffen. Das schienen die Nebelparder zu wissen, denn sie ließen sich Zeit, ihre Reihen sorgfältig auf den entscheidenden Sturmangriff vorzubereiten. Doch Winston hatte noch ein paar Asse im Ärmel.

»Phantom und Gendarme von Ballerina. Zweite Feindwelle formiert sich zum Angriff. Schwenkt um die Flanken und deckt sie ein.«

»Gendarme bestätigt«, antwortete Colonel Charles Antonescu auf seine wie üblich kurze, prägnante Art.

»Ballerina? Hier Phantom«, erklang als nächstes die Stimme Sandra Barclays, der Kommandeurin des 71. Regiments. »Wir sind unterwegs.« Trotz der Leichtigkeit ihrer Worte schwang in Barclays Stimme eine leichte Schärfe mit, die Winston nicht einordnen konnte, die ihr aber überhaupt nicht gefiel. Doch in diesem Augenblick hatte sie keine Zeit, sich über den Tonfall ihrer Untergebenen Gedanken zu machen. Ein Parder-*Katamaran*, über dessen Rumpf eine ölig gelblichgrüne Kühlflüssigkeit aus einem zerschmetterten Wärmetauscher lief, tauchte vor ihrem Mech auf und sprengte mit einer einzigen Geschützsalve fast eine Tonne Panzerung weg.

Fluchend zog Winston das rote Fadenkreuz der

Sichtprojektion über den Schwerpunkt des zerbeulten Clan-Mechs. Sie strich über die Auslöser und setzte zwei Lichtlanzen in die seltsame, an Blütenblätter erinnernde Struktur des OmniMechtorsos. Ein Klumpen Nickeleisen donnerte, auf Überschallgeschwindigkeit beschleunigt, in den nach hinten geneigten Oberschenkel des *Katamaran* und schlug halb durch die schwere Beinpanzerung, bevor er abprallte.

Mehrere Minuten tanzten der *Katamaran* und der *Zyklop* umeinander, während die Piloten versuchten, einen Vorteil für sich herauszuholen. Beide teilten Schaden aus und steckten ihn ein. Warnlämpchen flackerten auf, als die treffsicheren Schüsse des Parder-Piloten drohten, Winstons Panzerung zu durchstoßen. Aber er mußte ebenso kurz vor dem Ende stehen wie sie. In einem kalkulierten Risiko täuschte sie eine Linksdrehung ihrer wuchtigen Kampfmaschine an und duckte sich dann nach rechts, so daß sie sich auf Armlänge dem vorgebeugten Clan-Mech näherte. Tiefe, rußverschmierte Breschen verunstalteten die linke Seite des OmniMechs. Zwei davon waren so tief, daß Winston durch die Lücken ins Innere des *Katamaran* sehen konnte. Sie zog die gepanzerte Faust des *Zyklop* zurück und schlug zu.

Die geballten Stahlfinger krachten glatt durch die größte Bresche in der Panzerung des Parders. Winston konnte den harten Aufprall fast selbst fühlen, den Schulter- und Ellbogengelenke ihres *Zyklop* zu absorbieren hatten. Hastig öffnete und schloß sie die stählerne Faust. Funkensprühende Stromkabel und spritzende Kühlleitungen hingen von der Metallhand, als die Generalin sie zurückzog. Der *Katamaran* schüttelte sich einmal heftig, wie ein Mensch bei einem Malariaanfall, dann sackte er auf seine plötzlich weich gewordenen Beine. Das Kanzeldach brach auf, und der Pilot stieg auf einer Säule aus Rauch und Flammen gen Himmel, während der siebenundfünfzig Tonnen schwere OmniMech zu Boden stürzte.

Als sie sich umblickte, sah Winston das Schlachtfeld übersät mit zerschlagenen und beschädigten Maschinen und toten und verwundeten Soldaten. Die Parder waren auf dem Rückzug, aber ihre Truppen schienen zu mitgenommen, um sie zu verfolgen.

»General!« rief Kip Douglass aus dem hinteren Sitz. Während des ganzen Kampfes hatte Douglass ihr taktische Daten übermittelt, die sie aufgenommen hatte, ohne die Anwesenheit des jungen Mannes bewußt zur Kenntnis zu nehmen. »Ich bekomme Meldungen von allen Nordgruppenkommandeuren. Der Feind befindet sich in ungeordnetem Rückzug. Er scheint in Richtung seiner Landungsschiffe zu fliehen.«

»In Ordnung, Kip«, meinte Winston, und die Erschöpfung durch die Schlacht kämpfte mit dem Hochgefühl, überlebt zu haben. Während sie antwortete, schaltete sie den Mechreaktor auf Leerlauf und verriegelte die Beingelenke des *Zyklop*. »Nachricht an alle Kommandeure. Rückzug zu den Anfangspositionen. Ich will so schnell wie möglich eine Schlachterliste. Die Techs sollen nachladen und sich an Feldreparaturen machen. An Colonel Barclay: Kundschafterelemente aussenden, die den Pardern auf Distanz folgen. Kein vermeidbarer Gefechtskontakt. Ich will nur auf dem laufenden bleiben, was die Clanner tun. Und Kip, versuch herauszufinden, was sich an der Südfront abspielt, ja?«

»Geht klar, General.« Winston konnte die Erschöpfung in Douglass' Stimme hören. »Noch was?«

»Ja, Kip.« Sie drehte sich zu ihm um und hob den schweren Neurohelm von den schmerzenden Schultern. Der Schweiß lief in Strömen über ihr Gesicht und brannte in ihren Augen. »Gute Arbeit.«

* * *

Für Sterncolonel Paul Moon gellte die auf die Schlacht folgende Stille wie Fanfaren des Untergangs für seinen Clan. Er lag im Schatten einer zertrümmerten *Nemesis* und sah seine Krieger geschlagen abziehen. Im Schatten des Mons Szabo von den dreckigen, feigen Surats der Inneren Sphäre besiegt zu werden erschien ihm wie ein böses Omen. Die Innere Sphäre würde der Untergang seines Clans werden.

Wenigstens brauche ich es nicht mehr mitzuerleben. Moons bitteres Lachen erstickte in krampfhaftem Husten. Als der Anfall vorbei war, sah er blutigen Auswurf an der Innenseite der Helmscheibe herab rinnen. Der eingebaute Mediter des Anzugs hatte seinen Vorrat an Schmerz- und Aufputschmitteln verbraucht. Das schwarze Wundgel, das in und um seine Verletzungen gepumpt worden war, reichte gerade eben aus.

Eine Artilleriegranate war beinahe unmittelbar über der *Nemesis* explodiert, die er gesteuert hatte. Eine einzelne panzerbrechende Bombe hatte ihn am rechten Schulterblatt getroffen und war detoniert. Viele der wichtigsten Bauteile des Elementarpanzers waren von der winzigen Richtladung zerstört oder beschädigt worden, darunter der automatische Mediter und das Funksystem.

Jetzt lag Moon auf dem Schlachtfeld, trieb in einer vom Schock erzeugten Zwischenwelt des Halbbewußtseins und konnte noch immer fühlen, wie die Explosion durch die dicken Muskelpakete seines Rückens geschlagen, durch seine Schulter und an der Vorderseite der Rüstung wieder ausgetreten war. Seine Kehle war wund von dem Schmerzensschrei, der sich unwillkürlich Bahn gebrochen hatte. Die Systeme des Panzeranzugs hatten wie erwartet funktioniert, ihn mit Medikamenten abgefüllt, um einen Schock zu verhindern, und die schwarze, teerartige Substanz in die Wunde gepumpt, die ihm schon einmal das Leben gerettet hatte. Aber seine Verletzungen waren so schwer, daß die beschädigten Anzugsysteme die Behandlung nicht hatten abschließen können. Paul Moon wußte, daß er sterben würde. Er konnte das Blut der automatisch gestillten Wunde in seiner Wange auf dem Gesicht trocknen spüren, aber aus seinem von Granatsplittern zerfetzten Rücken trat noch immer frisches Blut aus. Er würde langsam verbluten.

»He, der hier scheint sich noch zu bewegen.« Für Moons vom Schock benommene Sinne schien der Sprecher am anderen Ende eines engen, metallenen Tunnels zu stehen.

Ein Kopf kam in Sicht, beugte sich über seine geborstene, zerkratzte Sichtscheibe. Der Helm mit grünbraunem Tarnmuster und das olivbraune Gesicht gehörten keinem Clan-Krieger oder Tech. Ebensowenig wie der matte, schwarzumrandete Cameron-Stern am Kragen des Mannes.

»Tatsächlich, er lebt noch, aber nur gerade so. Med-Tech!« Der Mann winkte jemanden außerhalb des Sichtfelds heran.

»Ich akzeptiere eure Hilfe nicht«, knurrte Moon und zwang seine störrisch aufgeschwollene Zunge unter seinen Willen. Was auch immer sein Gesicht aufgerissen hatte, es hatte gleichzeitig seine Kinnlade gebrochen und ihn den größten Teil der Zähne gekostet. Er hatte Mühe, sich verständlich zu machen.

»Kann schon sein, Jungchen«, antwortete der Infanterist. »Aber du kriegst sie trotzdem.«

»Nein«, bellte Moon und versuchte, mit der Krallenhand des Anzugs nach dem Mann zu schlagen. Der Soldat lehnte sich nur aus dem Weg des schwachen Hiebs. »Lieber sterbe ich hier, als Surats der Inneren Sphäre mein Leben zu schulden. Lieber sterbe ich...«

Dunkelheit schlug über Sterncolonel Paul Moon zusammen.

* * *

»Ist er ...?«

»Nö, Sarge, der lebt noch.« Der ComGuard-MedTech fummelte an den Verschlüssen des schwer zerkratzten Elementarhelms. »Nur ohnmächtig. Aber wenn wir ihn nicht schnell in ein MASH schaffen, lebt er nicht mehr lange.«

»Hrrmph.« Die Antwort des Sergeanten ließ offen, ob er das als Verlust angesehen hätte. »Irgendeine Identifikation?«

»Bei Clannern in der Regel am Arm, aber vielleicht...« Der MedTech hob eine Hundemarke hoch, die um den riesigen, wunden und blutenden Hals des Elementars hing. »Moon«, las er mit verkniffenen Augen. »Sterncolonel Paul Moon.«

10

**Schlachtkreuzer SBS *Unsichtbare Wahrheit*,
Zenitsprungpunkt
Diana-System, Kerensky-Sternhaufen, Clan-Raum**

26. März 3060

»Kommodore, sehen Sie!« Der erschreckte Aufschrei hallte durch die Brücke der *Unsichtbare Wahrheit* wie ein Glockenschlag.

Kommodore Alain Beresick wirbelte gerade noch rechtzeitig herum, um einen grellroten Lichtblitz auf dem Hauptsichtschirm des Schlachtkreuzers verblassen zu sehen.

»Was war das?« schnappte er, während sich in seiner Magengrube ein Eisklumpen bildete. »Zurückspielen.«

In der Wiederholung erschien ein kleiner roter Lichtpunkt, diesmal auf dem Sekundärschirm der Ortungsstation. Der Punkt wuchs bis zur Größe einer großen Münze und wurde dabei immer heller. Dann verblaßte er plötzlich.

»War das...?«

»Ja, Kommodore, das war es«, beantwortete die Tech Beresicks unausgesprochene Frage. »Ein ankommendes Sprungschiff. Laut Analyse ein ziemlich großes. Ich würde sagen, es ist ein Kriegsschiff, wahrscheinlich ein Kreuzer oder Schlachtschiff.«

Unaufgefordert rief die Tech eine graphische Darstellung des Diana-Systems auf. Die Einsatzgruppe hatte ihre ursprüngliche Karte von Trent erhalten und sie dann durch eigene Beobachtung verfeinert und erweitert. Auf der Karte erschien der EM-Impuls am äußeren Rand des zweiten der sieben planetaren Orbits in diesem System, knapp über eine Milliarde Kilometer vom Zentralgestirn entfernt. Es war die Umlaufbahn Dianas.

»Mister Ng«, rief Beresick zu seinem Chefnavigator hinüber. »Sind unsere Karten genau genug für einen Sprung an einen nicht standardmäßigen Sprungpunkt?«

»Sie meinen einen ›Piratenpunkt‹, Sir?« Der kleine Orientale kicherte. »Keine Chance. Nicht einmal mit den Daten, die wir seit unserem Eintreffen hier gesammelt haben. Dazu braucht's eine hypergenaue Karte, die jedes Stück Fels und Schutt innerhalb des Systems verzeichnet. Sonst fordert man eine Katastrophe heraus.«

»Verdammt.« Beresick schlug mit der Faust auf das Metallgehäuse der Konsole. »SensorTech, die Instrumente mit maximaler Leistung ins Systeminnere ausrichten. Ich will wissen, was da gerade materialisiert ist. Mr. Ng, legen Sie Kurs auf Diana an. Komm, Nachricht an General Winston: ›Unbekanntes Sprungschiff, wahrscheinlich Kriegsschiff, um 13:28 Uhr über nicht standardmäßigen Sprungpunkt im Diana-System eingetaucht. Wahrscheinlich feindlich, ich wiederhole, wahrscheinlich feindlich. *Unsichtbare Wahrheit* auf Kurs nach Diana, um Eindringling abzufangen. Treffen Sie alle denkbaren Vorsichtsmaßnahmen. Viel Glück.‹ Sobald die Sendung raus ist, alarmieren Sie den Rest der Flotte, auch wenn ich vermute, daß er bereits Bescheid weiß.«

»Kommodore, Kurs errechnet und angelegt«, rief Ng von seinem Posten.

»Schubtriebwerke aktivieren«, zischte Beresick und kämpfte gegen ein überwältigendes Gefühl dräuenden Unheils in seinen Eingeweiden an. »Abflug.«

* * *

Auf der Brücke des Schlachtkreuzers der *Schwarzer Löwe*-Klasse *Flinker Nebel* stand ilKhan Lincoln Osis vor einem der Sichtschirme und starrte wütend auf den unter dem Schiff liegenden Planeten. Obwohl Diana seine Heimat war, hatte sich der sturmumtoste Planet in letzter Zeit zu einem beträchtlichen Ärgernis entwickelt. Zuerst die beunruhigenden Berichte über Russou Howell und sein seltsames Verhalten einigen freigeborenen Kriegern gegenüber. Dann die Gerüchte, Howell sei Opfer einer Krankheit geworden, die unter Kriegern nahezu unbekannt war: Trunksucht. Jede einzelne dieser beiden Meldungen für sich genommen war schon beunruhigend genug. Und schließlich die panischen Berichte, daß die Innere Sphäre sich unter dem Banner des Sternenbunds vereinigt hatte und durch die Besatzungszone seines Clans preschte, um ein System nach dem anderen zu erobern, das während der Invasion seinen Truppen zugefallen war. Die Vorstellung wäre lächerlich gewesen, hätte ihn nicht ein stetiger Strom von Meldungen erreicht, die den Verlust immer neuer Welten an diesen ›neuen Sternenbund‹ beklagten.

Als die ersten Berichte eingetroffen waren, hatte Osis die Hilfe der übrigen Clans abgeschlagen. Er hatte geprahlt, die Nebelparder hätten diese Systeme im Kreuzzug erobert, und sie würden sie aus eigener Kraft wieder zurückerobern.

Dann hatte eine weitere, verzweifelte HPG-Botschaft vor zwei Wochen seinen Schreibtisch erreicht, angeblich ein Hilferuf von niemand anderem als Russou Howell persönlich. Die Botschaft hatte von einem Angriff auf Diana durch Einheiten des Sternenbunds gesprochen. Erst hatte Osis sich geweigert, dem Glauben zu schenken, aber als eine zweite HPG-Nachricht eingetroffen war, die eindeutig feststellte, daß die Truppen der Inneren Sphäre tatsächlich auf Diana gelandet waren, hatte er die Wahrheit nicht länger leugnen können.

Er war vor das Große Konklave getreten und hatte die anderen Khane um deren Hilfe bei der Befreiung

Dianas aus der Hand der Barbaren gebeten, doch diesmal hatten sie sich geweigert. Wutentbrannt war er aus der Konklavekammer gestürmt und hatte die nächsten Tage damit zugebracht, an militärischer Schlagkraft zusammenzuziehen, was er konnte. Seine persönliche Garde aus fünf Elite-MechKriegern und zehn Elementaren höchster Güte wurde durch den Nebelparder-BefehlsTrinärstern ergänzt. Die ›Höhle des Parders‹ genannte Einheit bestand aus fünfzehn Elite-Mech-Kriegern mit den neuesten, modernsten OmniMechs seines Clans. Zehn Strahlen der besten verfügbaren Elementare und zehn Luft/Raumjäger vervollständigten den BefehlsTrinärstern. Die Dunstkeshik, der sekundäre BefehlsTrinärstern der Nebelparder, erweiterte seine Truppen um noch einmal so viele Krieger.

Darüber hinaus hatte er wenig gefunden. Ein paar ältere Krieger, noch nicht alt genug, um zu Solahma erklärt zu werden, aber deutlich jenseits ihrer besten Zeit, waren nach Strana Metschty versetzt worden, um dort als Ausbilder, Konstruktionsberater und Verbindungsoffiziere zu dienen. Dreiundzwanzig von ihnen hatten die Chance, wieder einen Mech in die Schlacht zu führen, auf der Stelle wahrgenommen. In Anerkennung ihres Muts und ihrer Bereitschaft, aufzustehen und ihrem Clan ein weiteres Mal zu dienen, hatte Osis ihre Einheit Herz des Parders getauft.

Und so war ilKhan Lincoln Osis mit nur einhundertachtundachtzig Kriegern nach Diana aufgebrochen, um die Nebelparder-Heimatwelt zurückzuerobern. In die Schlacht wurde diese bunte Mischung aus Kriegern von der *Flinker Nebel* getragen. Eine beträchtliche Zeit hatte Osis mit dem Gedanken gespielt, die mächtigen Geschütze des Kriegsschiffes gegen die Besatzungstruppen der Inneren Sphäre auf seiner Heimatwelt einzusetzen, die Idee aber schließlich verworfen. Er hatte gesehen, was die *Säbelzahn*, ein weit kleinerer Zerstörer der *Essex-*

Klasse, mit der Großstadt Edo auf Turtle Bay angerichtet hatte, und er verspürte kein Bedürfnis, Diana von seiner Hand in eine Aschewüste verwandelt zu sehen. Nein, er und seine improvisierte Streitmacht würden die Invasoren selbst aufscheuchen und vernichten müssen.

»IlKhan«, unterbrach der Kapitän der *Flinker Nebel* Osis' Gedanken. »Wir befinden uns in stationärer Umlaufbahn über Lutera. Eine Weile schien es, daß in der Ebene westlich der Stadt gekämpft werde, aber das scheint inzwischen vorbei zu sein. Die Ortung verzeichnet jedoch eine große Schlacht im Gebiet der Dhuanberge. Der Funkverkehr deutet darauf hin, daß ein Teil unserer aus der Besatzungszone abgezogenen Truppen dort in einen Kampf mit einer großen Streitmacht der Inneren Sphäre verwickelt ist, unter anderem den Kathil-Ulanen und den Rittern der Inneren Sphäre. Wie lauten Ihre Befehle, mein ilKhan?«

Osis antwortete nicht sogleich, sondern ließ sich den Bericht des Flottenoffiziers zunächst durch den Kopf gehen. »SaKhan Benjamin Howell, der Dunstkeshik-BefehlsTrinärstern und das Herz des Parders begeben sich ins Gebiet der Dhuanberge. Die Krieger der Höhle des Parders sollen sich bereitmachen. Wir werden mit vollem Schub auf Lutera stürzen und uns überzeugen, was die Savashri-Barbaren dort angerichtet haben. Danach werde ich, Lincoln Osis, mir den Ruhm erwerben, unsere Hauptstadt aus der Hand des Feindes zu befreien. Du, Kapitän, wirst die *Flinker Nebel* in der Synchronumlaufbahn halten und die nötigen Vorbereitungen treffen, um unterstützendes Geschützfeuer zu liefern, falls es notwendig wird.«

Ohne ein weiteres Wort drehte Osis sich um, so schnell seine Magnetstiefel es zuließen, und stapfte von der Brücke des Schlachtkreuzers.

* * *

»Blauhäher Sechs an Löwe. General, Sie kommen wieder.«

Der Ruf riß Andrew Redburns Aufmerksamkeit von der elektronischen Karte, die er studiert hatte. Die Ulanen hatten ebenso wie die Ritter der Inneren Sphäre und die Northwind Highlanders schon häufig genug harter Opposition gegenübergestanden, aber er konnte sich nicht erinnern, je zuvor gegen Krieger gefochten zu haben, die von selbstmörderischem Blutdurst erfüllt schienen. Dreimal hatten die Clanner sich schon gegen seine schnell schwächer werdenden Linien geworfen, und jedesmal waren sie zurückgeschlagen worden.

Aber mit jedem Angriff der Parder auf seine Stellungen kostete der gnadenlose Nahkampf mehr seiner Leute das Leben, verbrauchte mehr seiner Munition und zerstörte mehr seiner Mechs. Die Verluste zeigten verstärkt Wirkung. Die meisten seiner leichten Kampfkolosse waren verloren, ebenso wie die leichtesten der mittelschweren Maschinen. Redburn war gezwungen, sich für Erkundungsaufgaben auf größere, langsamere mittelschwere Mechs zu verlassen. Er war mit nahezu drei kompletten Regimentern in diese Schlacht gezogen, aber die wilden Angriffe der Clanner hatten diese Stärke um fast fünfzig Prozent reduziert. Jetzt meldeten ihm seine Scouts, daß die Parder sich zu einem weiteren Sturmangriff sammelten.

Redburn war verzweifelt. Wut stieg in seinem Innern auf. Er wußte nicht einmal, gegen wen er kämpfte. Natürlich, daß es Nebelparder waren, aber wenig mehr.

Er hatte versucht, bei General Winston Unterstützung anzufordern, aber sie hatte ihm mitgeteilt, daß ihre Gruppe eine eigene harte Schlacht ausgefochten hatte, bei der ihre Einheiten querbeet fast fünfzig Prozent Verluste erlitten hatten. Winston erklärte sich bereit, ihm die 4. Drakøner als Verstärkung zu schicken, falls er den Pardern für zwei Stunden entkommen konnte, aber dazu mußte er erst eine Landezone sichern. Die wenigsten Drakøner schienen für einen Gefechtsabwurf ausgebildet, und viele ihrer leichten, sprungfähigen Mechs waren außer Gefecht. Also war Redburn auf sich gestellt, bis es ihm gelang, sich von den unaufhörlich angreifenden Clannern lange genug zu lösen, um den Landungsschiffen das Aufsetzen und Ausschiffen der Verstärkungen zu ermöglichen.

»Wie viele, und wo?« fragte er den Kundschafter.

»Sie sind schwer zu zählen, General«, erwiderte der. »Sie bewegen sich durch das Waldgebiet nordöstlich Ihrer Position, etwa achtzig Klicks auswärts. Wenn ich eine Schätzung abgeben soll, würde ich sagen: etwa vierzig Mechs und fünfzig, sechzig Elementare. Einen Augenblick bitte.«

Redburn hielt den Atem an und wartete darauf, daß der Scout sich wieder meldete. Als es soweit war, hätte Redburn sich gewünscht, er wäre stumm geblieben.

»General, ich sehe hier vierzig brandneue Omni-Mechs, alle schwer oder überschwer, und etwa fünfzig Elementare, und nicht einer davon hat auch nur einen Kratzer an der Panzerung. Das müssen die Verstärkungen sein, die Sie beim Eintauchen geortet haben. Sie haben alle zwei unterschiedliche Insignien. Eine davon ist nirgends verzeichnet: ein Nebelparder mit einem sechszackigen Goldstern auf der Brust. Das andere Emblem *ist* verzeichnet.«

»Na los, raus damit, Mann«, bellte Redburn. Er war zu müde für Ratespielchen.

»Ja, Sir. Das andere Emblem ist ein aus einer weißen Dunstbank springender Nebelparder.« Redburn fühlte, wie ihm das Herz in die Hose rutschte, als er die Beschreibung seines Scouts hörte. »General, ich beobachte die Dunstkeshik, die Leibgarde saKhan Brandon Howells.«

Redburn nickte knapp. »Verstanden. Blauhäher Sechs, behalten Sie den Feind im Auge und melden Sie alle Bewegungen. Löwe, Aus.« Er schaltete das Funkgerät von der Frequenz der Kundschaftersektion auf den Befehlskanal um. Obwohl er Morgans *Daishi* seit der Ankunft auf Diana steuerte, brauchte er ein paar Sekunden, um den richtigen Schalter zu finden. Er war mit den Gefechtsfunktionen des überschweren OmniMechs gut vertraut, aber bei einigen anderen Systemen hatte er noch Probleme. Gelegentlich war es, als stünde Morgan hinter ihm in der Enge der Cockpitluke und beobachtete ihn mit kritischem, aber wohlwollendem Blick.

»Dundee und Paladin von Löwe«, rief Redburn die Colonels MacLeod und Masters an, nachdem er die Frequenz umgestellt hatte. »Ich habe soeben einen Bericht von einem der Kundschafter der Ulanen erhalten. Er meldet vierzig plus schwere und überschwere OmniMechs mit starker Elementarunterstützung auf dem Anmarsch auf unsere Stellungen von Nordosten. Das heißt, sie treffen zuerst auf meine Linien, falls sie den Kurs nicht noch ändern. Die Scouts melden, daß es sich bei den Mechs um die Leibgarde des saKhans handelt.«

»Können Sie das wiederholen, Löwe?« Masters' Stimme klang ausgesprochen ungläubig.

»Es ist kein Irrtum, Paladin. Ich vertraue meinen Scouts. Wenn sie sagen, es sei Brandon Howell, dann ist er es auch.« Redburn stockte einen Augenblick und suchte nach einer Antwort auf das neue Problem, das ihm das Schicksal in den Schoß geworfen hatte. Er hatte keine Ahnung, welche Stärke die Nebelparder auf den Clan-Heimatwelten mobilisieren konnten, aber er mußte vom Schlimmsten ausgehen.

»In Ordnung, hören Sie zu«, begann er schließlich. »Wenn der saKhan tatsächlich gelandet ist, müssen wir davon ausgehen, daß er wenigstens eine komplette Galaxis Truppen mitgebracht hat. Wir werden versuchen, die derzeitigen Stellungen zu halten, aber wenn wir zurückweichen müssen, wissen Sie, wo die Haupt- und Ausweichsammelpunkte sind. Wenn nötig, ziehen wir uns kämpfend in die Sümpfe zurück und starten einen Guerillafeldzug. Ich weiß nicht, wieviel Zeit wir haben, bis die Truppen des saKhans in Reichweite sind, deshalb sage ich Ihnen gleich, was ich von Ihnen will. Ihre Techs sollen weiter Munition nachladen und Reparaturen durchführen. Falls Sie noch Vibrabomben haben, ist jetzt der Zeitpunkt, sie einzusetzen. Die Infanterie soll sie etwa tausend Meter vor unseren Linien auslegen. Die MechKrieger sollen alles, was sie an Schutt finden können, zu Schutzwällen aufschichten. Bringen Sie alle transportfähigen Verletzten sofort an Bord der Truppentransporter. Wenn wir abhauen müssen, können die Infanteristen auf den Dächern mitfahren, sollte es nötig sein. Tut mir leid, Gentlemen, aber angesichts der minimalen Informationen, mit denen ich arbeiten muß, ist das der beste Plan, den ich anbieten kann.«

»Kein Problem, Lad.« MacLeod klang tatsächlich erfreut über die neue Lage. »Wenn es eines gibt, was wir Highlanders gelernt haben, ist es zu improvisieren.«

* * *

Dreißig Minuten später griff Brandon Howell an.

Während dieser verzweifelt knappen Zeit hatte Redburn seine Truppen zu einer groben Schlachtlinie formiert. Er stellte seine Kathil-Ulanen an der äußersten Nordflanke der Sternenbund-Linien auf, links neben den Rittern der Inneren Sphäre. An der extrem rechten Flanke standen die Northwind Highlanders, deren äußersten Flügel die Royal Black Watch sicherte. Viel mehr konnte er nicht tun. Es blieb keine Zeit, einen ausgeklügelten Schlachtplan zu entwickeln, und er hatte nicht Morgans Gabe, irgendwie aus dem Nichts wildverwegene, aber erstaunlich erfolgreiche Pläne zu zaubern.

Der Gedanke an Morgans angeborenes Gespür für den Schlachtverlauf ließ die tiefe, gähnende Leere in Redburns Herzen wieder aufklaffen, die der Verlust seines Freundes hinterlassen hatte. Mit äußerster Mühe schob er die Erinnerung beiseite. Später würde es genug Zeit zur Trauer und für Reminiszenzen geben. Jetzt hatte er eine Schlacht zu führen. Er hatte Morgan lange genug begleitet, um wenigstens etwas vom taktischen Gespür und militärischen Können des Marshals zu lernen, und Redburn war entschlossen, das Andenken seines Freundes nicht zu entehren, indem er das bevorstehende Gefecht verlor.

Das erste, was Andrew Redburn von den Nebelparder-Truppen sah, war eine schwache Wärmespur auf der Fernortung. Indem er die Instrumente bis knapp unter den Verzerrungspunkt aufdrehte, konnte er die IR-Signaturen eines halben Dutzends OmniMechs ausmachen. Ausnahmsweise war er einmal dankbar für die überlegene Technologie der Clanner. Hätte er im Cockpit seines *Atlas* gesessen, statt in Morgans Beute-*Daishi*, hätte er die anrückenden Mechs erst hundert Meter später bemerkt. Über eine Richtstrahl-Kommunikatorverbindung gab er den Alarm entlang der Linien weiter.

Die Minuten schienen sich zu Stunden zu dehnen, während die Feindmaschinen sich anschlichen. Redburn hatte seine Leute angewiesen, die Reaktoren der Mechs auf minimale Betriebsleistung zu drosseln, in der Hoffnung, bis zum letzten Augenblick eine Entdeckung durch die Parder zu vermeiden, vorzugsweise, bis diese schon in das schmale Minenfeld vor der Kampflinie seiner Einheit gestolpert waren.

»Löwe von Paladin« ertönte Paul Masters' Stimme. Trotz der Helmlautsprecher seines Neurohelms fand Redburn die Richtstrahlverbindung schwer verständlich. Masters flüsterte fast, als habe er Angst, der Feind könne ihn hören. »An unserer gesamten Front bewegt es sich. Es scheint, als wolle saKhan Howell alle Truppen zu einem gemeinsamen Vorstoß zusammenziehen.«

»Verstanden, Paladin«, antwortete Redburn. Viel mehr gab es nicht zu sagen. »Irgendwas von MacLeod?«

»Nein, Löwe. Ich habe von *Dundee* keinen Pieps gehört.« Masters betonte den Codenamen in sanfter Zurechtweisung Redburns, der den echten Namen des Highlander-Kommandeurs benutzt hatte. Es bestand kaum eine realistische Gefahr, daß irgend jemand auf der gegnerischen Seite das verschlüsselte und gebündelte Richtstrahlsignal abfangen und dekodieren konnte. Nur direkte Kabelverbindungen und Kommlaser waren noch abhörsicherer. Aber es blieb ein unnötiges Risiko, und Redburn akzeptierte den Tadel.

»Ich bin nicht in Position für eine Direktverbindung zu Dundee. Falls er nicht angegriffen wird, soll er auf mein Zeichen warten und dann in die Flanke der Clanner eindrehen. Verstanden?«

»Verstanden, Löwe. Ich gebe es weiter.«

Bevor Redburn das Gespräch beenden konnte, hallte ein tiefes, rollendes Donnern über das Schlachtfeld. Eine gelbweiße Stichflamme ließ den auf Infrarot geschalteten Sichtschirm des *Daishi* aufleuchten. Redburn schaltete gerade noch rechtzeitig auf Normaloptik um, so daß er einen *Puma* einen letzten Schritt tun und dann auf den vorspringenden Kopf stürzen sah, als das von der Minenexplosion beschädigte Bein in Knöchelhöhe abriß. Vier weitere Vibrabomben explodierten kurz hintereinander und richteten unterschiedlich großen Schaden bei den Mechs an, die sie ausgelöst hatten.

Der große Vorteil der Vibrabomben war zugleich auch ihr Hauptproblem. Die Sprengladung konnte so eingestellt werden, daß sie explodierte, wenn ein Mech eines bestimmten Gewichts auf sie trat. Aber ein schwererer Kampfkoloß, der wenige Dutzend Meter entfernt vorbeiging, konnte die Mine ebenfalls und ohne den gewünschten Effekt auslösen.

Redburn zog den orangeroten Zielsucher der Sichtprojektion sorgfältig auf die Brustpartie des nächstgelegenen feindlichen Mechs, eines kastenschultrigen *Loki*. Geduldig wartete er, während die Entfernungsanzeige von neunhundert auf achthundertfünfzig, dann achthundert sank. Noch ein paar Schritte, und der Clanner war in Reichweite.

Der Entfernungsmesser blinkte auf, als er siebenhundertfünfzig Meter erreichte, die maximale effektive Entfernung für den Einsatz der Extremreichweitenlaser des *Daishi*. Redburn drückte den Auslöser durch und schleuderte Zwillingslanzen aus erstaunlich konzentrierter Lichtenergie ins Ziel. Die selbst im schwachen Sonnenlicht des Spätnachmittags unsichtbaren Strahlbahnen zuckten aus dem rechten Unterarm des OmniMechs und verwüsteten Torso und Hüften des Parder-Mechs.

Einen Augenblick stoppte der *Loki*, als habe der Angriff ihn verwirrt. Dann hatte der Pilot Redburns jäh hochgefahrenen Mech anscheinend entdeckt, denn er stürmte los. Sie preschten alle heran. Vierzig Clan-OmniMechs donnerten wie eine Stampede über das weite, offene Feld vor den Positionen der SBVS.

Ohne auch nur zu stolpern, feuerte der *Loki*-Pilot seine PPK ab. Die Extremreichweitenfähigkeiten der Waffe gestatteten einen erheblich früheren Einsatz, als das mit den Geschützen der Inneren Sphäre möglich war. Ein grellweißer künstlicher Blitzschlag spielte um die Beine des *Daishi*, brannte die Bemalung ab und verflüssigte die Panzerung. Redburn spießte die heranstürmende Maschine erneut mit den Lichtwerfern auf und fühlte die Abwärme der leistungsstarken Laser durch das zuvor schon stickige Cockpit schlagen. Die Energiebahnen bohrten tiefe, dampfende Löcher in das Plastron auf dem Rumpf des *Loki*, doch der Gegner schien davon ungerührt.

Redburn wartete geduldig, bis die Wärmetauscher die überschüssige Wärme abgeleitet hatten, die bei einem Hitzestau die Leistung des Mechs beeinträchtigen oder ihn sogar stillegen konnte, bevor er die Lasergeschütze ein drittes Mal einsetzte und diesmal zur Sicherheit noch eine lange, donnernde Autokanonensalve hinterher schickte. Der Schweiß brach ihm aus und rann in seine Augen, als die riesigen Energiemengen, die er gegen den *Loki* schleuderte, weitere Panzerfetzen vom Rumpf der unverändert anstürmenden Maschine schnitten.

Als mehr Clan-Mechs in Reichweite kamen, eröffnete auch der Rest der Ulanen das Feuer und deckte den anrückenden Gegner mit Raketen, PPK-Feuer, Laserstrahlen und salvenweise Autokanonengranaten ein. Ein donnerndes Baßgrollen röhrte rechts von Redburn auf, als ein riesiger Kanonenlauf schwere, panzerbrechende Granaten in das linke Knie des *Loki* schleuderte. Endlich geriet der Clanner ins Stolpern und war zu einem seltsamen Hüpftanz gezwungen, um das Gleichgewicht zu halten. Der Pilot an den Kontrollen des OmniMechs mußte zu den bestausgebildeten Kriegern gehören, die je bei den Nebelpardern gedient hatten, um dieses schockierend elegante Verzweiflungsmanöver durchführen und dabei aufrecht bleiben zu können.

Kaum hatte der Clanner seine Balance wiedergefunden, als er bereits die ausladenden Arme seines Mechs auf den *Quasimodo* richtete, der Redburn zu Hilfe gekommen war. Ohne irgendwelche Rücksicht auf die Abwärme, die dieser Angriff erzeugen mußte, feuerte der Nebelparder zwei Strahlbahnen geladener Partikel ab, die sich auf dem tonnenförmigen oberen Torso des leichteren Mechs trafen. Der bereits bei den früheren Clan-Angriffen auf die Stellungen der Ulanen beschädigte *Quasimodo* sackte zusammen und kippte nach hinten weg. Sein Gyroskop war unter der Hitze der künstlichen Blitzschläge zerschmolzen.

Redburn richtete die Waffen auf den *Loki* und bemerkte dabei die um die offenen Wärmetauscher der Clan-Maschine wabernde Hitze. Er feuerte. Der Atem stockte ihm, als die Innentemperatur seiner Pilotenkanzel plötzlich in die Höhe schoß. Zwei schwere Laser und eine AK-Salve peitschten auf den Nebelparder-Mech zu, verwüsteten das bereits geschwächte linke Bein und den zerkratzten Torso. Der *Loki* stolperte und stürzte. Sein linkes Bein war auf Kniehöhe abgerissen. Dann brach das Cockpit auf, als der Pilot sich mit dem Schleudersitz rettete.

Redburn hatte keine Zeit, den langsam am Fallschirm zu Boden sinkenden Clanner zu beobachten. Ein *Masakari* und ein *Gladiator* hatten die Stelle ihres gestürzten Kameraden eingenommen. Beide Clan-Mechs senkten ihre vor Waffen strotzenden Arme auf Redburns erbeuteten OmniMech.

Beide? Irgendwo entlang der Linien muß einer meiner Jungs das Feuer gesplittet haben.

Redburn war nicht wirklich überrascht, daß die beiden ihn gemeinsam angriffen. Unter den Gefechtsregeln der Clans war ein Angriff durch zwei ClanMechs auf ein einzelnes Ziel eigentlich verboten, aber nur, bis ein Gegner mehr als ein Ziel unter Beschuß nahm oder mehrere Gegner auf eine Clan-Maschine feuerten. Von diesem Augenblick an war jedes Gefecht ein Kampf jedes gegen jeden. *Natürlich! Der* Quasimodo!

In einem Versuch, den ersten Schlag gegen diese neuen Angreifer zu führen, setzte Redburn die Waffen des *Daishi* gegen sie ein und schnitt ganze Panzerplatten aus ihren dicken Häuten, allerdings ohne daß es ihm etwas nutzte. Die beiden überschweren OmniMechs ließen sich dadurch nicht einmal spürbar bremsen. Raketen detonierten rings um den *Daishi*, und mindestens die Hälfte fand ihr Ziel. Eine Gausskugel zeichnete eine dünne Silberspur vom unförmigen linken Arm des *Gladiator* zum Torso von Redburns Maschine. Panzerung barst unter dem vernichtenden Einschlag.

Mein Gott! Redburns Zähne knirschten, als er mit der Steuerung des wankenden *Daishi* rang. *Selbst dieses gepanzerte Monster hält das nicht mehr lange durch.*

Drei weitere Ulanen-Mechs brachen unter dem schweren Feuer der Nebelparder zusammen. Ein anderer, ein nachgerüsteter *Paladin*, löste sich regelrecht in seine Bestandteile auf, als das gnadenlose Bombardement der Parder seine Munitionsmagazine aufbrach und zur Explosion brachte.

»Zurück!« schrie Redburn ins Mikro und sandte das Signal über Breitband. »Hier Löwe. Ich wiederhole, alle Schlange-Einheiten zurückweichen.«

Ohne auf eine Bestätigung zu warten, bewegte er den *Daishi* im Rückwärtsgang aus dem hastig angelegten flachen Graben heraus, aus dessen Deckung er gekämpft hatte. Um die Raketen und Autokanonenmunition zu schonen, wechselte er Feuerstöße aus den schweren Lasern des OmniMechs mit denen der weniger schlagkräftigen, aber durchaus wirksamen mittelschweren Impulslaser ab. Ohne die vorgebeugte Rumpfstruktur seines Mechs hätte sein kämpfender Rückzug, da war er sich sicher, bestimmt an das Links-rechts-links-rechts-links-Feuerschema eines Revolverhelden aus dem Wilden Westen erinnert, wie sie in Holoshows immer wieder zu sehen waren.

Wie lange er so kämpfte, konnte Andrew Redburn später nie genau sagen. Es schien Stunden so weiterzugehen. Er zog seinen Mech ein paar Schritte zurück, gab ein paar hastig gezielte Schüsse ab und zog sich weiter zurück. Irgendwann rückten die Clanner nicht mehr nach. Er verstand nie wirklich, warum nicht. Vielleicht hatten die Parder-Mechs, die angesichts der Wildheit des Angriffs sicher überhitzt waren, sich endlich automatisch abgeschaltet und damit einen Abbruch der Verfolgung erzwungen.

Als er den *Daishi* vorsichtig vom Schlachtfeld zurückzog, fühlte sich Redburn zwischen zwei widerstreitenden Gefühlen hin und her gerissen. In seinem Herzen loderte das Verlangen, seine Truppen neu zu formieren und einen Gegenangriff auf die Nebelparder zu starten. Er haßte den Gedanken, zum Rückzug gezwungen zu werden und das Schlachtfeld dem Gegner zu überlassen. Sein Innerstes wütete gegen den Feind und die Notwendigkeit, sich zurückzuziehen, um seine Einheit zu retten.

Und das war das zweite Gefühl, das ihm zusetzte: die Angst und Sorge des Kommandeurs um seine Truppen. Redburn wußte genau, er konnte seinen auf dem Rückzug befindlichen Soldaten befehlen, umzudrehen, sich neu zu formieren und wieder anzugreifen. Die überwältigende Mehrheit würde gehorchen, selbst wenn es ihren Tod in der feurigen Hölle des Mechnahkampfs bedeutete. Aber einen solchen Befehl zu geben wäre Mord gewesen. *Er* wäre es gewesen, der seine Leute auf dem Gewissen gehabt hätte. Die Nebelparder hätten nur abgezogen.

Nein, so sehr es ihm auch zuwider war, sich zurückziehen zu müssen, Andrew Redburn wußte, daß der

Rückzug die einzige Garantie dafür war, daß seine Truppen überleben und den Kampf bei einer späteren Gelegenheit doch noch gewinnen konnten.

Am Sammelpunkt knapp innerhalb der östlichen Dhuansümpfe lernte Redburn den Preis kennen, den seine Südgruppe beim Rückzug gezahlt hatte. Trotz schwerer Angriffe waren die Northwind Highlanders noch mehr oder weniger intakt. MacLeod stellte die fünfundsechzig verbliebenen BattleMechs seines Regiments in einem groben Halbkreis vor dem Sammelpunkt auf, um den Rest der Gruppe zu beschützen.

Als die Ritter der Inneren Sphäre an den Sammelpunkt humpelten, keuchte Redburn entsetzt auf. Alle leichten Mechs der Ritter waren verloren, ebenso wie etwa die Hälfte ihrer mittelschweren. Die fünfundsechzig weißen, goldverzierten Kampfkolosse, die noch betriebsbereit genug waren, es bis zum Sammelpunkt zu schaffen, waren mit Ruß und Schlamm verschmiert. Viele hatten klaffende Breschen in der Panzerung, durch die bunte Verdrahtung oder stumpfgraue Myomerbündel sichtbar waren. Aus zerschmetterten Wärmetauschern und zerfetzten Kühlleitungen austretende gelblichgrüne Kühlflüssigkeit vervollständigte das traurige Bild. Alles in allem erinnerten die Ritter der Inneren Sphäre eindrucksvoll an ihre mittelalterlichen Namensvettern bei der Heimkehr aus einer verlorenen Schlacht. Aber so zerschlagen sie waren, die Ritter umgab noch immer eine Aura trotzigen Stolzes.

Redburns eigene Kathil-Ulanen hatten unter dem Angriff der Parder am schwersten gelitten. Nur sechsundvierzig von Einschußkratern übersäte Maschinen hatten es geschafft, sich aus dem Kampf mit den Clannern zu lösen und irgendwie zum Sammelpunkt zu schleppen. Der Rest ihrer Kameraden, Männer und Frauen, mit denen Andrew Redburn trainiert, gelebt und gekämpft hatte, seit die Einheit im 4. Nachfolgekrieg gegründet worden war, lagen entweder tot auf dem Schlachtfeld oder waren Gefangene der Nebelparder.

Redburn war entsetzt. Die Trauer, die er nach Morgans Tod empfunden und die er beinahe überwunden geglaubt hatte, packte ihn jetzt von neuem. Aber diesmal schmerzte ihn nicht der Verlust eines einzelnen Freundes, sondern der von fast sechzig toten oder gefangenen Männern und Frauen, die sie auf dem Schlachtfeld hatten zurücklassen müssen. Seine Trauer über die weitgehende Vernichtung der Kathil-Ulanen war zwar weniger betäubend als der persönliche Schock durch den Verlust seines besten Freundes aufgrund der Tat eines kaltblütigen Meuchelmörders, aber das machte den Schmerz nicht weniger real.

Natürlich bestand die Chance, daß ein paar der vermißten Krieger sich aus ihren ausgefallenen Mechs gerettet und eine Gefangennahme vermieden hatten. Mit ausreichend Zeit mochten sie sogar den Weg zum Sammelpunkt finden. Aber diese Zeit konnte er ihnen nicht geben. Die Parder hatten die Südgruppe während der Kämpfe so gnadenlos attackiert, daß er jede Sekunde befürchtete, wieder verfolgt zu werden.

Mit einem Knoten in der Magengrube, den auch das Schwert Alexanders des Großen nicht hätte durchschlagen können, öffnete er den Befehlskanal. »Löwe an alle Einheiten...« Redburn stockte, erstickte fast an den Worten. »Alle Einheiten, ausrücken. Wir ziehen uns in die Sümpfe zurück.«

Langsam, unter Schmerzen, zogen die zerschlagenen Sternenbund-Einheiten ab, stießen humpelnd und schleppend tief in den stinkenden Morast der Dhuansümpfe vor. Redburn konnte nur hoffen, daß die Parder zögern würden, ihnen in das überwucherte, lianenverhangene Marschland zu folgen, wo ihre Vorteile durch größere Geschwindigkeit und Waffenreichweite nahezu vollständig neutralisiert waren.

Als er erschöpft im Cockpit des zerbeulten *Daishi* saß und die stolpernden, zerschossenen Mechs der Kathil-Ulanen an sich vorbeiziehen sah, betete Redburn, daß er recht hatte.

11

Außerhalb des Falkenhorstes, Östliche Berge, Diana Kerensky-Sternhaufen, Clan-Raum

26. März 3060

Captain Roger Montjar schob sein Auge einen Zentimeter weiter über den Steinrand, der seinen versteckten Beobachtungsposten in den Gipfeln der Östlichen Berge umgab. So unbequem es auch war, den Hals zur Seite zu recken, damit nur ein Teil des Gesichts über dem Rand der Deckung liefernden Felsen sichtbar war, es blieb weit angenehmer als die Alternative. Besonders, wenn die Alternative aus einem Laserschuß durchs Hirn bestand.

Seit zwei Wochen hockten die Tollwütigen Füchse jetzt schon in ihren unbequemen Felsenlöchern und erduldeten Kälte, Regen und beißende Windböen, ohne auch nur die geringste Aktivität von seiten der Jadefalken in ihrer Bergfestung Falkenhorst zu entdecken. Die einzigen Schüsse, die irgendeiner seiner Leute abgegeben hatte, waren abgefeuert worden, als die Nebelparder Sergeant Kramers Abteilung überrascht hatten. Montjar hoffte inständig, daß Henry und seine Leute es geschafft hatten, den Hals aus der sich zuziehenden Schlinge zu ziehen. Er hatte den Befehl, strikte Funkstille zu wahren, solange die Falken keine Anstalten machten, die Nebelparder zu unterstützen, oder sich die Einsatzgruppenleitung bei ihm meldete. Bis jetzt war keine dieser Bedingungen eingetreten. Gelegentlich kamen Montjar Zweifel, ob der Rest der Einsatzgruppe Schlange sich überhaupt noch an ihn und seine Leute erinnerte.

Natürlich wußte er es besser. Aber gelegentlich ließen sich derartige Gedanken einfach nicht unterdrücken. Aus den schwachen Funksignalen, die sein

Team ab und zu von den Mecheinheiten Schlanges auffing, wußte Montjar, daß die anfängliche Landeoperation glatt verlaufen war und die Verluste sich in den erwarteten Grenzen gehalten hatten. Anschließend hatte die Einsatzgruppe sich daran gemacht, die kriegswichtigen Anlagen und Industrien der Parder abzubauen und zu vernichten, um das zweite Ziel der Mission zu erfüllen. Aber dann war irgend etwas schiefgegangen.

Soweit er das dem lückenhaften Funkverkehr entnehmen konnte, hatten die Parder eine – oder vielleicht sogar zwei – Entsatzstreitmächte geschickt. Diese Kräfte hatten die schweren Elemente der Einsatzgruppe mit gemischtem Erfolg angegriffen. General Winston schien irgendwo bei Lutera einen blutigen Sieg errungen zu haben, während Redburn zum Rückzug in die Dhuansümpfe gezwungen worden war.

Leise verfluchte Montjar sein Schicksal. Er und seine Leute gehörten zu den bestausgebildeten Kriegern auf Diana, und was hatten sie bisher getan? Nichts, als in einem Loch zu sitzen und einen Zaun zu beobachten. Wären da nicht die unbewaffneten und ungepanzerten Männer gewesen, die er und seine Soldaten jeden Tag im Innern der Jadefalken-Anlage irgendwelche Bohrungen durchführen sahen, hätte er sich fragen müssen, ob der Komplex überhaupt besetzt war.

Aber jetzt, etwa eine Stunde vor Sonnenuntergang, am vierzehnten Tag der Überwachung, änderte sich etwas.

Er hatte im Befehlsstand der Fox-Teams gehockt, in Wahrheit nicht mehr als ein breites und tiefes Loch im Felsboden des Berges, als ein Bote in das Versteck gekrochen war. Beobachtungsposten Zwei hatte Bewegung im Falkenhorst bemerkt, erhebliche Bewegung. Montjar hatte fast zehn Minuten gebraucht, die etwa hundert Meter bis zu der Felsnische zu kriechen, in der das Beobachtungsteam untergebracht war. Als er schließlich dort ankam, verschwanden all die Müdigkeit und Schmerzen, die sich über fast zwei Wochen im Hochgebirge angesammelt hatten, schlagartig. An der Innenseite des hohen Maschendrahtzauns, der die Anlage der Jadefalken vom Rest des Planeten abtrennte, schien sich eine Truppeneinheit zu sammeln.

Mehrere Minuten blieb Montjar in dieser unbequemen Stellung, den Kopf zur Seite gedreht, das linke Auge knapp über dem Rand des von Steinen gesäumten Verstecks. Er zählte die für ihn sichtbaren Truppen sorgfältig ab. Dann zählte er sie noch ein zweites und danach ein drittes Mal, um ganz sicher zu gehen. Jedesmal kam er zum selben Ergebnis: zehn gepanzerte Elementare und etwa fünfzig ungepanzerte Infanteristen in voller Feldmontur. Falls die Falken ausrückten, um den Nebelpardern zu helfen, war das nicht mehr als eine symbolische Streitmacht. Seine fünfzehn Kommandosoldaten konnten die Clan-Einheit nicht stoppen, aber sicher spürbar behindern.

Nein, ermahnte Montjar sich selbst. *Im Befehlsstand hast du eine stärkere Waffe.*

»Behalt sie im Auge, Private«, rief er dem muskulösen rothaarigen Burschen zu, der durch die anbrechende Dunkelheit zu den Falken-Truppen hinüberstarrte.

»Geht klar, Boß.« Der Private grinste, ohne sein Ziel aus den Augen zu lassen. »Ich halt Sie auf dem laufenden, was unsere Nachbarn treiben.«

Der Rückweg dauerte nur wenige Minuten. Diesmal war Montjar Schnelligkeit wichtiger als Geheimhaltung. Kaum war er in die Höhle seines Befehlsstands gerutscht, als er auch schon nach dem Kommset winkte.

»Ballerina, Ballerina, von Rhino. BLITZ, LABER.« Montjar artikulierte langsam und deutlich und übermittelte den Lagebericht exakt wie vorgeschrieben. »Rhino meldet Bewegung innerhalb des Zielbereiches. Wir zeichnen derzeit eins-null Echos, unterstützt von etwa fünnef-null ungepanzerten Infanteristen. Ziele haben Grenze noch nicht passiert, scheinen dies jedoch zu planen. Rhino beobachtet weiter. Erwarte Befehle.«

Ariana Winston würde die etwas mysteriöse Meldung richtig verstehen, nämlich so, daß die Jadefalken ihre Garnisonstruppen, bestehend aus zehn gepanzerten Elementaren und fünfzig Fußtruppen, innerhalb des Horstes bewegten. Noch hatten die Falken keine Anstalten getroffen, ihr Lager zu verlassen, aber Montjar hatte den Eindruck, daß sie sich darauf vorbereiteten.

»Warten Sie, Rhino«, antwortete eine kehlige Männerstimme. »Ballerina ist nicht in Position. Wir bauen ein Relais auf.«

Die Sekunden verstrichen, während Montjar das Funkgerät anstarrte und sich wünschte, der böse Blick ließe sich über eine elektronische Trägerwelle senden. Schließlich krachte es in der Leitung.

»Rhino von Ballerina.« Die Lautstärke der Sendung schwankte, und sie wurde von heftigem Rauschen überlagert, als ob sich irgendwo auf der Strecke ein Störsender befände. »Ballerina kann keine Unterstützung senden. Ballerina und Löwe sind in größere Auseinandersetzungen verwickelt. Alle Reserve-Bravo-Montreal-Einheiten werden an der Hauptfront benötigt. Schlage vor, Position zu halten und weiter zu beobachten. Wenn Foxtrotts Zielbereich verlassen, handeln Sie nach eigenem Ermessen, aber feuern Sie nur als Antwort auf einen gezielten Angriff. Wenn die Foxtrotts ausbrechen, versuchen Sie Geschwindigkeit und Richtung festzuhalten. Ende.«

»Ballerina von Rhino. Verstanden.« Die Verbitterung in diesen vier Worten überraschte Montjar. Alle Battle-

Mech-Reserven der Einsatzgruppe waren an die Hauptfront geworfen worden, und die schweren Mechtruppen waren im derzeit wütenden Konflikt schwer angeschlagen worden. Das machte seine Aufgabe nicht gerade einfacher. »Rhino führt aus. Rhino Ende und Aus.«

»Was hat sie gesagt, Boß?« Corporal Richardson las den Ausdruck auf dem Gesicht seines Kommandeurs und zuckte zusammen. »So schlimm?«

»So schlimm, Tim.« Montjar schüttelte traurig den Kopf. »›Position halten und weiter beobachten‹ und ›nach eigenem Ermessen handeln, aber nur bei direktem Angriff feuern‹.«

»Okay.«

Bevor einer der beiden noch etwas sagen konnte, wurde die Stille des Abends vom scharfen Krachen und Zischen eines tragbaren KSR-Werfers zerschlagen.

Montjar rollte auf die Knie und schob vorsichtig den Kopf über den Rand des Befehlsstandlochs. Wenige hundert Meter zu seiner Rechten sah er die breite Leuchtspur von Festbrennstoffraketen, die aus den tiefen Schatten der zerklüfteten Landschaft stiegen. Die Projektile jagten auf die Jadefalken-Truppen zu und zerbarsten wenige Meter vor den Elementaren, um das ganze Gebiet mit flüssigem Feuer zu überziehen.

Inferno-Raketen waren vor allem Mechabwehrwaffen. Sie waren nicht darauf ausgelegt, einen Mech zu vernichten, sondern den Piloten vor die Wahl zu stellen, auszusteigen oder gegrillt zu werden. Die Wirkung auf Elementare und ungeschützte Fußtruppen war erheblich bösartiger. Das lodernde Napalm hüllte einen Elementar und mehrere seiner ungepanzerten Hilfstruppen völlig ein und verwandelte sie in lebende Fackeln. Der Elementar mochte eine gewisse Chance haben, das flüssige Höllenfeuer zu überleben, aber die Infanteristen waren verloren. Sie wären einen unbeschreiblich qualvollen Tod gestorben, hätte ein anderer seiner Leute sie nicht mit einem Gnadenstoß seines schweren Maschinengewehrs umgemäht.

Noch bevor die toten Infanteristen im Innern des Falkenlagers auf den Felsenboden stürzten, trat ein anderer Elementar vor und bestrich das Gelände mit Laserfeuer.

Immer noch ohne irgendeinen Befehl beantworteten Montjars Leute den Beschuß in gleicher Weise. Weitere Raketen zucken aus der Dunkelheit und schlugen Breschen in die Stahlpanzerung des Elementars. Der ClanKrieger wurde nach hinten geworfen. Sein Kampfpanzer war von den für den Kampf gegen BattleMechs ausgelegten Sprengladungen tief eingebeult. Die Härchen in Montjars Nacken stellten sich auf, als er den riesigen Elementar wieder aufstehen sah, scheinbar ungerührt von dem Brusttreffer einer panzerbrechenden Rakete. Weitere Elementare mischten sich in das Gefecht ein und erwiderten das Feuer, während sie über das zerklüftete Bergterrain sprangen. Die ungepanzerten Fußtruppen bewiesen ihren Verstand, wenn auch nicht ihren Mut, indem sie die nächste Deckung suchten, die sie finden konnten. Wütend schleuderten sie salvenweise Laserfeuer in die Dunkelheit. Wahrscheinlich konnten sie die getarnten und versteckten Tollwütigen Füchse nicht sehen. Sie feuerten entweder blind oder orientierten sich am Mündungsfeuer der Kommandosoldaten.

Montjar fluchte. Einer seiner Leute hatte die Nerven verloren und ohne Erlaubnis das Feuer eröffnet, und jetzt eskalierte die Situation zu einer offenen Schlacht mit den Jadefalken.

Eine Salve schweren MG-Feuers zog eine Spur aus Felsensplittern über den Rand des Befehlsstands. Der Kommandeur der Sternenbund-Kommandotruppen duckte sich unwillkürlich, obwohl er wußte, daß es keinen Sinn machte. Hätte auf einem der Stahlmantelgeschosse sein Name gestanden, wäre er tot gewesen, bevor er sich dessen hätte bewußt werden können. Er mußte die Kontrolle über das Geschehen gewinnen.

Dann hörte Montjar über dem Donnern der Waffen etwas, was er nie zu erleben erwartet hätte. Es war die lautsprecherverstärkte Stimme der Jadefalken-Kommandeurin, die befahl, das Feuer einzustellen.

Ohne wirklich zu wissen, warum, übernahm Montjar den Befehl.

»Feuer einstellen, Feuer einstellen. Alle Rhinos, sofort das Feuer einstellen!«

Langsam, zögernd verstummte das Geschützfeuer. Lange Minuten standen die beiden Seiten in der anbrechenden Nacht und starrten einander durch die dichter werdende Dunkelheit an. Dann drang über das felsige Schlachtfeld ein leises, metallisches Knirschen an Montjars Ohr. Er suchte nach dem Ursprung des Geräuschs und fand die Rüstung eines Elementars, der sich in nichts von irgendeinem der anderen zu unterscheiden schien. Der riesige, genmanipulierte Krieger hatte das Visier des Helms geöffnet, anscheinend in einer Geste des guten Willens.

Montjar hörte an der vollen Altstimme seines Gegenübers, daß es sich um eine Frau handelte. »Ich bin Elementar-Sterncaptain Gythia von den Jadefalken«, rief sie mit lauter, deutlicher Stimme. »Wer befehligt die Krieger, die mich angegriffen haben?«

»Ich.« Montjar kletterte aus seinem Loch und kam sich vor dieser unglaublichen Kreatur unbeholfen und verwachsen vor. »Ich bin Captain Roger Montjar, Tollwütige Füchse, Team Drei.«

Gythia betrachtete ihn mit kaltem Blick. »Warum hast du ohne Provokation oder Herausforderung auf meine Truppen gefeuert?«

Montjars Gedanken überschlugen sich. Er hatte noch

nie gehört, daß die Jadefalken sich aus einer Schlacht zurückzogen oder auch nur eine Bitte um Waffenruhe akzeptierten. Hier ging etwas Außergewöhnliches vor.

»Mein Soldat hat das Feuer ohne Erlaubnis eröffnet«, erklärte Montjar und nahm noch beim Sprechen den Helm seines Krötenpanzers ab. »Falls er noch lebt, werde ich ihn zur Verantwortung ziehen.«

»Pos«, spie Gythia. Der Abscheu, Haß und kaum gebremste Zorn in ihrer Stimme traf Montjar wie eine Ohrfeige. »Khanin Marthe Pryde hat mich angewiesen, einen Konflikt mit euren Kräften auf Diana um jeden Preis zu vermeiden. Falls angegriffen, sollen wir uns verteidigen, aber die Aktion abbrechen, sobald dies ehrenhaft möglich ist. Vielleicht sind eure Führer der Ansicht, ausreichend Grund für diesen Vernichtungstest gegen die Nebelparder zu besitzen. Aber höre dies, Captain Roger Montjar. Ich bin eine Kriegerin des Clans Jadefalke. Ich habe die Befehle meiner Khanin befolgt. Wenn du diesen Stützpunkt ein zweites Mal angreifst, werde ich das als Beweis annehmen, daß ihr euren Test auf die Jadefalken ausweitet, und ich verspreche dir, daß du nicht lange genug leben wirst, um diese Entscheidung zu bereuen.«

Ohne ein weiteres Wort klappte Gythia das Helmvisier zu und stürmte zurück in die Anlage.

Mit einem stummen, verwirrten Nicken winkte Montjar seine Leute zurück in ihre Verstecke. »Sergeant Bosworth«, rief er seinen dienstältesten Unteroffizier. »Wer hat die Inferno abgefeuert?«

»Private LeBelle, Sir.«

»Schicken Sie ihn in den Befehlsstand. Ich habe ein Wörtchen mit ihm zu reden.«

»Geht nicht, Sir. Er ist tot.« Bosworth klang müde. »Er ist im ersten Schußwechsel gefallen.«

»Glauben Sie, daß die Falken das gewußt haben?« Montjar war so müde wie Bosworth klang.

»Sir?«

»Glauben Sie, die Falken wußten, daß sie LeBelle getötet hatten? Der Sterncaptain hat erklärt, sie mußte das Gefecht abbrechen, sobald ihrer Ehre Genüge getan war. Kann sie das gemeint haben? LeBelle hat ein paar ihrer Leute getötet, und sie haben ihn umgebracht. Wahrscheinlich waren wir damit für sie quitt.«

»Kann sein, Captain.« Bosworth nahm den Helm ab und fuhr sich mit der Hand durch das dichte, graumelierte Haar. »Ich werde diese Clanner nie verstehen.«

12

**Befehlsposten der Leichten Eridani-Reiterei,
Mons Szabo, Lutera, Diana
Kerensky-Sternhaufen, Clan-Raum**

27. März 3060

In der Ferne, knapp über dem Horizont, konnte General Winston den dünnen Rauchvorhang über der Lutera-Ebene sehen, wenn auch nur als kaum wahrnehmbaren grauen Schatten vor dem dunkler werdenden Firmament. Es war kein Regen gefallen, um das Grasfeuer zu löschen, und kein Wind hatte den Rauch vertrieben, der nach dem Kampf über dem Schlachtfeld hing. Die schnell hereinbrechende Dunkelheit verbarg das Meer von Trümmern, das die weite, flache Steppe im schmalen Dreieck zwischen den Wellen des Dhundhmeers im Nordosten, dem Flußufer des Schwarzen Shikari im Süden und den steilen Berggipfeln der Parderzähne im Westen bedeckte.

Ariana Winston saß allein in einem Feldstuhl und hielt sich an einer Tasse Kaffee-Ersatz fest. Sie betrachtete das schwache Leuchten am westlichen Firmament, das den Untergang der hellen gelben Sonne Dianas begleitete. Die Parder waren von der Ebene verjagt und nach Südosten getrieben worden, fort von der Stadt. Die St.-Ives-Lanciers hatten ihnen nachgesetzt, verstärkt durch das 6. Kundschafterbataillon der Leichten Reiterei. Sie hofften, die Clanner in den Fluß treiben und bei dessen Überquerung in Stücke schießen zu können. Aber die Nachhut der Nebelparder hatte den Verfolgern eine derartige Wand aus Geschützfeuer entgegengeworfen, daß die Sternenbund-Einheiten gezwungen gewesen waren, die Verfolgung abzubrechen. Nach Ende der Schlacht hatten die Leichte Reiterei und ComGuards ihre alten Stellungen in und um Lutera wieder bezogen. Winston und ihr Stab waren in den Brigade-Befehlsposten auf dem Feld der Helden zurückgekehrt, im Schatten des Mons Szabo.

Winston betrachtete die Schlacht als gewonnen, weil die planetare Hauptstadt, deren Raumhafen und vor allem Mons Szabo, das symbolische Herz des Parders, mit seiner jetzt vernichteten Kommando-, Kontroll- und Kommunikationszentrale und dem unbeschädigten Genetischen Archiv, sich weiter in der Hand der Sternenbund-Verteidigungsstreitkräfte befand.

Die Leichte Eridani-Reiterei hatte sich in den Kämpfen des Tages gut gehalten. Auch die ComGuards und die Lanciers hatten tapfer gekämpft, aber die Leichte Reiterei hatte den Hauptanteil des Parder-Ansturms zu spüren bekommen und auch die größten Verluste einstecken müssen. Viele der zertrümmerten und zermalmten BattleMechs, die als verbogene und zerborstene Trümmerhaufen auf dem Schlachtfeld lagen, hatten einmal ihrer Brigade gehört. Es beruhigte und erleichterte sie etwas zu wissen, daß die meisten Männer und Frauen, die diese jetzt zerstörten Maschinen gesteuert hatten, überlebten. Aber diejenigen, denen es nicht gelungen war, dem Untergang ihrer gepanzerten Kampffahrzeuge rechtzeitig zu entgehen, lasteten noch weit schwerer auf ihrem Gemüt.

Es war weder Bedauern noch Trauer, die ihre Gedanken in diesem Augenblick trübsinnig färbten. Das stand ihr noch bevor. Es war der Verlust kostbarer BattleMechs und der Tod hochtalentierter Piloten, der sie besorgt machte. Die Leichte Reiterei hatte einen Teil der Verluste ausgleichen können, indem sie die noch bewegungsfähigen – aber nicht mehr für einen Kampfeinsatz geeigneten – BattleMechs für Ersatzteile ausschlachtete und die beim Rückzug der Parder auf dem Schlachtfeld verbliebenen Clan-Mechs barg. Aber das würde nicht reichen. Derartige Ersatzmaßnahmen reichten nie aus.

Natürlich ging es den Nebelpardern kaum besser. Ihre Maschinen waren zwar haltbarer, aber wenn ihre dicke Panzerung erst durchschlagen war, ebenso empfindlich für interne Schäden wie ähnliche Modelle der Freien Inneren Sphäre, und die Clanner hatten den Kampf schon mit einer kleineren Anzahl von Mechs begonnen. Scoutmeldungen und Abschlußberichte machten klar, daß die Parder schwere Verluste erlitten hatten. Einige leichte und mittelschwere OmniMechs waren vom Artilleriebombardement zerstört oder schwer beschädigt worden. Während des blutigen Nahkampfes, als sie die Sternenbund-Linien durchbrochen hatten, waren weitere ausgefallen. Dadurch blieben die Kräfteverhältnisse etwa so wie vor der Schlacht: ungefähr gleich.

»General«, klang eine leise Stimme hinter ihr auf.

Augenblicklich übernahmen ihre kampfgeschulten Reflexe. Winston wirbelte aus dem Stuhl und ließ die Kaffeetasse fallen. Sie zerschellte auf dem kalten grauen Stein des Felds der Helden. Der Plastikstuhl schepperte hohl und dumpf, als er über das Pflaster rutschte. Sie ließ sich auf ein Knie fallen und riß die schwere Mauser-Automatik aus dem Holster, die sie bei einem Kampfeinsatz immer an der rechten Hüfte trug. Die drohende schwarze Mündung richtete sich auf die Stirn des überraschten Privates Elias Grau, eines Mitglieds der SicherungsLanze ihrer Befehls-Kompanie.

»Soldat«, knurrte sie und schob die schwere Pistole zurück. »Wissen Sie nicht, daß das eine hervorragende Methode ist, Selbstmord zu begehen?«

»Tut mir leid, Ma'am«, stotterte Grau. »Colonel Amis schickt mich. Ein paar unserer Scouts melden Bewegung.«

Bevor Grau seine Meldung beenden konnte, war Winston schon aufgesprungen und rannte durch die Abenddämmerung auf das Mobile Hauptquartier zu.

»Laß hören, Ed«, bellte sie, als sie in das Innere des abgedunkelten Fahrzeugs mit dem schwach leuchtenden Holotisch und den summenden Datenterminals sprang.

Colonel Edwin Amis, der Kommandeur des 21. Einsatzregiments, sah hoch. »Boß, ein paar unserer Scouts haben etwas entdeckt, was nach einer großen Angriffsstreitmacht Clan-Mechs aussieht, die in unsere Richtung zieht.« Amis paffte an einer dicken, schwarzen Zigarre, während er antwortete. »Den Überspielungen nach, die wir bekommen, scheint es sich um den größten Teil der Überlebenden der Ebene zu handeln. Sie planen offenbar einen Nachtangriff.«

Winston trat an den Holotisch, der eine dreidimensionale Karte des Gebiets zeigte, in dem der Kontakt stattgefunden hatte. In einer flachen Senke zwischen zwei niedrigen Kämmen, zwölf Kilometer südlich der Sternenbund-Stellungen, lag ein winziger, blaugefärbter, leichter *Beagle*-Schwebepanzer. Mehrere größere Projektionen in Gestalt rotleuchtender BattleMechs bewegten sich langsam auf das Versteck des Scouts zu. Sie repräsentierten die vorrückenden Clan-Einheiten.

»Okay.« Winston atmete tief ein, dann stieß sie die Luft explosionsartig aus. Die kurze Pause half ihr, die Gedanken zu ordnen. »Ed, alarmier die Brigade. Wir formen eine Schlachtlinie südlich der Stadt. Die Leichte Reiterei ist logistisch und zahlenmäßig in der besten Verfassung. Colonel Grandi soll seine Falkner auf den Raumhafen ziehen. Wenn wir gezwungen sind, Lutera aufzugeben, soll er den Raumhafen in Brand setzen und sich zurückziehen. Die St.-Ives-Lanciers sammeln sich hier auf dem Feld der Helden. Sie hat es von unseren Einheiten am schlimmsten erwischt. Ich möchte, daß sie sich als taktische Reserve zurückhalten. Wenn die Parder uns irgendwie in der Dunkelheit umgehen können, müssen die Lanciers versuchen, sie zu bremsen, bis der Rest der Gruppe nachrücken kann. Sag den Majors Ryan und Poling, daß sie sich auch um unsere Verwundeten, Techs und Hilfstruppen kümmern müssen. Und jetzt Bewegung, Ed.«

Amis stieß einen kurzen Jubelschrei aus und rannte aus dem HQ-Fahrzeug. Winston grinste, als sie seinen Bariton durch die Dunkelheit schallen hörte.

»Aufsitzen!« Der überlieferte Befehl ließ das Reitereilager augenblicklich zum Leben erwachen. Mech-Krieger stürmten zu ihren stählernen Kolossen. Unterhaltungen brachen mitten im Wort ab. Halb geleerte Teller fielen vergessen zu Boden. Ein Panzerkanonier, erfuhr sie später, wurde vom Alarm auf der Latrine überrascht. Er zog die Hosen hoch und sprang in den Geschützturm seines *Drillson*, ohne die Sitzung zu beenden.

Amis war ein fähiger und erfahrener Feldkommandeur und gewiefter Taktiker. Winston vertraute völlig auf seine Fähigkeit, die drei geschwächten Regimenter der Leichten Eridani-Reiterei in einer soliden Defensivstellung zu formieren und dabei die taktische Beweglichkeit der Brigade voll auszunutzen.

Mit einem letzten Blick auf den Holotisch tippte sie dem leitenden Tech des Mobilen HQ auf die Schulter. »Taktische Einspeisung auf meinen *Zyklop*.«

Noch bevor der Tech bestätigend nicken konnte, hatte Winston das Fahrzeug schon verlassen.

* * *

Irgendwo in der Dunkelheit knatterte ein Maschinengewehr. Das tiefere, abgehacktere Hämmern einer Autokanone folgte, dann Stille. Winston saß in der

Kanzel ihres riesigen, humanoiden *Zyklop* und starrte wütend auf den Taktikschirm. Irgend etwas höchst Seltsames ging hier vor, und sie konnte nicht erkennen, was. Ihre Scouts hatten die vorrückenden Nebelparder bis beinahe in Schußweite Luteras verfolgt. Dann war plötzlich jeder Kontakt mit den Kundschaftereinheiten abgebrochen.

Winston zog eine Kompanie mittelschwerer Battle-Mechs des 6. Kundschafterbataillons, unterstützt von einer Krötenkompanie, voraus in die Nacht, in der Hoffnung, eine Spur des plötzlich unauffindbaren Gegners zu entdecken. Aber von den Pardern war nichts zu sehen. Statt dessen fand die Kundschaftereinheit die ausgebrannten Wracks der vier leichten Schwebepanzer, die den Clannern gefolgt waren.

»Was, zum Teufel, war das?« zischte Winston über den Befehlskanal.

»Tut mir leid, General«, antwortete Major Gary Ribic, einer von Colonel Antonescus Bataillonskommandeuren. »Einer meiner Jungs dachte, er hätte einen Clanner gesehen, aber es war ein Irrtum.«

Verdammt, wir werden wirklich nervös, dachte Winston. Sie drehte sich halb auf der Pilotenliege um und befahl Kip Douglass, auf die Taktfrequenz der ComGuards umzuschalten.

»Colonel Grandi, irgendeine Bewegung an Ihrer Front?«

»Nein, Ma'am«, antwortete Grandi mit verwirrter Stimme. »Wir haben nichts gehört, seit Ihre Scouts die Parder aus den Augen verloren haben. Ich beginne mich zu fragen, ob wir uns den Angriff nur eingebildet haben.«

»Wären da nicht zwölf tote Soldaten und vier zerstörte Panzer«, erwiderte Winston mit scharfer Stimme, »könnte ich Ihnen möglicherweise zustimmen, Colonel.«

»Ja, Ma'am.« Grandi steckte die Zurechtweisung wortlos ein. »Wie lauten Ihre Befehle?«

Winston überlegte einen Augenblick, doch bevor sie antworten konnte, meldete Grandi sich wieder. Diesmal klang seine Stimme überrascht und wütend.

»General, die ComGuards werden angegriffen. Ich wiederhole, wir werden hart angegriffen. Schätzungsweise einhundert Feindmechs greifen meine Stellungen an. Sie geben kein Pardon. Ich habe den Eindruck, daß sie uns vom Raumhafen treiben wollen. Ich brauche Verstärkung, und das sofort!«

»Verdammt«, fluchte Winston erneut. »In Ordnung, Colonel. Halten Sie durch, so gut es geht. Ich schicke Verstärkung. Wenn Sie sich zurückziehen müssen, denken Sie daran, den Raumhafen zu zerstören.« Sie schaltete um und bellte ihre Befehle an die Brigade. »Achtung gesamte Reiterei von Ballerina. Der Feind hat uns umgangen und greift den Raumhafen an. Die ComGuards versuchen die Stellung zu halten, aber der Feind greift massiert an. Wir kommen ihnen zu Hilfe. Magyar, die Rappen begeben sich in direkter Linie zum Raumhafen und verstärken die ComGuards.«

»Magyar bestätigt, General. Wir rücken aus«, antwortete Colonel Antonescu.

»Stonewall. Ihr Regiment dreht nach rechts und schwenkt auf die rechte Flanke der Parder. Sandy, tut mir leid, daß ich Ihnen das antun muß, aber Sie müssen Ihre Linien strecken, um zusätzlich zu Ihren Stellungen die des 21. zu decken. Schaffen Sie das?«

»Natürlich, General.«

Obwohl Barclay nicht zögerte, bemerkte Winston die Unsicherheit in ihrer Stimme.

»In Ordnung«, rief Winston, obwohl ihr klar war, daß keineswegs alles in Ordnung war. »Ausrücken.«

* * *

Galaxiscommander Hang Mehta bemerkte eine Bewegung zu ihrer Linken. Sie drehte den Torso ihres riesigen, schwerfälligen *Kampfdämon-B* und hob die PPK und Impulslaserkanone, die der Mech an Stelle einer linken Hand trug. Ein blaugolden bemalter humanoider Mech trat aus der Deckung eines Wellblechschuppens, eines von Dutzenden, die auf dem Asphalt des Lutera-Raumhafens standen. Ihr Bordcomputer identifizierte die Maschine als *Spartaner*, ein altes Sternenbund-Modell, das schon vor dreihundert Jahren selten gewesen war. Der Mech, der sich ihr jetzt gegenüberstellte, mußte so ziemlich das letzte noch existierende Exemplar seiner Baureihe sein.

Nachdem ihre Vorhut die winzigen Schwebepanzer entdeckt und ausgeschaltet hatte, mit denen die Invasoren ihre Krieger ausspioniert hatten, war Mehta zu einer wagemutigen und seltsam unclangemäßen Entscheidung gekommen. Statt auf einen vorgewarnten und vorbereiteten Feind loszupreschen, hatte sie ihre Formation scharf nach Süden abbiegen lassen und an einem Punkt weit südlich von Lutera den seichten, langsamen Schwarzen Shikari überquert. Ein Gewaltmarsch durch die Dunkelheit und eine weitere Flußüberquerung des weiten, für die Mechs hüfthohen Wassers hatte ihre Truppen in den Osten der Stadt gebracht.

Sie hatte geplant, direkt nach Lutera vorzudringen. Aus Berichten der niederen Kastenangehörigen, denen es gelungen war, den Besatzungstruppen der Inneren Sphäre zu entkommen, wußte sie, daß die Invasoren einige Mühe darauf verwendet hatten, Kämpfe innerhalb der Stadtgrenzen zu vermeiden. Andere hatten ihr mitgeteilt, daß die Barbaren, angeführt von den verächtlichen Mammonsoldaten der Leichten Eridani-Reiterei, geradezu unter Befehl schienen, die Zerstörung aller nichtmilitärischen Objekte zu vermeiden. Wie schwächlich diese Barbaren waren, daß sie sich weigerten, *allen* Besitz ihrer Feinde zu vernichten. Sie würde ganz sicher nicht zögern, die Invasoren zu zermalmen, wo immer sie sich zeigten.

Zusätzlich zu ihrem Hauptschlag gegen die Barbaren in Lutera hatte Galaxiscommander Hang Mehta eine zweite Operation gestartet, die ihr und den Truppen unter ihrem Kommando großen Ruhm eintrüge.

Es ist fast eine Schande, ihn zu vernichten, dachte Mehta mit Blick auf den tonnenförmigen Torso des *Spartaner*. *Möglicherweise ist er der letzte seiner Art.* Sie stieß den Gedanken wütend beiseite und wies sich selbst für diese schwächlichen, närrischen Skrupel zurecht. Ein Sprichwort der Nebelparder besagte, daß jeder, der sich an die Vergangenheit klammerte, in die Vergangenheit gehörte, und sie glaubte von ganzem Herzen an diesen Aphorismus.

Die Zielerfassung des *Kampfdämon* meldete augenblicklich, daß die Feindmaschine sich eindeutig innerhalb der Reichweite sowohl ihrer Extremreichweiten-PPKs wie auch der schweren Impulslaser befand. Kühl und geschickt, mit einer Arroganz, die sich aus dem Wissen speiste, eine der besten Kriegerinnen zu sein, die ihr Clan je hervorgebracht hatte, korrigierte Mehta die Kontrollen leicht nach, bis der Zielpunkt im Zentrum des Fadenkreuzes genau über dem runden Kopf des gegnerischen Mechs lag.

Ein zyanblauer Energiestrahl zuckte krachend aus der linken Brustpartie der ComGuard-Maschine. Der Strom geladener Partikel schlug in das linke Schienbein des *Kampfdämon*. Fiberverstärkte Stahlpanzerung zerschmolz und zerbarst unter der unfaßbaren Hitze und Wucht der von der feindlichen PPK produzierten Teilchenentladung.

Mehta erholte sich schnell. Zwei grellblaue Blitzschläge jagten aus ihren Mechgeschützen, gefolgt von einer Salve Laserimpulse.

Der *Spartaner* wankte, als die künstlichen Blitze und gebündelten Lichtpfeile in seine dicke Panzerung einschlugen. Aber der ComGuard-Pilot fing sich wieder und griff erneut an. Ein PPK-Schuß bohrte sich in Mehtas *Kampfdämon* und schnitt erneut Ferrofibrit aus der Panzerung der Maschine. Sie antwortete dem Barbaren mit einer weiteren Doppelsalve ihrer Energiewaffen. Der Partikelstrahl schlug in das gewellte Metall der Lagerhalle, hinter der sich der *Spartaner* versteckt gehalten hatte. Der Impulslaser fuhr in das rechte Bein des Gegners und schnitt tief in den schweren gehärteten Stahl, der das verwundbare Kniegelenk beschützte. Eine Hitzewelle schlug durch ihr Cockpit, als die Wärmetauscher des OmniMechs sich bemühten, die Betriebstemperatur im vorgesehenen Rahmen zu halten.

In einem Langstreckenduell wie diesem war Mehta im Vorteil. Die meisten Waffen ihres *Kampfdämon* waren darauf ausgelegt, Gegner über Entfernungen von bis zu siebenhundert Metern zu vernichten. Die Extremreichweiten-PPK des *Spartaner* hatte fast dieselbe Reichweite, aber der Rest seiner Bewaffnung war für Gefechte über kürzere Distanzen konzipiert. Anscheinend wußte das auch der ComGuard-Mech-Krieger.

Der *Spartaner* brach aus der zweifelhaften Deckung des Schuppens hervor und stürmte in vollem Galopp auf ihren *Kampfdämon* zu. Ohne sich um die Abwärme einer so gewaltigen Energieentladung zu scheren, feuerte Hang Mehta beide ER-PPKs ab und setzte eine Salve Energieblitze aus beiden schweren Impulslasern in den Armen des OmniMechs hinterher. Schweiß rann über ihr Gesicht und brannte in ihren Augen.

Alle vier Schüsse fanden ihr Ziel. Der *Spartaner* knickte am Hüftgelenk ein wie ein Mensch, dem man in den Magen getreten hatte, als sich beide PPK-Blitze und ein Stakkato-Laserschuß in seinen Torso bohrten. Der zweite Impulslaser peitschte in das bereits beschädigte linke Mechknie. Eine knatternde Explosion zerfetzte das Herz des großen blauen Mechs, als Mehtas Partikelstrahlen seine noch nicht abgefeuerten Kurzstreckenraketen fanden und zur Detonation brachten. Der Pilot stieg nicht aus.

* * *

Colonel Charles Antonescu sah den vom spektakulären Ende des *Spartaner* zeugenden orangeroten Lichtblitz, als er mit seinem Regiment auf das Raumhafengelände stürmte, ahnte aber nichts von dessen Bedeutung. Ein zerbrechlich wirkender *Geier* versuchte, sich ihm in den Weg zu stellen, aber ein konzentrierter Feuerstoß der gesamten BefehlsLanze verwandelte den Clan-Mech in einen qualmenden Trümmerhaufen, bevor der Parder noch seinen dritten Schuß abgeben konnte.

Weitere OmniMechs, unterstützt von weniger vielseitigen, aber keineswegs weniger gefährlichen BattleMechs der Garnisonsklasse, versuchten sie abzufangen. Mit einem wütenden Winken der stählernen Arme seines *Herkules* und einem verächtlichen »Holt sie euch« warf Antonescu sein Regiment in die Schlacht. Die ›Rappen‹ der 151. Leichten Reiterei schienen zwar durch die vorhergegangenen Schlachten geschwächt, aber immer noch ein nicht zu unterschätzender Gegner. Sie warfen sich auf die Parder und zerschlugen Galaxiscommander Hang Mehtas sorgfältig geplanten Angriff wie ein Hammer eine Porzellanvase.

Die ClanKrieger lösten sich von den ComGuards, um sich dieser neuen, potentiell tödlichen Bedrohung an ihrer verletzbaren Flanke zu widmen. Antonescu feuerte einen Schwarm hochexplosiver Bündelgranaten aus seiner Mehrzweck-Autokanone in einen geschwächten Strahl Elementare und vervollständigte den vernichtenden Angriff mit einer Stakkatosalve Laserfeuer. Als Rauch und Staub sich verzogen, lagen zwei der riesigen gepanzerten Infanteristen tot am Boden. Ihre beiden Kameraden jedoch stürmten unaufhaltsam näher. Raketen zuckten durch die Nacht und hämmerten auf die harte Panzerung an Beinen und Torso des *Herkules* ein.

Ein Stoß geladener Teilchenenergie verwandelte den dritten Elementar in einen glühenden Haufen Schrott. Der letzte der genmanipulierten Fußsoldaten sprang in die Höhe, scheinbar entschlossen, sich umzubringen. Ein dumpfes Wummern sagte Antonescu, daß der Elementar es geschafft hatte, an einem der vorstehenden Bauteile an der Oberfläche des siebzig Tonnen schweren Mechs Halt zu finden. Ein blinkendes Warnlicht auf der Statusanzeige informierte ihn, daß der Nebelparder mit myomerverstärkter Muskelkraft die relativ dünne Rückenpanzerung der Maschine angriff.

Kalte Furcht erfaßte Antonescu. Er hatte gesehen, welchen Schaden ein einziger Elementar einem Battle-Mech zufügen konnte, indem er mit seiner stählernen Kampfkralle ganze Panzerplatten abriß. Panisch feuerte er die beiden im Rücken montierten Impulslaser ab, die dazu dienen sollten, den schweren Mech vor ›schwärmenden‹ Elementaren zu beschützen. Die beiden Lichtwerfer erwiesen sich als völlig ungeeignet, den Parder abzuschütteln, der sich wie ein riesiger, metallfressender Parasit in den Leib seines Mechs fraß.

»Kleinen Moment, Colonel«, drang eine Stimme aus den Helmlautsprechern.

Die Hitze im Cockpitinnern schoß in die Höhe, als eine grellweiße Stichflamme über den Rücken des *Herkules* strich. Eine zweite Hitzewelle ließ Schweiß auf

Kopf und Rücken ausbrechen. Die Schadensanzeige blinkte noch einmal auf und brannte dann stetig.

Antonescu wandte den Kopf etwas zur Seite und blickte über den Sichtschirm beinahe ins Cockpit von Sergeant Maxy Houpts *Vulkan*. Der rechte Arm ihres ZündelMechs endete nicht in einer vollmodellierten Hand, sondern in der ausladenden Mündung eines Flammers, aus der noch immer dünner öligschwarzer Rauch aufstieg. Sie hatte den Elementar im wörtlichen Sinn von seinem Rücken gebrannt.

»Merci, Sergeant«, keuchte Antonescu, der in der saunaähnlichen Hitze der Pilotenkanzel kaum noch Luft bekam.

»Pas de probleme, Colonel.« Er konnte Houpt fast grinsen hören. »Tut mir leid, daß ich Ihren Mech anbrennen mußte.«

»Machen Sie sich darüber keine Gedanken, Sergeant. Sie können ihn nachlackieren, wenn wir hier fertig sind.«

»Scheint schon der Fall zu sein.« Houpt gestikulierte mit dem rechten Arm ihres Mechs. »Sieht so aus, als zögen die Parder ab.«

* * *

Die Nebelparder zogen tatsächlich ab, aber nicht so, wie ihre Gegner es erwartet hätten. Die ComGuards waren vom Sturmangriff der Parder aus dem Raumhafen getrieben worden. Dann hatten die ComStar-Truppen, zwischen dem Stadtrand und dem Hafengelände in der Klemme, sich gefangen und jedem weiteren Versuch der Angreifer, sie vor sich her zu treiben, Paroli geboten.

Als ein Regiment der Leichten Eridani-Reiterei in die linke Flanke der Clan-Truppen stieß, hatte die Wucht dieses Angriffs ausgereicht, um die Parder-Formation aufzubrechen und die Clanner nach Norden aus dem Raumhafen zu treiben. Galaxiscommander Hang Mehta verspürte eine beträchtliche Wut darüber, mitansehen zu müssen, wie die Krieger ihres Clans vor einem Feind zurückwichen. Aber sie war eine Kriegerin und nicht gewöhnt, allzuleicht aufzugeben. Außerdem hatte sie noch einen Pfeil auf der Sehne.

Während die überlebenden Krieger Galaxis Deltas den Raumhafen angriffen, hatte sich ein Trinärstern aus den verbliebenen leichten und den schnellsten mittelschweren OmniMechs der Parder vom Rest der Streitmacht abgetrennt und war gegen das symbolische Herz ihres Clans vorgestoßen: Mons Szabo. Es bedeutete eine eiternde Wunde im Innern jedes Kriegers unter ihrem Befehl, zu wissen, daß die dreckigen Barbaren der Inneren Sphäre die Halle der Jäger und das Feld der Helden mit ihrer ehrlosen Gegenwart besudelten. Diese symbolträchtigen Orte zurückzuerobern, und insbesondere das Genetische Archiv, das sich am Fuß des Berges erhob, würde helfen, die Schande und Wut auszulöschen, die jeder Parder-Krieger beim Anblick der Savashri auf Diana empfand.

Mehta hatte den Angriffsplan hastig ausgearbeitet, während ihre Truppen auf dem langen Umweg zweimal den Schwarzen Shikari überschritten hatten. Sie hatte mit dem Gedanken gespielt, den Sturm selbst zu leiten. Sie hätte es genossen, die Barbaren abzuschlachten, die ihre Heimatwelt mit ihrer Gegenwart entweiht hatten, aber ihr Pflichtgefühl hatte ihr keine andere Wahl gelassen, als den Angriff auf die Hauptschlachtreihe der Barbaren zu leiten. Wenn die stärksten Krieger des Feindes tot am Boden lagen, konnte sie ebenfalls zum Mons Szabo vorstoßen.

Als Antwort auf diesen weit ausholenden Flankenangriff starteten die schwergebeutelten St.-Ives-Lanciers einen Gegenangriff. Eine Weile gelang es den

Lanciers, inzwischen nur noch vierundzwanzig zerbeulte Mechs und eine Handvoll Infanterie, die Parder am äußeren Westrand des Stadtgebiets zu stoppen. Als die Hauptstreitmacht der Parder vom Sturmangriff der Leichten Eridani-Reiterei zurückgetrieben wurde, schlugen die Parder aufgrund eines schicksalhaften Zufalls in die Flanke der bis an die Grenze ihrer Möglichkeiten belasteten Lanciers. Die wurden durch das jähe Auftauchen einer größeren, stärkeren Feindeinheit aus unerwarteter Richtung in Panik versetzt und ergriffen die Flucht.

Und dann löste die entsetzte Flucht der St.-Ives-Lanciers, wie das in der Hitze und Konfusion der Schlacht immer wieder vorkommen kann, eine allgemeine Panik der Sternenbund-Streitkräfte aus. Zu Beginn zogen die ComGuards sich noch kämpfend zurück, doch sie wurden schnell ins Stadtinnere Luteras getrieben, wo ihre engen Formationen aufbrachen. Als die Einheit erst zersplittert war, ging auch die Kampfmoral verloren, und die Elite-ComStar-Truppen wichen zurück. Selbst die Leichte Eridani-Reiterei wurde, trotz ihres Eliterangs, zerschlagen vom Feld getrieben. Stolz schwoll Galaxiscommander Hang Mehtas Brust, als sie betrachtete, was ihre zusammengestückelte Galaxis von Überlebenden erreicht hatte.

Ihre nach Rache und dem Blut ihrer Feinde dürstenden Krieger setzten den flüchtigen Truppen der Inneren Sphäre in berserkerhaftem Zorn nach. Mehta wußte nur zu gut, daß eine derartige Jagd sich leicht in ihr Gegenteil verkehren konnte, wenn die Verfolger in eine Falle stürmten und die zerschlagen geglaubten Opfer sich plötzlich auf ihre Peiniger stürzten. In früheren Zeiten hätte sie ihre Krieger ziehen lassen und ihnen gestattet, die Barbaren in einen blutigen Tod zu hetzen. In früheren Zeiten hätte sie sich der Jagd und Hinrichtung derer angeschlossen, die mit ihrer bloßen Anwesenheit den heiligen Boden der Heimatwelt entweihten.

Aber nach der furchtbaren Niederlage auf Tukayyid und der schockierenden Vertreibung ihres Clans aus der Besatzungszone hatte Hang Mehta gelernt, vorsichtig zu sein. Man konnte sich nicht darauf verlassen, daß die Freigeburten der Inneren Sphäre sich wie ehrbare Krieger verhielten, und deshalb hatte sie gelernt, sich darauf einzustellen, daß sie wie ehrlose Briganten und Meuchelmörder agierten. Sie traute es den Stravag-Barbaren zu, einen panischen Rückzug vorzutäuschen, nur um ihre vorpreschenden Krieger in eine feige, mörderische Falle zu locken.

Sie preßte einen Knopf auf der Kommunikationskonsole und schleuderte ihr Kommando über den Befehlskanal. »Achtung, alle Nebelparder. Brecht die Verfolgung ab. Ich wiederhole, brecht die Verfolgung ab.« Die Worte blieben ihr fast im Halse stecken, aber sie wußte, daß sie ausgesprochen werden mußten. »Der Feind ist auf der Flucht. Wir werden ihm den Abzug gestatten. Wir haben unser Tagesziel erreicht. Wir haben die Barbaren aus Lutera vertrieben. Unsere Hauptstadt und die Halle der Krieger sind wieder in unserer Hand.«

13

**Lager der Leichten Eridani-Reiterei, Mons Szabo,
Lutera, Diana
Kerensky-Sternhaufen, Clan-Raum**

27. März 3060

Generalin Ariana Winston hatte fast eine Stunde gebraucht, um ihre fliehenden Truppen erneut zu sammeln. Bis dahin waren die Lanciers in alle Himmelsrichtungen und über die Lutera-Ebene auf und davon. Die ComGuards strömten noch langsam, aber sicher in den Sammelpunkt nordwestlich der Stadt. Nur die Leichte Reiterei war weiterhin einigermaßen intakt, hauptsächlich, weil sie den geringsten Feindkontakt gehabt hatte. Aber es existierten noch zwei Gruppen, die ihr Sorgen machten. Als die Söldner sich von den Kämpfen am Raumhafen zurückzogen, hatte Winston den Befehl über die Brigade an Colonel Amis übergeben.

»Ich habe etwas zu erledigen, Ed«, erklärte sie ihrem Stellvertreter. »Und ich will es nicht über Funk tun. Ich nehme die BefehlsKompanie auf einen kleinen Ausflug mit. Bring die Brigade an den Sammelpunkt und warte auf uns. Wenn wir in zwei Stunden nicht zurück sind, gehört die Brigade dir.«

»In Ordnung, General.« Amis schien zu verstehen. »Wir sehen uns.«

Der Ausflug führte Winston, die zehn Mechs und die beiden Schwebepanzer mit Höchstgeschwindigkeit um den Westrand der Stadt auf das Feld der Helden. Als sie dort ankam, war der überwiegende Teil der Hilfstruppen Schlanges bereits abgezogen. Es warf ein gutes Licht auf die Techs und sonstigen Hilfsmannschaften, daß sie in der Lage waren, in kürzester Zeit ihre Zelte abzubrechen, ohne mehr als ein Minimum an Ausrüstung zurückzulassen.

Sie ignorierte die vereinzelten Überbleibsel an Material und marschierte mit ihrem Neunzig-Tonnen-Kampfkoloß geradewegs über das Feld. Sie hielt erst an, als sie die niedrige Pyramide erreichte, in der das Genetische Archiv der Nebelparder untergebracht war. Eine dunkle, gepanzerte Gestalt, die nur durch die Nachtsichtoptik ihres Mechs zu erkennen war, hockte im engen Eingang und zielte mit einem Raketenwerfer auf den Kopf des *Zyklop*.

»Entwarnung, Soldat«, rief sie über den Lautsprecher des überschweren Mechs. »Ich bin General Winston.«

Einen Augenblick lang zögerte der beinahe unsichtbare Soldat. Die Mündung des Raketenwerfers blieb ohne das geringste Zittern auf die durchsichtige Polymerpanzerplatte gerichtet, die als Cockpitdach des ZP-11-C diente. Dann winkte der Krieger, stand auf und senkte die Waffe. Als er das Visier seines *Kage*-Krötenpanzers hob, gab er sich als niemand Geringerer denn Major Michael Ryan von den Draconis Elite-Sturmtruppen zu erkennen.

Winston verriegelte die Kniegelenke des *Zyklop* und warf den Schalter um, der die Kettenleiter des Mechs entrollte. Der neun Meter lange Weg hinab zum Boden schien den letzten Rest ihrer Kraft zu kosten. »Was, zum Teufel, machen Sie hier, Major?« bellte sie. »Und weshalb stehen *Sie* auf Posten?«

Ryan blinzelte überrascht. »Gomenasai.« Er verneigte sich, soweit es der Krötenpanzer gestattete. »Es tut mir leid, Winston-sama. Ich habe Ihre Befehle mißverstanden. Sie haben mich angewiesen, hierzubleiben und die Verwundeten zu beschützen. Eben dies tun meine Leute und ich. Und der Grund für meine Anwesenheit als Posten liegt darin, daß wir bei so wenigen kampfbereiten Truppen alle unseren Teil tragen müssen. Ich bin an der Reihe.«

Winston stockte. Auf äußerst taktvolle Weise hatte

Ryan sie daran erinnert, daß er nur die letzten Befehle befolgte, die sie ihm gegeben hatte, im Gegensatz zum Rest der Nordgruppenarmee, die aus der Schlacht geflohen war.

»Nein, Major.« Sie lachte traurig und strich sich mit der Hand über das kurze, schweißnasse Haar. »Ich sollte mich entschuldigen. Ich hätte Sie nicht so anfahren dürfen.«

»Shigataganai. Es ist ohne Bedeutung.«

Winston nickte und beendete diesen Teil des Gesprächs. »Major, ich möchte, daß Sie all Ihre Ausrüstung und sämtliche Leute nehmen, die noch gehen können, und in Richtung Sammelpunkt verschwinden.«

Ryan nickte und verschwand im abgedunkelten Innern der Pyramide.

Das Genetische Archiv war einmal ein beeindruckendes Gebäude gewesen, bewußt mit dem Ziel erbaut, jeden, der einen Fuß in seinen Einzugsbereich setzte, daran zu erinnern, daß er für die Clans heiligen Boden betrat. Das kavernengleiche Innere des Bauwerks war aus dem lebenden Fels gehauen. Der Boden war mit schwarzen, grauen und weißen Marmorfliesen ausgelegt, die ein Muster aus springenden Pardern bildeten. Die Wände waren auf ähnliche Weise mit schwarzem Granit gekachelt. Dutzende von Siegeln bedeckten die polierten Steinwände in strikt reglementierten Rängen und Spalten. Jedes Siegel trug einen Namen und eine lange, alphanumerische Kennung. Aus Trents Geheimdienstbericht wußte Winston, daß jedes dieser Siegel ein ›Giftake‹ verbarg, das genetische Material eines Blutnamensträgers. Dies war das Herz und die Seele des Clans Nebelparder, und der Urquell seines Genmanipulations- und Menschenzuchtprogramms.

Außerdem war es das Feldlazarett der Nordgruppenarmee.

Als lebenslange Soldatin hatte Ariana Winston schon so ziemlich jede unangenehme Ausprägung des von Grund auf unangenehmen Kriegshandwerks gesehen, aber ein Anblick, der jedesmal wieder bittere Galle in ihrer Kehle aufstiegen ließ, war der eines militärischen Feldlazaretts.

Verwundete und Sterbende lagen auf dem kalten Steinboden, in Decken gehüllt, mit eingerollten Uniformjacken oder mit Lumpen gestopften Tornistern als Kopfkissen. Manche waren gnädigerweise ohnmächtig, aber nicht alle. Unter denen, die bei Bewußtsein waren, litten manche die Folter ihrer Schmerzen in Schweigen. Andere stöhnten leise und unterdrückt, wenn Morphium und andere Schmerzmittel sich nicht völlig zwischen den Soldaten und seine Verletzungen drängen konnten. Die Luft war erfüllt von einem Gestank, wie er nur in einem militärischen Feldlazarett zu finden ist, und sich zu gleichen Teilen aus Blut, Desinfektionsmitteln und Angst bildete. Die Parder hatten diesen Raum mit gedämpfter Beleuchtung ausgestattet, um ihn ehrfurchtgebietend erscheinen zu lassen. Die Medoteams hatten stärkere Lichtanlagen mitgebracht, die würdevollen Schatten durch grelle, gnadenlose Helligkeit verdrängten.

Das medizinische Personal der Einsatzgruppe hatte die zeremonielle, beinahe levitische Einrichtung des Hauptsaals beiseite geschafft. In der Nähe des Haupteingangs der Pyramide war ein Triagerevier eingerichtet. Blut aus zahllosen Wunden hatte den wundervoll ausgelegten Marmorboden stumpf rostbraun eingefärbt. Winston fragte sich, ob die Lazaretthelfer nicht zumindest versucht hatten, ihn zu säubern. Dann schauderte sie, als ihr eine Gruselgeschichte aus ihrer Kindheit in den Sinn kam, in der ein nach einem brutalen Mord zurückgebliebener Blutfleck immer wiederkehrte, trotz aller Versuche des Hauseigentümers, ihn zu entfernen.

»Doktor Fuehl!« brüllte sie, um den Chefarzt der Leichten Reiterei zu sich zu rufen.

»Ruhig, verdammt«, schnappte ein kleiner, hagerer Mann, der über seiner Tarnmontur einen blutbefleckten grünen Kittel trug. »Hier liegen Verwundete, die ihre Ruhe brauchen.«

»Tut mir leid, Doktor, aber die werden sie wohl nicht bekommen.« Winston senkte die Stimme, aber nicht den Ton. »Wir sind aus der Stadt vertrieben worden. Die Parder sind hierher unterwegs. Sie müssen alles und jeden zusammenpacken, der sich bewegen läßt, und von hier verschwinden.«

»Nein, Ma'am.« Fuehl rollte den Kopf, um das Brennen der verspannten Nackenmuskulatur zu lindern. »Einige dieser Leute dürfen nicht bewegt werden, und ich kann sie nicht zurücklassen. Sie stehen unter meiner Obhut, und ich werde sie nicht verlassen.« Der MedTech hob die Hand und wehrte Winstons Einwand ab. »Sie würden keinen abgesessenen oder verwundeten MechKrieger zurücklassen, oder? Ich werde keinen meiner Patienten zurücklassen. Das ist endgültig.«

»Um Gottes willen, Doktor...«, setzte Winston an.

»Nein, General, um der Menschen willen«, erwiderte Fuehl. »Einige dieser Leute werden sterben, was auch immer wir ihnen an medizinischer Betreuung zukommen lassen. Das einzige, was ich für sie tun kann, ist ihre Schmerzen zu lindern. Andere können überleben, wenn sie die richtige Behandlung bekommen, und das bedeutet ganz sicher nicht, in einer ruckenden Ambulanz kreuz und quer durch die Hölle kutschiert zu werden. Wenn sie mir befehlen abzuziehen, muß ich sie mitnehmen. Diejenigen, die bestimmt sterben werden, werden sterben, aber erst nach Stunden sinnloser Höllenqualen. Einige von denen, die es hätten überleben können, werden ebenfalls sterben. Der Rest wird schlimmste Folterqualen erdulden müssen, wenn sie aus diesem Lazarett gezerrt werden.«

Lange Sekunden starrte sie den dunkelhäutigen MedTech an. Dann gestand sie sich ein, daß Fuehl recht hatte, und gab nach. »Na schön«, knurrte sie. »Ich halte Sie zwar für völlig von Sinnen, aber gut. Sie wissen hoffentlich, daß die Parder Sie wahrscheinlich alle abschlachten werden, wenn sie herausfinden, daß Sie ihr Genetisches Archiv als Lazarett benutzt haben?«

»Ich weiß, General.« Fuehl lächelte traurig. »Aber ich kann meine Patienten trotzdem nicht im Stich lassen.«

»General, ich würde auch gerne hierbleiben.« Ein großer, stämmig gebauter Mann mit graumeliertem braunem Haar und buschigem Schnauzbart trat zu ihnen. Seine Montur war ein wenig sauberer als die Fuehls. Um seinen Hals hing an einer schweren Kette ein silbernes Kreuz. »Wie Doktor Fuehl schon sagte, werden einige dieser Leute sterben. Mein Platz ist hier bei ihnen. Vielleicht kann ich noch etwas für sie tun, bevor sie von uns gehen.«

Winston schloß die Augen und nickte traurig. Es hatte keinen Zweck, mit Captain D. C. Stockdale noch zu diskutieren, wenn ihr Brigadekaplan erst einmal einen Entschluß gefaßt hatte. Ihr Geschäft, so hatte er ihr einmal erklärt, bestand darin, Schlachten zu gewinnen, und das seine, Seelen zu gewinnen. Das Totenbett war Stockdales letzte Schlacht.

»Na schön«, seufzte sie. »Sie beide dürfen bleiben. Doktor, suchen Sie sich genug Leute aus, die Ihnen bei den Verletzten helfen können, die nicht bewegt werden dürfen. Wir lassen ihnen an Vorräten da, was wir können. Alle anderen kommen mit. Sofort.«

* * *

Keine Stunde später war das zum Feldlazarett umfunktionierte Archiv vom größten Teil der Verwundeten der SBVS befreit. Nur die Schwerstverletzten blieben zurück, zusammen mit Fuehl, Stockdale und einer Handvoll MedTechs. Auch alle verletzten Parder blieben im Archiv. Die Clanner würden sie besser versorgen können, und auf diese Weise kosteten sie die Einsatzgruppe nichts ihrer begrenzten Medikamentenvorräte.

Als sie sich müde auf ihre Pilotenliege fallen ließ, starrte Winston auf die winzige Fahrzeugkolonne hinab, die nach Westen zum Sammelpunkt kroch.

»General?« sprach Kip Douglass sie leise vom Platz des Komm- und Ortungsspezialisten im Doppelcockpit der großen Maschine an.

»Mir geht es gut, Kip«, antwortete sie. »Ich hoffe nur, ich habe nicht gerade ihre Todesurteile unterschrieben.«

14

**Befehlsposten der Südgruppenarmee,
Dhuansümpfe, Diana
Kerensky-Sternhaufen, Clan-Raum**

28. März 3060

Seit zwei Tagen schleppten sich die zerschlagenen Überreste der Südgruppenarmee jetzt schon durch den dicken, klebrigen Schlamm der Dhuansümpfe. Falls Andrew Redburn je irgendwo einen übleren Morast gesehen oder gerochen hatte, konnte er sich zumindest nicht daran erinnern. Er dachte an Berichte aus längst vergangenen Jahrhunderten, darüber, wie Soldaten in irgendeinem Kleinkrieg im Südostasien des späten zwanzigsten Jahrhundert durch tiefe, schlammige Sumpfgebiete hatten waten müssen, in der Hoffnung, feindliche Guerilleros auszuräuchern. Er hatte sogar in Holovid umkopierte Filme von jungen Männern in mattolivgrünen Uniformen gesehen, die manchmal bis zur Brust in dreckigem Brackwasser wateten, die Gewehre über den Kopf gehoben.

So scheußlich diese Berichte auf den trockenen Seiten eines Geschichtsbuches auch schienen, Redburn war sich sicher, daß keiner dieser Sümpfe schlimmer gewesen sein konnte als der stinkende Morast, der sich von dem Augenblick an um sie geschlossen zu haben schien, an dem sie sich von der Schlachtlinie zurückgezogen hatten.

In seinem Innern loderte es. Er selbst war schon früher vom Schlachtfeld gedrängt worden, aber dies war das erstemal in seiner langen Laufbahn als Soldat, daß Andrew Redburn gezwungen gewesen war, seinen Leuten den Rückzug zu befehlen. Es brannte in seinem Herzen wie Napalm und ließ sich nicht löschen.

Rings um ihn herum schleppten sich die zerschossenen, verbeulten Mechs seiner zerschlagenen Streitmacht durch den tiefen Morast der Sümpfe. Zu Beginn war es noch ein geordneter Rückzug gewesen. Die Kampfeinheiten hatten sich befehlsgemäß einzeln vom Feind gelöst, waren ein kurzes Stück zurückgewichen und dann wieder umgedreht, um ihren Kameraden das nötige Deckungsfeuer zu deren Rückzug zu geben. Aber die Parder hatten nicht lockergelassen. Sie hatten den Vorteil, den ihnen die neuen, unbeschädigten OmniMechs gaben, voll ausgenutzt und die sich zurückziehende Sternenbund-Armee unter Druck gesetzt. Zwei OmniJägersterne waren im Tiefflug über die Südgruppeneinheiten gedonnert und hatten sie unter Beschuß genommen. Das war das Signal zur panischen Flucht gewesen.

Redburn war sich nicht sicher, wer als erster aus der Formation gebrochen und blindlings davongestürzt war. Er wußte nicht einmal, zu welcher Einheit er gehörte. Nur, daß ein einzelner BattleMech, ein *Hermes II*, plötzlich mit Höchstgeschwindigkeit in Richtung Sümpfe gerannt war. Dann hatte ein anderer Krieger die Nerven verloren und nach ihm eine Gruppe von dreien. Schon bald hatte die Panik die ganze Armee ergriffen. Masters, MacLeod und er hatten versucht, die Stampede aufzuhalten, ebenso wie einige ihrer Offiziere, aber ohne Erfolg. Die flüchtende Menge hatte sie einfach mitgerissen.

Als sie die Lage wieder unter Kontrolle bekommen hatten, war die Armee zerschlagen, in den stinkenden Dhuansümpfen auf und davon. Manchen Berichten zufolge hatten einige Northwind Highlanders sich in die felsigen Dhuanberge südlich des Osissees zurückziehen können. Redburn hatte seine Zweifel, was das betraf. Die Berge lagen über zweihundert Kilometer südwestlich der letzten soliden Stellungen der Highlanders. Es wäre für Sternenbund-Kräfte unmöglich gewesen, eine derart lange Strecke zurückzulegen, ohne von den gnadenlos angreifenden Pardern entdeckt und aufgerieben zu werden.

Soweit es irgendwer feststellen konnte, war fast die Hälfte der Südgruppenstreitkräfte tot, verwundet oder während des Rückzugs verschwunden. Redburn war klar, daß er und niemand sonst die Schuld für diese beschämende Niederlage würde tragen müssen. Gelegentlich fanden einzelne Mechs zurück zu den Linien, während die flüchtende Armee sich tiefer in die Sümpfe zurückzog. Zu Beginn ließ die Ankunft dieser Nachzügler Redburns Kampfmoral ein wenig steigen, denn sie gaben ihm Hoffnung, doch nicht ganz so viele Leute verloren zu haben, wie er befürchtete. Aber dieser Optimismus erstarb schnell, als der Zufluß von Nachzüglern nach einem Dutzend vermißter Krieger versiegte.

»Löwe von Dundee«, rief MacLeod ihn an. In seiner Stimme lag ein Unterton von Mattigkeit und Sorge, den auch der metallische Effekt der Helmlautsprecher nicht verdecken konnte. »Wir haben möglicherweise ein kleines Problem hier.«

»Dundee von Löwe, ich höre.« Redburn glaubte seine ganze Erschöpfung und Niedergeschlagenheit in seiner Stimme hören zu können.

Verdammt, ich hoffe nur, ich höre mich nicht wirklich so schlimm an, wie es mir vorkommt.

MacLeod jedenfalls schien es nicht zu bemerken. »Hören Sie sich das an, General.«

Die Stimme des Söldners wurde durch eine von Rauschen überlagerte Meldung ersetzt, deren hohler, blecherner Klang Redburn zu der Überzeugung brachte, eine Aufzeichnung zu hören. »Dundee Eins von Schleicher Sechs.« Die Stimme war jung und voller Angst. »Ich orte Bewegung, jede Menge. Wir sind bei ... äh ...« An diesem Punkt brach die Sendung ab. Als MacLeod sich wieder in die Leitung schaltete, erklärte er es.

»General, das war jemand aus meiner Nachhut. Seine Sendung brach am Ausgangspunkt ab, und wir können die Verbindung nicht wieder herstellen. Wenn er sich da aufgehalten hat, wo er hätte sein sollen, war er etwa zwei Klicks südöstlich meiner derzeitigen Position. Ich habe meine Regimenter umdrehen lassen und zu etwas Ähnlichem wie einer Schlachtreihe formiert. Wenn das die Parder waren, die Schleicher eingeholt haben, sind sie kurz hinter uns.«

* * *

Sterncolonel Wager verfluchte den dicken, klebrigen Morast, der mit jedem platschenden, gegen die Saugwirkung des Schlamms ankämpfenden Schritt die Kraft aus ihm und seinem OmniMech zu saugen schien. Er verfluchte die feigen Freigeburten der Innere-Sphäre-Truppen. Er verfluchte selbst saKhan Brandon Howell dafür, daß er den älteren Kriegern des Herz des Parder befohlen hatte, den Feind in die stinkenden Dhuansümpfe zu verfolgen, während er und seine Leibgarde auf dem trockenen und festen Grund im Osten Wache hielten.

Wager wäre es zufrieden gewesen, den Feind in die Sümpfe verschwinden zu lassen. Früher oder später würde er sie wieder verlassen oder verhungern müssen. Im Sumpfgebiet gab es kaum eßbare Pflanzen und Tiere. Der größte Teil der Vegetation war entweder ungenießbar oder sogar giftig, und eine ganze Reihe der im Sumpf lebenden Kreaturen bedeuteten eher eine Gefahr als eine Beute. Den Invasoren würde nichts anderes übrigbleiben, als irgendwann wieder aufzutauchen. Aber so lange wollte Howell nicht warten. Er hatte Wager befohlen, den Feind aufzuscheuchen und zu vernichten, und als loyaler Nebelparder-Krieger war Wager verpflichtet, ihm zu gehorchen.

Es war nicht leicht, durch die Sümpfe zu marschieren. Etwa alle zwölf Meter mußten sie anhalten, während einer seiner Sternkameraden sich aus dem dicken, klebrigen Morast befreite. Zweimal war sein *Bluthund* so festgefahren gewesen, daß es eine gemeinsame Anstrengung erfordert hatte, die sechzig Tonnen schwere Maschine wieder in Bewegung zu setzen. Die ineinander verwobenen Sumpfgräser, Lianen und Mangroven formten undurchdringliche Barrieren, die mühsam umgangen werden mußten. Unter diesen Bedingungen die Einheit zusammenzuhalten war ein Alptraum.

Nachdem sie die flüchtenden Truppen der Inneren Sphäre den größten Teil des Tages verfolgt hatten, war deren Spur erkaltet. Der feindliche Kommandeur schien seine panischen Verbände kurz nach ihrer blinden Flucht aus der Schlacht wieder in den Griff bekommen zu haben. Abgesehen von ein paar Nachzüglern bewegte der Feind sich inzwischen mit erkennbarer Disziplin, was eine Verfolgung schwieriger machte.

Wager hatte Kundschafter ausgeschickt, in der Hoffnung, eine Spur der Barbaren zu entdecken. Lange Stunden waren vergangen, ohne daß eine Meldung der Scouts eintraf. Dann erreichte ihn endlich eine Meldung, als er bereits daran dachte, die Suche abzubrechen.

»Sterncolonel, hier ist Sterncaptain Rohana. Wir haben Kontakt mit den Northwind Highlanders.« Es folgte eine Reihe von Zahlen, die den Feind wenige Kilometer südlich seiner Position plazierte. Beinahe wäre Wager an ihm vorbeigelaufen.

»Gut gemacht, Sterncaptain. Alle Einheiten sammeln. Einpeilen auf Sterncaptain Rohanas Position. Stellt und vernichtet den Feind, wo immer ihr ihn seht.«

Ohne darauf zu achten, ob seine Sternkameraden ihm folgten, wendete Wager seine schwerfällige Maschine nach Süden.

* * *

»Vorrsicht, Ken, Parderr auf neun Uhr.«

Kensie Gray drehte den Torso seines SLG-11E *Schläger* nach links, gerade rechtzeitig, um eine Autokanonensalve einzustecken. Das Stakkato der Detonationen sprengte flache Krater in die dicke Panzerung des Mechs und zerstörte das kreisrunde silberne Wappen auf der linken Schulter. Einen schottisch-gälischen Fluch brüllend, schlug der junge Highlander mit einem künstlichen Blitzschlag aus der am linken Handgelenk des *Schläger* montierten PPK zurück.

Die massive Energieentladung schlug ins abgerundete Schultergelenk des *Schwarzfalke-B*, zerschmolz dessen Panzerung und stieß den vorgebeugten Omni-Mech einen halben Schritt nach hinten. Die kleine Clan-Maschine erholte sich schnell und stürmte weiter durch das Sumpfwasser heran.

Gray pumpte einen zweiten PPK-Blitz in den anrückenden Feindmech und schickte mit einem Stich des Bedauerns die letzte Salve Kurzstreckenraketen auf ihre an einen Korkenzieher erinnernde wirbelnde Flugbahn über das wäßrige, lianenverwachsene Schlachtfeld. Der dumpfe Knall der KSR-Lafette, als die Nachladeautomatik keinen neuen Raketenpack zur Einspeisung in die Abschußrohre fand, klang in seinen Ohren wie das Knallen des Richterhammers bei der Verkündung eines Todesurteils.

Während des gesamten, widerwärtigen Rückzugs durch die Sümpfe hatten Private Kensie Gray und die Royal-Black-Watch-Kompanie der Northwind Highlanders die Rückendeckung übernommen. Ihre Einheit gehörte zu den wenigen, die am Ende der Schlacht des Vortages nicht in blinder Panik die Flucht ergriffen hatten. Die Black Watch und ein paar Ritter der Inneren Sphäre waren zurückgeblieben, um die Parder aufzuhalten, so lange sie konnten. Als endlich der Befehl zum Abzug gekommen war, hatten nur noch drei Maschinen der Black Watch gestanden. Die anderen hatten ihr Leben gegeben, um weitere zu retten.

Da sie die Nachhut war, trafen die Nebelparder-Verfolger zuerst auf die Black Watch. Jetzt fiel es wieder ihnen und den Highlanders zu, sich so teuer wie möglich zu verkaufen, bis der Rest der Armee sich formiert hatte. Gray lachte und sandte sein helles, fröhliches Lachen über die Funkfrequenzen des Feindes. »Komm nuh, mein Niowenchet, ye dummes kleines Kätzchen«, verspottete er die Parder. »Komm und schau, wie ein wahrer Mann seine Feinde errledigt.«

Der *Schwarzfalke* sprang auf ihn zu wie eine angreifende Raubkatze, sein Pilot war von der Beleidigung seines Gegners offensichtlich in blinde Wut versetzt.

Gray badete in der Lust am Kampf und fühlte eine Gleichgültigkeit seinem möglichen Tod gegenüber, wie er sie nie zuvor gekannt hatte. Er spießte den Parder-Mech mit zwei PPK-Schüssen auf, und die sonnenhellen Partikelstrahlen schlugen krachend in die spindeldürren Beine und den hängenden Torso der Clanmaschine. Dann hatte der Nebelparder ihn erreicht. Der Aufprall des anstürmenden OmniMechs brachte Grays *Schläger* zum Wanken und zu Fall. Der Parder erholte sich zuerst von dem Sturz und trat mit einem schlammverschmierten Mechfuß aus. Gray riß den linken Arm der Maschine hoch, um das nur leicht gepanzerte Cockpit zu beschützen, und blockte den Tritt mit dem Ellbogen ab. Panzerplatten beulten ein und wurden abgerissen, als der Clanner noch zwei knochenbrecherische Tritte in den erhobenen Mecharm setzte. Ein vierter Schlag des seltsam vogelkrallenartigen Metallfußes zerschmetterte die gehärteten Metallstreben des Arms, brach ihn in der Mitte des Oberarms entzwei und ließ das zerbeulte Metallglied sich überschlagend in den dampfenden Morast davonfliegen.

»So, du wertlose Freigeburt«, drang die spöttische Stimme des Nebelparders aus Grays Funkgerät. »Jetzt werde ich dir zeigen, wie ein wahrer Krieger seine Feinde erledigt.«

Der *Schwarzfalke* streckte die ausladenden Arme aus. Gray sah zu und war überraschend gelassen, als die klaffenden Mündungen eines schweren Lasers und einer Schnellfeuerautokanone sich auf sein Cockpit richteten.

Der Todesstoß kam nicht.

Ein Laserschuß zuckte vor den Füßen der Clanner-Maschine in den Schlamm und zerkochte die nasse Erde zu schmutzigem Dampf. Gray brüllte auf wie ein Dämon und trat mit dem schweren Fuß des *Schläger* aus. Der Tritt traf voll in eine der klaffenden Breschen in den dürren Beinen des *Schwarzfalke*. Obwohl dem Angriff durch die halbliegende Stellung des Mechs einiges an Kraft fehlte, war er gut gezielt. Der gedrungene OmniMech schwankte und fiel in den Morast.

Mit den Kontrollen, dem glitschigen Schlamm und dem fehlenden linken Arm ringend, rollte Gray seinen Mech auf die Knie. In einem einzigen, gewaltigen Hieb trieb er die rechte Faust des *Schläger* mit der am Handgelenk montierten PPK in die Kanzel des Gegners. Plaststahl zerbarst, als das Cockpitdach unter dem Schlag zersprang. Von einer blinden Wut erfaßt, wie sie häufig auftritt, wenn man auf dem Schlachtfeld dem Tod noch einmal von der Schippe gesprungen ist, löste Gray die PPK aus.

Die Waffe hatte keinen Raum, den Partikelstrahl zu bündeln, aber das spielte keine Rolle. Die gewaltigen

Energien der Entladung strömten in den verwüsteten OmniMech. Das Cockpit des *Schwarzfalke* glühte dunkelrot auf, als der künstliche Blitzschlag alles im Innern des kleinen Raumes einäscherte. Falls der Clanpilot seinen Beitrag zum Zuchtbestand des Clans noch nicht geleistet hatte, würde er es jetzt auch nicht mehr tun, denn jede Spur seines genetischen Materials war soeben in der übelriechenden Luft der Dhuansümpfe verdampft.

Ein Schatten fiel über Grays Mech. Er riß die Mechfaust aus dem brennenden Wrack. Die glühende Mündung der PPK schwenkte, fast als hätte sie einen eigenen Willen, herum und richtete sich auf die tonnenförmige Brustpartie eines *Hurone*.

»War's das, Boyo?« Colonel MacLeods Stimme schien aus weiter Ferne zu kommen.

»Aye, Sir.« Gray blinzelte, schüttelte krampfartig den Kopf, versuchte, den roten Nebel zu vertreiben, der sich über seine Augen gelegt hatte. »Aye, Sir. Das war's.«

»Gut, Laddie, denn damit wirste nichts mehr killen.« MacLeods Stimme kam ein wenig näher. Sie war kalt und hart. »Das eignet sich jetzt nur noch als Keule.«

Gray blickte auf den ausgestreckten rechten Mecharm. Der gesamte Lauf der PPK war der Länge nach aufgeplatzt.

»Du hast Glück, daß dir das ganze Geklump nicht um die Ohren geflogen ist. Jetzt mach, daß du wieder auf die Beine kommst, und deck unsere Flanke.«

* * *

Zwei Kilometer entfernt bemühte Andrew Redburn sich, den Kampf zu organisieren. Anscheinend hatten die Parder die Nachhut der Highlanders eingeholt und waren massiv zum Angriff übergegangen. Zehn

Minuten später meldeten die nördlichsten Einheiten der Kathil-Ulanen, ebenfalls angegriffen zu werden. Zwischen zwei Feuern wendete Redburn die Ulanen in einem verzweifelten Versuch, die Flanke zu halten, nach Norden. Er versuchte, sich mit Colonel MacLeod zu verständigen, und hörte, daß der die Überlebenden seiner Einheit bereits in den Kampf geworfen hatte.

Redburn nahm Kontakt mit dem letzten seiner Kommandeure auf. »Colonel Masters, irgendeine Bewegung in Ihrem Gebiet?«

»Löwe von Paladin, unser Operationsgebiet ist frei.«

»Wir können wohl auf Codenamen verzichten, Colonel. Die Parder wissen, gegen wen sie kämpfen«, meinte Redburn ärgerlich. »Bringen Sie Ihre Leute nach Norden, aber leicht nach Westen versetzt. Ich möchte sie in Position haben, MacLeod oder die Ulanen zu unterstützen, falls den Clannern ein Durchbruch gelingt.«

»Verstanden, General.« Masters klang nicht gerade erfreut. Wahrscheinlich hatte er den Ritter beleidigt, als er vorschlug, die Verwendung der Codenamen aufzugeben.

»Löwe von Tiger Zwo. Die Parder stoßen von uns aus gesehen nach links vor, und wenn wir nicht bald Hilfe bekommen, verlieren wir die Front.« Tiger Zwo war der Captain mit Befehl über das 2. Bataillon der Ulanen. Nach dem Tod Major Curtis' während der planetaren Invasion hatte dessen Stellvertreter seine Nachfolge angetreten.

»Durchhalten, Tiger Zwo. Ich arbeite daran.« Redburn wechselte den Kanal. »Colonel Masters, beeilen Sie sich. Meine linke Flanke droht zusammenzubrechen.«

Aus Masters' Stimme war alle Säuerlichkeit verschwunden, als er den Befehl bestätigte.

Redburn saß besorgt im Cockpit des *Daishi* und beobachtete auf dem Taktikschirm, wie sich die Schlacht entwickelte. Soweit es der kleine Gefechtscomputer feststellen konnte, befanden die Ritter sich etwa drei Kilometer südlich der Ulanen-Gefechtslinie. Unter gewöhnlichen Umständen wäre diese Entfernung vernachlässigbar klein gewesen. Selbst die schwersten Mechs konnten sie in höchstens fünf Minuten zurücklegen. Aber in dem tückischen Gelände, durch das sich die Ritter hier kämpfen mußten, schätzte Redburn, daß es sie mindestens das Doppelte an Zeit kostete, in das Gefecht einzugreifen, und zehn Minuten waren auf einem modernen Schlachtfeld eine Ewigkeit.

Während er noch zusah, warfen die Parder immer mehr Mechs in die Schlacht. Die Ulanen zogen ihre winzige Reserve an die Front, um ihre Reihen auszudehnen und zu verstärken. Aber es genügte nicht. Innerhalb kurzer Zeit gelang es den Pardern, die linke Flanke zurückzudrängen, und sie drohten, einen Kessel zu formen.

»BefehlsLanze, mir nach!« brüllte Redburn über die taktische Frequenz der Ulanen. Als er den *Daishi* in einen schwerfälligen, platschenden Laufschritt beschleunigte, rief er Paul Masters noch einmal an. »Masters, beeilen Sie sich. Die Parder haben meine Flanke zurückgedrängt.«

»Zwei Minuten, General.« Masters' Stimme hatte die typische, zerhackte Qualität eines Piloten in einem BattleMech in gestrecktem Galopp.

Der Mann mußte wahnsinnig sein, in seinem Mech durch überflutetes Sumpfland zu rennen. *Mag sein, daß er verrückt ist*, dachte Redburn, biß die Zähne zusammen und kämpfte mit den Kontrollen, *aber er ist auf eine gute Art verrückt.*

Eine gedrungene Metallsilhouette ragte vor ihm zwischen den Bäumen auf. Er brachte den OmniMech jäh und schlitternd zum Stehen und zog das Fadenkreuz über die in Tarnfarben bemalte Gestalt, drückte jedoch nicht ab. Die hohe, hagere Gestalt war ein *Paladin* der Kathil-Ulanen.

»Was geht hier vor?« fragte Redburn und trat neben den Mech.

»General, wir werden zurückgedrängt, und nicht zu knapp!« Der MechKrieger brüllte fast ins Mikrophon. »Die Parder haben uns umgangen. Wir mußten zurückweichen, um nicht eingekesselt zu werden.«

»Wo ist die Frontlinie?« fragte der General, der jedes Vertrauen in seine Taktikanzeige verloren hatte.

»Sir, das hier *ist* die Frontlinie.«

Redburn sah sich im nebelverhangenen Sumpf um. Nach Norden konnte er gerade noch die Umrisse eines zerbeulten *Kriegsbeil* erkennen. Im Süden war nichts zu sehen. »Herhören!« schrie er ins Funkgerät des *Daishi*. »Wir sind die Flanke. Wenn die Parder uns noch einmal umgehen können, sind wir eingekesselt und werden niedergemacht. BefehlsLanze, entlang dieser Linie formieren. Dreißig-Meter-Abstand, und laßt keinen von ihnen durch.«

»Sir, da kommen Sie!« schrie der Pilot des *Paladin*.

Aus dem Nebel trat ein einzelner Stern Clan-Mechs. Zwei waren sichtbar mitgenommene, zusammengeflickte OmniMechs. Der Rest bestand aus älteren Garnisonsklasse-Modellen.

Redburn zielte mit den Waffen des *Daishi* auf den vordersten Omni, einen riesigen *Katamaran* mit dünnen Ärmchen. Eine Sekunde hielt er inne, dann schleuderte er der Feindmaschine einen tödlichen Feuersturm entgegen.

Der *Katamaran* schüttelte den Schaden ab, als hätte Redburn ihn mit Konfetti beworfen. Raketen jagten aus den beiden kastenförmigen Lafetten hoch auf den Schultern des Clan-Mechs. Einige der hochexplosiven

Wespen schlugen in den schlammigen Boden vor den Füßen des *Daishi*, aber die meisten fanden ihr Ziel. Gerichtete Sprengladungen brachen durch die verbliebene Panzerung an der Seite der gewaltigen Kampfmaschine und ließen qualmende Breschen im rechten Bein und Torso zurück. Mit dem Daumen preßte Redburn den häufig als ›Pickel‹ bezeichneten Umschalter auf dem Geschützknüppel des Mechs und schaltete die Ultra-Autokanonen auf maximale Feuergeschwindigkeit.

Rauch und Flammen schlugen aus den handlosen Armen des OmniMechs. Die Leuchtspurmunition glühte orangerot in der dunklen, dunstigen Sumpfatmosphäre. Explosionen zogen sich über Rumpf und Schultern des *Katamaran*. Einige Granaten flogen an der ausladenden Raketenlafette vorbei und detonierten harmlos hinter ihm im Sumpf. Redburn stieß die Auslöser noch einmal durch, verbrauchte den Rest der AK-Munition und bombardierte den Parder-Mech noch einmal.

Diesmal reichte der Schaden. Der *Katamaran* war bereits in der Vortagesschlacht schwer mitgenommen worden. Der linke Arm brach in Schulterhöhe ab und fiel in das brackige Wasser. Noch bevor das schwere Metallteil versinken konnte, flogen die CASE-Munitionspaneele des Mechs davon. Redburn erwartete, den Clan-Piloten auf dem Schleudersitz davonfliegen zu sehen, aber nichts geschah. Das zerborstene Kanzeldach erklärte, warum nicht. Der Pilot war tot.

Eine entfernt humanoide Silhouette erschien in Redburns Augenwinkel. Er riß den *Daishi* herum und hob die Geschütze in Linie mit dem Schwerpunkt eines *Nobori-nin*. Wieder zögerte er. Er stockte, weil er das auf der Schulter des Mechs prangende Abzeichen des aus dem See steigenden Schwerts als die Insignien der Ritter der Inneren Sphäre erkannte.

»Begrüßen Sie so Ihre Freunde, General?« lachte Paul Masters über Funk.

»Allerdings, wenn sie einen Feindmech steuern«, gab Redburn zurück. Masters war auf den erbeuteten OmniMech umgestiegen, nachdem sein alter *Amboß* beim Kampf um New Andery vernichtet worden war.

»Sie haben's gerade nötig.«

»Stimmt irgendwo«, gab Redburn leise kichernd zu. »Okay, gehen wir die Nebelparder überraschen.«

15

**Lager der Leichten Eridani-Reiterei,
Vorgebirge der Parderzähne, Diana
Kerensky-Sternhaufen, Clan-Raum**

28. März 3060

Ariana Winston betastete vorsichtig die schmerzende Beule auf ihrer Stirn, das Geschenk eines Nebelparder-Kriegers, der ihren *Zyklop* mit einem Sandsack verwechselt hatte. Sie lehnte sich mit einem schweren Seufzer in ihren Feldstuhl zurück und ergab sich eine Weile der Erschöpfung ihrer Glieder. Kurz vor Tagesanbruch hatten die Parder einen weiteren Angriff unternommen und waren wieder zurückgeworfen worden, unter moderaten Verlusten auf beiden Seiten. Ein Clanner in einem *Höllenhund* mit den Insignien der Wolkenranger Galaxis Deltas war über die Frontlinien der Leichten Reiterei gesprungen, um die Mechs in der Reserveformation der Einheit anzugreifen. Ob nun durch Zufall oder mit Absicht, jedenfalls war Winstons *Zyklop* der erste Mech gewesen, auf den der Parder geschossen hatte.

Der Narr hatte seinen an eine Maschinenpistole erinnernden Laser auf ihren gedrungenen überschweren Mech gerichtet und war vorgestürmt, während er grüne Lichtpfeile über das ganze Gelände gesprüht hatte. Winston hatte versucht, den wahnsinnigen Sturmangriff zum Stehen zu bringen, indem sie Gausskugeln und Laserfeuer in den wild Haken schlagenden *Höllenhund* gepumpt hatte. Doch der Pilot schien entschlossen, sie zu erreichen, selbst wenn es seinen sicheren Tod bedeutete.

Der Clan-Mech sprang in die Höhe, gerade als Winston nach einem – hätte er getroffen – mit Sicherheit tödlichen Schuß aus dem Gaussgeschütz aufblickte.

Mit furchtbarer Wucht krachte der *Höllenhund* herab und traf den *Zyklop* an der linken Schulter. Winstons Mech stürzte zu Boden, ebenso wie die Nebelparder-Maschine. Der Clanner kam zuerst wieder auf die Beine und setzte einen harten Tritt seitlich an den Kopf des *Zyklop*. Noch während der Parder-Krieger für den nächsten Schlag zurücksetzte, feuerte Regiments-Master Sergeant Steven Young vier Laserschüsse in den kaum geschützten Rücken der Feindmaschine. Die Raketenmunition des *Höllenhund* explodierte, vernichtete den Mech und tötete dessen waghalsigen Piloten.

Seit die Parder-Verstärkungen eingetroffen sind, ist es immer wieder dasselbe, dachte sie. *Sie haben uns so schon gehaßt, und jetzt haben wir dazu noch ihre Heimatwelt verwüstet.* Sie trank den heißen, bitteren Kaffee-Ersatz der Gefechtsfeldrationen. *Kein Wunder, daß sie verrückt werden.*

Nach dem erfolglosen Nachtangriff hatten sich beide Seiten vom Schlachtfeld zurückgezogen. Die Parder waren nach Lutera abgerückt, während die Leichte Eridani-Reiterei, die ComGuards und die St.-Ives-Lanciers nach Westen zurückwichen. Die Nordgruppenstreitmacht hatte sich den Tag hindurch stetig weiter westwärts bewegt und kurz nach Sonnenuntergang ihr Lager aufgeschlagen, eine Verteidigungsstellung im Vorgebirge der Parderzähne, des westlich der planetaren Hauptstadt gelegenen Gebirges. Bei der Evakuierung Luteras hatten die SBVS die meisten ihrer Verwundeten in gepanzerte Truppentransporter, leere Munitionslaster oder requirierte Zivilfahrzeuge geladen und mitgenommen. Es versetzte Winston jedesmal einen Stich, wenn sie an die Schmerzen dachte, die ihre verletzten Soldaten hatten durchstehen müssen, während sie über Gelände geschleppt wurden, das zu dem übelsten gehörte, das sie je gesehen hatte.

Noch schlechter fühlte sie sich allerdings bei dem

Gedanken an die Schwerstverwundeten, die sie hatten zurücklassen müssen. Ein Teil des medizinischen Stabs der Leichten Reiterei hatte sich freiwillig gemeldet, um bei den Verwundeten zu bleiben, zusammen mit Brigadekaplan Stockdale. In der Vergangenheit hatten die Parder Verwundete und deren Pflegepersonal akzeptabel behandelt, wenn auch nicht unbedingt entsprechend den Vorschriften der Ares-Konvention.

Unter gewöhnlichen Umständen war es schon schlimm genug, einen schwer Verwundeten zurücklassen zu müssen, selbst wenn man davon ausgehen konnte, daß der Feind die Konventionen der modernen Kriegsführung beachtete und sich um ihn kümmerte. Aber dies war etwas anderes. Die Innere Sphäre hatte die Nebelparder-Heimatwelt besetzt. Schlimmer noch, sie hatte es unter dem Banner des Sternenbunds getan, was für die Clanner einer Häresie gleichzukommen schien. Unter solchen Bedingungen konnte man sich nicht darauf verlassen, daß die Regeln zivilisierten Verhaltens eingehalten wurden.

Winston betrachtete es als kleines Wunder, als die abrückende Sternenbund-Armee auf ihrem langen, erschöpfenden, niederschmetternden Abzug keine Spur des Feindes sah. Möglicherweise waren die Parder ebenso zerschlagen wie ihre Leute. Unglücklicherweise durfte sie davon nicht ausgehen.

Der größte Teil der leichten Panzerkräfte der Eridani war beim Widerstand gegen die Landung der Nebelparder auf der Lutera-Ebene aufgerieben worden. Was ihr an Schwebepanzern verblieben war, schickte Winston auf eine weiträumige Patrouille nach Süden und Osten auf Lutera zu. Sie mußte rechtzeitig erfahren, was die Parder planten, um eine Antwort ausarbeiten zu können. Es war beinahe drei Uhr morgens Ortszeit. Die Streifen waren seit fast fünf Stunden unterwegs, und bisher hatte sie nichts von ihnen gehört.

Sie leerte die Edelstahltasse und ließ sie auf den Schreibtisch fallen. Der Gedanke an ihre Ordonnanzen, die selbst unter den schlimmsten Umständen mitten im Feld dafür sorgten, daß ihr Zelt aufgeräumt und geordnet war, ließ sie traurig auflachen. Manchmal haßte sie die Vorzüge eines Kommandeurspostens. Ihren Untergebenen mußte schon der geringe Komfort eines geräumigen, automatisch aufgerichteten Zelts und einer Ordonnanz, die sich um die Kleinigkeiten kümmerte, wie verschwenderischer Luxus erscheinen. Sie war selbst dieser Ansicht gewesen, während sie sich durch die Ränge hochgearbeitet hatte. Und dann hatte ihr Vater sie eines Tages beiseite genommen und ihr in einem seltenen Wutausbruch befohlen, die Klappe zu halten.

›Sicher haben Offiziere ihre Ordonnanzen, die sich um sie kümmern‹, hatte er geknurrt. ›Aber genauso müssen sie sich um euch alle kümmern. Womit ist es dir lieber, daß sie ihre Zeit verbringen, mit dem Aufbauen eines Zelts oder dem Ausarbeiten eines anständigen Schlachtplans, der möglicherweise dein Leben rettet?‹

Diese Lektion hatte Ariana Winston nie vergessen. Es war eine der letzten gewesen, die ihr Vater ihr erteilt hatte, bevor er gestorben war.

Sie trat hinaus in die Kälte der Nacht und schlug den Kragen der schweren grüngrauen Feldjacke hoch. Das Lager der Leichten Reiterei war gespenstisch still. Keine freundlichen Stimmen, Witze und Sticheleien, keine Soldatenlieder. Statt dessen hörte sie nur das Knistern und Knallen der kleinen Lagerfeuer zum Schutz gegen die Kälte und das leise Stöhnen der Verwundeten, Geräusche, die das Schweigen nur noch zu verstärken schienen, statt es zu brechen. Sie hatte das Lager noch nie so still erlebt.

»Generalin?« Ein KommTech lief außer Atem auf sie

zu. Er war geradezu schmerzhaft jung. Winston erinnerte sich ungenau, ihn in der letzten Abschlußklasse der Kadetten auf Kikuyu stolz marschieren gesehen zu haben. Das war wenig mehr als ein Jahr her. Es schien eine Ewigkeit. Der junge Mann kam schlitternd zum Stehen und hob die rechte Hand, bevor er sich bremste, als ihm einfiel, daß es im Feld verboten war zu salutieren. Man konnte nie wissen, ob sich nicht irgendwo Scharfschützen versteckten. »Generalin, wir haben endlich Kontakt mit den Scouts«, keuchte der Tech, und in der feuchtkalten Luft formte sein Atem Dunstwolken vor seinem Gesicht. »Wir haben Scout Vier in der Leitung.«

Winston grunzte ein Dankeschön und rannte an dem Tech vorbei. Das Mobile Hauptquartier stand zwanzig Meter entfernt. Sie legte die Strecke in Sekunden zurück.

Noch während sie die Stufen ins Innere des Fahrzeugs hinaufsprang, bellte sie: »In Ordnung, Leute, was haben wir?«

»General, wir haben Scout Vier in der Leitung.« Der dienstälteste KommTech deutete auf eine elektronische Karte, auf der die Position der Kundschaftereinheit als heller Punkt vor einem dunkelgrünen Hintergrund angezeigt wurde.

»Ich will mit ihm reden. Wie lautet sein Codename?« fragte Winston, packte ein Kommset und zog es über den Kopf.

»Das wäre Cheyenne Vier.«

»Gut. Verbinden Sie mich.« Winston wartete auf das Nicken des KommTechs, dann sagte sie: »Cheyenne Vier von Ballerina. Lagebericht.«

»Ballerina von Cheyenne Vier, verstanden. Lagebericht, Gitter Montreal Alpha Neun-fünnef-vier-sieben.« Winston sah auf die elektronische Karte. Der Leuchtpunkt befand sich exakt in Position, elf Kilometer Ostnordost des Nordgruppenlagers. Die Verbindung zu Cheyenne Vier war gestört und leise, aber der Scout sprach langsam und deutlich, um sicherzugehen, daß man ihn verstand. Um ein Abhören durch den Gegner zu vermeiden, war die Sendung verschlüsselt. »Wir sind am Boden in einem Hohlweg etwa fünfhundert Meter südöstlich ihrer Stellungen. Die Nordpol Pariser scheinen sich über Nacht in einer stillgelegten metallverarbeitenden Fabrik eingerichtet zu haben. Ich zähle etwa einhundertfünfzig Oskar Montreals und einhundert plus Echos.«

»Wiederholen Sie ab ›Ich zähle‹.« Winston war sich nicht sicher, ob sie den Scout richtig verstanden hatte.

»Ich wiederhole: Ich zähle etwa einhundertfünfzig, das ist Eins-fünnef-null Oskar Montreals und Eins-null-null plus Echos. Etwa die Hälfte der Oskar Montreals sehen aus wie frisch aus der Fabrik oder von der Parade. Sie haben nicht einen Kratzer. Warten Sie.« Nach einem Augenblick Pause meldete der Kundschafter sich wieder. »Ballerina, ich habe ein ID für die neuen Montreals. Laut Insignien handelt es sich um den BefehlsTrinärstern Höhle des Parders, kommandierender Offizier Khan Lincoln Osis.«

»Ballerina hat verstanden, Cheyenne Vier. Was machen die Nordpol Pariser?« Winston hatte den Scout von seinem Lagebericht abgelenkt, als sie ihn aufgefordert hatte, seine Zählung der OmniMechs und Elementare zu bestätigen. Jetzt mußte sie ihn zurück auf Spur bringen.

»Sie scheinen Feldreparaturen an den beschädigten Montreals vorzunehmen. Sie setzen Metallplatten über zerschossene Panzerung, schlachten die am schwersten beschädigten für Ersatzteile zur Reparatur der weniger mitgenommenen aus und so weiter. Wenn ich eine Einschätzung geben sollte, würde ich sagen, die Pariser haben sehr begrenzte Vorräte und Ersatzteile. Ich sehe kaum Munition, und die Techs tauschen überall Waffenmodule aus und versuchen, Projektilwaffen durch Laser und PPKs zu ersetzen. Scheint, als hätten sie so gut wie keine Munition mehr. Mehr kann ich von hier nicht sehen. Sollen wir näher ran?«

Winston überlegte kurz. »Nein, Cheyenne Vier. Bleiben Sie in Position, solange Sie nicht entdeckt werden. Ich will alle halbe Stunde eine Meldung, was die Pariser treiben. Sobald Sie den Eindruck haben, sie wollten aufbrechen, machen Sie und Ihr Team, daß Sie verschwinden, klar? Keine Heldentaten. Verstanden?«

»Verstanden, Ballerina. Keine Bange.« Der Scoutführer klang zugleich belustigt und erleichtert. »Nächste Meldung in dreißig Minuten, Cheyenne Vier Ende.«

»Läufer.« Winston winkte einem jungen Soldaten, der an der offenen Tür des Wagens wartete. »Holen Sie die Regimentskommandeure der Leichten Reiterei, Colonel Grandi und Major Poling. Ich will sie sofort sprechen.«

Der Infanterist wiederholte den Befehl, um sicherzugehen, daß er alles richtig verstanden hatte, dann verschwand er in der Nacht.

Während sie auf ihre Offiziere wartete, ging Winston die Bereitschaftszahlen ihres Teils der Einsatzgruppe durch. Die planetare Invasion und die sich daran anschließenden Kämpfe hatten die Nordgruppe, wie sie inzwischen hieß, auf etwa sechzig Prozent ihrer Anfangsstärke reduziert. Die schwersten Verluste waren unter den leichten, schnellen BattleMechs und der ungepanzerten Infanterie zu beklagen. Außerdem waren viele der schnellen Schwebepanzer der Leichten Reiterei ausgefallen. Überraschenderweise hatte ein großer Teil der ComGuard- und Eridani-Kröteneinheiten die Kämpfe relativ unbeschadet überstanden.

Die Munitionsvorräte waren in gutem Zustand, eine überraschende Tatsache, wenn man bedachte, in wie schwere Gefechte die Nordgruppe als Ganzes ebenso wie ihre Mitglieder verwickelt worden waren. Andererseits gingen andere Verbrauchsgüter wie Bündelladungen, Lebensmittel und medizinische Vorräte zur Neige. Noch herrschte kein ernster Mangel, aber die Gefahr war durchaus real, falls die Parder die Sternenbund-Einheiten zu einem längeren Feldzug zwangen.

Eine andere Frage, die ihr zu schaffen machte, seit die Nebelparder-Verstärkungen eingetroffen waren, wurde mit dem Bericht des Scouts, daß die neuesten Ankömmlinge vom Khan der Nebelparder befehligt wurden, noch drängender. Zwei Clan-Sprungschiffen war die Flucht aus dem Diana-System gelungen, wahrscheinlich, weil sie ihre Kearny-Fuchida-Triebwerke mit Hilfe von Lithium-Fusionsbatterien mit Energie versorgt hatten. Wohin waren sie verschwunden, und wie lange würde es dauern, bis sie mit ausreichend Clan-Mechs und Kriegern zurückkehrten, um Einsatzgruppe Schlange davonzufegen?

Wenn die Clanner Verstärkungen schickten, würde Schlange in der Lage sein, die eigenen Sprungschiffe zurückzubeordern und die Flucht zu ergreifen, oder würde die Sternenbund-Einsatzgruppe ohne Rückzugsmöglichkeit in der Falle sitzen und von den rachedurstigen Pardern abgemetzelt werden? Sollte sie überhaupt versuchen, die Transporter zu rufen, obwohl sie wußte, daß das Flottenkontingent der Einsatzgruppe wahrscheinlich nicht über die notwendige Kraft verfügte, die unbewaffneten Sprungschiffe zu beschützen? Die zerschlagenen Bodentruppen wären möglicherweise in der Lage gewesen, Diana an Bord der in Trostlos wartenden Landungsschiffe zu evakuieren, wenn sie ihre gesamte schwere Ausrüstung zurückließen. Der Gedanke, Material für die Parder zurückzulassen, behagte ihr jedoch nicht.

»Was gibt's, General?« Edwin Amis sprang mit

einem Satz die Stufen ins Fahrzeuginnere hoch. Zum vielleicht dritten Mal, seit sie ihn kannte, stellte Winston fest, daß Amis keine Zigarre zwischen den Fingern hielt. Vielleicht waren sie ihm endlich ausgegangen.

»Kommen Sie rein, Ed. Setzen Sie sich. Ich will mich nicht wiederholen müssen, also warten wir, bis alle da sind.«

Winston brauchte nicht lange zu warten. Charles Antonescu wirkte so schick wie immer, als er sich zusammen mit der verhärmt wirkenden Sandra Barclay ins Mobile HQ schob, nur Sekunden, nachdem Amis sich auf einen dünn gepolsterten Stuhl hatte fallen lassen. Regis Grandi und Marcus Poling erschienen kaum später. Winston nahm sich vor, nach der Besprechung den Läufer zu finden und sich persönlich bei ihm zu bedanken.

Schnell und ohne unnötige Worte teilte sie den anderen mit, was ihre Scouts über die Position und Lage der Nebelparder in Erfahrung gebracht hatten. Bevor sie fertig war, empfahl Colonel Regis Grandi schon einen Sofortangriff.

»Sie stehen nur etwa zwei Stunden östlich. Wenn wir jetzt ausrücken, ist es noch dunkel, wenn wir zuschlagen. Es sollte uns gelingen, sie zu überraschen.«

»Ich stimme Colonel Grandi zu«, meinte Amis. »Die Parder haben kaum Munition, viele ihrer Mechs sind angeschlagen, und der größte Teil ihrer Elementarunterstützung ist tot oder verwundet. Wenn wir sie jetzt angreifen, haben wir sie in der Falle.«

»Und was ist, wenn wir unterwegs aufgehalten werden?« wandte Sandra Barclay ein. »Was, wenn wir umdrehen müssen und mehr als zwei Stunden brauchen, um hin zu kommen? Dieser Planet dreht sich von Ost nach West, richtig? Wenn wir unseren Angriff nach fünf Uhr oder spätestens fünf Uhr dreißig starten, haben unsere Leute die Sonne in den Augen, bevor der Kampf vorbei ist.«

Winston warf Barclay einen schrägen Blick zu, den diese nicht zu bemerken schien. Die Generalin nahm wahr, wie die Knöchel der jungen Offizierin einen Augenblick lang weiß wurden, während sie sprach. Barclay hatte immer für den sicheren Mittelweg zwischen Amis' beinahe waghalsigem Mut und Antonescus vorsichtiger Sturheit gestanden. Jetzt zehrte etwas an ihr. Winston hatte geglaubt, mit dem Gefechtsabwurf der Leichten Reiterei auf Diana sei dieses Problem vom Tisch gewesen, denn die junge Regimentschefin hatte sich bei der Invasion nicht schlecht geschlagen.

Anscheinend hatte sie sich darin jedoch geirrt. Vor dem Coventry-Feldzug hatte Winston erwogen, die Leichte Reiterei an Barclay zu übergeben, wenn sie sich zur Ruhe setzte. Nach dieser blutigen Operation jedoch schien diese wie ausgewechselt. Winston konnte es nicht erklären, aber die Veränderung war nicht zu übersehen. Als sie jetzt die Reaktion der jungen Offizierin auf die verzweifelte Lage der Brigade sah, kamen Winston Zweifel an der Wahl ihrer Nachfolgerin. Einen Moment lang verlor sie die Diskussion aus dem Blick, während sie überlegte, wie sie mit der Gefahr fertig werden sollte, daß einer ihrer Colonels die Nerven verlor.

Sie konnte Barclay nicht völlig aus dem Gefecht heraushalten. Das hätte den Eindruck erweckt, sie traue ihr nicht zu, eine Einheit unter Feindfeuer zu kommandieren, was das Problem noch verschärft hätte. Wenn sie Barclays Truppen andererseits in den bevorstehenden Angriff integrierte, lief sie das Risiko, daß Barclay plötzlich zusammenbrach oder vor Schreck erstarrte und ihre Einheit führerlos wurde.

»In Ordnung, wir machen es wie folgt«, erklärte sie schließlich. »Charles, Sie bringen die 151. nach Süden.

Sie liefern uns Deckung. Unsere linke Flanke schützen die Berge. Colonel Grandi, Sie und Colonel Amis stellen die Hauptangriffstruppe. Sie haben die meisten noch einsatzfähigen schweren Mechs. Sandy, die Schimmel formieren sich etwa drei Kilometer hinter der Hauptangriffskolonne. Halten Sie sich bereit, je nach Bedarf einen Flankenangriff auszuführen, den Hauptvorstoß zu verstärken oder dem Blauen Mond und den ComGuards die Tür aufzuhalten, wenn sie sich hastig zurückziehen müssen. Major Poling, Sie haben nur noch etwa anderthalb Kompanien mittelschwere und schwere Mechs, richtig? Ich möchte, daß Sie hierbleiben und dieses Lager bewachen. Denken Sie daran, Major, Sie beschützen hier unsere Verwundeten und unseren Nachschub. Enttäuschen Sie mich nicht, mein Sohn.«

»Das werde ich gewiß nicht, General«, lächelte Poling matt.

»Das wird ein Blitzangriff«, fuhr Winston fort. »Keine Raffinesse, rein und drauf. Soviel Schaden anrichten wie möglich und wieder verschwinden. Denkt daran, Leute, wir haben schon eine Menge Zeiten durchgemacht, in denen wir hart am Abgrund standen und uns nur noch mit den Fingernägeln festhielten. Das sind die Zeiten, in denen Krieger den Kopf zwischen die Schultern ziehen und am verbissensten kämpfen. Die Parder da draußen sind ziemlich gebeutelt, aber die Scouts melden, daß sie Verstärkung durch frische Truppen erhalten haben: Elite-Gardetruppen! Wir können uns jetzt keinen Fehler leisten. Möglicherweise können wir sie besiegen, aber es wird ganz sicher nicht leicht. Um genau zu sein, wenn wir auch nur einen falschen Schritt machen, kann es gut sein, daß uns der Gegner den Kopf abreißt. Das wär's. Aufsitzen.«

* * *

Eine Stunde später saß Winston wieder an den Kontrollen ihres zerbeulten, kraterübersäten *Zyklop*. Kip Douglass saß hinter ihr auf seinem Platz und summte tonlos, während er aus halbgeschlossenen Augen die Instrumente beobachtete. Gelegentlich hatte Winston tatsächlich den Eindruck, sein Brummen habe sich in ein leises Schnarchen verwandelt. Sie hatte ihren Sensorspezialisten schon einmal wegen Schlafens im Cockpit zur Rede gestellt. Douglass hatte nur gegrinst und sich den Hinterkopf gerieben.

»Tja, General«, hatte er gemeint. »Sie haben die schwierige Aufgabe, dieses Monstrum zu steuern. Ich sitze nur hier hinten und hör das Funkgerät ab. Nach 'ner Weile wird das langweilig.« Das schelmische Funkeln in Kips Augen hatte ihr deutlich gemacht, daß er sich einen Spaß mit ihr machte, aber sie fragte sich, wieviel davon tatsächlich nur ein Witz war.

Diesmal hatte Kip Douglass allerdings recht. Es gab nur wenig zu sehen und noch weniger zu hören. Winston hatte ihre Truppen angewiesen, so schnell und so leise wie möglich zu marschieren und sich nur mit Hilfe der Lichtverstärkeroptik der Mechcockpits zu orientieren. Es galt strikte Funkstille. Die Parder mußten Cheyenne Viers Meldungen bemerkt haben, auch wenn sie zerhackt waren. Selbst wenn sie deren Ursprung nicht anpeilen konnten, mußte ihnen klar sein, daß ein Sternenbund-Scout ihr Lager entdeckt hatte. Das geringste Signal von der Nordgruppenarmee konnte ihre Absichten verraten, und falls das geschah, würden sie nicht über ein schlafendes Camp herfallen, sondern sich einer bereiten und wütenden Verteidigung gegenübersehen.

Es war ein weiteres Paradox der modernen Kriegsführung. Seit der Entwicklung zuverlässiger, praktischer Nachtsichtausrüstung in der zweiten Hälfte des zwanzigsten Jahrhunderts auf Terra hatten die meisten modernen Armeen die Fähigkeit, nachts zu kämpfen. Trotzdem zogen die meisten Heere es ungeachtet möglicher Nachtkampffähigkeiten vor, bei Tageslicht in die Schlacht zu ziehen. Für BattleMechs waren Tag und Nacht dank verbesserter, sogenannter ›Sternklarsicht‹, Lichtverstärkersysteme, Infrarotoptik, Ultraschallentfernungsmessern und -sichtgeräten, praktisch identisch. Aber dessen ungeachtet fanden die meisten Gefechte immer noch bei Tag und relativ gutem Wetter statt. Winston vermutete, daß es etwas mit der urzeitlichen Furcht des Menschen vor dem Dunkel zu tun hatte.

Alles schön und gut, dachte sie, während Kip wieder zu summen begann. *Heute nacht werden wir den Nebelpardern zeigen, welcher Tod in der Düsternis lauert.*

* * *

Galaxiscommander Hang Mehta konnte nicht einschlafen. Sie war beim Verlassen des *Kampfdämon* unvorsichtigerweise mit dem linken Unterarm an die Öffnung eines Wärmetauschers gekommen und hatte sich verbrannt. Inzwischen hatte die Brandstelle schmerzende Blasen geworfen. Wann immer sie sich bewegte oder auf die andere Seite wälzte, sandten die mißhandelten Nervenenden in Arm und Handgelenk Folterbotschaften in ihr Hirn. Sonst wären die Schmerzen nur eine Kleinigkeit gewesen, die sie hätte ignorieren können, aber in ihrem momentanen Geisteszustand waren sie eine weitere, zusätzliche Beleidigung, die sie zu ertragen hatte.

Mit einem angewiderten Schnaufen schleuderte Mehta die dünne Decke über ihrer Koje beiseite und stapfte aus der aufblasbaren Zeltkuppel. Im Osten lag Lutera. In einer gewöhnlichen Nacht hätte sie vielleicht das mattrote Licht der Straßenlaternen als Spiegelung auf der Unterseite der tiefhängenden Regenwolken sehen können, die meistens den Himmel bedeckten. Aber nicht heute. Die Lichter der Stadt waren von den Barbaren ausgeschaltet worden, und ihre Truppen hatten sie ausgeschaltet gelassen. Eine hellerleuchtete Stadt war ein Geschenk für Luft/Raumjäger, sei es als Leuchtfeuer oder als Ziel für einen Luftangriff.

Nach der langen, zermürbenden Schlacht gegen die Einheiten der Inneren Sphäre und dem fehlgeschlagenen Nachtangriff hatte Mehta ihre Truppen im Norden und Osten über die Ebene zurückgezogen, um in einer alten metallverarbeitenden Fabrik das Lager aufzuschlagen. Irgendwo im Westen hatte auch der Feind sich für die Nacht niedergelassen. Mehtas Scouts hatten das Lager der Inneren Sphäre zwar noch nicht entdeckt, aber sie konnte sich ausrechnen, wo die Barbaren steckten. Mit großer Wahrscheinlichkeit lagerten sie im Vorgebirge der Parderzähne, etwa ein Dutzend Kilometer westlich. Am Morgen würde sie ihre Kundschafter verstärkt ausschicken, die Invasoren aufspüren und sie zu Staub zermalmen.

Es waren nicht allein die Verbrennungen, die sie am Schlafen hinderten. In ihrem Herzen brannte der Zorn über die Abfolge von Beleidigungen, die sie über sich hatte ergehen lassen müssen. Erst hatten die Surats der Inneren Sphäre sich unter dem sogenannten Banner des Sternenbunds vereinigt. Das war schon obszön genug. Dann hatten sie eine Großoffensive gestartet und die Krieger ihres Clans gezwungen, sich aus der Besatzungszone zurückzuziehen. Aber hatten die Beleidigungen damit ein Ende gefunden? Nein. Als sie und die zerschlagenen Überreste ihres einstmals stolzen Clans zurück im Clan-Raum eingetroffen waren, was hatten sie vorgefunden? Eine Flotte von Kriegsschiffen der Inneren Sphäre und eine Einsatzgruppe der Barbaren beim Angriff auf die Nebelparder-Heimatwelt, die ebenfalls in Anspruch nahmen, unter der Oberhoheit des Sternenbunds zu handeln. Ihre zusammengewürfelten Kräfte waren über Diana abgesprungen, geradewegs in die blindwütige Zerstörung, die diese stinkenden Freigeburten auf der Parder-Heimatwelt angerichtet hatten.

Als die Khane der übrigen Clans von den Beleidigungen und Verwüstungen erfahren hatten, die dem Parder widerfuhren, *hatten sie sich geweigert, einzugreifen!* Noch nie zuvor war in der stolzen Geschichte der Clans etwas Derartiges geschehen. Barbaren versuchten, einen Clan auszulöschen, und die anderen weigerten sich feige, ihm zu Hilfe zu kommen, und zwangen den ilKhan und saKhan Brandon Howell, die beiden letzten intakten Trinärsterne im Besitz der Nebelparder zur Rückeroberung ihrer Heimatwelt einzusetzen. Mehta schwor bei ihrer Blutlinie, daß sie jeden einzelnen dieser winselnden Feiglinge zu einem Duell im Kreis der Gleichen herausfordern würde, sollte der Parder diese schlimme Prüfung überstehen. Anfangen würde sie mit der lügnerischen Stravag Marthe Pryde, und nicht ruhen, bis sie jedem von ihnen beigebracht hatte, seinen Irrtum im eigenen Herzblut zu widerrufen.

Plötzlich ertönte ein Schrei in der Mitte des Lagers und riß Hang Mehta aus ihren Träumen von blutiger Vergeltung. Ein junger MechKrieger stürmte auf sie zu und kam salutierend zum Stehen.

»Was ist los?« raunzte sie ihn an.

»Galaxiscommander«, keuchte er erleichtert. »Hier bist du. Du warst nicht in deinem Zelt. Der ilKhan hat mich nach dir geschickt.« Der junge Bursche reckte sich. »Unsere Scouts haben eine große Anzahl Mechs der Inneren Sphäre entdeckt, die sich in unsere Richtung bewegen. Der ilKhan hält sie für ein Überfallkommando. Er hatte alle Krieger auf ihre Posten befohlen. Wir sollen uns bereithalten, auf seinen Befehl zuzuschlagen.«

»Pos!« Mehta bellte die Bestätigung laut heraus und erwiderte endlich den Gruß des Kriegers. Sie sprintete durch das Lager, mit direktem Kurs auf den umgerüsteten *Kampfdämon*. Ihre Techs hatten es geschafft, genug Ersatzteile zusammenzusuchen, um den eleganten avoiden Mech aus seiner Primärform in die Betavariante umzukonfigurieren. Der *Kampfdämon-B* verfügte zwar weder über das Gaussgeschütz noch über die Raketenlafetten, die sie wegen der geringen Abwärme bevorzugt einsetzte, aber dafür war er ausschließlich mit Energiewaffen bestückt, was Munitionsprobleme ausschaltete.

Sie riß dem ihr zugeteilten Tech die Kühlweste aus der Hand und warf sich das wuchtige Kleidungsstück über, ohne auf die Brandblasen Rücksicht zu nehmen, die ihren Arm auf obszöne Weise dekorierten. Der grobe Stoff der Weste riß viele der Blasen auf und gestattete der gelblichen Eiterflüssigkeit, den Arm zu nässen. Sie bemerkte es kaum. Sie war eine Kriegerin, und wieder einmal überdeckte die in ihr aufwallende Kampflust jede andere Empfindung.

Hastig kletterte Hang Mehta die schmale Kettenleiter hoch, die aus einem kleinen Staufach unter dem Mechcockpit herabhing. Sie hechtete in die schmale Kanzel, riß den leichten Neurohelm vom Staubord oberhalb der Pilotenliege. Kaum hatte sie ihn übergezogen, da tanzten ihre Finger schon über die Kontrollen und ließen den OmniMech zum Leben erwachen.

»Musterabgleichung«, bellte sie ins integrierte Helmmikrophon. »Galaxiscommander Hang Mehta.«

»Stimmusterabgleichung entspricht Galaxiscommander Hang Mehta«, antwortete der Mechcomputer mit trocken elektronischer Stimme. »Autorisation.«

»Meine Zähne in der Kehle des Feindes«, knurrte

Mehta den Codesatz, der den *Kampfdämon* an sie freigab.

»Code akzeptiert.«

Bevor der Stimmsimulator des Computers sich mit einem Knacken abschaltete, erwachte das Cockpit um sie herum zu leuchtendem Leben. Ihr Hauptinteresse galt in diesem Augenblick dem Taktischen Situationsmonitor und der Mechstatusanzeige. Danach zu urteilen, was letztere zeigte, hatten ihre Techs großartige Arbeit bei der Reparatur der Panzerung des Omni-Mechs geleistet, die bei der letzten Schlacht gegen die Invasoren spürbar in Mitleidenschaft gezogen worden war.

Der Taktikschirm zeigte winzige rote Symbole, die sich dem Lager der Parder näherten. Der vorderste der Feinde war kaum mehr als einen Kilometer entfernt. An der Markierung in der oberen linken Ecke der Anzeige erkannte Mehta, daß die Ortung über eine abhörsichere Verbindung von einem der leichten Scout-OmniMechs überspielt wurde, die der ilKhan rund um die zeitweilige Basis stationiert hatte. Lincoln Osis hatte vorhergesagt, daß die Surats der Inneren Sphäre einen Nachtangriff versuchen würden, und er hatte recht gehabt.

»Galaxis-BefehlsStern formiert sich um mich«, befahl sie und öffnete einen Kommunikatorkanal.

Mit schnellen Schritten traten drei OmniMechs und ein zerbeulter *Galahad* heran und nahmen um ihren *Kampfdämon* Aufstellung. Nur einer der Krieger in ihrer persönlichen Einheit war auch ursprünglich schon Mitglied ihres Sterns gewesen. Alle anderen lagen tot auf den Schlachtfeldern der Besatzungszone.

»Ausrücken.« Während sie mit harter Stimme den Befehl gab, stieß Mehta die Steuerknüppel vor und brachte den Omni in einen langsamen Trott. Die anderen Krieger folgten ihr dichtauf.

»Alle Nebelparder, hier spricht Lincoln Osis.« Die tiefe Stimme des ilKhans drang deutlich über die Kommunikationsschaltkreise. »Wählt eure Ziele mit Bedacht. Wartet, bis ich den Feuerbefehl erteile, dann schlagt zu. Verschwendet keinen Schuß. Denkt daran, daß wir heute um mehr als Ruhm kämpfen. Ihr kämpft um das Überleben unseres Clans.«

Mehta drückte einen Knopf, der die Ortungssonde des *Kampfdämon-B* aktivierte. Das Gerät war zwar eigentlich dazu gedacht, versteckte oder stillgelegte Einheiten zu entdecken, keine aktiven und sich bewegenden, aber Mehta ließ ein System, das sie für sich arbeiten lassen konnte, ungern ausgeschaltet. Auf der Sichtprojektion suchte sie sich das geisterhafte Thermalbild eines großen Mechs der Inneren Sphäre aus. Sie erfaßte den ungestalten Farbklecks mit ihren Waffen und gab einen Feuerleitkreis ein. Jetzt konnte sie mit einer Betätigung des rechten Feuerknopfes beide Langstrecken-PPKs des OmniMechs gleichzeitig auslösen. Ein derartiger Feuerstoß würde die Betriebstemperatur des Kampfkolosses zwar auf eine gefährliche Höhe treiben, die hocheffizienten Wärmetauscher des *Kampfdämon* würden sie jedoch in kürzester Zeit wieder auf ein akzeptables Maß reduziert haben.

Geduldig, so geduldig wie ein Parder, der auf einem Ast darauf wartet, daß unter ihm die Beute vorbeikommt, saß Hang Mehta an den Kontrollen und beobachtete die substanzlose Wärmespur mit starrem Blick. Zweimal bewegte sie die Waffenkontrollen nur einen Millimeter weit, um das blinkende Fadenkreuz auf dem Schwerpunkt des Gegners zu halten. Einmal waberte das Bild kurz. Eine Identifikation erschien neben der Silhouette und kennzeichnete ihr Ziel als einen *Orion*, eine der ältesten Mechkonstruktionen der Inneren Sphäre.

»Komm, und ich werde von deinem Herzen kosten«, versprach sie dem Gegner mit lauter Stimme.

Plötzlich erhellte eine Salve Langstreckenraketen den wolkenverhangenen Nachthimmel mit dem orangeroten Licht der Treibsatzflammen. Dann eine zweite und dritte, bis schließlich mindestens ein Dutzend Raketensalven durch die Nacht auf die Angreifer zuschossen.

Mehta sah auf den Entfernungsmesser der Sichtprojektion und stellte fest, daß der *Orion* sich klar in Reichweite der PPKs befand. Sie stieß den Auslöser durch.

Hitze schlug durch die Kanzel, als Zwillingsstrahlen schimmernder Energie aus den riesigen Primärgeschützen des OmniMechs barsten. Einen kurzen Augenblick raubte die Hitze ihr den Atem, dann schaltete sich unter ihren Füßen eine Pumpe ein und schickte frisches Kühlmittel durch die Wärmetauscher des *Kampfdämon* und ihre Kühlweste. Ihre Lungen sogen frischen Sauerstoff ein.

Auf dem Sichtschirm wankte der *Orion* unter der Hitze und Wucht der beiden Partikelstrahlen. Auch wenn die meisten Clan-Konstrukteure beim Entwurf neuer Mechs keinen Gedanken an Ästhetik verschwendeten, erschien Hang Mehta die Innere-Sphäre-Maschine als eine ausgesprochen häßliche Konstruktion. Sie hatte einen kastenförmigen Torso, zwei hagere Beine und einen seitlich versetzten Kopf zwischen hohen, hochgezogenen Schultern. Der linke Arm war mit einer zylindrischen Raketenlafette ausgerüstet, während der rechte im Fokussierkopf eines Lasers endete. Aus der rechten Seite des *Orion* ragte der Lauf einer Autokanone, den der feindliche Pilot in diesem Augenblick auf Mehtas Cockpit richtete.

Die Mündung der Kanone schien Feuer zu fangen. Durch Leuchtspurmunition erhellt, leuchtete der Strom der Granaten leicht auf ihrer Infrarotanzeige. Der *Kampfdämon* schüttelte sich, als die Explosivgeschosse auf seinen Rumpf einhämmerten. Mehta schrie empört auf und erwiderte das Feuer mit einem gestaffelten Feuerstoß beider Partikelprojektorkanonen. Plötzlich wurden die Kontrollen schwergängig, als eine neue, drückende Hitzewelle durch das Cockpit schlug. In ihrer Wut ignorierte sie die computergenerierte Warnung vor einer Überhitzung und erweiterte die infernalischen Energiemassen, die den gegnerischen Mech einhüllten, noch um ihre schweren Laser.

Der *Orion* wankte, sank wie ein Boxer, der einen besonders harten Schlag kassiert hatte, auf ein Knie. Mit einem unartikulierten Freudenschrei stürmte Mehta vor, rang mit den sich widersetzenden Kontrollen. Versessen auf den Abschuß, verkürzte sie die Distanz zu dem schwer beschädigten Gegner in einem schwerfälligen Galopp. Rechts von ihr zerriß eine Explosion die Nacht, als ein Munitionsmagazin explodierte und einen Mech ausweidete. Sie wußte nicht, ob die zerstörte Maschine der Inneren Sphäre oder den Nebelpardern gehört hatte, und es war ihr auch gleichgültig, so sehr hatte die Kampflust sie in der Gewalt.

In ihrem Fadenkreuz kämpfte der *Orion* sich wieder hoch und schleuderte dem *Kampfdämon* Autokanonen- und Laserfeuer entgegen. Warnlichter flammten auf der Statusanzeige auf und meldeten beschädigte Panzerung, aber Mehta ignorierte sie. Die Schäden an ihrem schweren OmniMech schienen minimal. Für den Piloten der Inneren Sphäre war ihre Antwort verheerend. Ein Stakkatostrom von Laserimpulsen schoß weit am Ziel vorbei, weil die erhöhte Betriebstemperatur Mehtas Feuerleitcomputer beeinträchtigte. Aber der Feuerstoß aus ihrem linken Impulslaser bohrte sich in die bereits arg zerschossene Panzerung über der linken Brustpartie des *Orion*. Eine Serie winziger Explosionen zuckte und krachte aus der zerfetzten Panzerung, als der Vorrat des Mechs an NARC-Bojen detonierte. Die riesige Maschine wankte wie ein Betrunkener, dann fiel sie nach vorne und schlug auf den Boden.

Mehta schrie ihren Triumph heraus und suchte das Schlachtfeld nach einem freien Gegner ab. Da. Ein einzelner *Attentäter* stand über dem Wrack einer Nebelparder-*Viper*. Mehta erfaßte ihn mit der rechten PPK, wartete noch so lange, bis die Wärmetauscher die Betriebstemperatur unter Kontrolle hatten, und schoß.

Der künstliche Blitzschlag traf den Feind tief und zerschmetterte den rechten Unterschenkel wie ein dürres Stück Holz. Der *Attentäter* schlug wie vom Blitz gefällt zu Boden. Der Pilot mußte durch den Aufprall das Bewußtsein verloren haben, denn die gegnerische Maschine unternahm keinerlei Versuch, sich wieder aufzurichten.

Drei schwere Treffer erschütterten den *Kampfdämon*. Mehta wirbelte den Omni nicht zu einem, sondern zu drei Gegnern herum. Sie kreischte ins Helmmikro und brüllte die rituellen Worte, die das Ende der normalen Clanregel des Einzelkampfes verkündeten. Wieder einmal hatten die Savashri-Barbaren die Regeln der zivilisierten Kriegsführung gebrochen.

Bevor sie die Waffen auf das feige Dreigespann ausrichten konnte, vollführte einer der Feindmechs, eine *Ballista*, deren Panzerung tiefe Breschen eines früheren Gefechts aufwies, eine ungeschickte, aber schnelle Kehrtwendung und rannte davon. Der zweite, dann auch der dritte ihrer Gegner ergriff die Flucht und verschwand eilig in der Nacht. Auf der gesamten Länge der Schlachtreihe war es dasselbe. Die Surats der Inneren Sphäre zogen sich zurück.

Abscheu überwand Hang Mehtas Wut. Sie warf sich heftig zurück in die Polster der schweißnassen Pilotenliege. Ein erschöpftes Schnaufen kam über ihre Lippen.

Diese winselnden Feiglinge hatten nicht einmal den Mumm, die Schlacht zu Ende zu bringen, die sie selbst angezettelt hatten. Als die letzten der feindlichen Mechs in der Dunkelheit untertauchten, leistete Mehta einen ehernen Schwur. Sie gelobte den flüchtenden Feinden, sie zur Strecke zu bringen und für ihre Frechheit und Feigheit in Blut bezahlen zu lassen.

16

**Luft/Raumjägerschwarm Whiskey,
über den Dhuansümpfen, Diana
Kerensky-Sternhaufen, Clan-Raum**

29. März 3060

Techoffizier Leonard ›Igel‹ Harpool sah wohl schon zum hundertsten Mal auf die kreisrunde Ortungswarnanzeige auf der Konsole des *Shilone*, knapp über seinem rechten Knie. Die kleine Flüssigkristallanzeige meldete keine Ortungsimpulse ausstrahlende Flugmaschine innerhalb eines Sechzig-Kilometer-Radius und nur einige wenige Ortungsquellen am Boden.

Es war möglich, daß andere Maschinen in der Luft waren, deren Piloten alle aktiven Sensoren abgeschaltet hatten und jetzt nur nach Instinkt und Gefühl flogen, während sie mit rein passiver Ortung auf Feinde lauerten. Tatsächlich *wußte* Igel, daß es so war. Vor und hinter ihm flogen fünf weitere Jäger des reduzierten Luft/Raumkontingents der Leichten Eridani-Reiterei. Sie alle hielten strenge Funk- und Ortungsstille, um einer Entdeckung durch ihre Beute zu entgehen.

Während er weiter den Blick über die Instrumente schweifen ließ, zuckten Igels Augen kurz in die Mitte der drei großen Multifunktionsanzeigen auf der Steuerkonsole. Eine dünne schwarze Linie zeichnete den vorprogrammierten Kurs seines Schwarms ins Zielgebiet. Dabei handelte es sich um eine wogende Hügellandschaft im Osten der Dhuansümpfe, in die Redburns Südgruppenarmee gezwungen gewesen war, sich zurückzuziehen. Die Nebelparder hatten bereits einen vernichtenden Angriff auf die arg bedrängten Einheiten gestartet. Die Mission seines Schwarms bestand darin, bei der Verhinderung eines weiteren Angriffs zu helfen. Im Norden und Westen waren fünf weitere Jagdschwärme, ähnlich wie der seine, auf Kurs in das zeitweilige Aufmarschgebiet der Nebelparder. Jeder Pilot hatte dasselbe Ziel: die Parder hart genug zu treffen, um weitere Aktionen gegen die Südgruppe zu stoppen.

Wie die meisten Luft/Raumkräfte der Einsatzgruppe Schlange, war auch die 85. Luft/Raumjägerkompanie der Leichten Reiterei nach der erbittert umkämpften Landung der Nebelparder-Entsatztruppen in ein Versteck auf dem Kontinent Trostlos beordert worden. Seitdem hatte General Winston sie zweimal nach Parder Primo gerufen. Dies war ihre dritte Mission.

Bei dem ersten Einsatz hatten sie eine zweite Welle von Clan-Landungsschiffen angreifen müssen, die nur Stunden nach der ersten eingetroffen war. Später entdeckte Harpool, daß die Schiffe, die er und seine Kameraden ohne sonderlichen Erfolg beschossen hatten, Lincoln Osis, den Khan der Nebelparder, und dessen saKhan Brandon Howell befördert hatten. Trotz der Bemühungen der Sternenbund-Jäger, die alles menschenmögliche getan hatten, um die anfliegenden Landungsschiffe aufzuhalten, bevor sie ihre tödliche Fracht aus Frontklasse-OmniMechs und erstklassigen MechKriegern abwerfen konnten, waren die Nebelparder durchgekommen.

Diese Mission hatte zu den schwersten gehört, die Harpool je geflogen war. Die Parder schienen von irgendeinem Kriegsdämon besessen. Sie kämpften mit einer Wildheit, wie er sie in all seinen Jahren als Flieger noch nicht erlebt hatte. Die Parder-Piloten drängten sämtliche Angriffswellen der Sternenbund-Jäger von den in schnellem Sinkflug befindlichen Landungsschiffen ab und formierten sich anschließend sofort wieder um ihre Schützlinge. Harpools Schwarmführerin, Captain Stacy Vorliss, hatte sogar versucht, den Schwarm in zwei Gruppen aufzuteilen, von denen eine die Jäger fortlocken und die andere die Schiffe angreifen sollte. Diese Taktik hatte jedoch sehr begrenzten Erfolg gehabt, sie aber vier unersetzliche Jäger und drei nicht minder wertvolle Piloten gekostet. Der vierte hatte es geschafft, sich aus der brennenden Maschine zu retten und unter härtesten Bedingungen zu den Linien der Südgruppe durchzuschlagen.

Die zweite Mission war ein Luftangriff auf die Parder gewesen, die General Redburns Truppen bedrängten. Die Bomben, Raketen und Laser der Eridani-Jäger hatten den Vormarsch der Clanner stören, aber nicht aufhalten können. Und so waren sie jetzt wieder zurückgerufen worden, um ›es nochmals gegen die Parder zu versuchen‹, wie der Geschwaderkommandeur es ausdrückte.

Durch Dianas gewittrige Atmosphäre zu fliegen war eine echte Herausforderung. Der SL-17 war eine elegante, leicht steuerbare Maschine mit breiten Tragflächen und einem leistungsstarken Triebwerk, aber all das spielte unter den unberechenbaren Wind- und Witterungsverhältnissen der tieferen Atmosphäreschichten Dianas kaum eine Rolle. Normalerweise hätte Harpool auf einer Mission dieser Länge den Autopiloten des Jägers einschalten und ihn aus eigener Kraft fliegen lassen können. Aber die jähen Seitenwinde, Abwinde und wilden Turbulenzen zwangen den Piloten, konstant nach Gefahren Ausschau zu halten, mit denen der Autopilot nicht fertig wurde.

Er blickte durch das abgeflachte Kanzeldach des *Shilone* nach unten und sah dunkle, graugrüne Vegetation. Von hier oben, dreitausend Meter über dem Boden, wirkten die Dhuansümpfe wie ein kühles, schattiges Erholungsgebiet. Leonard Harpool wußte es natürlich besser. Er war im Küstengebiet des westlichen Meeres auf Mogyorod aufgewachsen. Die Sümpfe und Salzmarschen dort waren abstoßend stinkende, verpestete

Einöden aus Schlamm, Moskitos und Krokodilartigem. Er war sich ziemlich sicher, daß es dort unten ganz ähnlich aussah.

Unter den breiten Tragflächen seines *Shilone* hing eine Phalanx von Waffensystemen für den Bodenangriff. Zwei der Tragflächenhalterungen des rochenförmigen Jägers wurden von einer schweren Arrow-IV-Rakete beansprucht, und die Halterung unter dem Mittelrumpf hielt eine lange, schmale Ausrüstungskapsel mit einem hochmodernen Zielerfassungssystem. Die Luft-Boden-Rakete vom Typ Arrow IV war eine leicht modifizierte Version der schweren Panzerabwehrwaffe, mit der verschiedene BattleMechs und Bodenfahrzeuge ausgerüstet waren. Sie konnte sich auf ein durch eine ZES-Kapsel markiertes Ziel einpegeln und ihren hochexplosiven Sprengkopf mit erheblicher Treffsicherheit ins Ziel tragen. Das Arrow-System unterschied sich von gewöhnlichen Bomben durch seinen leistungsstarken Feststoff-Raketenmotor und verlieh einem angreifenden Luft/Raumjäger eine Fähigkeit, die dieser nie zuvor besessen hatte: die einer Fernwaffe. Arrow-Raketen ließen sich auf mehr als zweieinhalb Kilometer entfernte Ziele abfeuern, solange sie nur erfolgreich markiert waren. Unglücklicherweise hatte die Markierungsausrüstung nur einen Bruchteil dieser Reichweite und setzte einen Beobachter in maximal vierhundertfünfzig Metern Abstand vom Ziel voraus. Diese begrenzte Reichweite machte es nötig, mindestens einen Jäger ›auf Posten‹ über dem Ziel zu haben, während die anderen ihre tödliche Ladung aus relativ sicherer Distanz abfeuerten.

Harpool sah auf die Kurskarte. Der schmale, V-förmige Zeiger, der seine Position markierte, befand sich fast auf dem Zielwegpunkt. Wenn die Geheimdienstoffiziere recht hatten, die alle von General Redburns Stab übermittelten Informationen auswerteten, mußte sich die Hauptstreitmacht der südlichen Nebelparder-Kräfte irgendwo unter ihm befinden. Ein Druck mit dem linken Zeigefinger auf einen am Schubhebel befindlichen Knopf schaltete die Ortung des *Shilone* auf aktiv und wählte den Boden-Luft-Modus.

Augenblicklich erschien auf der rechten Multifunktionsanzeige des Jägers ein keilförmiges Zielraster. Ein gutes Dutzend hellgrüner Punkte, die sich bewegende Ziele symbolisierten, erschienen über das gesamte Raster verteilt. Harpool schaltete das ZES-System ein und wählte den ersten Punkt als Ziel. Ein kleines, quadratisches ›Fadenkreuz‹ erschien auf der Sichtanzeige und markierte die Position des Ziels. Ein tiefes Summen in den Kopfhörern ließ erkennen, daß die ZES-Sonde nach dem ausgewählten Ziel suchte. Der IFF-Transponder des *Shilone* fragte das Ziel automatisch ab und erhielt keine Antwort. Höchstwahrscheinlich handelte es sich bei der Bodeneinheit um einen Feind. Rein theoretisch konnte es sich auch um eine eigene Einheit handeln, deren Identifikation-Freund-Feind-Transponder beschädigt oder abgeschaltet war. Die meisten Piloten zogen es jedoch vor, an so etwas nicht zu denken.

»Whiskey-Schwarm auf Posten.« Das war Steve ›Wildman‹ Timmons, der Schwarmführer des Tages und Harpools Flügelmann, der die Funkstille kurz unterbrach, um den Rest des Schwarms wissen zu lassen, daß sie in der Zeit und über dem Ziel waren. »Geht zum Angriff über.«

Fünfhundert Meter vor Harpools *Shilone* und etwas nach links versetzt rollte Timmons' Jäger scharf nach rechts ab, an Igels Bug vorbei, und ging für den Angriff in den Sturzflug. Harpool machte ihm das Manöver anderthalb Sekunden später perfekt nach.

Selbst wenn die Clanner den kurzen Funkspruch aufgefangen hatten, spielte das keine Rolle. Igels ZES-Kapsel strahlte genug elektromagnetische Energie ab, um seine Position jedem Parder zu verraten, den Kerensky je hervorgebracht hatte.

Harpool steuerte auf die Zielmarkierung zu und wartete darauf, daß sich das dumpfe Brummen in seinen Ohren in ein schrilles, trillerndes Fiepen verwandelte. Winzige Korrekturen des Knüppels, der Steuerpedale und des Schubhebels hielten das imaginäre Quadrat genau im Zentrum der Sichtprojektion.

Dann hatte das ZES sein Ziel erfaßt und markiert, und der Signalton peinigte seine Ohren. Er atmete ein und hielt, wie ein Scharfschütze vor dem Durchziehen des Abzugs, die Luft an, dann preßte er den Feuerknopf.

Die schwere Arrow-IV-Rakete fiel aus der Bombenhalterung Nummer Eins des *Shilone*. Eine halbe Sekunde später zündete der Feststoffmotor. Die Rakete schoß davon und erreichte in weniger als einer Sekunde ihre Höchstgeschwindigkeit. Der Zielsucher peilte den Energiepunkt an, der den vom Zielsuchsystem markierten Feind kennzeichnete, und glitt unaufhaltsam wie die Hand des Schicksals darauf zu.

Fünf Sekunden später traf die Rakete mit vernichtendem Ergebnis ein. Der Gefechtskopf schlug in den linken Torso eines humanoiden OmniMechs vom Typ *Thor*, der zum Herz des Parders gehörte. Die Explosion reichte nicht aus, die Panzerung der Kampfmaschine zu durchschlagen, aber die ungeheure Druckwelle genügte, den schweren OmniMech umzuwerfen.

In seiner Kanzel hoch über den Parder-Reihen grinste ›Igel‹ Harpool hinter dem dunklen Visier seines Helms über die, soweit er es beurteilen konnte, Vernichtung des Ziels. Schnell wählte er einen weiteren Leuchtpunkt, erfaßte, markierte und schoß auf einen zweiten Nebelparder-Mech.

»Whiskey Eins-zwo ist Othello LBR«, rief er, als die letzte Arrow IV sich von der ausladenden Tragfläche löste. Ohne die schweren Luft-Boden-Raketen würde sein *Shilone* sich sehr viel leichter steuern lassen, auch wenn ihm diese zusätzliche Beweglichkeit in den nächsten Sekunden noch nichts nützen würde. Noch mußte er auf relativ konstantem Kurs bleiben, um den ZES-Leitstrahl auf dem Ziel zu halten, bis er die Arrow IV zu ihrem Opfer geführt hatte. Auf dem Ortungsschirm sah er, daß Timmons seinen Angriffsflug bereits beendet hatte und nach Norden abdrehte, um das Einsatzgebiet zu verlassen.

Blutrote Laserpfeile zuckten wie tödliche Morsezeichen an der Backbordtragfläche vorbei, gefolgt von einem blendendweißen künstlichen Blitzschlag. Die Parder hatten endlich erkannt, was los war, und erwiderten das Feuer. Der PPK-Schuß bohrte sich in die flache Unterseite des *Shilone*, verdampfte eine leere Bombenhalterung und hinterließ eine tiefe Bresche in der dicken Panzerung des Jägers. Die Maschine bockte und tanzte, während Harpool darum kämpfte, das ZES-Signal auf dem Ziel zu halten.

Nur noch eine Sekunde, dachte er, biß die Zähne zusammen und widerstand dem Drang, seinen *Shilone* in einen gedrehten Steigflug zu ziehen, um den feindlichen Geschützen auszuweichen.

Weiteres Feindfeuer schoß aus dem lichten Krüppelwald, der seine Feinde verbarg, um den Jäger vom Himmel zu holen. Der *Shilone* bebte, zog den Bug nach oben und legte sich nach links, als der Bug einen heftigen Schlag einstecken mußte. Auf der Sichtprojektion verschwand die Zielmarkierung. Ob das am Einschlag der Rakete oder am Verlust der Zielerfassung lag, war Harpool in diesem Augenblick gleich. Er wußte nur, daß er endlich nicht mehr schnurgerade voraus fliegen mußte, wie es das Leitsystem der Arrow IV von ihm verlangt hatte.

Igel riß den Steuerknüppel zurück und nach rechts,

rammte den Schubhebel bis zum Anschlag nach vorne und trat das rechte Steuerpedal durch. Der Jäger reagierte augenblicklich und vollführte eine steigende Rolle über die Tragfläche, manchmal auch als Shandel bezeichnet. Vor Harpools Augen verschwammen die Instrumente, als der Andruck drohte, ihm das Bewußtsein zu rauben. Der Druckanzug zischte und beulte sich um Beine und Unterleib aus, als Druckluft in Taschen und Schläuche fuhr, um das Blut zurück in Kopf und Brust zu drücken, wohin es gehörte.

Als der Grauschleier vor seinen Augen sich hob, lag sein Jäger auf dem Rücken. Er hatte sich während der 90°-Kurve 180° um seine Längsachse gedreht. Im Hain unter sich sah er eine Säule aus öligschwarzem Rauch von der tödlichen Wirkung der Raketen zeugen.

Das Geschützfeuer, das seinem Jäger zugesetzt hatte, war verschwunden. Die Leuchtspurmunition und Laserimpulse schossen einen Viertelkilometer hinter ihm durch die leere Luft. Seine Wende war so plötzlich erfolgt, daß die Parder ihn für den Moment verloren hatten.

Zu seiner Linken stießen zwei große, weißlackierte *Stukas* zu ihrem Angriffsflug herab. Harpool drehte den Jäger wieder aufrecht und beobachtete die Maschinen. Die zweite Position in einer Angriffsstaffel war im allgemeinen die gefährlichste. Das erste Jägerpaar konnte den Feind häufig überraschen. Das dritte und alle späteren Jägerpaare hatten in aller Regel Zeit genug, Bodenfeuer, das die vorhergehenden Angriffe überstanden hatte, zu lokalisieren und ihm auszuweichen. Die als zweite Paarung angreifenden Jäger hatten jedoch keinen dieser Vorteile.

Die hintere der beiden Maschinen wurde von Techoffizier Harry Quint geflogen, einem Veteranen der Clan-Invasion. Er tauchte in gerader Linie ab und zielte auf die Mitte der Clan-Formation. Quints Ladung bestand aus vier normalen Mehrzweckbomben, die alles zerfetzten, was sie trafen. Bevor er seine vernichtende Ladung abwerfen konnte, schlug ein glitzernder Ball aus Nickeleisen in die Unterseite der *Stuka*. Der überschwere Jäger erzitterte unter dem furchtbaren Aufprall. Dann erhellte eine an Feuerwerkskörper erinnernde Serie von Explosionen den Himmel, und die *Stuka* war bis auf einzelne brennende Trümmer, die sich überschlagend zu Boden stürzten, verschwunden. Die feindliche Gausskugel mußte den Brennstofftank zertrümmert oder eine der schweren Bomben ausgelöst haben, die unter dem Rumpf der Maschine gehangen hatten. Wie auch immer, die *Stuka* und mit ihr Harry Quint waren verloren.

Scheinbar ungerührt vom plötzlichen, gewaltsamen Tod ihres Kameraden, schwenkten die restlichen Jäger zu ihrem Angriffsflug ein. Igel Harpool wußte es besser. Jagdpiloten fühlten den Verlust eines Freundes ebenso deutlich wie andere Soldaten. Aber mitten in der Schlacht war keine Zeit, um einen gefallenen Kumpel zu trauern. Die Überlebenden Schwarm Whiskeys mußten warten, bevor sie ihren Verlust betrauern konnten.

17

Lager der Nebelparder, Lutera-Ebene, Diana Kerensky-Sternhaufen, Clan-Raum

29. März 3060

Als das schwache Licht der Morgendämmerung sich mühsam durch die dichten grauen Wolken quälte, die den Himmel bedeckten, stiegen noch immer dünne Rauchfäden von den zerschmetterten Trümmern Dutzender verklumpter Stahlhaufen auf, die einstmals BattleMechs gewesen waren. Lincoln Osis, ilKhan der Clans, trat aus seinem temporären Hauptquartier. In den Büroräumen, die den Nebelpardern als Ausweichquartier dienten, war früher die Verwaltung der längst aufgegebenen Bergwerksanlage untergebracht gewesen. In einem Bruch der Clan-Traditionen hielt Osis immer noch den Rang des Nebelparder-Khans, obwohl er vor kurzem zum ilKhan gewählt worden war. Seitdem hatte es keine Versammlung des Clan-Konklave gegeben, die nötig war, um einen neuen Khan zu bestimmen. Wenn das Konklave der Blutnamensträger das nächste Mal zusammentrat, würde er seinen alten Titel weitergeben, wahrscheinlich an saKhan Brandon Howell. Aber bis dahin brauchten die Parder einen Khan, und das war immer noch Lincoln Osis.

Osis war müde. Er hatte die vergangenen vierundzwanzig Stunden mit der Planung einer Offensive verbracht, um die Barbaren der Inneren Sphäre in den Tod zu treiben. Aber seine Müdigkeit verblaßte angesichts des Hochgefühls und Stolzes, die sein Kriegerherz erwärmten. Er hatte die loyalen Krieger seines Clans persönlich in einen harten Nachtkampf gegen die Invasoren geführt und dem Feind eine furchtbare Niederlage zugefügt. Die feigen Freigeburten hatten vor seinem Zorn in wilder Panik das Weite gesucht.

Neben ihm ging Galaxiscommander Hang Mehta, auf deren breiten, olivfarbenen Zügen der gleiche Stolz zu lesen war. Mehtas Krieger hatten sich gut geschlagen, nicht perfekt, aber gut. Eine beträchtliche Zahl von Barbaren hatten das Schlachtfeld lebend verlassen. Osis hätte es vorgezogen, sie alle tot zu sehen. So wurde es notwendig, die Invasoren zu jagen und niederzumachen. Aber das war eine Aufgabe für Galaxiscommander Hang Mehta und ihre Leute. Lincoln Osis hatte Wichtigeres zu tun.

»Galaxiscommander«, kam er ohne Umschweife zur Sache, wie es seine Gewohnheit war. »Ich reise in einer Stunde ab. Ich kehre nach Lutera zurück. Man hat mich informiert, daß die Techs, die den schändlichen, feigen Angriff auf die sekundäre Befehlszentrale im Stadtgebiet überlebt haben, zumindest einen Teil der Kommando-, Kontroll- und Kommunikationsanlagen wieder funktionstüchtig gemacht haben. Von dort aus werde ich den Oberbefehl über die Rückeroberung unserer Welt von den Barbaren übernehmen. Hier im Norden übertrage ich dir, Hang Mehta, die Verantwortung für das Aufspüren und die Vernichtung der letzten Überreste der feindlichen Kräfte. Enttäusche mich nicht, Galaxiscommander.«

»Neg, ilKhan. Ich werde Sie nicht enttäuschen«, versprach Mehta. »Ich werde diese Stravag-Barbaren zerquetschen. Ich werde ihre Anführer mit bloßen Händen erwürgen, sollte das notwendig sein, und Ihnen ihre Herzen auf dem Tablett servieren.«

Osis nahm die knurrenden Versprechungen seiner Offizierin mit einem Nicken zur Kenntnis.

»Die Feiglinge sind tief in die Parderzähne geflohen«, fuhr Mehta fort, von der wortlosen Zustimmung des ilKhans ermutigt. »Es wird nicht leicht werden, sie zu finden. Viele unserer Luft/Raumjäger wurden noch in der Besatzungszone zerstört. Die wenigen, die uns geblieben waren, wurden von den Barbaren beim Anflug auf Diana vernichtet. Ich habe bereits mehrere Sterne leichte ScoutMechs ausgeschickt, nach dem Feind zu suchen. Ihre Kommandeure haben mir versichert, daß sie diese Surats noch heute ausfindig machen werden. Dann werde ich mit der Hauptstreitmacht meiner Krieger nachrücken und ihren wertlosen Leben ein Ende bereiten.«

Wieder nickte Osis. »Enttäusche mich nicht, Galaxiscommander«, wiederholte er. Dann drehte er auf dem Absatz um und marschierte zu dem geborgenen Wagen, der ihn nach Lutera bringen sollte.

* * *

Im Mobilen HQ der Leichten Eridani-Reiterei schien die Stimmung noch trostloser als der wolkenverhangene Morgenhimmel. Ariana Winston saß trübsinnig am Kartentisch und hielt sich an einer Tasse Kaffee-Ersatz fest. Major Marcus Poling und Colonel Regis Grandi hingen matt und mit ähnlich verhärmten Mienen voller Schock, Trauer und Erschöpfung in ihren neben dem Holotisch mit dem Fahrzeugboden verschraubten Stühlen. Keiner der Kommandeure schien bereit, die drückende Stille zu brechen, die über dem Fahrzeug lag.

Auf dem Holotisch lag ein Berichtsausdruck, der die Aktion der vergangenen Nacht zusammenfaßte. Er begann mit einer erschreckend langen Verlustliste.

»Es läßt sich nicht bestreiten, Gentlemen«, stellte Winston schließlich fest. »Alle drei unserer Einheiten sind deutlich unter halber Stärke, obwohl ein Drittel Stärke möglicherweise treffender wäre. Die Leichte Reiterei besitzt nur noch sechsundneunzig einsatzbereite Mechs. Einige meiner wichtigsten Offiziere, darunter Colonel Amis vom 21. Einsatzregiment, sind tot, verwundet oder vermißt. Major Ryan und die DEST-Teams sind beim Abzug aus Lutera schwer mitgenommen worden. Er verfügt nur noch über fünf voll einsatzbereite Leute und acht Verletzte. Die ComGuards besitzen... wieviel... dreiundfünfzig funktionierende Mechs? Major Poling, wieviel St.-Ives-Lanciers haben Sie noch?«

»Einundzwanzig«, murmelte Poling. »Und etwa dreißig Infanteristen.«

»Die Berichte, die mir von Andrew Redburn vorliegen, deuten darauf hin, daß sich die Südgruppe in einem ähnlichen Zustand befindet.« Winston klopfte auf den Bericht, während sie sprach. »Die Kathil-Ulanen sind noch in der besten Verfassung und können etwa sechsundfünfzig der ursprünglich einhundertvierzig Mechs des Regiments einsetzen. Die Highlanders und Ritter haben schwerere Verluste erlitten, was die gesamte Südgruppenarmee auf kaum mehr als ein Regiment kampfbereiter BattleMechs reduziert.«

Winston hörte die tonlose, gefühllose Stimme des Davion-Offiziers noch, mit der er ihr den Abschlußbericht über den letzten Angriff der Parder auf die Südgruppe verlesen hatte.

»Wir wurden ziemlich verprügelt«, hatte Redburn gesagt. »Irgendwie ist es den Nordpol Parisern gelungen, unsere Stellungen fast zu umgehen, bevor wir sie entdeckt haben. Um ehrlich zu sein, ich gehe davon aus, daß sie sich genauso verirrt hatten wie wir.«

»Wie sieht es mit Ihren Vorräten aus?« stellte Winston die Frage, die sie am liebsten nicht ausgesprochen und die Redburn am liebsten nicht beantwortet hätte.

»Nicht zu schlecht.« Redburn hatte seine Antwort vorsichtig formuliert. Sie wußten immer noch nicht, ob es den Nebelpardern inzwischen gelungen war, die Gespräche der Einsatzgruppe zu entschlüsseln, aber weder er noch Ariana Winston waren bereit, das Risiko einzugehen. »Es gibt immer noch Material, das wir brauchen könnten, und ein paar Sachen, die uns fehlen. Ich könnte ein paar schöne dicke, saftige Steaks vertragen, Feuerwerk, ein paar neue Aktivatoren und zwei Aspirin von der Größe eines Landungsschiffes, aber sonst geht es uns gut.«

Zwischen den Zeilen der scherzhaft formulierten Antwort Redburns, deren Humor durch dessen tonlose Stimme völlig verlorenging, hatte Winston gelesen, daß die Südgruppe schwer beschädigt war und unter Mangel an Nahrungsvorräten, Munition, Ersatzteilen und Medikamenten litt.

»Etwas Gutes kann ich melden«, hatte Redburn noch hinzugefügt. »Diese Flieger, die Sie uns geschickt haben, scheinen die Parder tatsächlich entmutigt zu haben. Unsere Scouts melden, daß sie sich fast bis an den Rand der Sümpfe zurückgezogen haben. Wohl, um ihre Wunden zu lecken und sich zu überlegen, was sie als nächstes tun sollen.«

* * *

»Nach unseren besten Erkenntnissen, die so großartig nicht sind, befinden sich die Parder in erheblich besserem Zustand als wir«, kehrte Winston bewußt in die Besprechung zurück, die sie geistesabwesend weitergeführt hatte, während sie sich an ihr Gespräch mit Redburn erinnerte. »Soweit wir das feststellen können, stehen wir zwei kompletten Sternhaufen gemischter Front- und Garnisonsklasse-Mechs gegenüber. Unsere Scouts und die Abschlußberichte des Debakels der vergangenen Nacht ergeben, daß es sich um eine improvisierte Galaxis aus Überlebenden der Parder-Einheiten handelt, die Prinz Victor aus der Inneren Sphäre vertrieben hat.«

Winstons Stimme war so bitter wie der Kaffee-

Ersatz in ihrer Tasse, als sie den spektakulär fehlgeschlagenen Nachtangriff auf die Reparaturanlage der Nebelparder erwähnte. »Außerdem haben wir die Bestätigung, daß wir gestern nacht zumindest auf Teile der Leibgarde des ilKhans gestoßen sind. Ich besitze Gefechts-ROMs eines Eridani-Mechs, die eindeutig ein halbes Dutzend brandneuer schwerer und überschwerer OmniMechs mit dem Wappen der Höhle des Parders zeigen. Wir müssen also schließen, daß Khan Osis sich auf Diana aufhält und mindestens eine Galaxis Truppen mitgebracht hat. Redburn war nicht in der Lage, eine verläßliche Einschätzung der Kräfte zu liefern, gegen die er im Süden antritt. Das Sumpfgelände ist so überwachsen und undurchdringlich, daß eine effektive Kundschafterarbeit unmöglich ist. Die meisten Mechwracks der gestrigen Kämpfe sind im Sumpf versunken, bevor sie geborgen oder untersucht werden konnten. Er nimmt an, daß der Feind an seiner Front verstreut ist und mit denselben Schwierigkeiten zu kämpfen hat wie er. Er wird versuchen auszuhalten, so lange er kann.« Sie grinste schief. »Wenn nötig, indem er seine Leute Steine werfen läßt. So, Gentlemen. Das ist die Lage. Ihre Einschätzung?«

Grandi ergriff als erster das Wort. »General, die Falkner haben noch genug Munition für eine Schlacht. Danach sind wir auf die Energiewaffen angewiesen, und einige meiner Mechs sind dafür nicht ausgerüstet. Möglicherweise können wir länger durchhalten, wenn wir unsere am schwersten beschädigten Einheiten ausschlachten und unsere Truppe sozusagen konsolidieren. Aber es bleibt dabei, daß wir nur noch für eine Schlacht Munition haben. Ob wir gewinnen oder verlieren, wenn Ihre Berichte stimmen, sind wir in die Defensive gedrängt. Wir wurden jetzt schon ins Gebirge zurückgeschlagen. Ich rate, die Lage auszunutzen.«

»Wie meinen Sie das, Colonel?«

»Ich meine, wir sollten uns tief ins Gebirge zurückziehen. Wir suchen uns eine sichere Landezone und holen die capellanischen und Rasalhaager Truppen. Wir sagen Redburn, er soll dasselbe tun, und schicken ihm die Lyranische Garde. Ich weiß, daß alle diese Einheiten in der planetaren Invasion rund die Hälfte ihrer Truppen verloren haben, aber sie hatten zwei Wochen relativer Ruhe, um sich zu erholen, neu auszurüsten und ihre Maschinen zu warten.«

»General Winston«, warf Poling ein. »Ich fürchte, selbst mit diesen Verstärkungen werden wir gezwungen sein, einen Guerillafeldzug zu führen, und dazu einen auf Verteidigung ausgerichteten. Ich schlage vor, Kontakt mit der Flotte aufzunehmen. Wir sollten zwei Kriegsschiffe ins Systeminnere holen und die Parder aus dem All bombardieren.« Er hob die Hand und blockte Winstons Protest ab. »Ich weiß, daß Sie nicht viel von Orbitalbombardements halten, aber das könnte unsere einzige Chance sein zu überleben.«

»So einfach ist das nicht«, meinte Grandi. »Wir haben keine genauen Koordinaten für den Aufenthaltsort der Flotte. Seit wir aus Lutera vertrieben wurden, besitzen wir nicht einmal genaue Koordinaten unserer eigenen Position. Wir könnten die Sendung über Breitband schicken, aber dann würden sie sämtliche Parder und ihre Geschkinder auch hören. Selbst wenn es uns gelingt, Kommodore Beresick zu erreichen, wird er bestenfalls ein über Koordinaten festgelegtes Gebiet unter Beschuß nehmen können. Wir haben keine Beobachtertrupps mehr. Sie sind alle in Lutera verlorengegangen. Ich habe keine Ahnung, ob Redburn noch welche hat. Wir könnten versuchen, den Flottenbeschuß selbst zu koordinieren und zu steuern, aber das wäre reichlich problematisch. Wir schaffen es möglicherweise nie, einen exakten Geschützeinsatz auf ein bestimmtes Ziel zu lenken. Um es ganz klar zu sagen:

Ein winziger Fehler, und wir haben eine gute Chance, selbst getroffen zu werden. Nein, das einzige, was uns bleibt, ist ein Flächenbombardement.«

Eine lange Zeit saß Ariana Winston schweigend am Tisch und dachte über diese Lage nach. Das Schweigen im Befehlsfahrzeug legte sich auf die Atmung.

»Na schön«, erklärte sie schließlich, alles andere als glücklich über die Entscheidung, zu der sie sich gezwungen sah. »Wir werden wie vorgeschlagen die letzten Reserven an die Front holen. Colonel Grandi, rufen Sie die Flotte. Wenn Sie Beresick erreichen, bitten Sie ihn, die *Unsichtbare Wahrheit* und die *Feuerfang* ins Systeminnere zu bringen. Wir können versuchen, ein auf ein kleineres Gebiet begrenztes Flächenbombardement einzusetzen, wenn es nötig wird, aber ich werde auf keinen Fall ein wildes Orbitalbombardement erlauben, selbst wenn wir die ganze Einsatzgruppe verlieren.« Sie fügte mit bitterer Stimme hinzu: »Ich bezweifle, daß die Schiffe rechtzeitig hier sind, um mehr leisten zu können, als die Siegesfeiern der Parder zu stören, wenn es uns nicht gelingt, sie hier am Boden zu besiegen.«

»General«, erklärte Grandi ernst. »Wenn wir die Parder in der nächsten Schlacht nicht besiegen und Redburn sie im Süden nicht aufhalten kann, *brauchen* wir die Schiffe im Systeminneren, weil die Einsatzgruppe Diana wird evakuieren müssen.«

»Colonel Grandi, kennen Sie die Gefahren eines kämpfenden Rückzugs ins All?« fragte Winston. In ihren dunklen Augen loderte ein unangenehmes Feuer. »Ich war bereits in dieser Lage, und ich bete zu Gott, daß ich sie nie wieder durchmachen muß. Sobald Sie die Landungsschiffe herbeirufen, wird sich jeder feindliche Krieger auf diesem Planeten auf die Landezone stürzen. Die Schiffe müssen aufsetzen und am Boden bleiben, bis wir die Verletzten und Hilfstruppen verladen haben. Dann können wir damit anfangen, die Kampftruppen einzuschiffen. Im schlimmsten Fall stehen die Landungsschiffe während der gesamten Zeit unter Feindbeschuß. Wir könnten froh sein, wenn auch nur die Hälfte wieder starten kann. Wir haben keine Ahnung, wie viele Jäger der ilKhan mitgebracht hat. Unsere Jäger haben schwere Verluste erlitten. Die Luftabwehr für die Landungsschiffe wird reichlich spärlich ausfallen. Das einzige, was zu unseren Gunsten arbeitet, ist die Höhe unserer Verluste.

Vergessen Sie nicht, als die Clan-Verstärkungen eintrafen, haben wir unsere Transporter weggeschickt, bis sie wieder gebraucht werden. Wir können sie jetzt nicht zurückrufen und erwarten, daß sie rechtzeitig eintreffen, um uns hier rauszuholen. Nein, wir werden die Evakuierung mit den Kriegsschiffen durchführen müssen. Das einzig Gute ist, daß wir so stark dezimiert sind, daß die Landungsschiffe, für die wir Dockkrägen verfügbar haben, ausreichen werden, um die Bodentruppen zu evakuieren. Nein, Gentlemen. Wenn wir hier am Boden besiegt werden, ist Einsatzgruppe Schlange am Ende.«

»General«, rief eine SensorTech von der anderen Seite des Fahrzeugs. »Tut mir leid, Sie unterbrechen zu müssen, aber das sollten Sie sich anhören.«

Die Tech preßte eine Reihe von Knöpfen, und eine von Rauschen überlagerte Stimme drang aus den Deckenlautsprechern des Wagens. »...coln Osis weist Sie an, Ihre Einheiten nach Nord und West zu verlagern. Es wird mit einem Versuch der feindlichen Truppen gerechnet, sich zu vereinen. Galaxis Delta verfolgt die Barbaren im Norden weiter.«

»Woher kommt das?« fragte Winston.

»Soweit wir das feststellen können, kommt es aus Lutera, General.« Die Tech zuckte die Achseln. »Anscheinend haben die Parder ihre sekundäre K^3-Zentrale wieder in Betrieb genommen.«

»In Ordnung, Gentlemen, Sie haben Ihre Befehle«, schnappte Winston und löste damit befremdliche Blicke ihrer Offiziere aus. Winston war klar, daß es nicht zu ihr paßte, die Planungsbesprechung so plötzlich zu beenden, aber sie hatte eine neue Krise zu bewältigen, und dazu mußte sie allein sein.

Mit gleichermaßen verwirrter Miene salutierten Grandi und Poling und verließen das HQ-Fahrzeug. Winston drehte sich sofort zu den KommTechs um und ratterte eine Liste von Befehlen herunter.

»An General Byran. Sie soll mit der Garde die Südgruppe verstärken. Die 4. Drakøner und die Legion werden angewiesen, uns hier im Norden zu entsetzen. Versuchen Sie, Verbindung mit der Flotte aufzunehmen, und weisen Sie Kommodore Beresick an, seine Schiffe ins Systeminnere zu bringen. Er soll sich bereithalten, je nach Bedarf Unterstützungsfeuer zu liefern oder die Einsatzgruppe zu evakuieren.«

Dann drehte sie sich um und ging zur Tür.

* * *

Fünf Minuten später duckte sich ein junger Mann in der Uniform eines MechTechs der Leichten Eridani-Reiterei in ihr Zelt. Winston war nicht überrascht, Kasugai Hatsumi in dem grüngrauen Overall zu sehen. Nach allem, was sie über die Nekekami gehört hatte, hätte sie mit keiner Wimper gezuckt, wenn er in der juwelenbesetzten Maske und dem Lederumhang eines Khans der Wölfe erschienen wäre.

»Ich habe einen Auftrag für Sie«, stellte sie leise fest. »Die Nebelparder haben ihr sekundäres Kommando-, Kontroll- und Kommunikationszentrum in Lutera zumindest teilweise wieder in Betrieb genommen. Wenn es ihnen gelingt, die Anlage vollständig zu reparieren, können sie HPG-Botschaften senden und möglicherweise weitere Verstärkungen hierher dirigieren.«

Obwohl sie wußte, daß ihr Gegenüber und seine Krieger keine Erläuterungen brauchten, sondern ausgebildet waren, jede Mission fraglos zu akzeptieren, selbst wenn sie ihren sicheren Tod bedeutete, war sie zu sehr daran gewöhnt, die Beweggründe für ihre Anordnungen zu erklären. Es war altbekannt, daß Menschen auf Befehle, deren Hintergrund sie verstanden, besser reagierten als auf ohne jeden Kommentar erteilte Anordnungen. Winston hatte ihren Befehlsstil entsprechend ausgelegt.

»Ich möchte, daß Sie Ihr Team nach Lutera nehmen und die Anlage vernichten. Sagen Sie mir, was Sie brauchen, und ich werde versuchen, es zu besorgen.«

»Wir haben alles, was wir benötigen«, stellte Kasugai Hatsumi fest.

»Noch etwas. Soweit wir feststellen konnten, befindet sich Lincoln Osis, der Khan der Nebelparder, auf Diana.«

»Und Sie wünschen seinen Tod«, bemerkte Hatsumi unbewegt.

»Nein, ich wünsche nicht seinen Tod.« Einen Augenblick lang flackerte Winstons durch die Erschöpfung angespanntes Temperament auf. »Jedenfalls nicht so. Ich habe Sie nur auf seine Anwesenheit hingewiesen, weil sie ohne Zweifel erhöhte Sicherheitsvorkehrungen zur Folge haben wird. Sie dürfen nicht, ich wiederhole, *nicht* Jagd auf ihn machen. Wir agieren hier unter dem Banner des Sternenbunds. Die politische Führung des Feindes zu ermorden kann unsere Ansprüche den anderen Clans gegenüber kaum festigen. Er ist ein Krieger, und ihn auf dem Schlachtfeld zu töten ist eine Sache. Kaltblütiger Mord ist eine andere.«

Hatsumi verneigte sich steif. »Sumimasen, Winston

Ariana-sama. Bitte verzeihen Sie mir. Ich habe Ihre Absichten mißverstanden. Wir werden die Anlage wie befohlen zerstören.«

Bevor Winston antworten konnte, drehte Hatsumi sich mit der flüssigen Eleganz einer angreifenden Dschungelkatze um und verschwand durch die Tür des Zeltes.

18

**Lager der Leichten Eridani-Reiterei,
Vorgebirge der Parderzähne, Diana
Kerensky-Sternhaufen, Clan-Raum**

29. März 3060

Riesenhaft und häßlich, mit einem wie krampfartig zu einer Fratze verzerrten Gesicht ragt die *Galeere* aus dem leichten Nebel auf, der das Bild auf Sandra Barclays Sichtschirm verschleiert. Wie ein Todesengel richtet der Clan-OmniMech seinen verwachsenen rechten Arm auf ihren *Cerberus* und feuert eine Lasersalve ab, die nahezu eine Tonne Panzerung vom Torso ihres Mechs fegt. In Barclay steigt die Wut auf wie ein plötzliches Fieber, und sie erwidert den Angriff der überschweren Feindmaschine mit einem Doppelschlag aus den Gaussgeschützen ihrer Mecharme.

Die massiven Kugeln aus Nickeleisen, die von einer Serie leistungsstarker Elektromagneten in den Läufen der Geschütze auf Überschallgeschwindigkeit beschleunigt werden, ziehen eine schwache, silbrige Leuchtspur durch den lichten Krüppelwald vor ihrer Deckung. Beide schlagen in den Torso der *Galeere* ein, aber die Panzerung des OmniMechs ist so dick, daß die schweren Metallgeschosse nur die Bemalung vom Stahlpanzer des Metallmonsters hämmern.

Seit zwei Wochen belagern die Clanner die Stellungen der Leichten Reiterei. Immer wieder versuchen sie, sich eine Bahn durch die Linien der Inneren Sphäre zu brechen. Wieder und wieder werden sie zurückgeworfen. Aber jeder gescheiterte Angriffsversuch, jeder wilde Sturmangriff, den sie zurückwerfen kann, kostet die Einsatzgruppe kostbare Männer, Mechs und Munition. Mit jedem Angriff der Clanner auf die immer dünner werdenden Abwehrlinien sinkt die Kampfmoral der Verteidiger. Und nun dieser letzte, selbstmörderische Angriff von OmniMechs und Elementaren, die wie unter einem Bann stehen, die Leichte Eridani-Reiterei vernichten zu müssen.

Barclays Truppen haben sich bewundernswert geschlagen, aber sie sind am Ende. Rings um sie her bricht die 71. Leichte Reiterei auseinander. Zerbeulte und aufgerissene Mechs stürzen unter den erstaunlichen Energiemassen der technisch überlegenen Waffen ihrer Feinde zu Boden. Infanteristen und Panzerbesatzungen werden en masse abgeschlachtet, manche, bevor sie auch nur einen Schuß abgeben können. Sandy Barclay hat den Eindruck, daß allein ihre BefehlsKompanie standhält. Der Rest der Schimmel scheint knapp vor dem panischen Rückzug zu stehen.

Dann taucht der Metallriese auf, dem sie sich jetzt gegenübersieht. Mit einer Serie von Feuerstößen aus seiner Batterie Extremreichweitenlaser hat er die Panzerung von Captain Daniel Umsonts *Kriegshammer* zerfetzt und die Maschine, deren Baureihe seit Jahrhunderten eine der Hauptstützen der Mechkriegsführung in der Inneren Sphäre ist, zu Boden geschleudert. Als der dunkelhäutige Krieger aus dem zerschmetterten, brennenden Mech kriecht, sprengt der Nebelparder eine der Splitterkapseln, die zum Schutz gegen Elementarangriffe am linken Fußgelenk seiner Maschine montiert sind. Ein Hagel aus Metallpfeilen zerfetzt Umsont und läßt seinen geschundenen, blutüberströmten Leichnam halb aus dem engen Cockpit des *Kriegshammer* hängend zurück, wo die roten, öligen Flammen an den Resten seiner Kühlweste lecken.

Barclay schreit auf. Ihr Zorn mischt sich mit Entsetzen über die kalte, gefühllose Weise, auf die der ClanKrieger ihren Stellvertreter umgebracht hat. Sie senkt die Gaussgeschütze des *Cerberus* und pumpt eine Salve nach der anderen in das grinsende Stahlungeheuer. Die schweren Geschosse hinterlassen kaum eine Spur auf der *Galeere*. Der häßliche Clan-Mech dreht sich zu ihr um.

Einen Augenblick lang bleibt der Feind stehen und gibt ihr Zeit, den ganzen Schrecken der Situation zu fühlen. Irgendein Clan-Tech hat das Gesicht der *Galeere* bemalt, so daß es einem abstoßenden Gargoyle oder Wasserspeier gleicht, dem mythischen Monster, das Pate für den Namen stand, den die Clans diesem überschweren OmniMech mit seinen achtzig Tonnen Lebendgewicht gaben. Das Maul der Kreatur ist über eine Serie von Kühlschlitzen in der unteren Kopfhälfte der Maschine gemalt. Weiße Reißzähne ziehen sich nach unten, und gemaltes Blut tropft von ihren Spitzen auf die Brustpartie des Mechs. Während sie es anstarrt, verzerrt sich das Gesicht des Gargoyles zu einer Fratze der Wut und des Abscheus.

Langsam streckt die *Galeere* den linken Arm aus. An Stelle einer Hand endet er in einem kurzen, dicken Geschützlauf. Als die Mündung sich auf Barclays Gesicht richtet, kann sie nur erstarrt zusehen, wie aus dem klaffenden Maul der Waffe bluttriefende Reißzähne wachsen, bevor es Feuer und Tod spuckt.

Mit einem erstickten Angstschrei wachte Sandra Barclay auf und blinzelte unsicher die Wände ihres Zelts an. Von der anderen Seite der Nylonbahnen hörte sie die übliche Geräuschkulisse eines Armeelagers. Allmählich wurde sie sich bewußt, daß sie auf Diana war, im Feldlager der Leichten Eridani-Reiterei, nicht auf Coventry im belagerten Leitnerton. Sie kämpfte gegen die Nebelparder, nicht gegen die Jadefalken.

Ein mühsames Keuchen entrang sich ihrer Kehle.

Ich drehe durch. Barclay hatte von Kriegern gehört,

die auf langen Gefechtseinsätzen den Verstand verloren hatten. Im Verlauf der Jahrhunderte hatten die Ärzte und Psychiater immer neue Namen dafür gefunden: Gefechtsschock, Kampfmüdigkeit, operationale Erschöpfung, posttraumatisches Streßsyndrom.

Barclay hatte nie über die Schreckensvisionen gesprochen, die seit den letzten blutigen Schlachten an der Stadtgrenze Leitnertons auf der lyranischen Allianzwelt Coventry an ihrem Verstand zehrten. Eine Jadefalken-*Galeere* war durch die Frontlinien ihrer Einheit gebrochen und schien zwanghaft darauf fixiert, sie zu vernichten.

Der Falken-Krieger hatte versucht, den linken Arm des überschweren Mechs mit der schweren Autokanone ins Spiel zu bringen, aber der hatte krampfhaft gezuckt und ihm den Gehorsam verweigert. Bevor der Clanner die gebündelten Laser des anderen Mecharms auf ihren *Cerberus* abfeuern konnte, hatte Barclay die *Galeere* mit einer kombinierten Breitseite aus Laserfeuer und Gausskugeln schrottreif geschossen.

Damit hätte es eigentlich vorbei sein müssen, doch wenige Tage nach ihrer Konfrontation mit der *Galeere* war die kurze, brutale Auseinandersetzung in Gestalt eines unangenehmen Traums wiedergekehrt, der sich immer wieder wie eine körnige Holoshow in ihrem Geiste abspulte. Im Verlauf der nächsten Wochen hatte sich der Traum in einen Alptraum verwandelt, als ihr Unterbewußtsein die tatsächlichen Geschehnisse ausgeschmückt, das, was sich tatsächlich ereignet hatte, zu dem extrapoliert hatte, was hätte geschehen *können*, bis sie jetzt, fast zwei Jahre später, bereits im Wachzustand unter Visionen litt und die kurze, schnelle Hinrichtung einer bereits angeschlagenen Clan-Maschine sich in die Vernichtung ihrer gesamten BefehlsKompanie verwandelt hatte, sie selbst eingeschlossen.

Sie hatte gezögert, über die Visionen zu sprechen, zunächst, weil es ihr unangenehm war, auch nur an sie zu denken. Später, als sie ausführlicher und intensiver wurden, hatte sie Angst bekommen, die Regimentsärzte könnten sie permanent krankschreiben oder zur Ausbildungsabteilung versetzen, wenn sie ihre Alpträume erwähnte. In jüngster Zeit, um genau zu sein, seit die Einsatzgruppe sich im Clan-Raum befand, litt sie schon im Wachzustand unter Visionen, und sie wurden immer intensiver, bis sie die grausam grinsende *Galeere* fast jedesmal sehen konnte, wenn sie die Augen schloß. Die Erinnerung an den tatsächlichen Lauf der Dinge half ihr nicht, die Angst davor zu besiegen, was hätte geschehen können.

Es kann nicht daran liegen, daß ich feige wäre, dachte Barclay. *Ich bin in meinem ganzen Leben keiner Auseinandersetzung ausgewichen.*

Dann nahm in den schlaftrunkenen, von Alpträumen durchsetzten Winkeln ihres Geistes ein neuer Gedanke Gestalt an.

Ich werde sterben. Ich werde hier auf diesem häßlichen Steinklumpen sterben, und ich kann nichts daran ändern. Unmittelbar auf diesen Gedanken folgte eine scharfe Zurechtweisung. *Schluß damit, Barclay. Du bist eine Berufssoldatin. Du wirst bezahlt, um zu kämpfen, nicht damit du dich in idiotischen Phantastereien verausgabst. Reiß dich zusammen.*

Sandra Barclay setzte sich plötzlich auf. Ihr war klar, daß beide Stimmen, die sie gehört hatte, ihr selbst gehörten, aber die zweite besaß eine beunruhigende Qualität, einen seltsam spöttischen Tonfall. Sie hatte Angst, wegen eines Gefechts auf einem Hinterwäldlerplaneten vor fast zwei Jahren den Verstand zu verlieren.

Was sie an Schlaf gefunden hatte, und das war wenig genug, war durch den Alptraum zerstört. Barclay warf die dünne Decke aus olivgrünem Mischstoff beiseite und schwang die langen Beine auf den Boden. Sie zog die Stiefel an, schnappte sich ihre Jacke und trat unsicher aus dem Zelt. Gerade ging die Sonne auf.

Vielleicht hilft mir ein Spaziergang an der frischen Luft, einen klaren Kopf zu bekommen, munterte sie sich auf.

* * *

Als Dianas trübe Sonne den höchsten Punkt ihrer Himmelsbahn erreicht hatte, war sie nicht mehr zu sehen. Dünne graue Wolken hatten sich zu einer dichten Decke versammelt, die inzwischen stellenweise schon mehr schwarz als grau war.

Barclay zog die Uniformjacke fester um die Schultern. Die Temperatur, die einen Höchstwert von dreizehn Grad erreicht hatte, war in der letzten halben Stunde um mindestens sechs Grad gefallen. Das trübe Wetter paßte großartig zu ihrer Stimmung.

Der Überfall auf das Parder-Lager und die Wartungsanlage in der vorigen Nacht war ein absolutes Desaster gewesen. Irgendwie hatten die Nebelparder ihren Anmarsch bemerkt und sie erwartet. Mit ihren überlegenen Zielsuchgeräten und Waffen hatten die Clanner die Sternenbund-Einheiten angegriffen, lange bevor ihre Kameraden eine Chance bekamen, das Feuer zu erwidern. Eine ganze Reihe leichter Eridani-Mechs waren schon in den ersten Minuten des Gefechts ausgefallen. Obwohl ihr Regiment als Rückendeckung eingeteilt gewesen war und sich mehrere Kilometer hinter der Frontlinie befunden hatte, konnte sie die lodernden BattleMechs, die von dem gnadenlosen Clan-Angriff in Brand gesetzt worden waren, noch vor sich sehen.

Schlimmer noch, Ed Amis wurde vermißt. Seine

Stellvertreterin, Major Eveline Eicher, hatte Amis'
Orion im Zweikampf mit einem Parder-*Kampfdämon*
gesehen. Eicher behauptete, bemerkt zu haben, wie
Amis aus dem Cockpit der zerstörten Maschine gekrochen war, nachdem der *Kampfdämon* sich ein anderes Ziel gesucht hatte. Aber sie wußte nicht, ob der
Colonel die Schlacht überlebt hatte.

Ohne Ed Amis blieben der Leichten Reiterei nur
Charles Antonescu und Ariana Winston als erfahrene
Regimentskommandeure. Trotz ihrer Feuertaufe auf
Coventry konnte Barclay sich nicht überwinden, ihren
eigenen Namen auf diese Liste zu setzen. Ihre Hände
zitterten, sobald sie sich ins Cockpit eines Battle-
Mechs setzte, selbst wenn es nur um Routinearbeiten
wie die Aktualisierung des Sicherheitssystems ging.

Wieder zog die Vorahnung des Todes wie ein Geist
durch ihre Gedanken. Sandra Barclay *wußte*, sie würde sterben, wenn sie noch einmal in die Schlacht zog.
Auch der Spaziergang hatte nicht geholfen, ihre
Schreckensvision zu vertreiben.

»Sie kommen!«

»Colonel Barclay.« Ein Adjutant kam keuchend her-
angerannt. »Eine große Feindformation nähert sich
unseren Linien. General Winston hat alle Einheiten in
die Stellungen befohlen. Das scheint die Entscheidung zu werden.«

»Was ist mit den Posten? Warum haben sie uns
nicht gewarnt?« blaffte sie den jungen Offizier an.

»Keine Ahnung, Colonel«, zuckte der die Schultern.
»Ich schätze, sie wurden überrannt, bevor sie Alarm
geben konnten. Unsere erste Warnung war das Geräusch der Parder im Anmarsch auf unsere Stellungen.«

Barclay fühlte, wie das Blut aus ihrem Gesicht wich.
Um die Angst zu überspielen, die sie zu überwältigen
drohte, salutierte sie, dann wirbelte sie herum und

stürmte zu ihrem Mech. Gegen die Gewißheit des bevorstehenden Todes ankämpfend, hastete sie die Kettenleiter empor, die über den Torso des Mechs herabhing. Sie hechtete in das enge Cockpit, streifte die Uniform ab und zwängte sich in die sperrige Kühlweste.

Die ersten Regentropfen prasselten auf die Panzerung des *Cerberus*, als sie die Luke zuknallte und verriegelte. Durch den dicken Plastahl des Kanzeldachs sah sie die vorgebeugten grauen Silhouetten der Clan-OmniMechs gegen die Positionen der Leichten Reiterei vorrücken. Ihr Magen bockte und verkrampfte sich. Einen furchtbaren Augenblick lang hatte sie Angst, sich übergeben zu müssen. Aber trotz der Angst, die drohte, sie in den bodenlosen Schlund der Verzweiflung zu stürzen, mußte sie weitermachen. Sie war und blieb die Kommandeurin des 71. Leichten Reitereiregiments, und sie würde nicht zulassen, daß ihre Truppen, ihre Kameraden und ihre Freunde ohne sie in die Schlacht zogen.

Sie riß sich am Riemen und kletterte auf die Pilotenliege, griff sich den Neurohelm und zog ihn über den Kopf, noch bevor sie richtig saß. Eine der Feindmaschinen spuckte Feuer. Sekunden später schlug eine Salve Kurzstreckenraketen in ihren Mech ein. Das dumpfe Krachen der explodierenden Gefechtsköpfe ging in einem Donnerschlag unter, als über ihnen ein Gewitter losbrach, dessen Naturgewalten die vergleichsweise kümmerlichen technologischen Entladungen der PPKs zu verspotten schienen, die über das felsige Schlachtfeld zuckten.

Barclay verfluchte die Trägheit des Mechcomputers, während sie die Maschine hochfuhr. Noch zweimal erbebte der schwere *Cerberus* unter dem Einschlag feindlicher Raketen. Dann kam ihr Peiniger näher. Es war ein aufgeschossener, eleganter *Grendel*, eine der neuesten Mechkonstruktionen der Nebelparder. Ohne sich Zeit zum Zielen zu nehmen, riß Barclay die Arme des *Cerberus* hoch und drückte die Auslöser durch. Schwere, massive Geschosse aus den beiden Gaussgeschützen bohrten sich in den Torso des *Grendel*. Panzerung zerbarst und schleuderte Scherben aus fiberverstärktem Stahl auf den regennassen Boden. Vier pulsierende Lichtwerfersalven peitschten aus dem Rumpf des *Cerberus* ins Ziel. Der *Grendel* schwankte, und klaffende Breschen zeigten, wo die Impulslaser ihre Spur über das rechte Bein, die Flanke und die Schulter des Mechs gezogen hatten.

Ungerührt erwiderte der Parder Barclays überhastete, aber glücklich plazierte Breitseite. Laser brannten die oberste Panzerschicht vom Rumpf ihres Kampfkolosses, richteten aber kaum echten Schaden an. Barclay zuckte vor den grellen Lichtbahnen zurück, dann schickte sie eigene Lasersalven als Antwort auf die Reise. Durch die dumpf glühenden Risse in der Brustpartie des Clan-Mechs war dessen Interne Struktur zu sehen. An der Torsopanzerung ablaufendes Regenwasser verdampfte beim Kontakt mit dem heißen, aufgerissenen Metall.

Die Abwärme heizte Barclays Cockpit auf, als die beiden Mechs einander umkreisten und Feuerstöße austauschten, während die Piloten nach einer Öffnung in der Deckung des Gegners suchten. Der Clanner feuerte eine Salve Kurzstreckenraketen aus der im Torso montierten Lafette. Das radargesteuerte Maschinengewehr des Raketenabwehrsystems holte die Hälfte der Salve vom Himmel, bevor sie irgendwelchen Schaden anrichten konnte. Eine schwere Gausskugel des *Cerberus* zertrümmerte die verbliebene Panzerung auf dem rechten Arm des *Grendel* und zerschlug den darunterliegenden Endostahlknochen. Der halb abgerissene Arm hing nutzlos baumelnd an ein paar intakten Myomerfasern herab. Grünlichgelbe Kühlflüssigkeit, vom kalten Regen, der über die Kombattanten peitschte, verdünnt und vom tosenden Wind getrieben, floß über den Armstumpf wie verfärbtes Blut.

Der Clanner versuchte weiterzukämpfen, konnte sein Ende aber nur um Sekunden hinauszögern. Barclay schaltete den *Grendel* mit einem Impulslaserschuß aus, der den Kreiselstabilisator des Clan-Mechs zertrümmerte. Als der ausgestiegene Pilot am Fallschirm zu Boden sank, wurde er von einer MG-Salve umgebracht. Barclay wußte nicht, woher die Salve großkalibriger Geschosse gekommen war, hoffte aber, daß es sich um einen Fehlschuß handelte und nicht um die durch den Schlachtrausch ausgelöste Barbarei eines ihrer Krieger.

Der Regen fiel in dichten Schleiern von der Farbe alten Bleis und geißelte Nebelparder und Eridani gleichermaßen. Männer und Frauen kämpften, töteten und starben, und der Lärm ihrer Waffen hallte im Krachen und Blitzen des Gewitters wider.

Langsam, aber unaufhaltsam mußte die Leichte Eridani-Reiterei Raum aufgeben. Entlang der gesamten Frontlinie wichen die Soldaten stetig feuernd zurück. Die Artilleriebatterien der Brigade feuerten die letzten Rauchgranaten, in der Hoffnung, den Pardern die Sicht auf die zurückweichenden Mechs zu nehmen. Regen und Wind zerfetzten die grauen Tarnvorhänge. Die Befehlsfrequenzen waren blockiert von Bitten um Unterstützungsfeuer oder Luftunterstützung, die jedoch niemals kam. Verstärkungen wurden angefordert, aber es waren keine zusätzlichen Truppen verfügbar.

Verzweiflung drohte Sandra Barclay zu übermannen. Wieder starben ihre Truppen, wohin sie auch sah. Die Schimmel der 71. Leichten Reiterei wurden von einem unaufhaltsamen, gnadenlosen Feind abgeschlachtet, und sie konnte nichts dagegen tun. Es war fast, als sei ihr Alptraum Wirklichkeit geworden. Sie ließ die Kontrollen ihres Mechs los und saß reglos auf ihrem Platz, starrte auf die anrückenden Nebelparder-Mechs auf dem schmalen Sichtschirm und wartete, betete fast um den Tod.

Plötzlich ragte eine große, kantige Silhouette vor ihr im Regen auf. Entsetzen packte sie, schloß sich fast wie eine stählerne Faust um ihr Herz. Eine *Galeere*. Derselbe OmniMechtyp, der ihr auf Coventry fast den Tod gebracht hatte. Die humanoide Gestalt des überschweren Mechs und die leere, grinsende Totenschädelfratze seines Kopfes gaben ihm das Aussehen des grimmen Schnitters, auf den sie gewartet hatte.

Etwas in ihrem Innern zerbrach. An Stelle der dumpfen, schrecklichen Leere loderte ein heißes, wütendes Feuer auf. Die Clan-Maschine erschien ihr als eine Banshee, die ihren Tod ankündigte, und in diesem Augenblick entschied Sandy Barclay, daß sie leben wollte. Damit das möglich war, mußte die Banshee sterben. Mit einem zornigen Aufschrei hob Barclay beide Gaussgeschütze und feuerte sie aus nächster Nähe auf die *Galeere* ab. Der Clan-Mech schien den Angriff nicht zu spüren. Er brachte die Stummelarme hoch und schleuderte ihr einen Orkan aus Feuer und Stahl entgegen, der sich mit dem Donner und Regen des Gewitters messen konnte.

Barclay verfluchte den Clanner, wünschte ihn in die tiefsten, furchtbarsten Feuer der Hölle. Dann tat sie ihr Bestes, ihn dorthin zu befördern, bombardierte die *Galeere* mit sämtlichen Waffen aus ihrem Arsenal. Die Temperatur im Cockpit schoß nach oben und riß ihr den Atem aus den Lungen. Orange- und blutrote Warnlichter flammten auf Kontrollkonsole und Statusanzeige auf. Barclay bemerkte sie nicht. Ihre gesamte Berserkerwut war auf die *Galeere* konzentriert, die für sie zum Symbol des Todes geworden war, ein Symbol aus Stahl und Feuer.

AK-Granaten krachten in den Kopf des *Cerberus* und hinterließen ein Spinnennetz aus Rissen im Kanzeldach. Barclays Ohren klingelten vom ohrenbetäubenden Donner der auf der relativ dünnen Cockpitpanzerung explodierenden Geschosse.

Blind vor Wut über den Angriff, der sie fast das Leben gekostet hatte, schrie Barclay unartikuliert ihren Zorn hinaus. Wie tollwütig stürmte sie auf die feindliche Maschine los. Deren Pilot versuchte, ihrer wahnwitzigen Rammattacke auszuweichen. Einen Sekundenbruchteil, bevor ihr galoppierender Fünfundneunzig-Tonnen-Mech mit dem Clanner kollidierte, brachte Barclay das stählerne Ungetüm schlitternd zum Stehen. Die dicken, handlosen Arme des *Cerberus* zuckten hoch und stürzten herab. Die schweren, gepanzerten Unterarme krachten auf die Schultern der *Galeere*. Mit einem Aufkreischen zerbeulten, gepeinigten Metalls wankte der riesige OmniMech, als der Pilot verzweifelt versuchte, die Maschine aufrecht zu halten. Seine Hände verkrampften sich in die Geschützkontrollen und lösten eine wilde Geschoßsalve aus.

Die Autokanonensalve fetzte die letzten dünnen Panzerreste vom rechten Bein des *Cerberus*, legte die schweren Metallstreben frei, die künstliches Muskelgewebe und gepanzerte Haut des überschweren Mechs trugen, schlugen funkensprühend Splitter aus dem Stahl. Barclay kümmerte der Schaden nicht.

Wieder schlugen die gepanzerten Arme aus. Der Aufprall von Metall auf Metall schüttelte Barclay durch, als hätte sie mit den eigenen Fäusten zugeschlagen. Ferrofibritpanzerung zerschellte, interne

Strukturen verbogen sich und brachen, weiches lebendes Gewebe wurde in eine undefinierbare Masse aus Blut und Knochensplittern zermatscht, als eine titanische, handlose Stahlmanschette durch die dünne Panzerung des Clanner-Cockpits brach. Die *Galeere* stürzte krachend zu Boden.

Benommen, nach Atem ringend, starrte Barclay auf das Wrack und bemerkte den kantigen, vorgebeugten Schatten nicht, der sich ihr von rechts näherte. Schwere Laser bohrten sich in die gepanzerten Rippen des *Cerberus*. Die riesige Maschine schwankte. Barclay kämpfte um die Kontrolle des Mechs. Autokanonenfeuer fraß sich durch den von den Schüssen der *Galeere* freigelegten Oberschenkelknochen. Er zerbrach.

Barclays Hände zuckten nach unten, packten den gelbschwarz-gestreiften Auslösegriff des Schleudersitzes zwischen ihren Beinen. Flammen, Hitze und ein Röhren – lauter als tausend Düsentriebwerke – hüllten sie ein. Sie hatte das Gefühl, ein unsichtbarer Riese habe ihr einen gewaltigen Fußtritt versetzt. Dann hing sie in der Luft, überschlug sich. Ein Rasseln und Knallen durchzuckte sie, als der in die Pilotenliege eingebaute Fallschirm sich entfaltete. Für einen Augenblick trat das Bild des *Grendel*-Piloten vor ihre Augen, der von einer verirrten Maschinengewehrsalve zerfetzt worden war.

Der Boden jagte ihr entgegen. Schmerz schlug durch ihr Rückgrat, als der im Wind trudelnde Rettungssitz unglücklich aufschlug. Einen langen Augenblick lag Sandra Barclay reglos auf dem schlammigen Boden. Der kalte Regen wusch den Schweiß von ihrem Körper. Dann hebelte sie sich in eine sitzende Position hoch. Schmerz zuckte durch ihre Rückenmuskulatur. Mit ruhiger Hand griff sie nach oben und löste die Fallschirmhalterung.

Der Parder-*Masakari-A*, der ihren *Cerberus* zerstört hatte, drehte auf der Suche nach einem neuen Opfer ab.

Unter Schmerzen richtete Barclay sich auf und humpelte davon. Die Gelassenheit und der Frieden, die sie spürte, ließen sie hoffen, daß der Todesfluch endlich gebrochen war.

19

Sekundäres K³-Zentrum der Nebelparder, Lutera, Diana
Kerensky-Sternhaufen, Clan-Raum

29. März 3060

»IlKhan, ich habe eine Nachricht von Galaxiscommander Hang Mehta«, rief ein Tech durch das kürzlich reparierte Kommunikationszentrum.

Lincoln Osis blickte sich in dem Raum um, als habe er nichts gehört. Die Kammer zeigte immer noch die Spuren des Angriffs, der einen Großteil der Ausrüstung vernichtet oder unbrauchbar gemacht hatte. Qualm und Ruß hatten die ursprünglich hellgraue Farbe der Wände in ein schmutziges Schwarzgrün verwandelt. Tiefe Risse verunstalteten den Putz, wo aus den Kontroll- und Überwachungskonsolen gebrochene Metalltrümmer aufgeschlagen waren. Über allem lag der festsitzende Gestank von Feuer. Selbst die durch die zu diesem Zweck geöffneten Fenster eindringende Brise, die den sauberen, frischen Duft des Abendregens mitbrachte, konnte kaum etwas gegen den Geruch ausrichten.

An der gegenüberliegenden Wand sah Osis Galaxiscommander Russou Howell, der keinerlei Anzeichen seines angeblichen Wahnsinns und Alkoholismus mehr erkennen ließ. Am selben Abend, an dem Osis seine Truppen bei ihrem vernichtenden Gegenangriff gegen die Sturmkolonnen der Inneren Sphäre angeführt hatte, waren Howell und die Überreste seiner Einheiten aus dem Shikaridschungel zurückgekehrt, von wo aus sie eine Serie von Überfällen auf die Invasoren durchgeführt hatten. Der plötzliche, wilde Angriff von Howells Truppen auf die Flanke der Barbaren hatte einen geordneten, kämpfenden Rückzug in panische Flucht verwandelt.

So verärgert er auch über Howells Verlust der Parder-Heimatwelt an die Innere Sphäre war, gestand Lincoln Osis dem Mann doch zu, was ihm gebührte. Als der Schlachtruf über Diana hallte, hatte Russou Howell sofort reagiert, hatte seinen Wahnsinn augenblicklich abgestreift und angesichts einer überwältigenden Übermacht sein Bestes geleistet.

Lincoln Osis verzog angewidert den Mund, als er durch den Kontrollraum ging. Seine Schritte wirbelten eine neue Welle des trockenen Brandgestanks auf, der den ganzen Raum erfüllte. Wenn es einen Geruch gab, den er nicht ausstehen konnte, dann war es der Gestank eines Hausbrands, die Mixtur aus geschmolzenem Metall, verkohltem Holz, verbranntem Papier und geschmolzenem Plastik. »Laß hören.« Osis verspürte einen tiefen Zorn auf die Wandalen der Inneren Sphäre, die solchen Schaden auf der Parder-Heimatwelt angerichtet hatten. Auch die Vernichtung der Hologrammgeneratoren des sekundären Befehlszentrums ging auf ihr Konto. Durch sie war er gezwungen, mit reinen Sprechverbindungen zu seinen Offizieren im Feld vorliebzunehmen.

»Sei gegrüßt, ilKhan.« Hang Mehtas Stimme klang schwer vor Erschöpfung. »Meine Nachrichten sind nicht rein positiver Natur. Vor drei Stunden haben die Kräfte unter meinem Befehl die Reste der Innere-Sphäre-Armee angegriffen, die sich in den Parderzähnen festgesetzt haben. Wir haben sie vor uns her getrieben. Ein Großteil ihrer Artillerie und ihres Nachschubs ist in unsere Hände gefallen, ebenso wie die meisten ihrer Verwundeten. Wir haben viele ihrer Krieger getötet und nicht weniger als zwanzig mittelschwere, schwere und überschwere BattleMechs vernichtet, die zum größten Teil dem Einundsiebzigsten Leichten Reiterei-Regiment angehörten. Der Rest der Invasoren befindet sich wieder auf der Flucht. Unglücklicherweise haben wir ebenso viele Mechs verloren und wurden zurückgeworfen. Ich bin überzeugt, daß die Invasoren auf ihre letzten Reserven an Nahrung, Medizin und Ersatzteilen zurückgeworfen sind. Viele ihrer Mechs haben in der heutigen Schlacht keine Projektilwaffen eingesetzt. Die meisten waren nach der Aktion der vergangenen Nacht nicht einmal repariert. Es wird nur einen geringen zusätzlichen Druck erfordern, sie vom Antlitz unserer Heimatwelt zu fegen, aber wir benötigen selbst Verstärkung, um diesen Druck ausüben zu können.«

»Galaxiscommander«, erwiderte Osis zischend. »Ich besitze keine weiteren Truppen, die ich dir schicken könnte. Ich habe dir meinen gesamten BefehlsTrinärstern überlassen – und hast du es geschafft, diese Barbaren zur Strecke zu bringen? Nein, du kommst winselnd angekrochen und bittest um weitere Krieger, Krieger, über die ich nicht verfüge. Sterncaptain Gareth, stellvertretender Kommandeur des Herz des Parders, teilt mir mit, daß Sterncolonel Wager gefallen sei. Von den Kathil-Ulanen getötet. Er bettelt mich um zusätzliche Truppen an, die ihm helfen sollen, die letzten der in den Sümpfen untergetauchten Barbaren zu finden. Schlimmer noch, auch wenn du es vielleicht noch nicht weißt: Unsere Ortung hat zwei Gruppen Landungsschiffe der Inneren Sphäre entdeckt, die anscheinend in Trostlos versteckt waren. Sie sind von dort gestartet und haben Kurs auf Parder Primo genommen. Die Kursberechnungen deuten darauf hin, daß ihre Ziele in den Dhuansümpfen und den Parderzähnen liegen.

Das einzige, was mir übrigbleibt, ist nach Strana Metschty zurückzukehren. Ich werde verlangen, daß der Rest der Khane zu unseren Gunsten eingreift. Vielleicht bin ich mit meinem Augenzeugenbericht in der Lage, einige von ihnen umzustimmen, auch wenn ich das bezweifle. In der Zwischenzeit, Galaxiscommander, will ich dich an deine Pflicht dem Nebelparder und den Clans gegenüber erinnern. Finde und vernichte diese Barbaren der Inneren Sphäre, oder stirb bei dem Versuch. Denn ich versichere dir, Hang Mehta, wenn du bis zu meiner Rückkehr keinen Erfolg aufzuweisen hast, wirst du für dein Versagen bezahlen.«

Mit einer wütenden Geste befahl Osis dem Tech, die Verbindung zu unterbrechen.

»Was werden Sie tun, ilKhan?« fragte Sterncaptain Maddox, Kommandeur von Osis' Leibgarde.

»Ich werde tun, was ich gesagt habe.« Osis schüttelte den Kopf und stieß den Atem aus. Das kurze Schnauben klang wie das Knurren eines Parders auf der Jagd. »Ich werde nach Strana Metschty zurückkehren und versuchen, an Hilfe zusammenzukratzen, was ich kann. Komm, Maddox, gehen wir.«

* * *

Mehrere Stockwerke tiefer erinnerten die Aktionen eines anderen Mannes an eine Dschungelkatze.

Kasugai Hatsumi und seine Nekekami waren in der Deckung des tobenden Gewitters unbemerkt in die Stadt eingedrungen. Der Regen peitschte die Haut wund und trieb jeden zurück in die Häuser, der nicht gezwungen war, sich auf die Straßen zu wagen. Hatsumi und sein Team kannten sich in der Stadt aus, denn sie hatten sich in Vorbereitung auf mögliche Einsätze mit ihr vertraut gemacht, bevor die Sternenbund-Einheiten aus Lutera vertrieben worden waren. Und sie wußten, wo das sekundäre Kontrollzentrum der Nebelparder lag, in das diese umgezogen waren, nachdem die DEST ihre Hauptzentrale im Mons Szabo verwüstet hatten. Auch sie war vernichtet worden, als

General Winston die Zerstörung der militärischen Einrichtungen des Feindes angeordnet hatte.

Möglicherweise waren er und seine Leute, die als Techs an diesen Maßnahmen teilgenommen hatten, zu vorsichtig gewesen. In dem Versuch, General Winstons Befehl zu entsprechen, zivile Begleitschäden möglichst gering zu halten, waren nur wichtige Schlüsselaggregate zerstört worden, statt das gesamte Gebäude zu sprengen, wie es Keiji Sendai vorgeschlagen hatte. Diesmal würde es anders ablaufen. Diesmal waren er und seine Leute als Nekekami hier, und sie würden ihrem Training folgen und nicht den Wünschen einer Militärkommandeurin, die nichts von Hatsumis Art des Krieges wußte.

Der ungepanzerte Posten am einzigen Eingang der Anlage starb schnell und schmerzlos. Rumiko Fox schoß mit einem kleinen Blasrohr einen winzigen Drahtpfeil in das Auge des Mannes. Das konzentrierte Muschelgift tötete ihn, noch bevor er den Stich spürte. Hätte irgend jemand den Angriff gesehen, hätte er möglicherweise geschworen, daß ein Quartett dunkler, buckliger Geister die Wache getötet hatte und danach ins Gebäude gehuscht war.

Das bucklige Profil der schattigen Gestalten war das Ergebnis der großen Rucksäcke, die jeder von ihnen trug. Die schweren Tornister waren nicht Teil der ursprünglichen Ausrüstung des Teams mit tödlichen Apparaturen. Vielmehr hatten sie deren Inhalt unbemerkt aus den Vorräten der Pionierkompanie der Leichten Eridani-Reiterei mitgehen lassen. Jeder von ihnen hatte zehn Kiloblöcke Pentaglyzerin dabei.

Die Nekekami glitten leise in das Gebäude, einen kurzen Korridor entlang und in ein rußgeschwärztes Treppenhaus. Vorsichtig, um keinen Lärm zu machen, der durch den Betonschacht in andere Stockwerke dringen konnte, stiegen sie in den Wartungskeller hinab. Hintereinander schlichen sie sich in das subplanetare Gewölbe.

»He, was glaubt ihr ... hrgk!« Ein Arbeiter, der im Wartungskeller zu tun hatte, bemerkte das Eindringen der Geisterkatzen. Er wollte gerade gegen ihr Auftauchen protestieren, als ihm ein schwerer Stahlshuriken in den Hals fuhr.

Ohne dem schnell steif werdenden Leichnam einen zweiten Blick zu gönnen, machten die Agenten sich an die Arbeit. Unter Keiji Sendais erfahrener Anleitung verteilten sie den Inhalt ihrer Rucksäcke über den großen Keller. Hatsumi erschienen die Punkte, an denen sie die Sprengladungen plazierten, in keiner Weise bemerkenswert, aber der trainierte Blick des Sprengstoffexperten erkannte sie als die Schlüsselpunkte in der Statik des Bauwerks.

Sendai zog eine große Spule dunkelgrüner Schnur aus der Tasche, die er über die linke Schulter geschlungen hatte. Das Zeug sah wie eine ungewöhnlich schmutzige grüne Wäscheleine aus, aber Hatsumi wußte, daß es sich in Wirklichkeit um eine Hochleistungszündschnur handelte. Er zog den seilartigen Zünder von einer Sprengladung zur nächsten und summte dabei eine fröhliche Melodie. Hatsumi erinnerten Sendais Tätigkeit und sein Auftreten eher an einen beliebigen Henin, der einen Teil seines Gartens für ein Gemüsebeet abteilte, als an einen ausgebildeten Attentäter. Es dauerte keine fünf Minuten, bis Sendai seine tödliche Arbeit beendet hatte. Jede der schweren Bündelladungen war über die Zündschnur mit einem einzigen Zünder verbunden. Sobald dieses Gerät aktiviert war, hatten die Nekekami eine bestimmte, sehr kurze Zeit zur Verfügung, um das Gebäude und dessen unmittelbare Umgebung zu verlassen, bevor die Sprengung erfolgte.

»Fertig«, stellte Sendai endlich fest. »Ich wünschte,

wir hätten die Zeit, die Arbeit richtig zu machen oder die Ladungen wenigstens zu sichern, aber...« Er zuckte die Achseln. »Wieviel Verzögerung soll ich einstellen?«

»Fünf Minuten«, entschied Hatsumi nach kurzem Nachdenken. »Mehr, und sie könnten die Ladungen finden. Weniger, und wir schaffen es vielleicht nicht mehr zu entkommen.«

»Hai, fünf Minuten.« Sendai hantierte mit dem Zünder, dann sah er hoch.

Hatsumi nickte einmal kurz, und Sendai zog eine schmale Plastiknadel aus der Seitenwand des Geräts.

Hastig liefen die Nekekami so leise sie konnten die Treppe hinauf, Kasugai Hatsumi an der Spitze. Er sah vorsichtig durch das einzige, drahtverhangene Fenster der Treppenhaustür, legte den Kopf zur Seite, lauschte angestrengt nach Hinweisen auf eine feindliche Präsenz. Es war nur ein kleiner Teil des Korridors zu sehen, aber der war dunkel und still. Langsam öffnete er die Tür und schob sich hindurch. Die anderen folgten ihm.

Ein Knall, dann hallte ein scharfes Zischen durch den Gang wie eine aus dem Abschußrohr schießende Rakete. Alle Nekekami wirbelten herum und ließen sich in Verteidigungsposition fallen. Fünf Männer marschierten arrogant aus dem Hauptaufzug des Gebäudes. Die Attentäter erkannten den riesigen, dunkelhäutigen Elementar am Ende der Gruppe augenblicklich: Lincoln Osis.

Hatsumi reagierte als erster. Ein scharfer, stählerner Wurfstern tauchte wie aus dem Nichts auf, bereits auf dem wirbelnden, tödlichen Flug. Er traf den vordersten Parder-Krieger in der Brust. Die kurzen keilförmigen Zacken des Shurikens waren nicht annähernd lang genug, um die lebenswichtigen Organe des Gegners zu erreichen. Aber das konzentrierte Nervengift auf den

Schneiden reichte aus, seinen Herzschlag anzuhalten, bevor er sich des Angriffs richtig bewußt wurde.

Drei weitere tödliche Geschosse wirbelten pfeifend den Gang hinab und fanden ihr Ziel in Hals, Brust oder Bauch. Jeder der getroffenen Nebelparder brach ohne einen Laut zusammen.

Eine Bewegung am Rand seines Blickfelds erregte Hatsumis Aufmerksamkeit. Mit einer eleganten, geschmeidigen Bewegung packte er Rumiko Fox' rechtes Handgelenk, bevor sie den vergifteten Shuriken in die ungeschützte Kehle des Parder-Khans schleudern konnte. »Ie!« hielt er sie auf. »Nein!«

»Das war dumm, kleiner Mann«, knurrte Osis und verzog in verwirrter Belustigung den Mund. »Du hättest ihr erlauben sollen, mich umzubringen.«

»Sie werden sterben, Lincoln Osis.« Hatsumi sprach leise, in dem formellen Tonfall, den er auch vor dem Jonin benutzt hätte, seinem Nekekami-Clanführer. »Aber Sie werden entsprechend Ihren eigenen Gesetzen sterben. Ich bin Kasugai Hatsumi, Geisterkatze der Bernsteinklippen-Nekekami. Ich fordere Sie als Khan der Nebelparder zu einem Konflikttest über Ihre Maßnahmen gegen das Draconis-Kombinat heraus und fordere Sie auf, mir im Kreis der Gleichen gegenüberzutreten.«

Osis lachte grausam. »Du erwartest von mir, Lincoln Osis, gegen dich, einen ehrlosen Mörder und Spion, im Kreis der Gleichen anzutreten? Nein, kleiner Mann, ich werde dir nicht die Ehre erweisen, von meiner Hand zu sterben.«

»Hat Lincoln Osis Angst vor einem einzelnen Mann?« Hatsumi setzte seine Stimme ein, wie er es gelernt hatte, fand die exakte Mischung aus Tonlage und Betonung, um die maximale Wirkung bei seinem Feind zu erzielen. »Können die Gerüchte wahr sein? Ist es möglich, daß der Khan der Nebelparder nicht durch ehrbaren Kampf in sein Amt gelangte, sondern durch Mord, Bestechung und Arschkriecherei?« Hatsumi sah an Osis' Gesichtsausdruck, daß sein Einsatz des Dosha, der Technik, um einen cholerischen Gegner zu einer unbedachten Handlung zu bewegen, Erfolg hatte. »Es scheint tatsächlich so zu sein. Der Khan der Nebelparder ist ein Feigling.«

»Na schön, du Surat-Freigeburt«, brüllte Lincoln Osis aufgebracht. »Wenn du von meiner Hand sterben willst, was macht es mir schon aus? Ich werde auf mein Recht verzichten, die Waffen für diesen Test zu wählen. Sprich, du Stück Dreck. Entscheide dich zu deinem größten Vorteil. Es ist ohne Bedeutung für mich, denn am Ende erwartet dich nur der Tod.«

»Weißt du nicht, Lincoln Osis, daß wir Nekekami bereits tot sind?«

Hatsumi griff hinter die rechte Schulter und zog das Shinobi-gatana aus seiner hölzernen Saya. Das Stahlschwert war kürzer als das Vibrokatana der DESTler und hatte eine gerade, relativ steife Klinge. Das durch chemische Einwirkung geschwärzte Metall reflektierte kein Licht, außer an dem schmalem Streifen hellen Stahls der Schneide. Im Gegensatz zum Katana eines Samurai war das Schwert der Nekekami nicht rasiermesserscharf, sondern hatte eine Schneide, die der einer zum Freischlagen eines Dschungelwegs benutzten Machete ähnelte. Das breite, quadratische Stichblatt wurde häufig als Kletterhaken eingesetzt. Ein zu scharfes Schwert hätte einen Nekekami die Fingerkuppen gekostet, wenn er versucht hätte, mit einer solchen Waffe eine Wand zu erklimmen.

Hatsumi sah hinüber zu Honda Tan und zuckte kurz mit dem Kopf. Der andere Mann nickte. Tan zog sein Schwert mit der schützenden Holzscheide von der Schulter. Er warf Osis die Waffe zu, trat zurück und fiel wieder in Verteidigungshaltung.

»Honda, kehre mit den anderen zu General Winston zurück. Ich werde nachkommen, sobald ich kann.«

Einen Augenblick konnte Hatsumi spüren, wie Tan einen Protest formulierte, aber der Augenblick verstrich ungenutzt. »Hai.« Tan senkte erneut den Kopf und beugte sich den Wünschen seines Teamchefs. Mit einem Wink führte Tan Rumiko Fox und Keiji Sendai hinaus in die Nacht.

»Und wo willst du deinen Kreis der Gleichen aufbauen, kleiner Mann?« Osis' Stimme triefte geradezu vor Verachtung, als er Tans Schwert zog und die Scheide auf den Fliesenboden des Korridors warf.

»Hier ist es gut genug«, antwortete Hatsumi. Ohne ein weiteres Wort zu verschwenden, nahm er die Seigan-no-kame-Haltung ein. Die Füße eine Schulterbreite auseinander, den rechten etwas vor dem linken und das Schwert, die Klinge auswärts, in Hüfthöhe, war er in der besten Position für Angriff oder Verteidigung.

Osis zeigte, daß er Erfahrung im Schwertkampf besaß, indem er Hatsumis Postur geschmeidig spiegelte.

Mehrere Herzschläge blieben sie so stehen, nur wenige Meter auseinander, und sahen einander in die Augen. Hatsumi achtete sorgfältig darauf, eine neutrale Miene aufzusetzen, damit sein Blick seine Gedanken nicht verriet. Osis hingegen konnte seine Züge hinter keiner antrainierten Maske verbergen. Und selbst wenn, keine Maske hätte die pure Wut und den Haß überdecken können, die in seinen Augen loderten.

Hatsumi führte den ersten Schlag aus. In einer kurzen zuckenden Bewegung schlug er Osis' geliehenes Schwert nach oben und aus dem Weg. Dann kreuzte er die Handgelenke und setzte einen Hieb auf das freiliegende rechte Knie des Khans. Osis brachte seine Klinge in einem scharfen Halbkreis nach unten. Stahl schlug auf Stahl, als er Hatsumis Angriff mit dem verstärkten

Rücken des Schwerts abblockte und gleichzeitig nach rechts auswich. In einer brutalen, aber eleganten Bewegung drehte Osis seinen Körper und schlug nach dem Unterleib des Draconiers.

Hatsumi wich zurück, außer Reichweite der mattschimmernden Klinge und lenkte sie mit einer leichten Berührung seines Schwerts ab. Er brachte das Shinobigatana in einem durch die Luft pfeifenden Bogen herum, an dessen Ende die meißelförmige Spitze sich in Osis' muskulöse Brust senken würde. Osis parierte den Schlag und erwiderte den Angriff mit einem Hieb auf Hatsumis Kopf.

Die Schwerter sangen eine helle, glockenklare Melodie, als Hatsumi den Hieb parierte und seinerseits abgeblockt wurde, als er nach Osis' Kopf schlug.

Er sprang vor und rammte den Stahlknauf seiner Waffe in das verletzbare Kinn des ilKhans. Ein dumpfes Knirschen bewies ihm, daß er seinem Gegner mehrere Zähne ausgebrochen hatte. Osis, von dem Schlag halb benommen, erwiderte mit einer steinharten Faust in Hatsumis Gesicht. Vor dessen Augen tanzten bunte Lichter, als die Knöchel des Parder-Khans sein linkes Jochbein brachen.

Kurz wichen beide Männer zurück, schüttelten den Kopf und versuchten, Gleichgewicht und Haltung wiederzugewinnen. Osis erholte sich als erster und kündigte es mit einem wilden, schneidenden Hieb gegen Hatsumis Brustkorb an. Der Nekekami wich mit einer Körperdrehung aus. Was der Bewegung an Eleganz fehlte, machte sie durch ihre Wirkung mehr als wett. Statt den Oberkörper bis zum Rückgrat gespalten zu bekommen, kam Hatsumi mit einer tiefen Schnittwunde im linken Oberarm davon.

Osis setzte nach und ließ eine gnadenlose Serie von Hieben auf seinen wankenden Gegner regnen. Allein auf seinen Instinkt vertrauend, schaffte Hatsumi es, jede der möglicherweise tödlichen Attacken unter dem Klingen und Scheppern der metallenen Klingen abzublocken. Er spürte die Gelegenheit mehr, als sie zu sehen, und schlug mit dem Schwert aus. Die mörderische Schwertspitze zuckte knapp an Osis' Augen vorbei und fuhr statt dessen in die dünne Haut seiner Stirn. Der Hieb lähmte den ilKhan fast. Blut lief ihm über das dunkelhäutige Gesicht und tropfte in seine Augen. Er wankte unter dem häßlichen, tiefgreifenden Erlebnis scharfen, tödlichen Metalls, das in seinen Körper eindrang. Hatsumi ließ nicht locker. Er verfolgte den stolpernden Osis, schlug gerade oft genug zu, um den Hünen außer Balance zu halten, ihn zu ermüden, ihn zu dem einen, winzigen Fehler zu verleiten, der ihn das Leben kosten würde.

Und er beging diesen Fehler.

In einer übermenschlichen Anstrengung, einen kraftvollen Hieb abzuwehren, der seinen Kopf vom Hals getrennt und in den Staub und Schutt der Kommandozentrale geschleudert hätte, riß Osis das Schwert hoch und lenkte Hatsumis Waffe ab. Ein dünner Funkenregen sprühte von der Oberfläche der gehärteten Stahlklinge. Aber indem er das tat, öffnete er die Deckung über seinen Beinen. Mehr brauchte ein hervorragend ausgebildeter Nekekami nicht.

Die Schneide des Shinobi-gatana funkelte im matten Licht der Gebäuderuine, als sie wie die unaufhaltsame Hand des Schicksals herabfuhr und sich tief in Osis' ungeschützten linken Oberschenkel grub.

Der Schmerzensschrei des Nebelparders verschluckte den hohlen, fleischigen Klang nahezu völlig, mit dem die schmale Klinge den Oberschenkelknochen traf und ihn so glatt durchtrennte, wie es das Hackmesser eines Fleischers nicht besser hätte leisten können. Hatsumi drehte das Schwert, als er es herauszog und erweiterte die Wunde noch zusätzlich.

Osis ließ Tans Schwert fallen, als er stürzte. Er legte in einem verzweifelten Versuch, die Blutung zu stoppen, beide Hände um die klaffende Wunde. Das Bein war nahezu abgetrennt. Nur noch die dicken Muskelbündel des Quadriceps hielten es zusammen. Hatsumi konnte unter den blutüberströmten Händen, die fest auf die Schnittwunde preßten, nichts sehen, aber er fragte sich, ob er die Oberschenkelarterie durchtrennt hatte.

Wahrscheinlich nicht, sonst wäre er nicht mehr bei Bewußtsein.

Leise trat Hatsumi einen Schritt vor. Seine Klinge schwamm in Osis' Blut. Worte wären zu diesem Zeitpunkt überflüssig gewesen. Verschwendet. Dumm.

Er hob das Schwert und zog die Waffe zu einem kraftvollen Hieb zurück, der dem Nebelparder im wörtlichen und im übertragenen Sinne den Kopf kosten sollte. Doch bevor er den Hieb ausführen konnte, ließ Lincoln Osis sein verkrüppeltes Bein los und wälzte sich aus der Bahn des Scharfrichterschlags.

Hatsumi verfehlte den eigentlich leichten Todesstoß, als Osis sich auf geradezu unfaßbare Weise aus der mörderischen Bahn des Schwertes drehte. In einem kurzen, gleitenden Schritt folgte er seinem Opfer, hob die Spitze des Schwerts zum entscheidenden Stoß. Es störte Hatsumi nicht, daß er Osis von hinten erstechen würde. Die weitaus meisten Opfer, die er getötet hatte, waren auf diese Weise gestorben. Aber bevor er zustoßen konnte, drehte der Parder-Khan sich wieder um. Wie eine zustoßende Schlange zuckte der Arm des Nebelparders vor, einen einzelnen, geschwärzten Stahlfang in der Hand.

Tans Schwert traf eine Rippe und riß eine lange, blutige Wunde in Hatsumis Seite, bevor die abgeschrägte Spitze vom Knochen ab und durch die schmale Lücke zwischen ihm und seinem Nachbarn glitt. Ein seltsames Gefühl, wie ein schmaler Speer aus Eis, drang durch Hatsumis Brust. Sein Atem stockte ihm im Hals, als die Schwertklinge seine Lunge zerschnitt.

Mit einem Raubtierknurren und einer aus Haß und Schmerz gespeisten Wildheit drehte Osis das Schwert in der Wunde und wurde mit einem gequälten Aufkeuchen des aufgespießten Draconiers belohnt.

Hatsumi fühlte, wie die Schwertschneide in sein Herz eindrang. Plötzlich verloren seine Glieder ihre mühsam antrainierte Kraft, und nur eine bleierne Schwere blieb. Das locker in der rechten Hand hängende Schwert, nicht mehr als ein Kilo schwer, schien plötzlich ein gewaltiges Gewicht zu haben, das ihn an den Boden fesselte. Er hustete einmal und fiel um. Ein grauer Nebel schob sich von allen Seiten in sein Gesichtsfeld, gefolgt von Dunkelheit.

* * *

Lincoln Osis ließ den blutverschmierten Schwertgriff los und gestattete dem Leichnam des Attentäters, auf den Boden zu schlagen. Einen Augenblick lang wankte er wie betrunken und kämpfte darum, bei Bewußtsein zu bleiben. Er stählte sich gegen den Sirenengesang des erlösenden Vergessens, den er in den Augen seines Mörders bemerkt hatte, und riß mit Hilfe der Schwertklinge des Toten einen langen Stoffstreifen vom Saum seines Uniformhemds. Seine eigene Waffe steckte noch in der Leiche des Attentäters, und er hatte die Kraft nicht, sie herauszuziehen.

Die Anstrengung, den improvisierten Verband fest um sein ruiniertes Bein zu binden, schien ihn den letzten Rest an Kraft zu kosten. Osis stützte sich schwer keuchend an der Wand ab. Zweimal versuchte er, sich auf die Füße zu hebeln, indem er das Schwert als Krücke benutzte, aber es hatte keinen Zweck. Jedesmal scheiterte er und schlug hart auf dem trümmerübersäten Boden auf.

Soll ich so sterben? Hilflos zwischen den Trümmern meiner Heimatwelt sitzend, die Leichen meiner Krieger um mich verstreut? Sieht so das Schicksal des Nebelparders aus? Sieht so das Schicksal der Clans aus? Von der Hand dreckiger Freigeburts-Söldner und bezahlter Meuchelmörder unterzugehen? Ist wirklich alles verloren?

Osis' Lider flatterten, als seine Augäpfel nach hinten rollten. Ohnmächtig kippte er zur Seite, den Kopf keinen Meter von dem des Mannes, der gekommen war, ihn zu töten.

»IlKhan!« Der entsetzte Aufschrei hallte durch den verwüsteten Korridor wie ein Fanfarensignal.

Fünf Paare schwergepanzerter Füße donnerten den Gang herab, als ein Wachstrahl Elementare ihrem Anführer zu Hilfe stürzte.

»Ist er...?«

»Er lebt noch«, grunzte der Strahlcommander. »Aber das wird nicht mehr lange so bleiben, wenn wir ihn nicht schnell in ein Hospital bringen. Gaspar, sieh zu, ob du einen Medpack findest. Rankin, finde heraus, ob einer der Wagen vor dem Gebäude noch fährt. Wir müssen den ilKhan ins Lazarett schaffen.«

In den wuchtigen, stahlgepanzerten Armen des Elementars öffnete Lincoln Osis die Augen. Schmerz und Schock leuchteten aus den grauen Pupillen.

»Ruhig, mein Khan. Ich bin da«, sagte der Elementar. »Ich bin Strahlcommander Jagadis. Wir werden Ihre Wunden versorgen.«

»Wie...« Lincoln Osis stockte, hustete. »Woher wußtet ihr?«

»Wir haben es nicht gewußt, ilKhan«, antwortete der Elementar. »Wir sind nur der Wachstrahl dieser Einrichtung. Daß wir Sie hier entdeckt haben, war ein reiner Glücksfall.«

Osis seufzte, ein tiefes, schmerzhaftes Geräusch, und fiel wieder in Ohnmacht. Kalte Angst schüttelte den hünenhaften Elementar, der über ihm stand. Der Mann in seinen Armen war der ilKhan. Wenn das Leben in seinen Händen erlosch, bevor er es retten konnte, was sollte dann aus den Nebelpardern werden? Was sollte aus den Clans werden?

»Strahlcommander, ich habe ein Fahrzeug vor der Tür. Einen Militärtransporter.« Der Elementar hatte sich ein paar Sekunden Zeit genommen, den Gefechtspanzer abzulegen, so daß er den schweren Schwebelaster fahren konnte. Strahlcommander Jagadis hob den ilKhan so sanft er konnte mit beiden Armen auf und trug den blutenden Mann hinaus. Vorsichtig legte er Lincoln Osis auf die offene Ladefläche des Fahrzeugs. Der Laster sackte auf dem Luftkissen ab, als er anschließend neben ihn sprang.

Der ungepanzerte Soldat stieg hastig auf den Fahrersitz und trat das Gaspedal durch. Mit aufheulenden Hubpropellern schoß der Schweber davon.

»Haltet durch, mein Khan, wir sind auf dem Weg ins Hospital«, murmelte Jagadis. »Haltet nur durch.«

* * *

Wenige Minuten später erschütterte ein dumpfes Wummern die Nacht. Es gab keine Sekundärexplosionen, keine Feuer, nichts. Nur ein einziges, lautes, krachendes Donnern, gefolgt von gespenstisch nachklingender Stille. In den Schatten eines häßlichen grauen Gebäudes wenige Straßenzüge entfernt sah Honda Tan unbewegt in Richtung der in Schutt und Asche liegenden Kommandozentrale. Keiji Sendai wußte, was er tat, und Tan hatte nicht den geringsten Zweifel, daß die K^3-Zentrale nur noch eine ausgehöhlte Bauruine war, zwischen deren Außenmauern lediglich qualmende Trümmer zu finden waren. Er war sich ebenso sicher, daß irgendwo unter den Trümmerbergen aus Beton und Stein der Leichnam seines Teamchefs und Freunds begraben lag.

Tan verschwendete keine Energie auf Tränen, Trauer oder sonstige Gefühlsausbrüche. Kasugai Hatsumi war ein Nekekami gewesen, eine Geisterkatze. Er hatte sein ganzes Erwachsenenleben in der Gewißheit des Todes verbracht. Was er Osis gesagt hatte, stimmte. Die Nekekami betrachteten sich von dem Augenblick, an dem sie ihre Ausbildung abschlossen, als wandelnde Tote. Manche richteten sogar Trauerfeierlichkeiten aus, an denen sie selbst teilnahmen. Für Nekekami war der Tod ein willkommener Freund.

Mit einem leichten Nicken bedeutete Tan Rumiko Fox, die Führung zu übernehmen, und das geisterhafte Dreigespann schlich sich lautlos aus Lutera.

20

Operationsgebiet Nordgruppe, Parderzähne, Diana
Kerensky-Sternhaufen, Clan-Raum

29. März 3060

Das durch eine Lücke in der Wolkendecke fallende Sonnenlicht erhellte den ein Meter breiten, ungefähr quadratischen Fleck des trübgrauen Felsens, hinter dem Major Michael Ryan lag, durch seine Position und die Tarnschaltkreise seines *Kage*-Krötenpanzers vor Entdeckung geschützt. Ein schmaler Sonnenstrahl, ein seltenes Ereignis auf dieser düsteren Welt. In ähnlichen Verstecken, und auf ähnliche Weise getarnt, lagen die letzten vier Mitglieder der Draconis Elite-Sturmtruppen, die Einsatzgruppe Schlange nach Diana begleitet hatten. Ryan fühlte eine vorübergehende Regung von Trauer und Verlust. Er war mit dreißig Kriegern auf diese häßliche, bluttriefende Welt gekommen. Jetzt waren sie nur noch fünf, ihn selbst eingerechnet. Vier weitere waren am Leben und relativ gesund, im Lager der Einsatzgruppe, wenige Kilometer weiter im Innern der Parderzähne. Sie waren verwundet, aber nicht so schwer, daß sie ins Feldlazarett der Nordgruppe eingewiesen wurden.

Das war in zweifacher Hinsicht ein Glück für sie. Zum einen, weil ein schwerverwundeter Soldat unter den Bedingungen, in denen die Sternenbund-Invasionsarmee sich derzeit befand, beträchtliche Gefahr lief, in Folge der groben Behandlung zu sterben, während er von einem Lager ins nächste befördert wurde, wenn die Einsatzgruppe gezwungen war, sich zurückzuziehen, ein neues Lager aufzubauen und es erneut gegen die Nebelparder zu verteidigen. Zweitens, weil die unglücklichen Seelen, die im Feldlazarett gelegen hatten, sich jetzt in den Händen der Parder befanden. Nach dem Angriff der sie verfolgenden Nebelparder im Morgengrauen war der größte Teil des Nachschubs, der Artillerie und, das war das Schlimmste, der MedTechs und medizinischen Ausrüstung von den Clannern erbeutet worden. Hinzu kamen die schwerverletzten und sterbenden Soldaten, die man zwei Tage vorher gezwungenermaßen bei der Evakuierung Luteras zurückgelassen hatte. Ryan befürchtete, daß die Parder, von der Invasion ihrer Heimatwelt durch den Sternenbund aufgebracht, die verletzten Soldaten und das medizinische Personal, das sie versorgte, kurzerhand exekutiert hatten.

Der Rest seiner Leute war tot. Sie waren gestorben, wie sie gelebt hatten, im Interesse des Drachen, des Draconis-Kombinats und seines Koordinators, Theodore Kurita. Ein Quell des Stolzes und Trostes für die Freunde und Kameraden, die sie hinterließen.

Die meisten seiner toten Krieger lagen noch, wo sie gefallen waren, es sei denn, die Nebelparder hätten Beisetzungskommandos eingeteilt. Natürlich hatten die wenigsten DESTler Familie. Es war keine Vorbedingung für die Aufnahme in das Programm, es schien sich nur häufig so zu ergeben. Die meisten seiner Leute hinterließen niemanden, der sie betrauerte, der Gebete und Weihrauch für sie opfern würde. Die draconische Öffentlichkeit würde die Namen der tapferen Männer und Frauen nie erfahren, die weit entfernt auf Diana gekämpft, ihr Blut vergossen und ihr Leben gegeben hatten, damit das Kombinat leben konnte. In Ryans Herz war keine Erbitterung deswegen. Es war Giri, die Pflicht dem Kombinat und dem Koordinator gegenüber. Aber Sho-sa Ryan würde sich an jeden einzelnen von ihnen erinnern. Er kannte ihre Namen, und ihre Gesichter waren in sein Gedächtnis eingraviert. Solange er lebte, würde es jemanden geben, der ihr Angedenken lebendig hielt.

* * *

Trotz erheblicher Bedenken hatte General Ariana Winston den DESTlern gestattet, in dem engen Gebirgspaß, durch den die Nordgruppenarmee nach dem Debakel des morgendlichen Gefechts getrieben worden war, aufzubauen, was Ryan einen Horch- und Beobachtungsposten nannte. Der Major hatte argumentiert, daß die besonderen Fähigkeiten seiner Leute verschwendet waren, solange sie die Teams zwang, bei den Nonkombattanten zu bleiben, während die Battle-Mech-, Panzer- und Infanterie-Einheiten ausrückten, um gegen die Clanner zu kämpfen.

Als sie schließlich nachgab, hatte Ryan der Generalin seine Pläne erläutert.

»Wir entfernen uns etwa fünf Kilometer vom Lager und etablieren eine Serie von Wachtstationen entlang der Straße. Die Parder müssen diesen Weg benutzen. Es gibt keine andere Möglichkeit, durch das Gebirge zu gelangen, jedenfalls keine, die unsere Scouts gefunden hätten, neh?« Er tippte mit dem rechten Zeigefinger auf den sanft leuchtenden Schirm der elektronischen Karte. »Wenn wir die Posten richtig plazieren, sollten wir den Feind sehen können, lange bevor er uns entdecken kann.«

»Äh, hmm«, stimmte Winston zu. »Angesichts der Geländebedingungen und der durchschnittlichen Geschwindigkeit eines Mechs unter diesen Umständen sollte uns das etwa dreißig Minuten Vorwarnzeit liefern.«

»Weit mehr als das, General«, erwiderte Ryan. »Meine Einheit besitzt zwei intakte und funktionsfähige ZES-Designatoren. Ihre Leichte Eridani-Reiterei verfügt über mindestens drei Mechs mit Arrow IV-Lafetten und zwei *Chapparal*-Raketenpanzer mit demselben Waffensystem. Die ComGuards dürften auch zumindest über einzelne ähnlich bewaffnete Einheiten verfügen. Und soweit ich es mitbekommen habe, sind Arrow-IV-Lenkraketen die einzige Munitionsart, von der wir noch einen recht guten Vorrat haben. Meine Leute und ich könnten Ziele für Ihre Arrows markieren. Es ist bekannt, daß die Clans Artillerie und indirektes Raketenfeuer für feige halten und selbst nur ungern einsetzen. Aber es ist auch ein etabliertes Prinzip der Kriegsführung, daß Artilleriefeuer ausgesetzte Truppen, die keine Möglichkeit haben, auf gleiche Weise zu antworten, in aller Regel nicht nur an Menschen und Maschinen Schaden nehmen, sondern auch an ihrer Kampfmoral.«

Winston ließ sich Ryans Vorschlag sorgfältig durch den Kopf gehen. Während er sie beobachtete, konnte er verfolgen, wie sie in Gedanken mögliche Vor- und Nachteile abwog. Er hatte dieselben Überlegungen angestellt.

Wenn der Plan funktionierte, würde der Angriff der Nebelparder auseinanderbrechen, noch bevor er sich entwickeln konnte. Sie würden kostbare Männer und Maschinen an Lenkwaffen von tödlicher Präzision verlieren. Die Parder würden Zeit und ihre zur Neige gehenden Ersatzteillager darauf verwenden müssen, die Schäden durch die Raketen an den überlebenden Mechs zu reparieren. Derartige Rückschläge stellten eine enorme Belastung für die Kampfbereitschaft eines Gegners dar, und eine noch größere für seine Moral.

Andererseits betrachteten alle Clanner Langstreckenartilleriefeuer als die Taktik von Feiglingen. Wenn die Einsatzgruppe die anrückende Parder-Streitmacht plötzlich mit Lenkraketen überschüttete, bestand eine gute Chance, daß die Parder einfach die Köpfe einzogen und losstürmten. Wenn das geschah, würden die aufgebrachten ClanKrieger die Positionen Ryans und seiner Leute einfach überrennen, und es war wenig wahrscheinlich, daß auch nur einer der DESTler das Gefecht überlebte.

Das war potentiell die schwerste Aufgabe eines Kommandeurs, die möglichen Vorteile einer Gefechtstaktik gegen die potentiellen Verluste abzuwägen, insbesondere den Tod der eingesetzten Soldaten.

»In Ordnung, Major«, meinte Winston schließlich. »Bringen Sie Ihre Leute in Stellung. Nehmen Sie die ZES-Designatoren mit, aber unternehmen Sie keinen Versuch, die Parder in ein Gefecht zu verwickeln, solange Sie keine Freigabe von hier erhalten, weder mit dem Zielerfassungssystem noch mit Ihren eigenen Waffen. Verstanden?«

»Hai, Winston-sama. Wakarimasu«, antwortete Ryan mit respektvoller Verbeugung. »Ich verstehe.«

»Gut«, nickte Winston. »Wenn Ihre Einheit Gefahr läuft, überrannt zu werden, hat das natürlich Vorrang. In dieser Lage dürfen Sie tun, was immer notwendig ist, um die Sicherheit und das Überleben Ihrer Einheit zu gewährleisten.«

»Hai«, wiederholte Ryan und verbeugte sich noch einmal. Winston wußte, daß Kommandosoldaten eine äußerst unabhängige und initiativfreudige Gattung von Militärs waren, die dazu neigten, Schlachtpläne abzuändern, ohne auf die Genehmigung vorgesetzter Autoritäten zu warten. Ryans strenge Auffassung des Bushido verbat ihm, gegen ihre ausdrücklich erteilten und bestätigten Befehle zu handeln. Aber gleichzeitig war sie eine zu gute Kommandeurin, um seine Freiheit zu beschneiden, auf eine im Fluß befindliche Situation zu reagieren, und jedes hitzige Gefecht war eine solche Situation.

Das Sonnenlicht verschwand beinahe so schnell, wie es gekommen war. Die graue, gnadenlos düstere Wolkendecke hatte sich wieder in eine einzige, scheinbar solide Masse verwandelt.

Einen schmalen Streifen entlang einer leeren Gebirgsstraße auf einer trüben, regnerischen Welt zu bewachen ist möglicherweise die stumpfsinnigste Aufgabe, die es für einen Krieger geben kann. Die eintönige, mattgrau und schwarze Gegend laugt die Aufmerksamkeit aus, bis irgendwann ein komplettes Paraderegiment mit Blaskapelle unbemerkt den Beobachtungsposten passieren kann. Um diese gefährliche Situation zu vermeiden, wechselte Ryan die Wachen alle fünfzehn Minuten aus und ersparte auch sich selbst die langweilige Arbeit, auf den Asphalt der Paßstraße zu stieren, nicht.

Etwas bewegte sich am äußersten Rand seines Sichtfelds, wo die steile Felsstraße sich in einer der engen Serpentinen den steilen Berghang heraufzog. Ryan schaltete die Vergrößerung der Optik seines *Kage* auf Maximum. Er suchte das Gebiet ab, jeden Felsen, jeden Schatten, jede seichte Pfütze mit Regenwasser, bis er den Ursprung der Bewegung entdeckt hatte. Ein großer schwarzer Vogel von der doppelten Größe einer Krähe war auf einem Felsblock gelandet und hämmerte mit dem Schnabel auf etwas ein, das nach einer großen Nuß oder Schnecke aussah.

Während Erleichterung ihn durchströmte, wurde Ryan klar, daß dieser Vogel die erste einheimische Lebensform war, die er zu Gesicht bekommen hatte, seit sein Team auf Diana gelandet war. Sicherlich hatte er noch andere gesehen, aber keine davon hatte er bewußt wahrgenommen.

Ryan senkte die Vergrößerung der Optik zurück auf die übliche Vierfachposition, mit der er die Straße sonst absuchte. Dadurch weitete sich sein Sichtfeld auf andere Felsen, Seitenstreifen und den schlammigen Boden, den er beobachtet hatte, bevor der Vogel seine Aufmerksamkeit erweckt hatte. Und in der Mitte des plötzlich erweiterten Blickfelds stand ein grauschwarz gefleckter *Ryoken*. Der häßliche Omni-Mech hatte sein Wachgebiet betreten, während er den verfluchten Vogel beobachtet hatte. Hinter dem *Ryoken* waren mehrere andere Mechs zu erkennen.

Ryan schaltete den Kommunikator in seinem Helm ein und alarmierte die Mitglieder seines Teams. Dann baute er eine Verbindung zur Armeekommandostelle und General Winston auf.

»Ballerina von Kobra Leiter. Kobra hat Feindkontakt. Minimal ein Stern Oskar Montreals bewegt sich die Straße herauf auf meine Position zu. Sie befinden sich etwa Fünnef-null-null Meter Westnordwest meiner Stellung. Kann noch keine Einheitsabzeichen erkennen. Feindeinheit besteht nur aus Oskar Montreals. Derzeit keine Echos zu sehen. Kobra Leiter erbittet Anweisungen.«

»Kobra Leiter von Adler. Ballerina ist außer Position«, beantwortete Colonel Regis Grandi von den ComGuards Ryans Lagebericht. »Warten Sie. Ich gebe Ihre Meldung weiter und hole Ballerina in die Leitung. Bis dahin Stellung halten und weitere Entwicklung melden.«

»Hai, Adler, wakarimasu. Halten und melden. Kobra wartet.«

Während Ryans Wortwechsel mit dem Kommandoposten war Master-Sergeant Raiko neben ihm in die flache Felsensenke gekommen. Der Rest seines erheblich geschwächten Teams war ebenfalls in den vorbereiteten Stellungen. Gewöhnlich trug jeder DESTler in den Metallhänden seines Anzugs eine leichte Infanteriewaffe. Für diese Mission waren die Draconier mit schlagkräftigeren Mechabwehrwaffen ausgerüstet, wie dem leichten Laser am rechten Unterarm seiner Rüstung. Die meisten der Kommandosoldaten verfügten über einen Vorrat griffbereiter Bündelladungen. Wenn ein Feindmech nah genug kam, ließen sich die Sprengladungen in die verletzbaren Knie- und Fußgelenke der Maschine stopfen. Die Explosion reichte aus, das betreffende Bein auszuschalten oder sogar abzureißen. Private Jinjiro Mitsugi, der letzte Überlebende aus Team Vier, war mit einem tragbaren KSR-Werfer und einem adäquaten Vorrat an Inferno-Raketen ausgestattet. Master-Sergeant Raiko hingegen trug die möglicherweise tödlichste Waffe, die das DEST-Team mit nach Diana gebracht hatte: einen tragbaren ZES-Designator.

Raiko war ein kampferprobter Veteran und verlor keine unnötigen Worte. Statt dessen richtete er die schwere Markierungseinheit, die den Platz der Primärbewaffnung seines Krötenpanzers eingenommen hatte, auf den vordersten feindlichen Kampfkoloß. Da er noch keinen Befehl dazu erhalten und keine Absicht hatte, ohne Bedarf seine Position zu verraten, schaltete er die ZES-Einheit jedoch noch nicht ein.

Ryan sah zu, wie der *Ryoken* vorsichtig die Straße hoch kam. Der Parder-Pilot schwenkte den Torso der Maschine vor und zurück und drehte ihn auf den breiten Hüften nach allen Seiten. Er schien ängstlich, fast, als erwarte er eine Falle.

Diese Clanner scheinen endlich etwas zu lernen, dachte Ryan. *Wir wollen hoffen, daß sie noch nicht zuviel gelernt haben, sonst könnten wir ernste Schwierigkeiten bekommen.*

»Kobra Leiter von Ballerina«, meldete sich Winston endlich. »Lagebericht, Ende.«

»Ballerina von Kobra Leiter. Lage unverändert. Kobra beobachtet minimal einen Stern Klasse Zwo

Oskar Montreals. Keine Echos zu sehen.« Ryan wiederholte seine vorhergegangene Meldung und gab durch, mindestens fünf mittelschwere OmniMechs ohne Elementarunterstützung zu sehen. »Feind scheint nichts von unserer Anwesenheit zu ahnen. Nach meiner Einschätzung handelt es sich um einen ScoutStern. Schlage vor, nichts zu unternehmen, falls mein Team nicht entdeckt wird. Wenn wir sie jetzt angreifen, kommt der Rest der Parder entweder angestürmt oder umgeht meine Position und sucht nach einem anderen Weg in die Berge.«

»Ballerina bestätigt, Kobra Leiter«, antwortete Winston nach ein paar Sekunden. »Scoutelemente passieren lassen. Warten Sie auf fettere Beute.«

»Verstanden, Ballerina. Kobra Leiter Aus.«

»Was hat sie gesagt?« fragte Raiko.

»Wir sollen auf fettere Beute warten«, erwiderte Ryan mit leichtem Schmunzeln. Er würde sich nie ganz an die leichtfertige Manier gewöhnen, auf die nicht-draconische Offiziere ihre Befehle formulierten.

»So ka«, meinte Raiko. »So soll es geschehen.«

Ryan nickte. Er hoffte nur, daß die Tarnfähigkeiten der *Kage*-Krötenpanzer seines Teams ausreichen, sie lange genug vor dem Gegner zu verbergen, um die ›fettere Beute‹ in die Falle zu locken.

* * *

Ryan brauchte nicht lange zu warten. Nur zehn Minuten, nachdem der ScoutStern sich langsam und vorsichtig an seinem Versteck vorbei bewegt hatte, erschien ein weiterer Mech am Fuß der Serpentinenstraße. Dieser wirkte eindeutig humanoid, mit einem niedrigen, mittig plazierten Cockpit und einer kastenförmigen Raketenlafette auf der rechten Schulter, während über der linken die leere Linse eines Suchscheinwerfers hing. Ryan brauchte nur Sekunden, den OmniMech als einen *Loki* zu identifizieren. Hinter dem Neuankömmling erschienen noch mehr und noch größere Kampfmaschinen. Die meisten schienen OmniMechs zu sein, aber er sah auch ein paar gewöhnliche BattleMechs, die bei den Clans als Maschinen der Garnisonsklasse bezeichnet wurden. Kleine, dunkle Gestalten, die wie dämonische Insekten wirkten, klammerten sich entweder an Handgriffen auf den gepanzerten Rümpfen der OmniMechs fest oder rannten und sprangen zwischen den Füßen ihrer größeren Vettern umher.

»Ballerina von Kobra Leiter. Die fette Beute nähert sich dem Netz. Schätze über dreißig, wiederhole drei-null, Oskar Montreals. Diesmal mit Echo-Begleitung.«

»Verstanden, Kobra Leiter«, antwortete Winston sofort. »Können Sie ihren Zustand erkennen?«

»Bestätigt, Ballerina. Die meisten Montreals scheinen in guter Verfassung. Einzelne haben unbemalte Panzerflecken, die auf Reparaturen hindeuten.«

»Sehr schön, Kobra.« Winston verstummte für einen Augenblick. »Wie lange noch, bis der Feind in Reichweite der Designatoren ist?«

Ryan gab die Frage an seinen Master-Sergeant weiter.

»Die vordersten Elemente sind jetzt in Maximalreichweite«, antwortete Raiko. Ryan gab es an die Generalin durch.

»In Ordnung, Kobra. Suchen Sie sich einen hübsch fetten Clanner aus und machen Sie sich für die Musik bereit. Gebe weiter an Feuerleitstelle.«

Sekundenbruchteile später hörte Ryan ein langgezogenes Reißen, als die erste schwere Arrow-IV-Rakete anflog. Er konnte das riesige Projektil fast sehen, wie es sich unaufhaltsam auf den winzigen, von der Torsopanzerung des vordersten Nebelparder-Mechs reflektierten Laserpunkt einpendelte. Eine grelle Explosion brach auf der Brustpartie des *Loki* aus. Der Stahlriese stolperte und stürzte auf ein Knie, als der Sprengkopf mehr als eine Tonne Panzerung von seiner internen Struktur sprengte. Eine zweite Rakete krachte in eine andere Clan-Maschine und schleuderte einen *Geier* gegen die Felsen.

Bevor die Parder sich von ihrem Schreck erholen konnten, stürzten zwei weitere Raketen auf ihre Stellungen herab. Eine explodierte harmlos im schlammig-steinigen Boden neben der Straße, die andere hämmerte den bereits beschädigten Torso des *Loki* vollends zu einer verdrehten Trümmermasse. Ryan war geschockt von der schieren Vernichtungskraft der Arrow IV. Zwei dieser riesigen Geschosse hatten ausgereicht, einen schweren Omni-Mech zu zerstören. Neben ihm drehte Raiko sich ein wenig und schwenkte den ZES-Designator auf der Suche nach einem neuen Opfer über die schmale Paßstraße.

Eine Autokanonensalve krachte wenige Meter vor Ryan über den Felshang. Er blickte auf und sah den *Geier*, in dessen Brustpartie ein schwarzer Krater klaffte. Der OmniMech stapfte eilig den Hang herauf. Hinter ihm stand ein zweiter *Loki* und schwenkte die Arme.

Wahrscheinlich ein BefehlsMech, erkannte er.

»Auf den *Loki*«, rief er Raiko zu, der das schwere Zielleitgerät bereits unaufgefordert in Richtung des gestikulierenden OmniMechs schwenkte.

»Ziel markiert«, hörte Ryan seinen Untergebenen an die Feuerleitstelle durchgeben. »Feuer.«

* * *

Zweieinhalb Kilometer westlich von Ryans Stellung gab ein Captain der Leichten Reiterei die Zielkoordinaten an eine Gruppe Mechs und Fahrzeuge weiter, die sich ein paar Dutzend Meter neben seinem umgebauten Truppentransporter aufgestellt hatten. Das ursprünglich zur Beförderung eines Trupps Infanteristen vorgesehene Kettenfahrzeug war zur mobilen Feuerleitstelle umgearbeitet worden. Es war das letzte seiner Art im Arsenal der Nordgruppe. Die anderen waren nach der desaströsen Nachtaktion im Vorgebirge der Parderzähne zusammen mit allen Artilleriebatterien an den Feind gefallen.

Beinahe augenblicklich feuerten zwei der fünf schweren *Katapult*-BattleMechs der Batterie je eine Arrow IV ab. Ein *Chapparal*-Artillerieraketenpanzer der Leichten Eridani-Reiterei feuerte eine halbe Sekunde später. Drei riesige Boden-Boden-Lenkraketen jagten in den wolkenverhangenen Himmel.

* * *

Ryan duckte sich unter den Rand seines flachen Schützenlochs und versuchte verzweifelt, sich tiefer in den Boden einzugraben, während ein Orkan aus Laser- und Autokanonenfeuer die Umgebung seiner Stellung in eine tödliche Wolke aus Granat- und Felssplittern hüllte. Schrapnell zerfetzte Raikos Panzer. Der Master-Sergeant wankte. Über den Kommunikator hörte Ryan den Unteroffizier schmerzhaft keuchen, als wenigstens einer der Splitter durch den *Kage* in sein Fleisch drang. Ohne ein weiteres Geräusch fand Raiko seine Balance wieder, kämpfte mit der Trägheit des schweren Zielerfassungsgeräts und richtete den Markierungsstrahl wieder auf die Brustpartie des *Loki*.

Ryan sprang auf. Er streckte den rechten Arm aus

und hob den Mechabwehrlaser des Krötenpanzers auf einen Punkt im Zentrum der dunkelgrauen Metallmasse des Parder-Kolosses. Als das auf die Sichtscheibe projizierte Fadenkreuz goldgelb aufblinkte, löste er die Waffe aus und feuerte einen sonnenheißen Strahl unsichtbarer gebündelter Lichtenergie in den feindlichen Mech.

Die Clan-Maschine, ein *Katamaran*, absorbierte den Angriff, als habe Ryan sie mit einem Stück Schaumgummi geschlagen. Noch zweimal bohrte sich der leichte Laser in Bein und Torso des riesigen, vorgebeugten Mechs. Endlich schien der *Katamaran* seinen Peiniger entdeckt zu haben und streckte seinerseits den linken Arm aus. Für Ryan schien die handlose, sechseckige Manschette mit den gestaffelten Lasermündungen geradewegs auf seinen Kopf zu zielen. Wenn der Clanner jetzt abdrückte, konnte ihn nichts mehr retten.

Wieder hörte Ryan das harte, an das Reißen von Segeltuch erinnernde Geräusch, mit dem eine schwere Arrow-IV-Rakete über ihrem Ziel eintraf. Drei Raketen schlugen in den *Loki* ein, dessen Pilot die Schlacht zu dirigieren schien. Zwei andere rissen einem an seiner Rückenfinne erkennbaren *Nobori-nin* das rechte Bein ab. Beide OmniMechs stürzten und standen nicht wieder auf.

Die fünffache Explosion mußte den *Katamaran*-Piloten einen Augenblick abgelenkt haben. Ryan nutzte den Moment des Zögerns und preßte sich auf den Boden des Schützenlochs. Hitze und Licht, schlimmer als die heißesten Höllenfeuer, die Ryan sich vorstellen konnte, schlugen über ihn hinweg. Er krallte sich wild in die gepanzerten Beine von Master-Sergeant Raikos *Kage* und versuchte ihn in die Sicherheit der Senke zu ziehen. Nur Beine und Unterkörper des Mannes fielen in die felsige Deckung. Alles oberhalb seiner Hüften war von den Primärwaffen des *Katamaran* verdampft worden.

In einer krampfhaften Reaktion stieß Ryan die geschwärzten Überreste seines Freundes und Kameraden weg. Der Anblick dessen, was ein schwerer Laser einem Menschen antun konnte, ließ ihm übel werden. Was ein schwerer Clan-Laser einem Menschen antun konnte. Was ein Clan-Laser seinem Freund antun konnte.

Major Michael Ryan sprang aus dem Schützenloch. Er wollte Rache. Er überschüttete den feindlichen Mech mit Laserfeuer, während er sich duckend und Haken schlagend weiter rannte. Von der linken Hand seines *Kage* hing ein grüner Tuchsack. Zwei Bahnen orangeroter Leuchtspurmunition zuckten aus dem Torso des OmniMechs und versuchten, seinem Leben ein Ende zu setzen. Die schweren Projektile pflügten rings um ihn herum den Felsboden auf, aber keines der Geschosse traf ihn. Ein Impulslaser zerkochte den regennassen Boden zu schmutzigbraunem Dampf. Die Explosion schleuderte Ryan davon und ließ ihn unelegant über die Felsen rollen. Er fühlte, und fast hörte er das furchtbar scheuernde Knacken, wie etwas in seinem linken Knie riß.

Er verfluchte den Clansmann und kam wieder auf die Beine. Wut und Adrenalin schoben eine Barriere zwischen Ryans Bewußtsein und die Schmerzen in seinem verletzten Knie. Er rannte stolpernd weiter, bremste schnell ab und sprang. Augenblicklich entfalteten sich die kurzen Stummelflügel am Rücken des Krötenpanzers und stabilisierten den kurzen, vom Sprungtornister ermöglichten Flug. Mit einem Schlag, der seine Knochen krachen ließ, rammte Ryan das linke Bein des *Katamaran*.

Er hakte den rechten Ellbogen um den stählernen Oberschenkel des fünfundsiebzig Tonnen schweren

OmniMechs und stemmte die Füße gegen den seltsamen, an Sporen erinnernden Vorsprung, der vom rückwärts geknickten Kniegelenk des Mechs aufragte. Dann rammte Ryan die vier Kilo schwere Bündelladung in die Lücke zwischen Ober- und Unterschenkel. Er packte die kurze Nylonschnur, die an dem M-12A-Standardzünder befestigt war, ließ das Bein des *Katamaran* los und fiel zu Boden. Bei dem Sturz riß er den Sicherungsstift aus dem Zünder. Jetzt konnte nichts mehr die Explosion aufhalten.

Als er am Boden aufschlug, bohrte sich ein furchtbarer Schmerz durch Ryans verletztes Bein, sein Rückgrat entlang bis in den Hinterkopf. Er kämpfte gegen die Wogen der Übelkeit und schwarzen Leere an, die drohten, ihn zu überwältigen, löste den Sprungtornister ein zweites Mal aus und hetzte aus der Umgebung des sabotierten OmniMechs. In diesem Augenblick interessierte Major Michael Ryan das blanke Überleben weit mehr als der Zustand seines Knies. Als er landete, gab sein Bein endgültig nach, und er stürzte schwer zu Boden.

Hinter sich hörte er einen lauten Knall. Einen wilden Schmerzensfluch unterdrückend, beobachtete er, wie der *Katamaran* auf dem linken Bein seltsam absackte. Die Clan-Maschine versuchte, ihren winzigen Peiniger zu verfolgen, aber irgend etwas stimmte nicht. Als sie das rechte Bein hob, geriet sie ins Wanken, und mit einem ohrenbetäubenden metallischen Kreischen brach das linke Mechbein in Kniehöhe weg. Der *Katamaran* stürzte zu Boden.

Ryan lag mitten auf dem steinübersäten schlammigen Schlachtfeld wie ein gestrandeter Käfer auf dem Rücken und kämpfte gegen die Ohnmacht.

Unter ihm lagen auf der felsigen Gebirgsstraße drei OmniMechs zerstört. Dichter schwarzer Qualm stieg aus den Löchern in der Panzerung einer der Maschinen auf. Der Rest der Nebelparder-Einheiten marschierte vorbei, ohne sich um die Wracks ihrer Kameraden zu scheren.

»Kobra Leiter an alle Kobras«, keuchte er ins Mikro. »Ich bin verletzt, lebe aber noch. Wie ist die Lage?«

Er bekam keine Antwort.

21

Operationsgebiet Nordgruppe, Parderzähne, Diana Kerensky-Sternhaufen, Clan-Raum

29. März 3060

»Kobra Leiter an alle Kobras. Ich bin verletzt, lebe aber noch. Wie ist die Lage?«

Ariana Winston sah von der elektronischen Karte auf und in Colonel Regis Grandis Augen. Keiner der beiden Offiziere sagte ein Wort, als Major Ryans Stimme aus dem Feldkommunikator drang.

»Kobras von Kobra Leiter. Lagebericht.«

Wieder keine Antwort.

»Ballerina von Kobra Leiter. General, ich muß zu meiner Schande melden, daß es Kobra nicht gelungen ist, den Feind aufzuhalten. Ich zähle mindestens dreißig, ich wiederhole drei-null Oskar Montreals und zahlreiche Echos. Sie bewegen sich an meiner Position vorbei die Straße hinauf auf Ihre Stellungen zu.« Ryan stockte kurz. »General, es ist meine traurige Pflicht, Ihnen das Ende Kobras zu melden. Ich scheine der einzige Überlebende zu sein. Ich werde weiter Meldung erstatten, solange ich kann.«

Winstons Gesicht, von den Sorgen und Belastungen eines langen Feldzugs gezeichnet, verwandelte sich in eine Maske aus Stein. »Verstanden, Kobra. Arigato. Sayonara.«

»Ist das alles?« bellte Grandi. »Danke und Lebwohl? Sie setzen keinen Rettungstrupp in Marsch? Ein paar seiner Leute könnten noch leben. Wollen Sie nicht einmal versuchen, ihm zu helfen?«

»Colonel Grandi«, preßte Winston zwischen zusammengebissenen Zähnen hervor. »Glauben Sie, ich wünschte mir nicht, ihm helfen zu können? Ich habe auf diesem gesamten Feldzug Freunde und Kameraden zurücklassen müssen. Glauben Sie etwa, es wäre mir bei irgendeinem von ihnen leichtgefallen? Das ist der Preis des Soldatenlebens und der Preis einer Kommandeursposition.«

»Es tut mir leid, General, ich habe nicht...«

»Natürlich nicht«, unterbrach Winston ihn. Ihr Wutausbruch war ebenso schnell verraucht, wie er gekommen war. »Wie wäre es, wenn wir unsere Aufmerksamkeit den Pardern zuwendeten, hm?«

Sie betrachtete die Hologrammdarstellung der Parderzähne. So genau Agent Trents Informationen über Lutera, Pahn City, Bagera und andere Stadtgebiete gewesen waren, so oberflächlich waren sie, was die abgelegeneren Bereiche Dianas betraf. Einsatzgruppe Schlange hatte sich statt auf präzise militärische Karten allein auf solche stützen müssen, wie man sie in einem beliebigen Atlas finden konnte.

Die Pioniere und Nachrichtendienstler der SBVS hatten versucht, den Mangel an guten Karten zumindest teilweise durch Vermessung der Operationsgebiete wettzumachen. Die Flotten- und Luft/Raumkontingente der Einsatzgruppe hatten photo- und holographische Orbital-, Hoch- und Tiefflugaufnahmen angefertigt und die Daten en masse in kartographische Computersysteme geladen, die daraus Karten großen Maßstabs anfertigten. Leider konnte Schlange jedoch selbst mit den neuen Daten bestenfalls einen Kartenmaßstab von eins zu fünfzigtausend herstellen. Mit einer Darstellung, in der ein Zentimeter fünfhundert Metern entsprach, waren die zwar besser als die meisten zivilen Straßenkarten, aber nicht annähernd gleichwertig mit militärischem Kartenmaterial, dessen Maßstab im Durchschnitt bei eins zu vierundzwanzigtausend lag. Das Problem der selbstgefertigten Karten war das Fehlen von Details. Sie waren schon einige Male auf Straßen oder Bäche gestoßen, wo laut Karte keine existierten. Und auf dem Rückzug in die Parderzähne fand sich die Nordgruppenarmee plötzlich vor einer breiten Schlucht wieder, über die nur eine schmale Fachwerkbrücke aus Holz und Stahl führte. Die Schlucht selbst war mehr als hundertfünfzig Meter tief, mit steil abfallenden Seiten, die selbst den erfahrensten Bergsteiger vor eine schwere Prüfung gestellt hätten. Winston hatte die Kolonne mehrere Stunden anhalten müssen, während ihre Pioniere die Brücke begutachteten.

Ihr Bericht war nicht sonderlich ermutigend ausgefallen. Die Brücke war intakt, aber alt. Der Pionierchef erklärte, sie würde die meisten der gepanzerten Kampffahrzeuge, Laster und Truppentransporter tragen, solange nie mehr als einer von ihnen sie gleichzeitig überquerte. Doch er hegte ernste Zweifel, ob sie auch nur den leichtesten ihrer BattleMechs tragen konnte. Zunächst war ihr diese Einschätzung fragwürdig erschienen. Aber dann hatte sie sich daran erinnert, daß die meisten ihrer leichten und mittelschweren Mechs, die sich in derselben Gewichtsklasse wie die konventionellen Fahrzeuge befanden, während der blutigen Kämpfe am Raumhafen von Lutera und dem gescheiterten Nachtangriff auf die Wartungsstation der Nebelparder zerstört oder ausgefallen waren.

In einer eilig einberufenen Konferenz der Kommandeure hatten sie einen Plan ausgearbeitet. Die sprungfähigen Mechs sollten die Schlucht überspringen und auf der anderen Seite eine Verteidigungsstellung aufbauen. Die schwersten Kampfmaschinen würden den bereits zurückgelegten Weg zurückverfolgen und für den Fall eine Verteidigungslinie etablieren, daß die Nebelparder die im Rückzug begriffene Armee einholten. Die Verwundeten, der medizinische Stab und die Hilfseinheiten würden die Brücke als erste überqueren, gefolgt von den Panzern und Truppentransportern.

Anschließend würden die Mechs ihnen folgen, nach Gewicht gestaffelt. Winstons neunzig Tonnen schwerer *Zyklop* sollte als eine der letzten Maschinen auf die gegenüberliegende Seite wechseln.

Wie durch ein Wunder hielt die alte Brücke. Aber Winston wußte, sie würde nie vergessen, wie das Gitterwerk unter den Stahlfüßen ihres Kampfkolosses geächzt und gewankt hatte, als sie deren Mitte erreichte.

In einem Versuch, ihre Clan-Verfolger ein für allemal zu stoppen, befahl Winston den Pionieren, die Brücke zu verminen, eine Maßnahme, die den letzten Rest an schweren Sprengladungen, über den ihre Armee verfügte, verbrauchte. Aber sie war überzeugt davon, daß es dieses Opfer wert war. Der Sprengstoff wurde an eine Serie von Zündern gekoppelt, unter anderem einen hochmodernen Vibrationssensor, aber auch einen guten, altmodischen Zündstift. Allesamt waren sie so angebracht, daß sie die Sprengung auslösen mußten, wenn der erste feindliche Mech, der die Brücke zu überqueren versuchte, sich mitten über der Schlucht befand.

Eine Stunde nach dem Abmarsch aus der Umgebung der baufälligen alten Brücke gab die Nachhut durch, daß sie den leisen Donner einer Explosion durch das Gebirge hallen gehört hatte. Winston war über diese Meldung hoch erfreut. Wenn die Clanner die Bomben gezündet hatten, war ein weiterer ihrer Verfolger zu den großen Kerenskys heimgegangen und die Brücke nur noch ein Schutthaufen am Fuß der Klippen. Soweit sie das beurteilen konnte, war der einzige mögliche Verfolgungsweg der Parder damit blockiert.

Unglücklicherweise mußten die Clanner noch einen anderen Weg kennen, denn drei Stunden nach der Zerstörung der Brücke war Major Ryans Einheit ausradiert. Wie viele Pfade über die Berge gab es noch, die auf ihren Karten nicht auftauchten?

»Ryans Leute waren fünf Klicks entfernt«, meinte Winston und markierte einen Punkt auf der Hologrammkarte, indem sie einen Befehl in die Kontrollen am Rand des Tisches eingab. Das kleine, die DEST repräsentierende Symbol aus gekreuzten Pfeilen leuchtete etwa zehn Zentimeter von der Markierung auf, die das HQ der Nordgruppe darstellte.

»Colonel Antonescu hat, was von der Leichten Reiterei übrig ist, etwa sechzig mittelschwere, schwere und überschwere Maschinen, hier in einer Defensivformation quer über der Straße aufgestellt.« Ein weiteres Symbol, diesmal das für eine schwere Mecheinheit, erschien etwa zwei Kilometer nordöstlich des Hauptquartiers. »Bei der durchschnittlichen Geschwindigkeit von Mechs über unzugänglichem Gelände hat er ungefähr zehn Minuten, bis die Parder auf seine Leute treffen. Major Polling verfügt nur noch über etwa zwei Mechlanzen, deshalb halten wir die St.-Ives-Lanciers zurück, um das Lager zu verteidigen. Wie viele ComGuards sind einsatzbereit?«

»Einunddreißig«, stellte Grandi fest. »Das schließt alles ein. Mechs, mit Metallblechen über Panzerlücken, die wir nicht ausbessern konnten, Mechs mit Autokanonen oder Raketenlafetten als Primärwaffen, aber ohne Munition, alles. Einunddreißig.«

»Okay«, meinte Winston nach kurzem Nachdenken. »Lassen Sie Ihre munitionslosen Mechs hier bei Major Poling. Wieviel bleiben uns dann noch?«

»Neunzehn.«

»In Ordnung. Sie und ich bringen den Rest der ComGuards vor, um die Leichte Reiterei zu verstärken. Ich erwarte nicht, daß wir eine Reserve brauchen, aber seit wir auf diesem gottverlassenen Klumpen Stein gelandet sind, ist nichts so gelaufen wie geplant. Halten Sie sich bereit, falls wir Sie brauchen. Wir haben kaum Platz für großartige Flankenmanöver. Das wird ein simpler Schußwechsel. Wenn die Parder massiert angreifen, kann es nötig werden, daß wir auf Ihre Stellungen zurückfallen. Falls das geschieht, versuchen Sie bitte, keine Eridani abzuknallen, ja?«

Grandi lächelte dünn und nickte.

Winston winkte dem Tech an der Kommkonsole des Mobilen HQ. »Informieren Sie Colonel Antonescu, daß die Parder an Kobra vorbei sind. Er soll in etwa zehn Minuten mit ihrer Ankunft rechnen. Colonel Grandi und ich sind unterwegs.«

* * *

»Verstanden, Kommzentrale«, antwortete Colonel Charles Antonescu. »Informieren Sie General Winston, daß ich meine Posten aufgestellt habe und mein Bestes versuchen werde, die Parder zurückzuwerfen.«

»Verstanden, Magyar«, bestätigte der KommTech mit Antonescus Codenamen. »Ich gebe Ihre Botschaft an Ballerina weiter.«

Antonescu schaltete das Funkgerät auf Bereitschaft. Die steilen Berggipfel erzeugten tote Winkel und Gebiete mit gestörtem Funkempfang, die eine Verständigung spürbar erschwerten. Antonescus Gefechtsfeld-Befehlsposten war speziell deswegen in Sichtlinie zum Mobilen Hauptquartier der Nordgruppe aufgestellt. Die Tatsache, daß die Kommzentrale seine Nachricht an die Generalin weiterleiten mußte, ließ darauf schließen, daß sie bereits unterwegs und außer Position für eine Direktverbindung war.

Seine Truppen waren zwei Kilometer nordöstlich des Armeelagers aufgestellt, in Position, um die Nebelparder abzufangen, wenn diese ihre unerbittliche Verfolgung der zurückweichenden Sternenbund-Truppen nicht aufgaben. Mit fast sechzig Kampfkolossen unter seinem Befehl hatte er die Einheit in einem flachen

Halbkreis über die Gebirgsstraße aufgestellt. Weil er den Wert der Zusammengehörigkeit der Einheit verstand, waren seine Krieger nach Lanzen und Kompanien gruppiert. Wo immer möglich, behielt er die vorgegebene Einheitsstruktur bei und gestattete den Überlebenden zerschlagener Lanzen, bei ihren Kameraden zu bleiben. Einzelne Krieger wurden zur Verstärkung geschwächter Einheiten eingeteilt.

Die Überlebenden der 5. Kundschafterkompanie standen einen halben Kilometer straßenabwärts, um als Vorposten zu dienen und den Rest der Truppe vor angreifenden Pardern zu warnen. Bis jetzt hatten sie keine Spur des Gegners gesichtet.

Antonescu blickte auf die Instrumente, die sein Mechcockpit füllten. Noch sah er keine Anzeichen eines Angriffs. Seine Posten standen fünfhundert Meter vor der Hauptgefechtslinie und hatten noch nichts gemeldet. Aber die Parder hatten ein Hindernis überwunden, indem sie die gesprengte Brücke umgangen hatten. Er fragte sich, ob die ClanKrieger möglicherweise wieder auf irgendeinen unbekannten Pfad ausgewichen waren, um aus einer unerwarteten Richtung in den Rücken der Nordgruppe vorzustoßen. »Magyar an Rüpel Eins, irgendeine Bewegung in Ihrem Sektor?«

»Nein, Magyar«, antwortete Lieutenant Joseph Miele, der Kommandeur der als Gruppe Rüpel laufenden Postenkette. »Keinerlei Bewegung irgendwo entlang unserer Front. Sollen wir etwas vorrücken und versuchen, Kontakt herzustellen?«

»Abgelehnt, Rüpel Eins«, schoß Antonescu zurück. »Bleiben Sie in Ihrer derzeitigen Position. Die Parder werden Sie noch früh genug entdecken.«

Colonel Antonescu hatte den letzten Bericht von Major Ryans Hinterhalt gehört. Er wußte, daß die Parder die DEST-Positionen mit minimalen Verlusten überwunden hatten. Sie hätten Gruppe Rüpels Postenkette schon erreicht haben müssen. Irgend etwas lief falsch.

In einem Beispiel für die Eigeninitiative, die General Winston von ihren Kommandeuren erwartete, nahm er Verbindung mit einer anderen seiner Kundschafterkompanien auf.

»Sturmwind Eins, ziehen Sie Ihre Kompanie aus der Linie ab und bewegen Sie sich zurück zum Lagerbereich. Achten Sie besonders auf mögliche Pfade. Es ist mir egal, ob er so schmal ist, daß nur eine Bergziege ihn benutzen könnte. Wenn Sie einen finden, will ich Meldung haben. Ich habe den furchtbaren Verdacht, daß die Parder uns wieder umgehen.«

»Magyar von Sturmwind Eins, verstanden«, bestätigte Jack Gray von den Gray Gales, wie die 6. Kundschafterkompanie des 8. Kundschafterbataillons auch genannt wurde. »Abrücken in Richtung Lager und nach möglichen Flankenrouten Ausschau halten. Sturmwindkompanie gehorcht.« Acht zerbeulte Mechs, angeführt von einem zusammengeflickten *Nachtschatten*, lösten sich aus der Hauptgefechtslinie der Leichten Reiterei und zogen langsam ins Hinterland ab.

Kaum war die Scoutabteilung außer Sicht, als ein hohles Donnern den engen Gebirgspaß empor rollte, wenige Sekunden später gefolgt vom Stottern einer Autokanone.

»Magyar! Magyar von Rüpel Eins!« Mieles Stimme war ein atemloses Keuchen. »Gruppe Rüpel hat Kontakt mit feindlichen Mechs, schätze zwanzig oder mehr, wiederhole zwo-null plus. Keine Elementare zu sehen. Wir greifen an.«

Antonescu bestätigte die lautstarke Meldung des Scoutoffiziers. Der Eridani-Colonel blickte angestrengt auf die Taktikanzeige seines Mechs. Das Gerät zeichnete zwanzig winzige rote Dreiecke auf den Flüssigkristallschirm. Lieutenant Miele handelte wie befohlen. Seine Posten waren nicht in Stellung gegangen, um die Parder aufzuhalten, sondern sollten deren Angriff nur die erste Wucht nehmen. Sobald der Kampf für Mieles Leute zu hitzig wurde, sollten sie sich zurückziehen und zur Hauptgefechtslinie der Leichten Reiterei zurückfallen lassen. Die winzigen blauen Punkte, die sich über den Taktikschirm bewegten, zeigten Antonescu, daß genau dies geschah.

»Magyar an Leichte Reiterei«, sprach er ruhig in sein Mikrophon. »Achtung, die Parder sind im Anmarsch. Achten Sie darauf, nicht auf unsere Posten zu feuern, die sich auf dem Rückweg in die Reihen befinden.«

Er schaltete den Kommunikator auf die für die heutigen Operationen als Kommandokanal festgelegte Taktikfrequenz um. »Magyar an Ballerina. Der Feind hat meine Posten erreicht, die sich zur Hauptkampflinie zurückziehen.« Antonescu erklärte General Winston knapp die Lage.

Ihre Stimme drang über die Leitung. »Sehr schön, Magyar. Ballerina und Adler sind mit leichten Reserven unterwegs. Benötigen Sie sofortige Verstärkung?«

»Nein, Ballerina.« Auf dem Sichtschirm konnte Antonescu die Posten-Mechs sehen, die sich in die vordersten Reihen seiner Formation eingliederten. »Aber es wäre schön, ein paar Reserven im Rücken zu haben.«

»In Ordnung, Magyar.« Winstons Stimme klang bemüht und außer Atem, als spräche sie im Laufen. Er erkannte im Schütteln die typische Begleiterscheinung eines in Höchstgeschwindigkeit rennenden Battle-Mechs. »Wir sind auf dem Weg.«

Dann sah Charles Antonescu aus seiner Position im Zentrum der Eridani-Formation die führenden Elemente der Nebelparder-Kolonne. Ein unbeholfen wirkender *Quasimodo-IIC* mit seinen beiden wuchtigen

Autokanonen in ihren Schulterkupplungen trat um den Knick in der Straße. Augenblicklich wurde die Clan-Version eines alten Innere-Sphäre-Mechs Ziel einer Salve von Laserimpulsen. Die tonnenförmige Maschine kippte wie ein Boxer nach hinten, der einen harten Treffer einstecken mußte. Und wie ein Boxer fing der Mech sich wieder und schlug zurück.

In einer Entfernung von knapp über dreihundert Metern befand sich die Schlachtreihe des Sternenbunds gerade noch innerhalb der maximalen Reichweite der enormen Autokanonen des *Quasimodo*. In einem schnellen Doppelschlag feuerte der Clanner zuerst die rechte, dann die linke Waffe ab und schleuderte der Reiterei-Formation eine mörderische Salve hochexplosiver, panzerbrechender Granaten entgegen. Erst glaubte Antonescu, der Nebelparder hätte seinen hastig gezielten Angriff über die Köpfe der Formation gezielt, um sie einzuschüchtern. Aber dann sah er einen seiner Mechs, einen *Paladin*, auf den Felsboden stürzen. Die doppelte Granatsalve hatte das rechte Bein des schweren Mechs abgerissen und seinen Torso aufgebrochen. Der Pilot war entweder tot, oder er hatte durch den Sturz das Bewußtsein verloren, denn er unternahm keinen Versuch auszusteigen.

Weitere Clan-Mechs schwärmten um die Kurve und stürmten geradewegs auf die Leichte Reiterei zu. Es war keine Spur von Rücksicht auf die strikten Gefechtsregeln des Gegners zu bemerken, die normalerweise nur Einzelduelle zuließen. Die Lasersalve der Sternenbund-Maschinen, die den *Quasimodo-IIC* zwar beschädigt, aber nicht vernichtet hatte, war ein Bruch dieser Regeln gewesen, die verlangten, daß ein Krieger nur jeweils einen Gegner angriff und ohne Einmischung anderer gegen ihn kämpfte, bis er besiegt war. Und jeder von mehreren Gegnern durchgeführte Angriff auf eine einzelne Clan-Einheit befreite den Feind von dieser Regel und löste einen Kampf jedes gegen jeden aus.

Antonescu suchte sich die größte Clan-Maschine, die er finden konnte, einen – wie die meisten OmniMechs geduckt wirkenden – *Masakari*. Der ausladende linke Unterarm des OmniMechs und der einzelne Geschützlauf des rechten zeigten ihm, daß der überschwere Mech in einer Variante des Primärtyps konfiguriert war. Mit sorgfältigen Bewegungen der Geschützsteuerknüppel auf den Armlehnen der Pilotenliege seines *Herkules* brachte er den roten Hologrammkreis, der als primäres Fadenkreuz fungierte, über den kantigen Rumpf des OmniMechs. Als der Schriftzug ›In Reichweite‹ auf der Sichtprojektion aufblinkte, drückte Antonescu den Abzug durch.

Ein wildzackiger Strom geladener Atomteilchen jagte aus der Extremreichweiten-PPK hoch in der rechten Torsoseite des Mechs. Der silbergrelle Blitzschlag krachte in den flachen Vorsprung über dem Cockpit der Feindmaschine. Der Aufprall und die Sonnenhitze kosteten den *Masakari* fast eine Tonne Panzerung.

Antonescu schob den Deckelschalter auf dem rechten Steuerknüppel nach vorne, um eine andere Waffe zu wählen, und setzte eine Stakkatosalve schweren Autokanonenfeuers in den Clan-Mech. Panzerbrechende Granaten zogen eine Spur von Kratern über den Rumpf des riesigen OmniMechs.

Der *Masakari* wurde zurück und nach rechts geworfen, als die Explosivgranaten und Partikelblitze ihre Spuren in seiner dicken Panzerung hinterließen. Aber der Clanner gewann seine Balance schnell zurück und drehte die Maschine zu Antonescus leichterem Mech um. Zwei mächtige Lanzen aus gebündelter Lichtenergie zuckten aus der linken Unterarmmanschette des Parder-Mechs, gefolgt von einem kurzen Feuerstoß aus der Mehrzweck-LB-X-Autokanone/10 im rechten Arm.

Die dicke Ferrofibritpanzerung auf den Beinen und der unteren Torsohälfte des *Herkules* konnte die erstaunliche Vernichtungskraft des dreifachen Clanner-Angriffs auf den schweren Mech nicht vollständig absorbieren. Die Panzerung zerbarst und brach, fiel jedoch dank der eingewobenen Fasernetze nicht in großen Brocken zu Boden, wie es gewöhnlicher Kompositstahl getan hätte.

Der Söldneroffizier zielte erneut und senkte das Fadenkreuz über die rußgeschwärzte Bresche, die von dem PPK-Treffer zurückgeblieben war. Ein kurzer Druck auf den Feuerknopf produzierte einen irisierenden Energiestrahl, der den Torso des *Masakari* verwüstete. AK-Granaten zogen eine durch Leuchtspurmunition unterstrichene Spur über das Schlachtfeld und donnerten in das rückwärts geknickte Knie des Omni-Mechs. Ein *Grashüpfer* der Leichten Reiterei leistete seinen Beitrag zu dem Vernichtungswerk, indem er den Omni mit drei Laserschüssen aufspießte. Dünner Metalldampf stieg rund um den *Masakari* in die Höhe, als die intensive Energie der Sternenbund-Laser seine Panzerung vaporisierte.

Der Clanner versuchte, den brutalen und in seinen Augen ehrlosen gemeinsamen Angriff zu erwidern. Eine Laserlichtlanze schlug an Antonescus Kanzeldach vorbei, während eine Salve aus der Autokanone im rechten Arm des OmniMechs die dicke Panzerung des *Grashüpfer* zerfurchte. Bevor der ClanKrieger erneut zielen konnte, jagte eine dritte Eridani-Maschine, ein zerbeulter *Champion*, eine Raketensalve in den schwer angeschlagenen *Masakari* und setzte sofort eine Autokanonensalve und zwei Laserschüsse hinterher. Der riesige OmniMech wankte, dann brach er nach links weg. Schwarzer Qualm – und eine ölig grüne Flüssigkeit leckte aus Rissen in der Panzerung. Antonescu sah den Piloten aus der schmalen Luke im Rücken des

Mechs kriechen und sich in die Deckung des Maschinenwracks ducken.

Der Colonel nutzte den Augenblick der Ruhe für einen Blick auf die Taktikanzeige. Er sah Icons für etwa zwanzig Clan-Mechs, die noch aktiv genug waren, um die Linien der Leichten Reiterei anzugreifen. Aber es waren keine Elementare zu sehen, weder als elektronische Symbole auf dem Schirm noch auf dem großen Sichtschirm unmittelbar vor ihm. Wo war der Rest der OmniMechs? Und wo waren die sie begleitenden Elementare?

22

BefehlsTrinärstern Galaxis Delta, Parderzähne, Diana
Kerensky-Sternhaufen, Clan-Raum

29. März 3060

Galaxiscommander Hang Mehta fluchte leise über den Lärm, den ihr geschwächter Trinärstern machte, während er durch den engen Paß glitt, der parallel zur Hauptstraße durch die Parderzähne verlief. Loses Geröll krachte unter den Schritten der Mechs und Elementare. Panzerung knirschte und krachte, während sie sich auf dem verräterisch unsicheren Boden an den Klippen entlang schoben und eine der Maschinen plötzlich den Halt verlor und gegen eine der Paßwände schlug. Ab und zu stießen sie ein oder zwei Felsbrocken um, die mit lautem Getöse den Hang hinab donnerten. Die Gefahr, daß der Feind diesen Lärm bemerkte, war recht gering, aber Hang Mehta ging nicht gerne unnötige Risiken ein.

Die Scouts, die sie abgestellt hatte, um die Bewegung der Barbarentruppen im Auge zu behalten, hatten ihr zwar versichert, daß die Einheiten der Inneren Sphäre sämtlich in einem der wenigen hohen Gebirgstäler versammelt waren, die das zerklüftete Gebirgsmassiv kennzeichneten. Sie wollte jedoch nicht riskieren, daß die Surats ihre Einheit durch Zufall doch entdeckten.

Unter der Maske des Neurohelms grinste sie grimmig. Manch einer mochte ihre Aktion für unclangemäß halten, aber sie hatte einen Plan entwickelt, mit dem sie die Barbaren mit dem Hauptteil ihrer stark geschwächten Galaxis binden konnte, während sie vorstieß und sie dort angriff, wo sie am schwächsten waren – hinter den Linien. Während des feigen Rückzugs der Invasionstruppen aus Lutera und auch später auf der panischen Flucht aus dem Vorgebirge in die Berge, in denen sie sich jetzt zu verstecken versuchten, hatte Hang Mehta eine seltsame Tendenz der Innere-Sphären-Krieger bemerkt, das Leben und die Maschinen ihrer Krieger aufs Spiel zu setzen, um Verwundete, Techs und andere Nonkombattanten zu beschützen.

Für Mehta war das der letzte Beweis für die Schwäche ihrer Gegner. Nur verwundete Krieger hatten Sorge verdient. Sie konnten immerhin nach einer Genesung wieder in den Kampf ziehen. Techniker, Köche und andere ›Hilfstruppen‹ gehörten den niederen Kasten an und verdienten weder die Sorge noch den Respekt eines Kriegers. Daß ein Krieger sein Blut für die Sicherheit von Kreaturen vergoß, die weder zum Kampf gezüchtet noch dafür ausgebildet waren oder auch nur den Willen zum Kampf besaßen, war schiere Dummheit. Und diese Dummheit würde die Innere Sphäre in die Knie zwingen.

Zu diesem Zweck hatte sie den größten Teil ihrer Kräfte in einen Großangriff auf die Reihen der Inneren Sphäre geschickt, damit sie ihre Mechs und das Leben ihrer Krieger verspielten und gleichzeitig vom tatsächlichen Hauptschauplatz der Auseinandersetzung abgelenkt wurden. Während die Invasoren auf diese Weise abgelenkt waren, führte sie ihre kleinere Angriffsstreitmacht dorthin, wo der Feind am schwächsten war, in sein Nachschublager, um dessen Techs, Stab und medizinisches Personal zu erobern. Die Vorräte der Surats an Ersatzteilen, Nahrung, Munition und Medikamenten konnten abtransportiert oder verbrannt werden. Wichtiger war für ihre Kriegerüberlegungen die Erbeutung oder Vernichtung der geschwächten, aber immer noch gefährlichen Artillerie des Gegners. Indem sie diese Nonkombattanten gefangennahm oder tötete, soviel war Mehta klar, konnte sie den Feind schwächen, seine Kampfmoral brechen und ihm den Willen nehmen, den Feldzug in die Länge zu ziehen.

Natürlich würden sich Krieger als Schutz beim Nachschublager befinden, soviel war sicher. Selbst ihr eigener Clan ließ es nicht unbewacht. Allerdings bestanden diese Wachen bei den Pardern in aller Regel aus Solahmas, Kriegern, die einen Einsatz auf dem Feld der Ehre nicht wert waren. Im Falle der Barbaren aus der Inneren Sphäre hatte die Erfahrung Mehta gelehrt, daß Posten hinter den Linien entweder unerfahrene Krieger waren, denen die Feuertaufe im Gefecht noch bevorstand, oder speziell für diese Aufgabe ausgebildete Einheiten. Angesichts der schweren Verluste ihrer Gegner ging sie davon aus, daß die Wachen hier am wahrscheinlichsten aus Leichtverletzten bestanden, deren Wunden sie nicht mehr für einen Einsatz in der Frontlinie geeignet machten, jedoch auch nicht schwer genug waren, um einen Lazarettaufenthalt zu erfordern. Wie auch immer, die zum Schutz des Nachschubs abgestellten Einheiten würden kaum eine echte Gefahr darstellen.

»Galaxiscommander, hier ist Strahlcommander Arita«, klang eine Stimme in ihrem Ohr auf. Arita, die Anführerin der Kundschaftereinheit, stand unter Befehl, Funkstille zu halten, bis sie ihr Ziel erreicht hatte. »Ich habe das Ende des Passes erreicht – das feindliche Lager ist in Sicht. Ich zähle neunzehn BattleMechs und eine kleine Zahl von Infanteristen. Die Mechs tragen die Insignien der St.-Ives-Lanciers. Alle Maschinen sind schwer und weisen Gefechtsschäden auf. Es gibt keine Hinweise, daß sie meine Anwesenheit bemerkt hätten. Ich bin der Ansicht, daß wir diese Surats ohne Schwierigkeiten im Sturm überwältigen können.«

»Danke, Strahlcommander«, antwortete Mehta. »Halte die Stellung und beobachte weiter. Greife den Feind nicht an, bis der Rest der Einheit in Position ist.«

»Pos, Galaxiscommander.«

Mehta ließ sich Aritas Meldung durch den Kopf gehen. Der Feind bewachte sein Nachschublager mit neunzehn schweren BattleMechs. Sie hatte zehn schwere OmniMechs und zwei Elementarstrahlen. Wenn Aritas Einschätzung stimmte, kam das Überraschungselement hinzu. In wenigen Sekunden würde Galaxiscommander Hang Mehta erfahren, ob ihre wagemutige Taktik, die Einheit im Angesicht des Feindes zu teilen, Erfolg hatte.

Ihr *Kampfdämon* kam ins Stolpern, als der linke Fuß der vogelähnlichen Maschine auf dem lockeren Geröllboden abrutschte. Fluchend brachte sie ihn wieder in ihre Gewalt. Nach dem nächsten Schritt leuchtete die Taktikanzeige auf der Hauptkonsole auf. Kleine Symbole für eigene und feindliche Mechs erschienen auf dem hellgrünen Schirm, über den sich dunklere Höhenlinien zogen.

»Alle Krieger Achtung«, bellte sie ins Helmmikrophon. »Wir haben unser Ziel erreicht. Seht auf eure Taktikanzeigen, dort findet ihr die Aufstellung des Gegners. Wir greifen von der Südseite des Lagers her an. Sobald wir den Hohlweg verlassen, zieht der BefehlsStern nach links, der BravoStern nach rechts. Wir müssen den Feind so schnell wie möglich überwältigen. Zerstört seine BattleMechs und tötet die Infanterie. Wenn wir das Nachschublager erbeuten und abtransportieren können, um so besser. Wenn nicht, wird es zerstört. Das ist alles.«

Mehta schob die Steuerknüppel vor, und der riesige Mech gehorchte sofort. Er brach mit fast fünfzig Stundenkilometern aus dem engen Paß. Ein Lancier-*Jäger*-Mech bemerkte sie. Der tonnenförmige Rumpf drehte sich, und der Pilot hob die langen, steifen Mecharme mit den Zwillings-Autokanonen. Der Barbar feuerte mit den leichten Klasse-2-Waffen, deren helles Rattern laut durch das Tal hallte. Er setzte nicht die schwereren Ultra-Autokanonen/5 ein, obwohl diese die Hauptwaffen des *JägerMech* waren und sie sich deutlich innerhalb der sechshundert Meter weiten Maximalreichweite befand. Die leichten Granaten prallten wirkungslos an der dicken Panzerung auf dem Torso und dem linken Arm ihres OmniMechs ab.

Er hat seine Klasse-5-Hauptgeschütze nicht eingesetzt. Möglicherweise leiden sie unter ebenso großem Munitionsmangel wie wir, dachte sie und zog die Maschine noch drei Schritte weiter vor, bevor sie den Angriff des Barbaren erwiderte.

Nach dem wirren Nachtgefecht gegen die Barbaren an der Feldwartungsstation der Nebelparder auf der Lutera-Ebene war der *Kampfdämon* umgerüstet worden. Munition für alle Projektilwaffen war knapp, und seit dieser Schlacht war sie für manche Geschütztypen völlig aufgebraucht. Deshalb hatte sie ihre Techs angewiesen, die Fünfundsechzig-Tonnen-Maschine auf die Beta-Variante umzukonfigurieren, die nur Energiewaffen mitführte.

Zwei Extremreichweiten-PPKs spuckten und donnerten, als sie einen Doppelschlag künstlicher Blitze über das felsige Schlachtfeld in Rumpf und Bein des *JägerMech* schleuderten. Unter den thermischen und kinetischen Gewalten der PPK-Treffer schmolz und zerbarst die Panzerung. Die gewaltige Teilchenentladung aus ihrem rechten Mecharm geißelte die Panzerung vom linken Unterschenkel des *JägerMech* und schälte das Ferrofibrit weg, so daß künstliche Muskeln und Knochen darunter sichtbar wurden. Durchtrennte Myomerfasern zuckten wie Schlangen hin und her, als die letzten Reste der elektrischen Entladungsenergie das zerstörte Muskelgewebe wild ausschlagen ließen.

Der Barbar reagierte mit einer weiteren Salve seiner kleinkalibrigen Autokanonen und einem zusätzlichen

Bombardement von Lichtpfeilen aus den Impulslasern im zylindrischen Mechtorso. Bei all seiner Wut war dieser Angriff ohne jede Bedeutung. Die dicke Panzerung des *Kampfdämon* absorbierte den Schaden ohne die geringste Schwierigkeit.

Mehta warf einen Blick auf die Wärmeskala, der ihr bestätigte, daß die Wärmetauscher der Maschine die hohe Abwärme ihrer Primärgeschütze mit Leichtigkeit abführten, aber sie hatte kein Interesse daran, den *Kampfdämon* schon in einer so frühen Gefechtsphase zu überhitzen. Sie schaltete auf die schweren Impulslaser um, damit die heißeren Partikelprojektorkanonen abkühlen und sich neu aufladen konnten. Zwei Stakkatostöße schier unvorstellbar intensiven Lichts schnappten nach der Feindmaschine. Noch mehr schwere Panzerung floß zerschmolzen davon, und eine weitere klaffende Wunde tauchte am Rumpf des *JägerMech* auf, diesmal in der linken Brustpartie.

Ein Sekundärsensor im Cockpit des *Kampfdämon*, eine Thermalortung, blitzte auf. Einer der Treffer mußte die Reaktorabschirmung des Barbaren beschädigt haben. Das Bild des *JägerMech* auf dem Thermalschirm leuchtete heller auf, als Massen von Abwärme aus dem gegnerischen Mech strömten. Ein dünner Schweißfaden entkam der feuchtigkeitsabsorbierenden Innenverkleidung des Neurohelms und lief in ihr rechtes Auge. Auch in ihrem Cockpit wurde es wärmer. Aber da sie über eine intakte Reaktorverkleidung und leistungsstärkere Wärmetauscher verfügte, konnte die Innentemperatur bei ihr nichts im Vergleich zu dem sein, was der Lancier-Pilot zu ertragen hatte.

Wieder feuerte der schwere Feindkoloß. Kleinkalibergranaten tanzten zwitschernd über die Panzerung des *Kampfdämon*.

Es wird Zeit, dem ein Ende zu machen, dachte Hang Mehta. Sie legte einen Feuerleitkreis ein und schoß beide PPKs mit einem Fingerdruck. Der rechte Arm des unbeholfenen Lancier-Mechs hatte den Aufprall eines der künstlichen Blitzschläge zu ertragen und wurde fast abgerissen. Der zweite Schuß bohrte sich in das klaffende Loch im Torso des Mechs. Noch mehr Hitze brach aus der Bresche, als die geladenen Partikel der Energiestrahlbahn das halbe verbliebene Reaktorgehäuse zerschmolzen. Im Rücken des *JägerMech* flogen Druckpaneele davon, als die geringen Munitionsvorräte explodierten, entweder durch die erhöhte Innentemperatur oder die Schweißbrennerhitze der PPK.

Eine zweite Detonation, neben dem Knall, mit dem die CASE-Deckel der Barbaren-Maschine davongeflogen waren, kaum des Namens würdig, erklang aus dem tiefliegenden Cockpit der Maschine. Der fest auf die Pilotenliege geschnallte MechKrieger der Inneren Sphäre verließ seine dem Untergang geweihte Maschine.

Mehta wandte sich ab und hielt Ausschau nach neuer Beute. Ein braun und grün getarnter *Schwarzer Ritter* trat um den am Boden liegenden, brennenden *JägerMech* und richtete seine PPK auf ihren *Kampfdämon*. Der bläulichweiße Blitzschlag bohrte sich knapp vor dem Gehäuse der Beagle-Sonde in die Flanke des OmniMechs. Die hochempfindliche Elektronik der Pilotenkanzel flakkerte, als die gewaltige elektrische Ladung des PPK-Treffers drohte, die Schaltkreise zu überlasten, aber sie war schon kurz darauf abgeleitet. Ein Lanze aus gebündelter Lichtenergie zuckte aus dem Torso des großen, dürren Stahlriesen und zerschmolz einiges der Panzerung des linken Beines zu einem dickflüssigen Sturzbach, der dampfend zu Boden floß.

Dieser neue Gegner war schwerer zu besiegen, als es bei dem *JägerMech* der Fall gewesen war. Der *Schwarze Ritter* war zehn Tonnen schwerer als ihr 65 Tonnen wiegender *Kampfdämon*. Seine Panzerung wog erheblich mehr, und seine Bestückung schien weit effektiver. Der *JägerMech* hatte ihren OmniMech zwar nicht ernsthaft in Gefahr bringen können, aber er hatte Spuren hinterlassen. Der Artillerie- und LuftabwehrMech hatte leichte Panzerschäden an Beinen und Torso ihrer Maschine verursacht, und die durch diesen ersten Gegner und nun den *Ritter* erzielten Schäden machten sich allmählich bemerkbar.

Ohne sich um die Hitzeentwicklung zu kümmern, riß sie das blutrote Fadenkreuz der Sichtprojektion auf die Brustpartie des Feindmechs, preßte den Feuerknopf durch, wählte das nächste Waffensystem, feuerte wieder. Zwei massive Partikelströme krachten aus den handlosen Armen ihres Mechs. Die Strahlbahnen funkelten im schwachen Sonnenlicht. Ein Bombardement von Laserimpulsen zuckte und stotterte aus den Armen des *Kampfdämon*.

Der *Schwarze Ritter* wankte schwer, als beide PPK-Blitze sich in seinen Torso gruben und die Panzerung in dicken, verflüssigten Metallklumpen davonschleuderten. Die schweren Impulslaser zerfetzten die Arme ihres Gegners. Plötzlich wurden die Kontrollen des *Kampfdämon* ungewohnt schwerfällig, als die im Innern des Mechs aufgestaute Hitze sich auf ihre Schaltkreise auswirkte.

Mehrere Minuten lang umkreisten die beiden Gegner einander auf der Suche nach einer Öffnung, ohne sie zu finden. Laser- und PPK-Schüsse wechselten mit der Schnelligkeit und dem vernichtenden Effekt der Tritte und Hiebe zweier Karate-Champions zwischen ihnen hin und her. Aber die überlegene Waffentechnik der Clans machte den Ausgang des Gefechts von vornherein sicher. Eine schneidende Lasersalve fegte über die Visierplatte des *Ritter*. Gebündelte Lichtenergie, zu stark, um von der relativ dünnen Cockpitpanzerung aufgehalten zu werden, schnitt durch den gehärteten

Stahl und verwandelte mehr als eine halbe Tonne Panzerung binnen Sekundenbruchteilen in heißen Dampf. Als der Nebel sich verzog, hatte der *Schwarze Ritter* keinen Kopf mehr.

Einen Augenblick lang stand der stählerne Koloß noch aufrecht und erinnerte an eine leere Rüstung auf einem Museumsständer, dann kippte er nach hinten weg und schlug mit lautem Krachen auf den Felsboden. Mehta hatte weder eine Fluchtkapsel noch einen Schleudersitz gesehen. Soweit sie es beurteilen konnte, mußte der Pilot unter der Megajoule-Liebkosung ihrer schweren Impulslaser zerkocht sein. Ihr war gleichgültig, ob der Barbar entkommen oder in seiner Kanzel gestorben war. Er war ein Feind ihres Clans, der ihr jetzt nicht mehr gefährlich werden konnte. Hätte er überlebt, hätte sie ihn zum Gefangenen gemacht. Wenn er tot war, auch gut.

»Galaxiscommander, hier ist Sterncommander Morrison. Wir haben das Nachschublager in unseren Besitz gebracht«, rief ein Krieger über eine von Knistern untermalte Verbindung aus ihrem Helmlautsprecher. »Wie lauten deine Befehle?«

»Sehr schön, Sterncommander. Warte auf neue Anweisungen.« Mehta wechselte den Kanal. »Sterncaptain Devlin, hier ist Galaxiscommander Hang Mehta. Wie ist deine Lage?«

Devlin, einer der Krieger, der mit ihr aus der Inneren Sphäre gekommen war, hatte die ehrenvolle Aufgabe erhalten, den Frontalangriff auf die Linien der Inneren Sphäre zu führen.

»Galaxiscommander«, meldete Devlin etwas außer Atem. »Wir bedrängen den Feind nach Kräften, aber er widersetzt sich noch immer. Wir haben drei Omni-Mechs und drei Garnisonsklasse-Einheiten verloren. Ich bin sicher, daß wir durchbrechen können, wenn wir etwas stärker zuschlagen.«

»Warte fünf Minuten«, wies Mehta ihn an. »Dann greif an, so heftig du kannst. Brich ihre Linien auf und treib sie in die Flucht. Töte so viele wie möglich. Kümmere dich nicht um Isorla oder Gefangene. Lösche so viel Freigeburtsabschaum aus, wie du kannst.«

Noch während Devlin ihren Befehl bestätigte, wechselte Hang Mehta zurück auf die ursprüngliche Funkfrequenz. Sterncommander Morrison meldete sich sofort.

»Sterncommander, nimm mit, was immer wir an Vorräten tragen können und vernichte den Rest. Der Teil des Feindpersonals, der uns von Nutzen sein könnte, wird gefangengenommen. Der Rest wird getötet.«

»Pos, Galaxiscommander.«

Hang Mehta war sich darüber im klaren, daß die Hinrichtung von Gefangenen häufig ein zweischneidiges Schwert war. Sie konnte den Feind in einen demoralisierten, zerschlagenen Haufen oder in ein Heer von Racheengeln verwandeln. Aber die Risiken waren ihr egal. Falls ihr Gegner innerlich zerbrach, würde es ihr um so leichter fallen, ihn endgültig zu zermalmen, wenn sie ihm endlich in der Entscheidungsschlacht begegnete. Und wenn der Tod ihrer Nonkombattanten den Kampfeswillen der Stravags erneuerte, würde das ihren Sieg am Ende nur noch glorreicher machen.

23

Lager der Leichten Eridani-Reiterei, Parderzähne, Diana
Kerensky-Sternhaufen, Clan-Raum

30. März 3060

Ariana Winston war erschöpft. Körperlich, geistig und emotional ausgelaugt. Sie hatte kaum noch die Kraft, den Kopf zu heben, aber sie zwang sich, die schwach leuchtende elektronische Karte zu betrachten. Es waren fast sechzehn Stunden vergangen, seit die Nebelparder ihren letzten, unerwarteten Angriff auf die Nordgruppe gestartet hatten. Die Leichte Reiterei und die ComGuards hatten die Angreifer zurückgeschlagen, allerdings unter schwersten Verlusten. Entgegen konventioneller militärischer Grundsätze und allem, was General Winston über die Clan-Version der Gefechtsdoktrin wußte, hatten die Parder ihre Kräfte im Angesicht des Feindes aufgeteilt.

Der größere Teil der Parder-Truppen hatte einen Sturmangriff auf die Stellungen des Sternenbunds durchgeführt, wobei sie sich vom Einsatz der letzten Arrow-IV-Lenkwaffen der Einsatzgruppe nur unwesentlich hatten aufhalten lassen. Während diese Kräfte die zahlenmäßig überlegenen, aber technologisch unterlegenen SBVS-Truppen banden, hatte ein kleinerer Trupp OmniMechs und Elementare die Hauptpositionen der Einsatzgruppe über schmale Gebirgspässe, die auf den groben Karten Schlanges nicht auftauchten, umgangen und deren Hilfseinheiten angegriffen. Dabei hatten sie die ohnehin schon schwer dezimierten St.-Ives-Lanciers nahezu völlig ausradiert. Was die Clanner an Menschen und Material nicht hatten mitnehmen können, hatten sie zerstört.

Nach Beendigung des Gemetzels waren die Nebelparder wieder abgezogen, und wieder über Wege, die der Einsatzgruppe unbekannt waren. Sie hatten ein einziges Toten- und Trümmerfeld hinterlassen. Beinahe gleichzeitig hatte die gegen das Hauptkontingent der Nordgruppe angetretene Parder-Streitmacht sich aus dem Gefecht gelöst und zurückgezogen.

Winston dachte mit Schrecken an den Anblick zurück, der ihre Truppen bei der Rückkehr in ihr zerstörtes Lager erwartet hatte. Ausgebrannte Mechwracks standen oder lagen als zertrümmerte Haufen noch glühender Metalltrümmer in dem schmalen Tal, das der Einsatzgruppe als Lager gedient hatte. Nachschub, den die Parder entweder nicht hatten gebrauchen oder nicht mitschleppen können, war zu Scheiterhaufen aufgetürmt und in Brand gesetzt worden. Die Feuer hatten noch gebrannt, als die geschockten, erschöpften Krieger aus der Schlacht zurückgekehrt waren. Zelte, Unterkünfte, Küchen – alles schien verwüstet und verbrannt.

Das Mobile Hauptquartier war verschwunden. Offensichtlich hatte der Nebelparder-Kommandeur es als wertvolle Beute betrachtet und mitgenommen.

Schlimmer noch waren die Toten. Sie lagen, wo sie gestorben waren, wahllos übereinander. Manche hatten die Augen noch offen, starrten mit leerem, unbeweglichem Blick in die häßlichen grauen Wolken. Andere sahen aus, als würden sie nur schlafen. Einige hatten furchtbare Verwundungen, ihre Körper waren von Schrapnell, großkalibriger MG-Munition oder AK-Granaten zerfetzt. Der Ausdruck von Entsetzen, Schock und Schmerzen auf einem Teil der Gesichter zeigte, daß sie weder schnell noch gnädig gestorben waren. Manche waren kaum noch als Menschen zu erkennen. Sie waren durch Flammer, Laser oder PPK-Feuer gestorben, die ihre Leichen zu verdrehten, schwarzen Kohleklumpen verbrannt hatten.

Das Schlimmste aber war der Gestank. Die dicke, schwüle Luft war erfüllt von dem beißenden Ammoniakgeruch von Treibgasen, Petroleumbrennstoff, zerschmolzenem Metall, verbranntem Plastik und vor allem dem süßlich-widerwärtigen Geruch des Todes.

Unter den Opfern war auch Major Marcus Poling. Die wenigen überlebenden Zeugen berichteten, daß er versucht hatte, seine zerschlagenen Lanciers zur Verteidigung des Lagers zu organisieren, aber der Parder-Angriff war zu plötzlich und brutal über sie hereingebrochen. Die Soldaten waren überwältigt worden. Major Poling war gezwungen gewesen, aus seinem brennenden *Caesar* auszusteigen, um nicht im Innern des Cockpits zu verbrennen. Ein Elementar hatte ihn entdeckt, als er am Rettungsfallschirm auf den Boden zurücksank. Die 13-mm-Kugeln des Elementar-MGs hatten Poling zerfetzt und fast halbiert. Er war noch am Leben gewesen, als das Hauptkontingent der Nordgruppe in das zerstörte Lager zurückkehrte, dann aber eine Stunde später gestorben, ohne noch einmal das Bewußtsein wiedererlangt zu haben.

Mehrere Stunden nach dem Ende der Kämpfe ereignete sich die einzige positive Wendung des Tages. Major Ryan und einer seiner DEST-Kommandosoldaten humpelten in das verwüstete Lager. Sie waren verletzt worden, als die Parder ihren vorgeschobenen Artilleriebeobachtungsposten überrannten. Ryan und sein einzelner Krieger waren die letzten Überlebenden der drei Draconis Elite-Sturmtruppenteams, die Einsatzgruppe Schlange begleitet hatten.

Winston blieb keine Wahl, als die Nordgruppe noch tiefer in die Parderzähne zu führen. Es war weit nach Mitternacht, als sie aus einem engen Gebirgspaß auf eine relativ breite Hochebene traten. Hier schlugen die erschöpften Soldaten ein Lager auf.

Winston sah sich in dem kleinen Feldlager um. Die

Kämpfe gegen die Parder hatten sie einen hohen Preis gekostet. Er war ohne Schwierigkeiten an den zerbeulten Mechs und den erschöpften Soldaten abzulesen, die sich in dem notdürftigen Lager drängten. Vielleicht die schmerzhafteste Erinnerung daran, wie furchtbar dieser Krieg war, befand sich in einer Ecke des Lagers: ein einzelner, zerbeulter *Victor*. Es war der einzige noch existierende Mech der St.-Ives-Lanciers. Die Handvoll abgesessener MechKrieger der Einheit, die noch kämpfen konnte, war gezwungen, als Infanteristen Dienst zu tun.

Wie lange die Nordgruppe noch durchzuhalten imstande war, schien unsicher, aber lange würde es sicher nicht mehr dauern. Sie hatten kaum noch Munition für die Raketenlafetten und Autokanonen. Was sie an Ersatzteilen mit nach Diana gebracht hatten, war längst verbraucht, und es gab kaum einen ihrer noch einsatzfähigen BattleMechs, bei dem nicht mindestens ein Bordsystem irreparabel beschädigt war.

Es war ein gelinder Trost für Winston, daß ihre geliebte Leichte Eridani-Reiterei die Kämpfe besser überstanden hatte als die meisten anderen Einheiten. Etwa die Hälfte ihrer Mechs war noch einsatzbereit. Aber dieser Trost wurde durch das Wissen relativiert, daß zwei ihrer Regimentskommandeure außer Gefecht waren. Colonel Edwin Amis wurde seit dem fehlgeschlagenen Nachtüberfall auf das Parder-Lager vermißt, und Sandra Barclay hatte sich kurz darauf den Rücken verletzt, als ihr *Cerberus* zerstört wurde. Wie zu erwarten, war Charles Antonescu in die Bresche gesprungen und befand sich auch jetzt im Feld, um die Überreste der Leichten Reiterei zu organisieren.

Kurze, abgehackte Funkbotschaften ließen Winston vermuten, daß Andrew Redburns Südgruppe sich trotz der Angriffe durch die Parder hielt. Beide Armeen hatten in den frühen Morgenstunden Verstärkung erhalten. Die 4. Drakøner und Kingstons Legion waren ungehindert am Nordrand der Dhuansümpfe gelandet, zu Redburns angeschlagener Streitmacht gestoßen und hatten sich in den Shikaridschungel zurückgezogen.

»Mit etwas Glück«, hatte Redburn vor sieben Stunden in seinem letzten Bericht spekuliert, »werden die Parder ihre Zeit damit verschwenden, weiter in den Sümpfen nach uns zu suchen. Wir werden einen Gewaltmarsch ansetzen und versuchen, Ihre Nordgruppe zu erreichen. Ich habe nicht viel Hoffnung, aber wir können unser Leben immer noch teuer genug verkaufen, um die Clans daran zu erinnern, daß Krieg kein Spiel ist. Das ist einer der Gründe, aus denen wir hier sind, ob wir gewinnen oder verlieren.«

Die Leichte Reiterei war kurz vor Sonnenaufgang von den Überresten der 11. Lyranischen Garde entsetzt worden. Trotz ihres gebrochenen Arms hatte General Sharon Byran darauf bestanden, das Sankt-Georgs-Regiment persönlich anzuführen.

»Wenn diese Einsatzgruppe untergeht«, hatte sie Winston bei der Ankunft im HQ-Zelt erklärt, »ist mein Platz bei meinen Leuten, nicht auf irgendeiner Lazarettstation hinter den Linien.«

Die Ankunft der Lyraner lieferte Winstons Truppen dringend benötigte Aufmunterung. In den Landungsschiffen der Garde trafen auch frische Ersatzteile, Lebensmittel, Munition und Medikamente ein. Wenn die Clanner ihnen die nötige Zeit ließen, konnten sie einige der furchtbaren Verluste der letzten Tage wieder wettmachen.

So sehr diese auch auf ihr lasteten, es waren andere Verluste, die sie noch mehr schmerzten. Als das Nachschublager überrannt worden war, hatten die Parder den größten Teil des verbliebenen medizinischen Personals und alle Verwundeten gefangengenommen oder getötet. Das besonders traf sie im Innersten. Wie alle Mitglieder der Leichten Reiterei war sie mit dem Grundsatz aufgewachsen, auf jeden Fall die kranken, verwundeten und hilflosen Mitglieder der Einheit zu beschützen. Und dieser Tradition war sie nicht gerecht geworden.

In einer bewußten, beinahe körperlichen Anstrengung schüttelte Winston ihre Schuldgefühle ab. Sie leugnete die Verantwortung nicht, die sie für die Zurückgebliebenen hatte, aber sie mußte ihre Gefühle zurückstellen. Zuallererst hatte sie eine Aufgabe zu erfüllen.

Unter einem Felsüberhang war ein kleiner, improvisierter Befehlsstand aufgebaut worden. Eine wasserdichte, dunkelgrüne Plane deckte den kleinen Feldkommunikator in einer Ecke ab. Zwei Klappstühle und ein metallener Klapptisch vervollständigten die Einrichtung. Ein paar leicht verletzte Infanteristen waren als Boten eingeteilt.

Sie zwang sich zur Konzentration und starrte angestrengt auf die elektronische Karte. Erst jetzt, nachdem er zusammen mit dem Rest ihres Stabes in die Hände des Feindes gefallen war, wurde ihr klar, wie nützlich der Holotisch des Mobilen HQ gewesen war...

Schluß, verdammt! Nicht mehr daran denken, bis diese Sache vorbei ist. Dann kann ich mir Schuldgefühle und Selbstbeschimpfungen erlauben, soviel ich will. Jetzt gibt es eine Aufgabe, um die ich mich zu kümmern habe.

Wieder schaute Winston auf den Schirm des tragbaren Kartencomputers, der eine zweidimensionale topographische Darstellung des Gebirgsmassivs zeigte, in dem sie sich befanden. In einem Winkel ihres Hinterkopfes staunte sie über die schiere Masse an Informationen, die Trent, der zum Spion gewordene Clansmann, geliefert hatte. Eine komplette Datei hatte nur aus Karten bestanden, die er aus militärischen und zivilen Quellen gesammelt hatte. Sie deckten den größten Teil des Planeten ab.

Den Karten zufolge war die Nordgruppe längs und quer durch nahezu die gesamten Parderzähne getrieben worden. Wenige Dutzend Kilometer südlich ihrer momentanen Position lag das Nordufer des Befreiungssees, des größten Binnenmeers Dianas. Dahinter erstreckten sich die verwilderten Weiten des den ganzen Kontinent durchziehenden Shikaridschungels. Wenn sie einen langen Marsch durch offenes Gelände um den Befreiungssee schafften, hatte die schwer gebeutelte Einsatzgruppe eine Chance, in den dichten Urwäldern unterzutauchen.

Eine Weile spielte sie mit dem Gedanken, die Landungsschiffe zurückzurufen, mit denen die Verstärkungen gekommen waren, und alles, was noch von der Einsatzgruppe geblieben war, nach Trostlos zu schaffen. Die Parder hätten ihre Kräfte damit verschwenden können, nach Feinden zu suchen, die sich nicht einmal mehr auf demselben Kontinent befanden.

»General«, unterbrach Kip Douglass' Stimme ihre Überlegungen. Ihr junger Kommunikations- und Sensorspezialist hatte seinen Posten seit über vierundzwanzig Stunden kaum verlassen. Nach dem Verlust des Mobilen Hauptquartiers war die leistungsstarke Olmstead-840-Funkanlage des *Zyklop* mit ihrer Möglichkeit der Navsat-Anbindung die einzige Verbindung zwischen den Bodeneinheiten und den hoch über ihnen im Orbit stehenden Flottenelementen.

»General«, wiederholte Douglass und drang endlich zu ihr durch. »Ich habe Kommodore Beresick in der Leitung. Er klingt aufgeregt und will mit Ihnen reden.«

Winston rückte das Kommset zurecht, das sie seit Stunden nicht abgesetzt hatte. Wenn Douglass das Cockpit nicht verließ, konnte sie zumindest den unbequemen Sender/Empfänger aus Kopfhörer und Bügelmikro tragen und die Verbindung zu dem jungen Techoffizier halten.

»In Ordnung, Kip, stellen Sie ihn durch.«

Die Verbindung war schlecht, und die Lautstärke schwankte beträchtlich. So leistungsstark die Funkanlage des *Zyklop* auch schien, sie war niemals dafür vorgesehen gewesen, die stärkeren Einheiten eines Mobilen HQ zu ersetzen.

»Ballerina von Kingpin.« Die Besorgnis in Beresicks Stimme war auch durch die Störungen der schlechten Funkverbindung nicht zu überhören. »Wir haben soeben eine größere Anzahl elektromagnetischer Impulse am Zenitsprungpunkt des Systems geortet. Unsere Langstreckensensoren melden die Ankunft von bis zu zwanzig Raumschiffen.«

Einen Augenblick lang herrschte Stille, und Winston fragte sich, ob die Verbindung zusammengebrochen sein konnte. Dann sprach Beresick weiter.

»Wir können die *Ranger* oder eines der anderen Kriegsschiffe, die wir am Sprungpunkt zurückgelassen haben, nicht erreichen. Wir wissen nicht, ob sie unsere Nachricht noch nicht empfangen haben oder nicht in der Lage sind zu antworten. Ich bin mir nicht einmal sicher, ob sie noch im System sind. Ich habe Kapitänin Winslow das Kommando übergeben, als wir die *Unsichtbare Wahrheit* und die *Feuerfang* ins Systeminnere verlegten, um Unterstützungsfeuer zu liefern oder Ihre Leute zu evakuieren. Ihre Befehle lauteten, die Flotte aus dem System zu bringen, wenn sie von deutlich überlegenen gegnerischen Kräften angegriffen wird. Zwanzig Schiffe dürften dieses Kriterium ganz klar erfüllen. Ich werde auch weiter versuchen, Kontakt mit der *Ranger* und dem Rest der Gruppe aufzunehmen. In der Zwischenzeit bringe ich die *Unsichtbare Wahrheit* und die *Feuerfang* in Abfangposition, aber es ist durchaus möglich, daß wir sie nicht werden aufhalten können. Wir werden sie aber zumindest schwächen. Ich melde mich wieder, sobald ich nähere Informationen habe. Viel Glück, Ariana. Beresick Aus.«

Ein kaltes, leeres Gefühl senkte sich über Ariana Winston, als die Leitung zusammenbrach. »Kip, bist du noch da?« fragte sie mit hohler Stimme.

»Ich bin hier, General.«

»Gut, bleib, wo du bist, und gib mir sofort Bescheid, wenn du etwas Neues hörst, egal, ob gut oder schlecht. Verstanden?«

»Verstanden, General.« Douglass' Stimme war tonlos und nüchtern. Winston fragte sich, ob das an der Verbindung lag oder ob die Nachricht von der Ankunft einer riesigen unbekannten Raumflotte im Diana-System den unverwüstlichen Optimismus des Sensorspezialisten gekillt hatte.

Sie schob das Bügelmikro zur Seite und rief einen Läufer. »Holen Sie die Einheitskommandeure«, befahl sie dem jungen ComGuard-Infanteristen. »Und sie sollen sich beeilen.«

Noch bevor der Läufer sich umgedreht hatte, nahm Winston die elektronische Karte wieder in die Hand. Mehrere Sekunden starrte sie auf das Gerät und versuchte angestrengt, einen Schlachtplan zu formulieren, der es ihrer Einsatzgruppe erlaubte, den Kampf gegen Truppenmassen fortzusetzen, wie sie an Bord einer solchen Flotte zu erwarten waren. Aber all die Erfahrung, das Wissen und die Kriegslisten, die sie in langen Jahren als Offizierin aufgebaut hatte, waren wie weggeblasen. Statt dessen empfand sie nur dumpfe, bodenlose Verzweiflung.

Als die anderen Kommandeure eintrafen, fanden sie Winston mit leerem Blick auf die Karte starrend vor.

»General Winston, geht es Ihnen nicht gut?« Charles Antonescu nahm ihr die elektronische Karte aus der Hand und sah sie besorgt an.

»Nein. Nein, Charles, ich bin okay«, erklärte sie, und ihre Stimme wurde ein wenig lebendiger. »Ich habe gerade mit Kommodore Beresick gesprochen. Er hat eine große Flotte neu eingetroffener Sprungschiffe geortet. Er bekommt keine Verbindung mit der *Ranger*, wird aber versuchen, sie aufzuhalten, so gut er kann. Jetzt liegt es an uns zu entscheiden, wie wir hier unten weiter vorgehen. Wir können weder aufgeben noch uns zurückziehen. Ich brauche Vorschläge, Leute, und ich brauche sie jetzt.«

Bevor noch jemand etwas sagen konnte, wurde Kip Douglass' Stimme wieder in ihrem Kopfhörer laut.

»General, ich habe gerade eine Meldung unserer Postenkette erhalten.« An seiner Stimme hörte Winston, daß Erschöpfung und Verzweiflung inzwischen auch ihm zusetzten. »Eine größere Anzahl Parder-Truppen ist im Anmarsch. Die Posten versuchen sie aufzuhalten, aber lange wird das nicht funktionieren.«

»In Ordnung.« Winstons Gesicht, das bei Douglass' Meldung eingefallen war, verhärtete sich zu einer Maske aus schwarzem Marmor, als sie ihre Offiziere über die neueste Entwicklung in Kenntnis setzte. »Ziehen Sie zusammen, was Sie an Truppen finden können. Wir marschieren ihnen entgegen. Ich bin es satt wegzulaufen. Heute heißt es: sie oder wir.« Sie wandte sich wieder an den Techoffizier. »Versuch, General Redburn zu erreichen. Informiere ihn über unsere Lage. Er soll keinen Versuch unternehmen, uns zu erreichen, solange er nicht wieder von mir hört. Wenn wir die Parder hier nicht stoppen können, wird es keine Nordgruppe mehr geben, mit der man sich vereinigen könnte.«

Während Douglass sich an die Arbeit machte, rannte sie aus dem Zelt. Ihr *Zyklop* stand nur wenige Meter entfernt. Ohne sich über irgendeine Schamhaftigkeit Gedanken zu machen, zog sie Jacke, Hose und Hemd ihrer Tarnmontur aus und stieg in den Gefechtsanzug. Im ganzen Lager machten die überlebenden MechKrieger der Armee sich für den Einsatz bereit. Als sie den Kragen des Overalls schloß, fiel alle Müdigkeit von ihr ab. An ihre Stelle trat grimmige Entschlossenheit.

Wenn die Nebelparder zwischen diesen Bergen den Tod suchen, werde ich tun, was ich kann, ihnen den Wunsch zu erfüllen.

Sie hastete die Kettenleiter hoch, die auf der rechten Seite vom Torso ihres Mechs herabhing, und schwang sich durch die offene Luke ins Cockpit.

»General, wir sind startklar«, meldete Kip Douglass, als sie sich auf der Pilotenliege anschnallte. »Das Gaussmagazin ist voll, aber Sie haben nur zehn LSR-Packs, also setzen Sie die Raketen sparsam ein.«

»Geht klar«, gab sie zurück und zog den Neurohelm über. Ihre Finger tanzten über die Kontrollen, um die Beine des *Zyklop* zu entriegeln und ihr die volle Kontrolle über den neunzig Tonnen schweren Kampfkoloß zu geben. »Wo sind die Parder jetzt?«

»Etwa fünf Kilometer entfernt. Bis jetzt haben sie unsere Posten noch nicht wirklich angegriffen, aber sie tauschen einzelne Schüsse aus. Sieht aus, als versuchten sie, unsere Stärke abzuschätzen, bevor sie sich in die Schlacht stürzen.«

»Wenn sie unsere Stärke wissen wollen«, knurrte Winston, »dann werden wir sie ihnen zeigen.«

24

Operationsgebiet Nordgruppe, Parderzähne, Diana Kerensky-Sternhaufen, Clan-Raum

30. März 3060

Zehn Minuten später brachte Winston ihren *Zyklop* knapp unterhalb des Gebirgspasses zum Stehen, den ihre Armee in der Nacht zuvor durchquert hatte. In der kurzen Zeit, die ihre Truppen gebraucht hatten, um aufzusitzen und die geringe Distanz zwischen Lager und Postenkette zurückzulegen, hatten die Parder ihren Angriff gestartet. Die Postenmechs waren in den engen Hohlweg zurückgedrängt worden, wo sie hinter den Vorsprüngen und Felsbrocken Deckung suchten, mit denen der Paß übersät war. Die Parder andererseits konnten nicht gegen die SBVS vorrücken, ohne sich dem Feindfeuer auszusetzen. Aber genau das taten sie. Ein OmniMech nach dem anderen stürmte gegen die improvisierten Befestigungen des Hohlwegs an. Die Nebelparder schienen wie vom Geruch des Blutes besessen.

Trotz ihrer geschützten Stellung wurden die Posten der Sternenbundtruppen, zwei zerbeulte ComGuards-Mechs, durch den gnadenlosen Sturmangriff überwältigt. Triumphierend trat der vorderste Parder-Mech, ein *Nobori-nin* mit den Insignien der Höhle des Parders, in die Bresche. Der Sieg des Clanners war nicht von langer Dauer. Ein *Herkules* der Leichten Reiterei erschien am anderen Ende des Passes und überschüttete den *Nobori-nin* mit PPK- und Laserfeuer, das die bereits angeschlagene Maschine in einen Haufen Schrott verwandelte.

Dann stürmten der *Herkules* und seine Lanzenkameraden in den Paß und übernahmen die Stellung der ausgeschalteten ComGuardisten. Die Eridani pumpten schweres Geschützfeuer in die Reihen der Parder und zwangen sie zum erneuten Rückzug. Aber das Gegenfeuer der stärkeren und weiterreichenden Clan-Waffen vernichtete seinerseits zwei der Söldner-Mechs. Noch bevor die zertrümmerten Maschinen auf den Felsboden des Hohlwegs schlugen, traten zwei weitere, eine ComGuard-Maschine und der einschußkraterübersäte *Victor* der St.-Ives-Lanciers, an ihre Stelle.

Minuten schienen sich zu Stunden zu dehnen, als ein Mech nach dem anderen im mörderischen Schußwechsel zu Altmetall zertrümmert wurde.

Die meisten der in dieses blutige Nahgefecht verwickelten Maschinen waren schwer oder überschwer, aber die Einsatzgruppe ebenso wie die Nebelparder hatten bereits in früheren Gefechten schwere Schäden einstecken müssen, die noch nicht repariert waren. Das hatte zur Folge, daß Mechs, die normalerweise selbst einem Feuersturm feindlicher Geschütze hätten standhalten können, ebenso schnell zu Boden gingen wie leichte oder mittelschwere Kampfkolosse.

Eine grelle Explosion erhellte die Schlucht, als ein *Pirscher*, dessen Raketenmunition vom Feindfeuer zur Detonation gebracht wurde, in einem gewaltigen Feuerball auseinandergerissen wurde. Weit im Hinterkopf stellte Winston fest, daß der Pilot nicht ausgestiegen war: noch ein Toter, der auf ihrem Gewissen lastete.

In diesem Augenblick zerbrach etwas in ihrem Innern. Sie stieß die Kontrollknüppel des *Zyklop* vorwärts und schulterte einen Eridani-*Grashüpfer* beiseite, der sich bereit machte, in den Hohlweg zu treten. Mit einem unartikulierten Wutschrei senkte sie das Fadenkreuz der Sichtprojektion auf den Torso eines zerfurchten und zerbeulten Nebelparder-*Thor*. Sie preßte die Auslöser durch und schleuderte eine Salve aus zehn Raketen durch die rauchgeschwängerte Luft, um die

Panzerung von Rumpf und Beinen des Clanners zu sprengen.

Eine glitzernde Kugel ihres Gaussgeschützes vergrößerte die Breschen weiter, die ihre Raketen in der Brustpartie des *Thor* aufgerissen hatten. Der Parder-Pilot antwortete mit einem PPK-Feuerstoß, der die schützende Panzerung über der rechten Torsohälfte ihres BattleMechs zerschmolz. Der *Zyklop* wankte, als ihn der plötzliche Verlust von fast einer Tonne Kompositstahl aus dem Gleichgewicht zu bringen drohte. Der Clanner schien Winstons Schwierigkeiten zu ahnen und warf seinen *Thor* in einen Sturmangriff.

Ohne sich um Douglass' Munitionswarnung zu kümmern, hämmerte Winston mit einer weiteren Raketensalve auf den *Thor* ein. Der größte Teil der Geschosse flog vorbei und verstreute weitere Felstrümmer auf der engen Bergstraße. Einzelne Steinbrocken schlugen in die linke Hüfte der Clan-Maschine, konnten den Parder aber nicht beeindrucken. Winston kämpfte mit den Kontrollen und bekam ihr schwankendes Gefährt gerade rechtzeitig wieder in die Gewalt, um dem Clanner eine zweite Gausskugel zu schmecken zu geben. Die Nickeleisenkugel krachte in den Arm des *Thor*, brach durch die Panzerung und zerfetzte die dicken Myomerbündel unter dem Metallmantel. Eine Funkenfontäne verkündete das Ende eines zerschmetterten Aktivators.

Ungerührt von den Schäden an seinem bereits schwer beschädigten Mech, versetzte der Clanner Winstons *Zyklop* einen Rückhandschlag, der die Maschine gegen die Felswand des Passes schleuderte. Die tornisterähnliche Navsat-Funkanlage wurde zwischen dem stürzenden Mechrumpf und der Felswand zerquetscht.

Im Innern des Neurohelms schlugen Winstons Zähne unter der Gewalt des Schlages krachend aufeinander. Metallischer Blutgeschmack füllte ihren Mund,

und sie erkannte, daß sie sich in die Zunge gebissen hatte. Auf der Sichtprojektion sah sie den Parder die PPK auf ihr Mechcockpit richten. Mit einem wütenden Aufschrei stieß sie die Arme des *Zyklop* vor und löste die mittelschweren Laser in beiden Handgelenken aus. Eine dritte Gausskugel vergrößerte die Verwüstung im Torso des Nebelparder-Mechs.

Der *Thor* schwankte unter ihrem Angriff. Winston versuchte, den *Zyklop* wieder aufzurichten, aber die Kontrollen der Maschine schienen sich ihr zu widersetzen.

Das überlebe ich nicht, dachte sie und war erstaunt über ihre Gelassenheit.

In diesem Augenblick feuerte der *Thor*.

* * *

Colonel Charles Antonescu trat gerade rechtzeitig mit seinem *Herkules* in den Hohlweg, um zu sehen, wie ein zerbeulter *Thor* einen grüngrauen *Zyklop* mit einem azurblauen PPK-Blitz zertrümmerte. Eine ganze Zeit erstarrte er, keuchend vor Schock und Schmerz, als hätte jemand einen Dolch aus mit Gift überzogenem Eis in sein Herz gerammt.

Dann senkte sich eine tödliche Kälte über ihn. Seine Sicht färbte sich blutig rot. Er richtete die PPK seines Mechs auf das Herz des *Thor* und feuerte. Der künstliche Blitzschlag zeigte vernichtende Wirkung. Panzerung zerbarst und schmolz unter der tödlichen Liebkosung der unvorstellbaren Energien. Der riesige OmniMech stürzte zu Boden, aber Antonescu war mit dem Clanner noch nicht fertig. Er überschüttete die am Boden liegende Kampfmaschine mit Laser- und PPK-Schüssen, bis sich der grauschwarz lackierte *Thor* in einen undefinierbaren Klumpen rotglühenden Schrotts verwandelt hatte.

»Colonel! Charles!« schien eine von weit entfernt kommende Stimme in seinen Ohren zu zischen. »Charles, was, zur Hölle, machst du da?«

Antonescu wirbelte den *Herkules* herum und sah sich dem *Lichtbringer* Major Gary Ribics vom 8. Kundschafterbataillon gegenüber. Einen Augenblick lang war der bebende Söldner kurz davor, auf seinen Untergebenen zu feuern, so groß schien der Blutdurst, der ihn überwältigt hatte. Er blinzelte mehrmals und versuchte, den roten Nebel vor seinen Augen zu vertreiben. Es war nicht ein aktiver Feindmech zu sehen. Alle, die nicht zerstört waren, befanden sich in panischem Rückzug.

Dann gab ihn das Mordfieber frei, und er fühlte sich ausgelaugt und krank.

»Major Ribic«, stellte er fest, und seine eigene Stimme erschien ihm fremd und hohl. »Geben Sie weiter, daß General Winston gefallen ist.«

Bevor Ribic antworten konnte, drang eine andere Stimme aus Antonescus Helmlautsprechern. »Ballerina von Kommzentrale. Ballerina von Kommzentrale, bitte melden.«

»Kommzentrale von Magyar«, antwortete Antonescu. »General Winston ist tot. Ich übernehme den Befehl. Wie lautet Ihre Botschaft?«

Er erhielt nicht sofort Antwort. Antonescu war klar, daß seine knappe Mitteilung von Ariana Winstons Tod manchem kalt und herzlos erscheinen mochte, aber auf dem Schlachtfeld war kein Platz für Gefühle. Die mußten warten.

»Kommzentrale von Magyar«, wiederholte er. »Wie lautet Ihre Botschaft?«

»Colonel, ich habe Kommodore Beresick in der Leitung. Er möchte General Winston sprechen.«

»Ich nehme das Gespräch an.« Ein Schaudern lief über Antonescus Rücken. Er wußte, daß Kommodore

Beresick eine ankommende Sprungschiffflotte geortet hatte. Er war im Befehlsstand gewesen, als er Kommodore Winston versprochen hatte, sich wieder zu melden, sobald er mehr über die Neuankömmlinge wußte. Für Colonel Charles Antonescu schien dieser Anruf der Totengesang der Einsatzgruppe Schlange.

»Kingpin von Magyar«, sagte er schließlich mit emotionslos monotoner Stimme. »Ich habe den Befehl über die Nordgruppe. Was haben Sie zu berichten?«

Nach kurzem Zögern war Beresick zu hören. »Colonel, hier Beresick.« In der Stimme des Kommodore lag eine seltsame Note, die für Antonescu wie eine Mischung aus Freude und Erleichterung klang. »Die Ankömmlinge sind Einsatzgruppe Bulldog. Ich habe Verbindung mit Prinz Victor Steiner-Davion und dem Präzentor Martialum. Sie lassen Ihnen ausrichten: ›Gut gemacht. Sie können sich jetzt ausruhen. Wir übernehmen.‹«

Antonescu starrte mit offenem Mund das Funkgerät an. »Leitung freimachen«, bellte er. »Wiederholen Sie, Kingpin.«

Beresick wiederholte seine Nachricht.

Antonescu seufzte und senkte den Kopf. Unerwartet und entgegen aller Hoffnung hatte Einsatzgruppe Bulldog den langen Weg aus der Inneren Sphäre zurückgelegt und war irgendwie über Diana eingetroffen, gerade als die in den letzten Zügen liegende Einsatzgruppe Schlange vor dem Ende stand. Es war beinahe zu schön, um wahr zu sein – eine Rettung wie aus einem Abenteuerholovid. Nur war dies die Wirklichkeit, und für Ariana Winston kamen die Retter zu spät.

»Nachricht an Prinz Victor. Magyar bestätigt und gehorcht. Magyar Aus.«

Mit zitternden Händen löste Antonescu den schweren Neurohelm und hob ihn von den Schultern. Der rote Nebel vor seinen Augen hatte sich endlich gelichtet, seine Sicht jedoch wurde trotzdem nicht klarer. Er sah den engen, blutverschmierten Gebirgspaß hoch zum Wrack der Maschine, die noch Minuten zuvor der BefehlsMech der gesamten Leichten Reiterei gewesen war.

»Es tut mir leid, Ariana«, flüsterte er. »Ich konnte dir nicht helfen. Es tut mir leid...« Ein erstes, ersticktes Schluchzen ließ seine Stimme versagen, und Tränen traten in Charles Antonescus Augen.

* * *

Zehn Tage später war die Schlacht um Diana zu Ende.

Mit der Ankunft relativ frischer Kampfeinheiten des Sternenbunds gab es für die Nebelparder nur noch zwei Möglichkeiten: Kapitulation oder ein glorreicher Tod in der Schlacht. Die meisten klammerten sich an ihren hartnäckigen Clanstolz und verkauften ihr Leben so teuer wie möglich. Die frisch eingetroffenen Sternenbund-Truppen überwältigten die Parder in kürzester Zeit und mit geringen eigenen Verlusten.

Als er im Schatten der zerschlagenen Statuen stand, die einstmals auf dem Feld der Helden die Triumphe der Nebelparder verkündet hatten, wünschte sich Andrew Redburn, er hätte dasselbe für Einsatzgruppe Schlange sagen können.

Von den acht Regimentern, die auf dieser blutüberströmten Welt gelandet waren, lebte nur noch eine Handvoll. Hunderte Männer und Frauen, die jeden Gedanken an ihre eigenen Bedürfnisse zurückgestellt und eine monatelange Reise durch den unerforschten Raum auf sich genommen hatten, um auf einem fernen Planeten in den Krieg zu ziehen, waren in der blutgetränkten Erde dieser Welt begraben, für deren Eroberung sie ihr Leben gelassen hatten. Tausende mehr waren furchtbar verstümmelt worden, ihr Fleisch und ihre Knochen auf dem Altar des Krieges zerschlagen und verbrannt. Noch andere trugen Verletzungen mit sich herum, die man nicht sehen konnte: Ihr Geist war gebrochen, ihre Seele gequält, ihr Verstand verloren, und wofür?

Diese Frage würde in den bevorstehenden Jahren und Jahrzehnten sicher noch oft gestellt werden. Was hatte Operation Schlange erreicht?

Er blickte über das zertrümmerte Feld der Helden nach Süden, in die Stadt. Lutera schien von dem furchtbaren Konflikt, der am Nordrand seiner grauen Häuser und engen, schnurgeraden Straßen getobt hatte, kaum berührt. Nur ein paar einzelne Gebäude von militärischem Wert waren beschädigt oder zerstört. Im Herzen Luteras ragte eine ausgebrannte Ruine auf, die Überreste der sekundären Kommandozentrale der Nebelparder.

Fast, als hätte sie ihren Tod vorausgesehen, hatte Winston Redburn ein Päckchen mit Anweisungen hinterlassen, wie es Morgan schon für sie getan hatte. Aus diesen Anweisungen hatte er vom letzten und kleinsten Kriegerkontingent Einsatzgruppe Schlanges erfahren. Niemand hatte einen Abschlußbericht der Nekekami erhalten. Die Trümmer des K^3-Gebäudes in Lutera bestätigten, daß sie ihre letzte Mission erfolgreich abgeschlossen hatten, aber hatte auch nur eine der Schattenkatzen es überlebt? Das würde er vielleicht nie erfahren.

Von Gefangenen, die beim Einmarsch der neu eingetroffenen Sternenbund-Armee in Lutera gemacht worden waren, hatten sie erfahren, daß Lincoln Osis in einem mit Schwertern ausgetragenen Ehrenduell mit einem Krieger der Freien Inneren Sphäre schwer verwundet worden war. Der Sternenbund-Krieger war tot, und Osis war nach Strana Metschty zurückgeflogen. Laut Aussage der Gefangenen hatte sein Schiff das System keine fünf Stunden vor Ankunft Einsatzgruppe Bulldogs verlassen.

Die Gefangenen informierten ihre Verhörmeister auch über den Tod Galaxiscommander Hang Mehtas. Sie hatte sich in einem symbolischen Zweikampf, in dem sie keine Gegenwehr geleistet hatte, von einem ihrer Untergebenen durch Kopfschuß hinrichten lassen, um der Schande einer Leibeigenschaft unter den Sternenbund-Truppen zu entgehen, die in ihren Augen barbarischer Abschaum waren. Tatsächlich hatten kaum Clan-Offiziere oberhalb des Ranges eines Sterncaptains die Leibeigenschaft akzeptiert. Die meisten hatten entweder bis zum Tode gekämpft oder sich wie Hang Mehta aus dem Leben verabschiedet, bevor sie gefangengenommen werden konnten.

Der ursprüngliche Galaxiscommander der Garnison, Russou Howell, wurde vermißt. Es hieß, er habe sich in der Kommandozentrale aufgehalten, als sie zerstört wurde, aber bisher war seine Leiche nicht geborgen worden. Es gab Zivilisten, die behaupteten, sie hätten den Parder-Offizier das Gebäude verlassen sehen, Sekunden bevor es von einer gewaltigen Explosion zerrissen worden war. Redburn schnaubte halb belustigt. Wären sie in der Inneren Sphäre, hätte man für die nächsten zwanzig Jahre mit ›Howell-Sichtungen‹ rechnen können.

* * *

Für die Leichte Eridani-Reiterei gab es in den grimmen Nachwehen des Feldzugs zumindest einen Lichtblick. Der vermißte Colonel Edwin Amis war in der Kerkerabteilung eines Clan-Militärlazaretts aufgetaucht. Nachdem er gezwungen gewesen war, aus dem Wrack seines *Orion* auszusteigen, hatte Amis versucht, eine Gefangennahme durch die Clan-Truppen zu vermeiden, die das Schlachtfeld überrannten. Als ein Stern

Elementare ihn einschloß, hatte er mit nichts als seiner Tollkühnheit und einer Laserpistole bewaffnet, versucht, sich den Weg freizuschießen. Einer der hünenhaften Krieger hatte ihn niedergeschlagen und als Gefangenen beansprucht.

Als sie erfuhren, daß Amis noch lebte, requirierten Charles Antonescu und Sandra Barclay, die durch ihre Rückenverletzung noch immer nicht einsatzfähig war, einen VerCom-Schweberjeep, um ihn zu besuchen. Bei ihrer Ankunft fanden sie Amis aufrecht in seinem Krankenbett sitzend, einen schmalen Verband um den Kopf – und in offenem Widerstand gegen die Hospitalvorschriften – mit einer schlanken schwarzen Zigarre zwischen den Zähnen.

Einen Augenblick lang starrten die beiden ihn ungläubig an. Sandra Barclay fand als erste ihre Stimme wieder.

»Zum Teufel mit dir, Ed«, grollte sie mit knirschenden Zähnen. »Wir haben gedacht, du wärst tot. Wir haben bis zu den Achseln in Blut und Clannern gesteckt, und wo bist du? Du sitzt hier in diesem hübschen, sauberen Lazarett und paffst eine von deinen widerlichen Stinkmorcheln! Ich sollte dich höchstpersönlich erschießen.«

»Komm schon, Sandy«, grinste Amis sie an. »Wen würdest du denn an meiner Stelle bekommen, wenn du das tätest? Noch jemanden wie Charles hier? Stell dir nur mal vor, wie langweilig so ein Leben wäre.«

»Bah«, schnaubte Barclay und wandte sich ab.

Seit ihrem erbitterten Duell mit der Parder-*Galeere* hatte Sandra Barclay sich verändert. Die ängstlichen Blicke, die weißen Knöchel, das Zittern ihrer Hände waren verschwunden, ersetzt von ruhigem Selbstvertrauen. Noch war sie nicht ganz die solide, zuverlässige Offizierin, die sie vor Coventry gewesen war, aber sie befand sich deutlich auf dem Weg der Besserung.

Barclay zitterte und fühlte die Leere, die der Verlust General Winstons in ihrem Innern hinterlassen hatte. Sie blickte zur Decke des Hospitals und flüsterte: »Keine Sorge, General. Mir geht es wieder besser.«

In Gedanken hörte sie Winstons Antwort. »Ja, Colonel. Ich weiß.«

* * *

Während er das Trümmerfeld einer verwüsteten Welt betrachtete, bemerkte Andrew Redburn plötzlich, daß er nicht allein war. Er drehte sich um und bemerkte eine Gruppe von drei Männern in respektvollem Abstand.

»Entschuldigen Sie, Andrew, wir wollten Sie nicht stören«, begann Prinz Victor Ian Steiner-Davion.

Redburn nahm hastig Haltung an und salutierte. »Nein, Hoheit, das ist schon in Ordnung. Ich habe nur nachgedacht.«

»Sie haben an all jene gedacht, die nicht hier sind, um diesen Augenblick mit uns zu teilen, nicht wahr?« fragte Anastasius Focht leise. »Und an all jene, von denen Sie sich wünschten, sie könnten hier sein, um ihn zu teilen.«

»Ja, Präzentor Martialum. Es waren so viele, die entlang des Weges gearbeitet, gekämpft und ihr Blut vergossen haben, um diesen Augenblick zu ermöglichen.« Redburn deutete auf die langen Reihen weißlackierter Grabschilder, wo die Bestattungskommandos die Toten Clan Nebelparders und Einsatzgruppe Schlanges beigesetzt hatten. »Andere sind seit fast dreihundert Jahren in zahllosen Schlachten auf zahllosen Welten gefallen und begraben worden. Und jetzt sind so viele gute Männer und Frauen denselben Weg gegangen.«

»Hai, Redburn-san«, ergriff auch der dritte in der Gruppe, Hohiro Kurita, endlich das Wort. »Sie werden hier auf Diana beigesetzt, aber sie sind nicht wirklich tot, nicht, solange der Traum weiter existiert, für den sie ihr Leben gaben. Solange Männer und Frauen nach einem Leben in Frieden und Freiheit streben, werden alle, die hier gefallen sind, in unserem Angedenken als Patrioten und Märtyrer dieser noblen Sache weiterleben.«

Ein plötzlicher Stich des Bedauerns bohrte sich in Redburns Herz. »Hoheit, verzeiht. Ich hätte es schon vorher sagen sollen. Morgan ...«

»Ist tot«, beendete Prinz Victor den Satz. »Das war mir klar, als ich erfuhr, daß Sie die Einsatzgruppe kommandieren. Ich wünschte, wir hätten früher hier sein können.«

Redburn starrte ihn an. »Ich hatte keine Ahnung, daß Ihr überhaupt unterwegs wart.«

»Verdammt«, fluchte Victor. »Vielleicht wäre Morgan noch am Leben, wenn wir eher hier gewesen wären.«

»Hat es Euch denn niemand gesagt?«

»Was gesagt?« Offensichtlich hatte Victor keine Ahnung.

»Ihr versteht nicht, Hoheit.« Redburns Stimme brach, als er um Beherrschung rang. »Morgan ist nicht im Kampf gefallen. Er wurde lange, bevor wir Diana erreichten, in seinem Bett an Bord der *Unsichtbare Wahrheit* ermordet.«

Als Redburn den dreien die Einzelheiten von Morgans Tod und die späteren Ereignisse berichtete, wurde Victor Davion erst bleich, dann lief sein Gesicht vor Zorn rot an. Trauer und Wut kämpften in seinen Augen miteinander. Einen Moment lang hatte Redburn Angst, ihm zuviel auf einmal zugemutet zu haben. Dann klärte sich die Miene des Prinzen des Vereinigten Commonwealth wieder auf. Nur in seinen klaren blauen Augen war noch eine Spur dieses neuen Schicksalsschlages zu erkennen.

»Die Vergeltung dafür wird warten müssen«, meinte Victor. »Noch ist diese Angelegenheit hier nicht abgeschlossen. Lincoln Osis ist entkommen, zusammen mit einem Teil seiner Krieger. Wir müssen sie jagen und zur Strecke bringen.«

Eine lange Zeit standen die vier schweigend da, hingen ihren Gedanken nach, betrachteten die zertrümmerten Statuen, die zur Beisetzung vorbereiteten Leichen und den Rauchvorhang über Lutera.

Das ist der wahre Schrecken des Krieges, dachte Redburn. *Der Blutpreis.*

Das Kreischen zweier Schweber zerstörte den furchtbaren Zauber, der sie in seinem Bann gehalten hatte. Die Fahrzeuge kamen zum Stehen, und Charles Antonescu, Sandra Barclay, Paul Masters und die anderen Einheitskommandeure, die den Feldzug auf Diana geleitet hatten, stiegen aus. Victor Davion, Hohiro Kurita und der Präzentor Martialum fanden für sie alle Worte der Gratulation, des Dankes und des Trostes.

»Ich hatte ursprünglich vor, einen Abschlußbericht von Ihnen allen zu verlangen«, erklärte Victor und ließ seinen Blick über sämtliche Offiziere Einsatzgruppe Schlanges schweifen. »Aber jetzt glaube ich, daß das bis morgen oder sogar bis übermorgen warten kann.«

Davion wandte sich an Charles Antonescu. »Colonel, es tut mir ehrlich leid. Wären wir nur ein paar Stunden früher ...« Er verstummte, als ihm klar wurde, wie wenig seine Worte ausrichten konnten. »Jedenfalls sollen Sie wissen, daß wir General Winstons Leichnam mit zurück in die Freie Innere Sphäre nehmen werden, damit sie in einem Staatsbegräbnis mit allen militärischen Ehren beigesetzt werden kann, zusammen mit Morgan.«

»Nein, Euer Hoheit.« Antonescu schüttelte den Kopf. »Vielen Dank, aber nein. Es ist Tradition der Leichten Eridani-Reiterei, ihre Toten in der Erde beizusetzen, um die sie gekämpft haben, als sie fielen. Wir werden General Winston neben ihren Truppen hier auf Diana bestatten. Ich kann mir keinen geeigneteren Ort vorstellen als diesen, den wir alle mit unserem Blut geweiht haben.«

Victor nickte verständnisvoll. Die Traditionen der Leichten Eridani-Reiterei reichten bis in die Zeit des ersten Sternenbunds zurück. Er würde von Antonescu nicht verlangen, sie zu brechen.

»Ah, Euer Hoheit«, sprach Colonel MacLeod den Prinzen mit einem Funkeln in den Augen an. »Ich bin sicher, Ihr wißt, daß die Leichte Eridani-Reiterei ursprünglich eine Sternenbund-Einheit war und die Northwind Highlanders eine äußerst enge Beziehung zu den SBVS genossen.«

»Natürlich weiß ich das, Colonel«, antwortete Victor zurückhaltend. »Deshalb wurden Sie für diese Einsatzgruppe ausgewählt. Worauf wollen Sie hinaus?«

MacLeods kantiges Gesicht wurde von einem schelmischen Grinsen erhellt. »Viel, Hoheit«, meinte er. »Ich wollte Ihre Aufmerksamkeit nur auf die Kleinigkeit von drreihundert Jahrren ausstehenden Solds lenken.«

EPILOG

**Militärlazarett, Lutera, Diana
Kerensky-Sternhaufen, Clan-Raum**

9. April 3060

Langsam kehrte Sterncolonel Paul Moons Bewußtsein zurück. Er hatte keine Ahnung, wie lange er bewußtlos gewesen war. Er wußte nur, daß er ausgesprochen unbequem auf dem Bauch lag und sein linker Arm steif ausgestreckt war. Er konnte einen elastischen Verband über einer tiefen, unregelmäßigen Schnittwunde auf Stirn und Gesicht spüren. Sein Rücken klopfte dumpf unter dem Nebel von Schmerzstillern, mit denen die MedTechs ihn nach der Schlacht außerhalb Luteras vollgepumpt haben mußten. Seltsamerweise schien sein rechter Arm eingeschlafen zu sein. Er fühlte die Nadelstiche der zurückkehrenden Durchblutung. Er versuchte, den Arm zu beugen, aber nichts geschah. Von Schlaf und Drogen benommen, überlegte er, daß er erstaunlich lange auf dem Arm gelegen haben mußte, wenn der ihm nun den Gehorsam so völlig verweigerte.

Moon hob den Kopf ein paar schmerzhafte Zentimeter vom dünnen Krankenhauskissen und erkannte die Wahrheit. Sein rechter Arm, die Schulter und einiges an Muskelgewebe auf seiner Brust – und dem Gefühl nach zu urteilen auch auf seinem Rücken – war einfach nicht mehr da. Dann erinnerte er sich an den Bombenhagel, der seinen Sturmangriff auf die Stravag-Invasoren zerschlagen hatte. Eine der kleinen Sprengbomben hatte ihn im Rücken getroffen, seinen Arm glatt abgerissen und nur eine blutige Wunde zurückgelassen.

Moon ließ den Kopf auf das Kissen fallen und schloß die Augen.

Warum hat man mich nicht sterben lassen? Welches perverse Schicksal zwingt mich, als Krüppel weiterzuleben?

Er wußte, daß er keine Chance hatte, ein zweites Körperglied nachwachsen zu lassen, diesmal einen Arm. Die Nebelparder würden jeden Krieger, der zweimal so schwer verwundet worden war, als offensichtlich fehlerhaft einschätzen und keine kostbaren wissenschaftlichen Möglichkeiten darauf verschwenden, seine erneute vollständige Genesung zu ermöglichen.

»Guten Tag, Sterncolonel.« Die Stimme war ihm vertraut, aber Moon konnte sie nicht sofort einorden. Er öffnete die Augen.

»Du!«

»Ich« – bestätigte der Mann mit dem von Narben entstellten Gesicht in der mattolivgrünen Uniform eines Sternenbund-MechKriegers mit ruhiger Stimme.

»Ich weiß nicht, durch welchen teuflischen Trick es dir gelungen ist, dem Tod zu entgehen, Verräter, oder durch welchen widerlichen Zauber du jetzt in der Uniform des Sternenbunds vor mir stehen kannst«, schnarrte Moon. »Nun, ich war es, der dich als Verräter entlarvt hat. Ich wünschte, du wärest tot.« Seine Stimme klang, als würde er mit Glasscherben gurgeln. »Bist du gekommen, um mich zu verhöhnen?«

»Dich verhöhnen, Sterncolonel Paul Moon?« wiederholte Trent. »Manche halten es für das Recht des Siegers, den Besiegten zu verhöhnen. Aber nein, ich bin nicht gekommen, um über den Fall Dianas zu spotten. Oder um über den Untergang meines Clans zu jubeln. Unsere Heimatwelt in Schutt und Asche zu sehen macht mir keine Freude. Aber ich muß zugeben, daß es mir Genugtuung verschafft, den Mann am Boden zu sehen, der mein Leben als Nebelparder zerstört hat.«

Trent schüttelte traurig den Kopf, bevor er weitersprach. »Warum hast du mich so gehaßt? War es, weil ich auf Tukayyid kämpfte und überlebte? War es, weil du dachtest, ich hätte im Dienst meines Clans versagt? Nun, laß dir folgendes durch den Kopf gehen, Sterncolonel. Du gehörst zu den Kriegern, die Diana an die Innere Sphäre verloren haben, und trotzdem lebst du noch. Du hast im Dienste deines Clans weit schlimmer versagt, als ich es je konnte. Schlimmer noch, du bist ein Leibeigener der ›Barbaren‹ der Inneren Sphäre, die über deine Heimatwelt hergefallen sind, sie verwüstet und deinen Clan ausgerottet haben.«

»Du Savashri-Freigeburtsverräter«, fluchte Moon und wußte, daß Trent die Wahrheit sprach. »Wenn in deinen gemeinen, ehrlosen Adern auch nur ein Tropfen vom Blut eines wahrgeborenen Nebelparders fließt, wirst du mir die EntLeibung gestatten. Ich fordere dich auf, mich aus meiner Schande zu erlösen. Töte mich.«

Trent warf den Kopf zurück und lachte.

»EntLeibung? Dich töten? O nein, Sterncolonel Paul Moon. Warum sollte ich dir die Erlösung gewähren, die du suchst, wenn ich mit meiner Schande weiterleben muß? Nein, ich finde, du solltest ein langes, nutzloses und erbärmliches Leben führen – in dem bitteren Wissen, daß du als Krieger versagt hast. Und noch etwas, Paul Moon.« Trents Stimme wurde lauter, als er einen vernarbten, knochigen Finger geradewegs in Moons trotziges Gesicht stieß. »Du warst der Schmied, der das Instrument deines eigenen Untergangs geschmiedet hat. Fragst du dich, wer der Inneren Sphäre den Weg zu den Heimatwelten verriet? Ich war es. Und woher hatte ich dieses Geheimnis? Ich habe es auf der langen Reise nach Diana erworben, zu der du mich verurteilt hast. Ohne deinen blinden, idiotischen Haß auf mich und meine Generation wäre Diana heute noch unberührt und die Nebelparder wären noch der stolzeste und stärkste aller Clans. Du, Paul Moon, hast deinen eigenen Untergang zu verantworten und den deines Clans!«

Trent drehte sich um und ging davon.

Als er ihm nachsah, dem Mann, den er so lange gehaßt hatte, fühlte Paul Moon Trotz und Stolz verblassen, und an ihre Stelle trat gnadenlose Leere.

Was Trent gesagt hatte, stimmte.

GLOSSAR

CLANMECHS UND CODENAMEN DER FREIEN INNEREN SPHÄRE

Im Verlauf dieses Romans werden zahlreiche OmniMechs und BattleMechs der Clans je nach handelnder Person mit den bei den Clans gebräuchlichen Namen oder den in der Freien Inneren Sphäre benutzten Codenamen bezeichnet. Die folgende Aufstellung enthält beide Namen:

Codename	*Clanname*
Daishi	Höhlenwolf
Fenris	Eismarder
Frostfalke	Uhu
Füchsin	Incubus
Galahad	Glasspinne
Galeere	Gargoyle
Geier	Bluthund
Gladiator	Henker
Habicht	Dunstadler
Höllenhund	Magicker
Katamaran	Waldwolf
Kobra	Schwarzpython
Koloß	Felsrhino
Koshi	Grauluchs
Krake	Ruin
Libelle	Viper
Loki	Höllenbote
Masakari	Kriegsfalke
Pavian	Heuler
Puma	Natter
Ryoken	Sturmkrähe
Schwarzfalke	Nova
Sprinter	Feuervogel
Thor	Nemesis
Uller	Rotfuchs

AUTOKANONE: Eine automatische Schnellfeuerkanone. Leichte Fahrzeugkanonen haben ein Kaliber zwischen 30 und 90 mm, während eine schwere Mechautokanone ein Kaliber von 80 bis 120 mm oder mehr besitzen kann. Die Waffe feuert in schneller Folge panzerbrechende Hochexplosivgranaten ab.

BATAILLON: Ein Bataillon ist eine militärische Organisationseinheit der Inneren Sphäre, die in der Regel aus drei Kompanien besteht.

BATCHALL: Batchall ist der Name für das Clanritual der Herausforderung zum Kampf. Der Verteidiger kann verlangen, daß der Angreifer etwas aufs Spiel setzt, dessen Wert vergleichbar mit dem ist, was der Verteidiger zu verlieren riskiert.

BATTLEMECH: BattleMechs sind die gewaltigsten Kriegsmaschinen, die je von Menschen erbaut wurden. Diese riesigen humanoiden Panzerfahrzeuge wurden ursprünglich vor über 500 Jahren von terranischen Wissenschaftlern und Technikern entwickelt. Sie sind in jedem Gelände schneller und manövrierfähiger, besser gepanzert und schwerer bewaffnet als jeder Panzer des 20. Jahrhunderts. Sie ragen zehn bis zwölf Meter hoch auf und sind bestückt mit Partikelprojektorkanonen, Lasergeschützen, Schnellfeuer-Autokanonen und Raketenlafetten. Ihre Feuerkraft reicht aus, jeden Gegner mit Ausnahme eines anderen BattleMechs niederzumachen. Ein kleiner Fusionsreaktor liefert ihnen nahezu unbegrenzt Energie. BattleMechs können auf Umweltbedingungen – so verschieden wie glühende Wüstenei und arktische Eiswüsten – eingestellt werden.

BINÄRSTERN: Eine aus zwei Sternen (10 Mechs, zwanzig Luft/Raumjägern oder 50 Elementaren) bestehende Einheit der Clans.

BLAKES WORT/COMSTAR: Das interstellare Kommunikationsnetz ComStar wurde von Jerome Blake entwickelt, der in den letzten Jahren des Sternenbunds das Amt des Kommunikationsministers innehatte. Nach dem Zusammenbruch des Bundes eroberte Blake Terra und wandelte die Überreste des Sternenbund-Kommunikationsnetzes in eine Privatorganisation um, die ihre Dienste an die fünf Häuser mit Profit weiterverkaufte. Seitdem hat sich ComStar zu einem mächtigen Geheimbund entwickelt, der sich jahrhundertelang in Mystizismus und Rituale gehüllt hatte, bis es nach der Entscheidungsschlacht gegen die Clans auf Tukayyid unter Prima Sharilar Mori und Präzentor Martialum Anastasius Focht zur Reformation des Ordens und Abspaltung der erzkonservativen Organisation Blakes Wort kam.

BLITZ-KURZSTRECKENRAKETEN: Blitz-KSR enthalten Zielsuchgeräte, die ein Abfeuern erst gestatten, wenn die in die Lafette geladenen Raketen ein Ziel erfaßt haben. Ist dies einmal geschehen, treffen die Raketen das Ziel automatisch.

BLUTNAME: Als Blutname wird einer der ursprünglich achthundert Familiennamen jener Krieger bezeichnet, die während des Exodus-Bürgerkrieges auf seiten von Nicholas Kerensky standen. (Derzeit existieren nur noch 760 dieser Namen. Vierzig Namen wurden nach dem Hochverrat eines der ursprünglich zwanzig Clans getilgt.) Diese achthundert waren die Basis des ausgedehnten Zuchtprogramms der Clans.

Das Recht, einen dieser Nachnamen zu tragen, ist seit Einführung dieses Systems der Wunschtraum jedes ClanKriegers. Nur jeweils fünfundzwanzig Krieger dürfen gleichzeitig einen bestimmten Blutnamen tragen. Stirbt einer von ihnen, wird ein Wettbewerb eingerichtet, um einen neuen Träger zu bestimmen. Ein Anwärter muß zunächst anhand seiner Abstammung sein Anrecht auf den Blutnamen nachweisen und anschließend eine Abfolge von Duellen gegen seine Mitbewerber gewinnen. Nur Blutnamensträger haben das Recht, an einem Clankonklave teilzunehmen und zum Khan oder ilKhan gewählt zu werden. Die meisten Blutnamen waren im Laufe der Zeit einer oder zwei Kriegerklassen vorbehalten. Es gibt jedoch einzelne, besonders angesehene Blutnamen, zum Beispiel Kerensky, die dadurch ihren genetischen Wert bewiesen haben, daß sie von herausragenden Kriegern aller drei Klassen (MechKrieger, Jagdpiloten und Elementare) getragen wurden.

Blutnamen werden matrilinear vererbt. Da ein Krieger nur über seine Mutter erben kann, besteht nie ein Anrecht auf mehr als einen Blutnamen.

CLANS: Beim Zerfall des Sternenbundes führte General Aleksandr Kerensky, der Oberkommandierende der Regulären Armee des Sternenbundes, seine Truppen beim sogenannten Exodus aus der Inneren Sphäre in die Tiefen des Alls. Weit jenseits der Peripherie, mehr als 1300 Lichtjahre von Terra entfernt, ließen Kerensky und seine Leute sich auf fünf wenig lebensfreundlichen Welten nahe eines Kugelsternhaufens nieder, der sie vor einer Entdeckung durch die Innere Sphäre schützte. Innerhalb von fünfzehn Jahren brach unter ihnen jedoch ein Bürgerkrieg aus, der drohte, alles zu vernichten, für dessen Aufbau sie so hart gearbeitet hatten.

In einem zweiten Exodus führte Nicholas Kerensky, der Sohn Aleksandrs, seine Gefolgsleute auf eine der Welten im Innern des Kugelsternhaufens, um dem Krieg zu entfliehen. Dort, auf Strana Metschty, entwarf und organisierte Nicholas Kerensky die faschistoide Kastengesellschaft der Clans.

DEZGRA: Eine Kampfeinheit, die Schande auf sich lädt, wird als Dezgra-Einheit bezeichnet. Der Name wird auch für das Ritual verwendet, mit dem die betreffende Einheit bestraft oder gekennzeichnet wird. Jede Einheit, die einen Befehl verweigert, unter Feindbeschuß in Panik gerät oder eine unehrenhafte Handlung begeht, gilt als dezgra.

DIVISION: Eine von der Mechkampstärke in etwa dem Regiment entsprechende, aber Truppen verschiedener Waffengattungen umfassende Einheit der ComGuards, des militärischen Arms ComStars, und der BlakeGuards, des militärischen Arms von Blakes Wort.

DONNER-LANGSTRECKENRAKETEN: Donner-LSR erzeugen Streuminenfelder. Die ›Donner‹-Kennzeichnung ist die in der Freien Inneren Sphäre gebräuchliche Bezeichnung für FA-(Feldartillerie-)Streuminen-Gefechtsköpfe. Die Clans benutzen praktisch identische Gefechtsköpfe.

EIDMEISTER: Der Eidmeister ist der Ehrenwächter bei allen offiziellen Clanzeremonien. Die Position entspricht der eines Ordnungsbeamten in der Freien Inneren Sphäre, erheischt jedoch mehr Respekt. Der Eidmeister nimmt alle Schwüre ab, während der Lehrmeister sie festhält. Die Position des Eidmeisters gebührt in der Regel dem ältesten Blutnamensträger eines Clans (sofern er diese Ehre annimmt) und ist eine der wenigen Positionen, deren Träger nicht durch einen Kampf ermittelt wird.

ELEMENTARE: Die mit Kampfanzügen ausgerüstete Eliteinfanterie der Clans. Diese Männer und Frauen sind wahre Riesen, die speziell für den Einsatz der von den Clans entwickelten Rüstungen gezüchtet werden.

DIE ERINNERUNG: *Die Erinnerung* ist ein noch nicht abgeschlossenes Heldenepos, das die Geschichte der Clans von der Zeit des Exodus bis zur Gegenwart beschreibt. *Die Erinnerung* wird ständig erweitert, um neuere Ereignisse einzubeziehen. Jeder Clan verfügt über eine eigene Version dieses Epos, in der seine speziellen Meinungen und Erfahrungen verarbeitet sind. Alle ClanKrieger können ganze Passagen dieses riesigen Gedichtes aus dem Gedächtnis zitieren, und es ist durchaus nicht ungewöhnlich, Verse auf OmniMechs, Luft/Raumjägern und sogar Rüstungen zu finden.

EXTREMREICHWEITEN-LASER: Bei diesen Waffen handelt es sich um verbesserte Versionen des gewöhnlichen Lasers, mit überlegenen Fokussier- und Zielerfassungsmechanismen. In der Clan-Ausführung haben diese Waffen eine deutlich größere Reichweite als normale Laser und erzielen einen etwas höheren Schaden. Allerdings verursachen sie dabei eine um 50% höhere Abwärme. In der Freien Inneren Sphäre befindet sich die ER-Lasertechnologie noch im Entwicklungsstadium. Bisher machen Umfang und Größe der benötigten Ausrüstung eine Anwendung nur bei schweren Lasern möglich. Zudem erreicht der schwere ER-Laser der Freien Inneren Sphäre zwar eine größere Reichweite als ein schwerer Normallaser, der Reichweitengewinn ist jedoch geringer als bei entsprechenden Clan-Waffen, und die Schadenswirkung ist nicht höher als bei einem normalen S-Laser. Die Wärmeentwicklung ist jedoch ebenso groß wie bei einem schweren Clan-ER-Laser.

EXTREMREICHWEITEN-PPK: Ebenso wie bei den Laserwaffen haben die Clans auch eine erheblich verbesserte Version der Partikelprojektorkanone entwickelt. Diese Extremreichweiten-PPK ist kleiner, leichter und leistungsfähiger als die Normalversion, mit größerer Reichweite und höherer Durchschlagskraft. Allerdings ist auch die Wärmeentwicklung erheblich größer, was beim Einsatz dieser Waffe zu einem Problem werden kann. Die Freie Innere Sphäre besitzt ebenfalls eine ER-Version der PPK, diese Waffe ist jedoch weniger hoch entwickelt. Größe und Gewicht entsprechen denen einer Normal-PPK, ebenso wie die Schadenswirkung, während Reichweite und Abwärme in etwa denen der Clan-Version entsprechen.

GALAXIS: Die größte Militäreinheit der Clans, bestehend aus drei bis fünf Sternhaufen.

GAUSSGESCHÜTZ: Ein Gaussgeschütz benutzt eine Reihe von Elektromagneten, um ein Projektil durch den Geschützlauf in Richtung des Ziels zu beschleunigen. Obwohl sein Einsatz mit hohem Energieaufwand verbunden ist, erzeugt das Gaussgeschütz nur sehr wenig Abwärme, und die erreichbare Mündungsgeschwindigkeit liegt doppelt so hoch wie bei einer konventionellen Kanone.

GESCHKO: Eine Gruppe von Kindern (GESCHwisterKOmpanie) des Zuchtprogramms der Clan-Kriegerkaste, die von denselben Genspendern abstammen und gemeinsam aufgezogen werden. Während sie aufwachsen, werden sie ständig getestet. Bei jedem Test scheiden Mitglieder der Geschko aus und werden in niedrigere Kasten abgeschoben. Eine Geschko besteht zunächst aus etwa zwanzig Kindern, von denen beim abschließenden Test noch etwa vier oder fünf übrigbleiben. Diese Tests und andere Erlebnisse binden die überlebenden ›Geschkinder‹ so eng aneinander, daß sie häufig lebenslanges Vertrauen und Verständnis füreinander zeigen. Untereinander bezeichnen Geschkomitglieder sich auch als ›Kogeschwister‹.

HEGIRA: Gelegentlich gestatten siegreiche ClanKrieger dem besiegten Gegner Hegira. Dies erlaubt ihm, sich ehrenhaft vom Schlachtfeld zurückzuziehen, ohne weiterem Beschuß ausgesetzt oder anderweitig belastet zu werden.

IMPULSLASER: Ein Impulslaser verwendet einen Hochfrequenz-Hochenergiepuls zur Erzeugung gepulster Laserstrahlen. Der Effekt ist vergleichbar mit MG-Feuer. Diese Konstruktion erhöht die Trefferwahrscheinlichkeit des Laserangriffs und erzeugt einen größeren Schaden pro Treffer, allerdings unter Inkaufnahme erhöhter Hitzeentwicklung und verringerter Reichweite.

INNERE SPHÄRE: Mit dem Begriff ›Innere Sphäre‹ wurden ursprünglich die Sternenreiche bezeichnet, die sich im 26. Jahrhundert zum Sternenbund zusammenschlossen. Derzeit bezeichnet er den von Menschen besiedelten Weltraum innerhalb der Peripherie. Der nicht von den Clans besetzte Teil der Inneren Sphäre wird auch als ›Freie Innere Sphäre‹ bezeichnet.

K^3-COMPUTER: Das K^3-Computersystem (Kommando/Kontrolle/Kommunikation) steht nur Einheiten der Freien Inneren Sphäre zur Verfügung. Es ist für den Einbau in Befehls- oder Scout-Mechs bzw. -Fahrzeuge vorgesehen und soll den Einheitskommandeur bei der Koordination von Aktivitäten auf Lanzen- und Kompanieebene unterstützen, indem es angeschlossenen Einheiten gestattet, das Zielerfassungssystem einer beliebigen anderen Einheit des K^3-Netzwerks zu benutzen.

KASTE: Die Clangesellschaft ist streng in fünf Kasten unterteilt: Krieger, Wissenschaftler, Händler, Techniker und Arbeiter. Jede dieser Kasten umfaßt zahlreiche Unterkasten, die auf Spezialisierungen innerhalb eines Berufsfeldes basieren. Die Kriegerkaste pflanzt sich unter strenger Kontrolle des genetischen Erbes durch ein systematisches Eugenikprogramm fort, bei dem Genmaterial angesehener und erfolgreicher lebender und toter Krieger verwendet wird. Andere Kasten sorgen durch strategische Heiraten innerhalb der Kaste für einen hochwertigen Genfundus.

KHAN: Jeder Clan wählt zwei Khane. Einer der beiden fungiert als höchster militärischer Kommandeur und Verwaltungschef der Clans. Die Position des zweiten Khans ist weniger klar umrissen. Er ist der Stellvertreter des ersten Khans und führt dessen Aufträge aus. In Zeiten großer innerer oder äußerer Bedrohung, oder wenn eine gemeinsame Anstrengung aller Clans notwendig ist, wird ein ilKhan als oberster Herrscher aller Clans gewählt.

KODAX: Der Kodax eines Kriegers ist seine persönliche Identifikation. Er enthält die Namen der Blutnamensträger, von denen ein Krieger abstammt, sowie seine Generationsnummer, seine Blutlinie und seinen ID-Kodax, eine alphanumerische Codesequenz, die einzigartige Aspekte seiner DNS (Desoxyribonukleinsäure, der Träger der menschlichen Erbinformationen) festhält.

KOMPANIE: Eine Kompanie ist eine militärische Organisationseinheit der Inneren Sphäre, die aus drei BattleMech-Lanzen oder bei Infanteriekompanien aus drei Zügen mit insgesamt 50 bis 100 Mann besteht.

KRÖTEN: Die in der freien Inneren Sphäre übliche Bezeichnung für mit Kampfanzügen ausgerüstete Eliteinfanterie, eine zuerst bei den Clans entwickelte Waffengattung. Diese sogenannten Elementare sind wahre Riesen, die speziell für den Einsatz der von den Clans entwickelten Rüstungen gezüchtet werden. Die freie Innere Sphäre ist bei der Entwicklung ähnlicher Gefechtsanzüge deutlich im Hintertreffen, nicht zuletzt, da als Träger dieser Anzüge nur gewöhnliche Menschen zur Verfügung stehen.

KSR: Abkürzung für ›Kurzstreckenrakete‹. Es handelt sich um ungelenkte Raketen mit hochexplosiven oder panzerbrechenden Sprengköpfen.

LANDUNGSSCHIFFE: Da Sprungschiffe die inneren Bereiche eines Sonnensystems generell meiden müssen und sich dadurch in erheblicher Entfernung von den bewohnten Planeten einer Sonne aufhalten, werden für interplanetare Flüge Landungsschiffe eingesetzt. Diese werden während des Sprungs an die Antriebsspindel des Sprungschiffes angekoppelt. Landungsschiffe besitzen selbst keinen Überlichtantrieb, sind jedoch sehr beweglich, gut bewaffnet und aerodynamisch genug, um auf Planeten mit einer Atmosphäre aufzusetzen bzw. von dort aus zu starten. Die Reise vom Sprungpunkt zu den bewohnten Planeten eines Systems erfordert je nach Spektralklasse der Sonne eine Reise von mehreren Tagen oder Wochen.

LANZE: Eine Lanze ist eine militärische Organisationseinheit der Inneren Sphäre, die in der Regel aus vier BattleMechs besteht.

LASER: Ein Akronym für ›Light Amplification through Stimulated Emission of Radiation‹ oder Lichtverstärkung durch stimulierte Strahlungsemission. Als Waffe funktioniert ein Laser, indem er extreme Hitze auf einen minimalen Bereich konzentriert. BattleMechlaser gibt es in drei Größenklassen: leicht, mittelschwer und schwer. Laser sind auch als tragbare Infanteriewaffen verfügbar, die über einen als Tornister getragenen Energiespeicher betrieben werden. Manche Entfernungsmeßgeräte und Zielerfassungssensoren bedienen sich ebenfalls schwacher Laserstrahlen.

LB-X AUTOKANONE: Die LB-X (Large Bore-Extended, Großkaliber-erweiterte Reichweite) Autokanone ist eine verbesserte Version der gewöhnlichen Autokanone, bei der durch den Einsatz leichter, wärmeableitender Legierungen Gewicht und Wärmeentwicklung reduziert worden sind. Die eingesetzten Materialien machen die Waffe teurer als eine gewöhnliche Autokanone, aber die Vorteile wiegen die höheren Kosten auf. Die LB-X kann Bündelmunition abfeuern, die man mit Schrotmunition im BattleMechformat vergleichen kann. Nach Verlassen des Laufs zerfällt eine Bündelgranate in kleinere Geschosse. Dadurch wird die Chance auf einen Glückstreffer erhöht, gleichzeitig jedoch der erzielte Schaden über das gesamte Zielgebiet verteilt statt auf einen Punkt konzentriert. Bündelmunition kann nur in LB-X Autokanonen eingesetzt werden.

LSR: Abkürzung für ›Langstreckenrakete‹, zum indirekten Beschuß entwickelte Raketen mit hochexplosiven Gefechtsköpfen.

NACHFOLGERFÜRSTEN: Die fünf Nachfolgerstaaten werden von Familien regiert, die ihre Herkunft von einem der ursprünglichen Lordräte des Sternenbunds ableiten. Alle fünf Hausfürsten erheben Anspruch auf den Titel des Ersten Lords. Sie kämpfen seit Ausbruch der Nachfolgekriege im Jahre 2786 gegeneinander. Ihr Schlachtfeld stellt die riesige Innere Sphäre dar, bestehend aus sämtlichen einstmals von den Mitgliedsstaaten des Sternenbunds besetzten Sonnensystemen.

NACHFOLGERSTAATEN: Nach dem Zerfall des Sternenbunds wurden die Reiche der Mitglieder des Hohen Rats, die sämtlich Anspruch auf die Nachfolge des Ersten Lords erhoben, unter dem Namen Nachfolgerstaaten bekannt. Die Nachfolgerstaaten bestehen aus ursprünglich fünf und derzeit noch vier Herrscherhäusern: Haus Kurita (Draconis-Kombinat), Haus Liao (Konföderation Capella), Haus Steiner-Davion (Vereinigtes Commonwealth) und Haus Marik (Liga Freier Welten). Die Clan-Invasion unterbrach die Jahrhunderte des Krieges seit 2786 – die Nachfolgekriege – einstweilen. Die Nachfolgerfürsten setzten ihre Streitigkeiten aus, um der Bedrohung durch den gemeinsamen Feind, die Clans, zu begegnen. Die trügerische Ruhe seit Abschluß des Waffenstillstands von Tukayyid hat diese Solidarität inzwischen jedoch sehr brüchig werden lassen, und im Jahre 3057 brechen die Kämpfe innerhalb der Freien Inneren Sphäre wieder aus.

NOVA: Eine aus einem Mechstern (5 Mechs) und einem Elementarstern (25 Elementaren) bestehende Einheit der Clans.

PERIPHERIE: Jenseits der Grenzen der Inneren Sphäre liegt die Peripherie, das weite Reich bekannter und unbekannter Systeme, das sich bis in die interstellare Nacht erstreckt. Die einstigen terranischen Kolonien in der Peripherie wurden durch den Zerfall des Sternenbundes technologisch, wirtschaftlich und politisch verwüstet. Derzeit ist die Peripherie größtenteils Zufluchtsort für Banditenkönige, Raumpiraten und Ausgestoßene.

PPK: Abkürzung für ›Partikelprojektorkanone‹, einen magnetischen Teilchenbeschleuniger in Waffenform, der hochenergiegeladene Protonen- oder Ionenblitze verschießt, die durch Aufschlagskraft und hohe Temperatur Schaden anrichten. PPKs gehören zu den effektivsten Waffen eines BattleMechs.

REGIMENT: Ein Regiment ist eine militärische Organisationseinheit der Inneren Sphäre und besteht aus zwei bis vier Bataillonen von jeweils drei oder vier Kompanien.

SAVASHRI: Ein Clan-Fluch.

SEYLA: Dieses Wort ist ungefähr gleichbedeutend mit ›Einheit‹. Es handelt sich um eine rituelle Antwort, die bei bestimmten Clan-Zeremonien gefordert wird. Ursprung und exakte Bedeutung des Wortes sind unbekannt, doch wird es nur mit äußerstem Respekt und Ehrfurcht verwendet.

SPRUNGSCHIFFE: Interstellare Reisen erfolgen mittels sogenannter Sprungschiffe, deren Antrieb im 22. Jahrhundert entwickelt wurde. Der Name dieser Schiffe rührt von ihrer Fähigkeit her, ohne Zeitverlust in ein weit entferntes Sonnensystem zu ›springen‹. Es handelt sich um ziemlich unbewegliche Raumfahrzeuge aus einer langen, schlanken Antriebsspindel und einem riesigen Solarsegel, das an einen gigantischen Sonnenschirm erinnert. Das gewaltige Segel besteht aus einem Spezialmaterial, das gewaltige Mengen elektromagnetischer Energie aus dem Sonnenwind des jeweiligen Zentralgestirns zieht und langsam an den Antriebskern abgibt, der daraus ein Kraftfeld aufbaut, durch das ein Riß im Raum-Zeit-Gefüge entsteht. Nach einem Sprung kann das Schiff erst weiterreisen, wenn es durch Aufnahme von Sonnenenergie seinen Antrieb wieder aufgeladen hat.

Sprungschiffe reisen mit Hilfe ihres Kearny-Fuchida-Antriebs in Nullzeit über riesige interstellare Entfernungen. Das K-F-Triebwerk baut ein Raum-Zeit-Feld um das Sprungschiff auf und öffnet ein Loch in den Hyperraum. Einen Sekundenbruchteil später materialisiert das Schiff am Zielsprungpunkt, der bis zu 30 Lichtjahre weit entfernt sein kann.

Sprungschiffe landen niemals auf einem Planeten und reisen nur sehr selten in die inneren Bereiche eines Systems. Interplanetarische Flüge werden von Landungsschiffen ausgeführt, Raumschiffen, die bis zum Erreichen des Zielpunktes an das Sprungschiff gekoppelt bleiben.

STERN: Eine aus fünf Strahlen (5 Mechs, 10 Luft/Raumjägern oder 25 Elementaren) bestehende Einheit der Clans.

STERNENBUND: Im Jahre 2571 wurde der Sternenbund gegründet, um die wichtigsten nach dem Aufbruch ins All von Menschen besiedelten Systeme zu vereinen. Der Sternenbund existierte annähernd 200 Jahre lang, bis 2751 ein Bürgerkrieg ausbrach. Als das Regierungsgremium des Sternenbunds, der Hohe Rat, sich in einem Machtkampf auflöste, bedeutete dies das Ende des Bundes. Jeder der Hausfürsten rief sich zum neuen Ersten Lord des Sternenbunds aus, und innerhalb weniger Monate befand sich die gesamte Innere Sphäre im Kriegszustand. Dieser Konflikt hält bis zum heutigen Tage, knapp drei Jahrhunderte später, an. Die Jahrhunderte nahtlos ineinander übergehender Kriege werden in toto als die ›Nachfolgekriege‹ bezeichnet.

STERNHAUFEN: Eine aus zwei bis fünf Binärsternen, Trinärsternen, Novas oder Supernovas bestehende Einheit der Clans.

STRAHL: Die kleinste Militäreinheit der Clans, bestehend aus einem Mech, zwei Luft/Raumjägern oder fünf Elementaren.

SUPERNOVA: Eine aus einem Mechbinärstern (10 Mechs) und zwei Elementarsternen (50 Elementaren) bestehende Einheit der Clans.

TRINÄRSTERN: Eine aus 3 Sternen (15 Mechs, 30 Luft/Raumjägern oder 75 Elementaren) bestehende Einheit der Clans.

WAFFENSTILLSTAND VON TUKAYYID: Der Waffenstillstand von Tukayyid hat eine fünfzehnjährige Waffenruhe zwischen den Clans und der Inneren Sphäre begründet. Khan Ulric Kerensky, ilKhan der Clans, vereinbarte mit dem Präzentor Martialium ComStars, Anastasius Focht, auf dem Planeten Tukayyid eine Entscheidungsschlacht. Bei einem Sieg der Clans verpflichtete sich ComStar, ihnen Terra auszuhändigen, bei einem Sieg ComStars verpflichteten sich die Clans zu einem fünfzehnjährigen Waffenstillstand. Der nach einem überwältigenden Sieg der ComGuards auf Tukayyid unterzeichnete Vertrag etablierte eine Grenzlinie, die durch den Planeten Tukayyid verläuft. Die Clans dürfen diese Grenzlinie bis zum Ablauf des Waffenstillstands nicht überschreiten.

ZUG: Ein Zug ist eine militärische Organisationseinheit der Inneren Sphäre, die üblicherweise aus etwa achtundzwanzig Mann besteht. Ein Zug kann in zwei Abteilungen aufgeteilt werden.

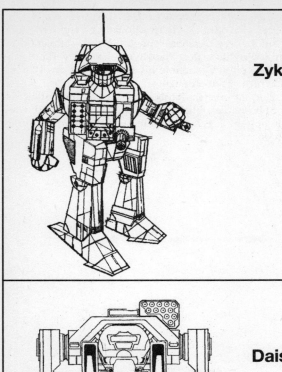

Zyklop

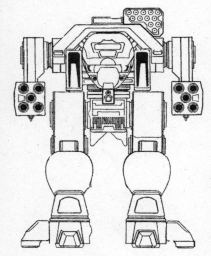

Daishi

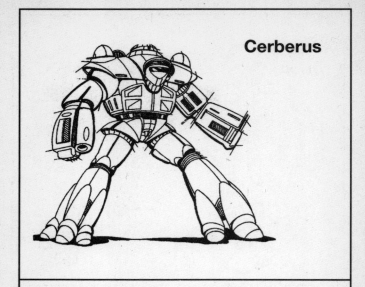

Cerberus

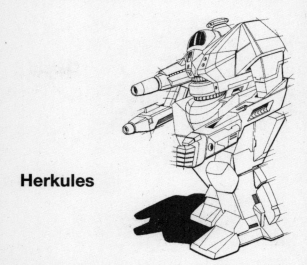

Herkules

Orion

Hurone

Kampfdämon

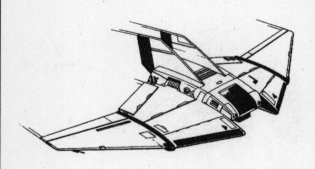

Shilone-Luft/Raumjäger

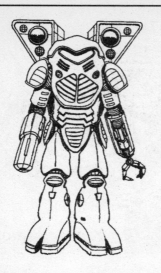

Clan-Elementar

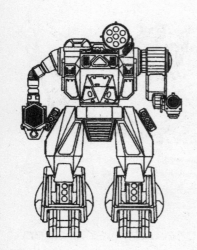

Thor/Nemesis

Schlachtkreuzer der Schwarzer-Löwe-Klasse

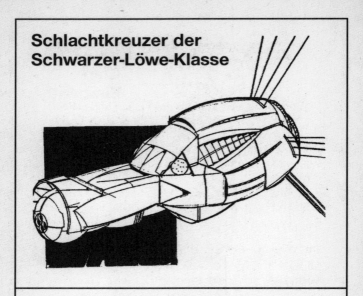

Schlachtkreuzer der Cameron-Klasse

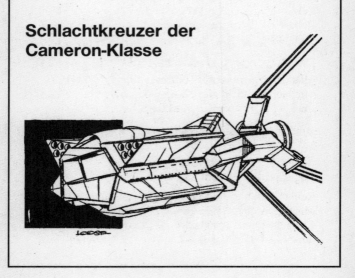

BATTLETECH®

Vom Battletech®-Zyklus erschienen in der Reihe
HEYNE SCIENCE FICTION & FANTASY

DIE GRAY DEATH-TRILOGIE:
William H. Keith jr.: Entscheidung am Thunder Rift · 06/4628
William H. Keith jr.: Der Söldnerstern · 06/4629
William H. Keith jr.: Der Preis des Ruhms · 06/4630

Ardath Mayhar: Das Schwert und der Dolch · 06/4686

DIE WARRIOR-TRILOGIE:
Michael A. Stackpole: En Garde · 06/4687
Michael A. Stackpole: Riposte · 06/4688
Michael A. Stackpole: Coupé · 06/4689

Robert N. Charrette: Wölfe an der Grenze · 06/4794
Robert N. Charrette: Ein Erbe für den Drachen · 06/4829

DAS BLUT DER KERENSKY-TRILOGIE:
Michael A. Stackpole: Tödliches Erbe · 06/4870
Michael A. Stackpole: Blutiges Vermächtnis · 06/4871
Michael A. Stackpole: Dunkles Schicksal · 06/4872

DIE LEGENDE VOM JADEPHÖNIX-TRILOGIE:
Robert Thurston: Clankrieger · 06/4931
Robert Thurston: Blutrecht · 06/4932
Robert Thurston: Falkenwacht · 06/4933

Robert N. Charrette: Wolfsrudel · 06/5058
Michael A. Stackpole: Natürliche Auslese · 06/5078
Chris Kubasik: Das Antlitz des Krieges · 06/5097
James D. Long: Stahlgladiatoren · 06/5116

BATTLETECH®

J. Andrew Keith: Die Stunde der Helden · 06/5128
Michael A. Stackpole: Kalkuliertes Risiko · 06/5148
Peter Rice: Fernes Land · 06/5168
James D. Long: Black Thorn Blues · 06/5290
Victor Milan: Auge um Auge · 06/5272
Michael A. Stackpole: Die Kriegerkaste · 06/5195
Robert Thurston: Ich bin Jadefalke · 06/5314
Blaine Pardoe: Highlander Gambit · 06/5335
Don Philips: Ritter ohne Furcht und Tadel · 06/5358
William H. Keith jr.: Pflichtübung · 06/5374
Michael A. Stackpole: Abgefeimte Pläne · 06/5391
Victor Milan: Im Herzen des Chaos · 06/5392
William H. Keith jr.: Operation Excalibur · 06/5492
Victor Milan: Der schwarze Drache · 06/5493
Blaine Pardoe: Der Vater der Dinge · 06/5636
Nigel Findley: Höhenflug · 06/5655
Loren Coleman: Blindpartie · 06/5886
Loren Coleman: Loyal zu Liao · 06/5893
Blaine Pardoe: Exodus · 06/6238
Michael Stackpole: Heimatwelten · 06/6239
Thomas Gressman: Die Jäger · 06/6240
Robert Thurston: Freigeburt · 06/6241
Thomas Gressman: Feuer und Schwert · 06/6242
Thomas Gressman: Schatten der Vernichtung · 06/6299

Antares erlischt
06/5382

Antares Passage
06/5924

Michael McCollum

schreibt Hardcore SF-Romane,
die jeden Militärstrategen
unter den SF-Fans und
Battletech-Spieler begeistern.

06/5382

HEYNE-TASCHENBÜCHER

Shadowrun

Nyx Smith
Stahlregen
06/6127

Nick Polotta
Schattenboxer
06/6128

Jak Koke
Fremde Seelen
06/6129

Mel Odom
Kopfjäger
06/6130

Jak Koke
Der Cyberzombie
06/6131

Lisa Smedman
Blutige Jagd
06/6132

06/6132

HEYNE-TASCHENBÜCHER